Eres el
amor
de mi otra vida

GILRAEN EÄRFALAS

Eres el amor de mi otra vida

Planeta

© 2024, Gilraen Eärfalas

Diseño de portada: Planeta Arte & Diseño / Lisset Chavarria Jurado
Ilustraciones: Lulybot
Fotografía de la autora: Cortesía de Gilraen Eärfalas
Ilustraciones de interiores: Gilraen Eärfalas
Diseño de interiores: Melisa Muñíz

Derechos reservados

© 2024, Editorial Planeta Mexicana, S.A. de C.V.
Bajo el sello editorial PLANETA M.R.
Avenida Presidente Masarik núm. 111,
Piso 2, Polanco V Sección, Miguel Hidalgo
C.P. 11560, Ciudad de México
www.planetadelibros.com.mx

Primera edición en formato epub: abril de 2024
ISBN: 978-607-39-1297-6

Primera edición impresa en México: abril de 2024
Cuarta reimpresión en México: octubre de 2024
ISBN: 978-607-39-1272-3

Impreso en los talleres Impresora Tauro, S.A. de C.V.
Av. Año de Juárez 343, Colonia Granjas San Antonio, Iztapalapa
C.P. 09070, Ciudad de México
Impreso y hecho en México – *Printed and made in Mexico*

*Para todos aquellos que alguna vez se
sintieron inferiores
porque eran buenos para el arte,
pero no para ecuaciones algebraicas.*

Cuenta la leyenda que hay almas que durante
su creación se quiebran,
pero siguen funcionando, por tanto, son
asignadas a distintos cuerpos y
podrán vivir de forma normal;
no se darán cuenta de que dentro de ellos falta una pieza,
a menos que...
se crucen.

Capítulo 1

*El arte es para
consolar a todos los que están
rotos por la vida.*

Vincent Van Gogh

01 de agosto de 1965

Heme aquí, sintiéndome como una mujer que se ha enterado por undécima vez que su prometido ha sido encontrado en pleno acto de adulterio, sin saber si rabiar, ir a reclamarle, o hacerse de la vista gorda y volver a sus actividades porque, total, era un mal hábito más que debía respetar porque él fue tan gentil de advertírselo desde la primera semana en que se conocieron.

Puñetazos por el arte: Daniel Gastón golpea a ofertador y desafía a la justicia

Domingo, 01 de agosto de 1965

D. F. El pasado viernes, el mundo del arte se vio sacudido por una figura excéntrica y controversial: el joven pintor de tan solo veintisiete años, cuya fama ha crecido por su obsesión por retratar a la misma mujer de cabello caoba y ojos con heterocromía, atacó a golpes a un galerista para evitar que su cuadro cambiara de dueño ante sus ojos.

Las obras anteriores que intentaron salir del patrón de su musa principal, como sus cuadros de aves y flores, fracasaron estrepitosamente en encontrar público interesado. Por lo tanto, no tuvo más opción que aparecer con una interpretación de la aclamada mujer misteriosa de mirada bicolor. Los postores atónitos no tardaron en lanzar la casa por la ventana apenas se dió la puja inicial, la tensión se palpaba en el aire, el bajar y subir de carteles era incesante. Después de una guerra de ofertas de diez minutos, el galerista veracruzano Zayas rompió récord con una cifra que sobrepasó los ciento veinte mil pesos. Los aplausos y gritos no se hicieron lentos para inundar la sala. En lo que el adjudicatario alzaba el lienzo en lo alto, orgulloso de su victoria, sucedió lo impensable, con una mirada desafiante y los puños bien cerrados, presa de una ira incontrolable, Daniel Gastón irrumpió el festejo golpeándolo salvajemente para quitarle la pieza de las manos.

Los gritos y el caos invadieron el lugar. Los testigos de este evento describen el acto como un duelo pasional entre el arte y el comprador.

¿Pérdida de juicio? ¿Amor? ¿Locura artística? No cabe duda que el famoso pintor decidió llevar la frase «no tiene precio» a un nuevo nivel.

La razón detrás de su negativa a vender sigue siendo un misterio. Hay quienes afirman que fue una planeada estrategia para aumentar el valor del cuadro, sin embargo, la preocupación por la salud mental del joven artista se ha apoderado de la comunidad.

Por el momento, las autoridades aún no han decidido si presentarán cargos contra el joven luchador.

Solo el tiempo dirá si esta decisión impulsiva lo llevará a lo más alto o, por el contrario, marcará el fin de su carrera.

Cierro el periódico decepcionada. Apoyo mis brazos en la barra de la cocina y observo el lienzo que cuelga en la pared principal de la sala. Un rostro pálido y alargado, dulce pero sombrío, un esbozo de sonrisa falsa acompañada de una mirada sibarítica, o al menos eso siento yo. No quiero mentir, no es fea a la vista, es un tanto agradable. Si la hubiese encontrado en un museo, la apreciaría unos minutos y expresaría un comentario halagador, aunque fugaz. Una buena pintura de la que hablaría en alguna comidilla, un té entre amigas, como uno de esos comentarios sin importancia que metes de relleno cuando te estás quedando sin tema de conversación; no obstante, después de verla decenas de veces en los vestíbulos, el pórtico y en libretas, me ha enfermado. No pagaría miles de pesos por tenerla, y tampoco golpearía a nadie por conservarla.

Suelto un suspiro largo y lleno de pesar.

Camino al taller, me quedo en la puerta observándolo mientras revuelve la pintura roja, rosa y naranja, crea un color melocotón, sumerge el pincel y lo lleva primero a una hoja para probarlo antes de darle el visto bueno. Los labios y los ojos son su mayor preocupación, puede pasar toda la noche buscando el tono perfecto, aunque esta vez lo ha encontrado pronto.

Lleva el pincel a la boca y da ligeros plumazos al labio superior. Está tan concentrado que ni siquiera se ha percatado de mi presencia.

—Daniel —lo llamo; él solo sumerge y pinta, sumerge y pinta.

Me esfuerzo por no cruzarme de brazos y por no engarrotar las manos, pero mi pie me domina y comienzo a dar pequeños zapateos de desesperación.

Clap, clap, clap…

Daniel suelta el pincel, aprieta los párpados y me devuelve la mirada con la cara tensa, pues sé cuánto detesta ese sonido de los pies desesperados.

—¿Otra vez tendremos esta plática, Emily? —Mueve el cuello de izquierda a derecha para destensarse y escucho el crujido de sus cervicales.

—¿Qué? No he dicho nada malo. —Me hago la desentendida.

—No necesitas decir nada, tu cara me dice todo. —Se limpia las manos con un trapo húmedo y gira su asiento hacia mí.

—Yo solo me estaba preguntando si este sí lo vas a vender o será un adorno más de la sala.

Posa sus ojos enmelados y vibrantes sobre los míos, una mirada inocente y confundida, como la de un niño que recién comienza a diferenciar el portarse bien del portarse mal. Volteo la cara para no verlo directamente, con los labios fruncidos para no soltar maldiciones, pero siento cómo se acumulan en mi garganta ocasionando que me arda el estómago.

Él se pone de pie y repite mi nombre.

—Prometimos ya no discutir. —Su aliento huele a que estuvo comiendo dulces de menta y naranja. Se acerca a mí. Con el índice y el pulgar, toma mi barbilla y me mueve el rostro para que lo mire de frente—. ¿Lo recuerdas?

Sus pupilas se dilatan y contraen rápidamente. Mueve el pulgar hasta mi labio inferior con suavidad, una amenaza de que quiere besarme.

—Lo siento, perdón. —Sacudo la cabeza queriendo regresar en mí después de mi mal viaje a la cólera—. Me desequilibró esa nota que escribieron sobre ti en el periódico.

—Me tiene sin cuidado lo que digan.

—No me has contestado el porqué te arrepentiste de venderlo.

—Pues… —frunce el ceño pensativo— creí que nunca volvería a hacer otro igual, quise conservarlo.

Como si no hubiera conservado ya treinta.

—Sí. —Inhalo profundo—. ¿No crees que un día se van a aburrir de la misma cara? Tal vez, solo tal vez, otro rostro de vez en cuando no caería mal. Recuerdo haber escuchado a dos seño-res hablar entre dientes sobre ello. Creen que te has estancado y que ya no eres capaz de hacer algo nuevo que resulte exitoso.

Daniel chasquea los labios.

—Ajá. ¡Pues que se aburran! —Se encoge de hombros—. Nadie los obliga, pero, casualmente, esos mismos pelafustanes asisten a todas las subastas; así son los críticos, Emily, bola de frustrados, hablan mal de lo que más les ha gustado, sí los co-nozco.

Su mirada castaña queda liberada y regresa a ver su cuadro a medio terminar con melancolía. Se frota la barbilla, parece pen-sativo.

—Podría hacerlo, podría hacer más cosas —Mira su godete—. Sin embargo, me gusta mi personaje, Espejo ha sido mi firma por años, ni siquiera necesito poner en una esquina «Da-niel Gastón» para que sepan que es mío.

—Nada más decía, ya sabes, para callarlos un poquito.

—¡No voy a cambiar solo porque dos tontivanos entre copas insinúen que debería ser lo que ellos dicen que debo ser! —re-sopla con enfado—. Aprende eso, Emily: nunca dejes que al-guien te imponga el camino que debes seguir. Hay cientos de pintores, ¿no? ¿Por qué regresan a mis exposiciones entonces? ¡En fin! —Suelta un bufido—. Así me quede en bancarrota, no puedo cambiar, nunca hice esto por trabajo, se convirtió en mi trabajo sin yo tocar ninguna puerta; aquí donde me ves, no es-toy en hora laboral, estoy siendo feliz.

«Es feliz».

No me queda más que asentir y morderme la lengua para no seguir insistiendo.

Veo su pecho subir y bajar tratando de tomar aire nueva-mente después de semejante discurso contra la crítica. Lo peor es que mentí, nunca escuché a ningún crítico decir tal cosa; he imaginado que lo dicen entre sus chismorreos, pero nada más, o quizás solo yo lo pienso. No sé por qué lo dije.

Sobo sus brazos para relajar su exaspero y le ayudo a remangar su camisa, aunque ya está bastante percudida por el aguarrás, eso no le quita que se vea bien en ella. Tiene manchas de pintura desde los dedos hasta las muñecas. Amo sus dedos, son largos y pálidos; las venas del dorso de su mano sobresalen, puedo seguir su recorrido hasta el antebrazo. Mi gesto reblandece su rostro, ladea una sonrisa y se forman unas comillas en su mejilla.

—¿Y qué te dijo Enrique sobre la exposición? ¿El galerista presentará cargos?

—No, no lo golpeé, solo lo empujé un poco, no está herido… Enrique es otro caso. —Aprieta los ojos con hartazgo—. Me ha dado un mes para darle dos cuadros para ponerlos en venta, o si no me mandará al carajo; sí así lo dijo. A veces no sé qué tanto lo necesito.

Masajeo los hombros de Danny.

Enrique, su representante, es un hombre difícil, no obstante, ha apostado cada centavo por su arte desde el último año del instituto.

—Ambos se necesitan.

—Lo sé.

Lo abrazo y reposo mi cabeza en su pecho. Él me corresponde y me acaricia el cabello. Siento cómo se van atorando sus dedos con todos mis nudos, pero, con gentileza, trata de deshacerlos. Se aparta con suavidad y se deja caer en el asiento para ponerse a mi altura y mirarme de frente.

—¿Ya te dije lo preciosa que te ves esta mañana? No te había visto ese vestido y…, espera —me acerca su nariz al cuello— ¡traes el perfume! Creí que no te había gustado. —Vuelve a acercar su nariz fría a mi cuello y, como un latigazo, se me eriza la piel desde la nuca hasta la cadera. Muero y resucito cada vez que inhala y exhala sobre mí. Nota mis nervios estremecidos y sonríe.

Viviría entre sus arcadas dentales toda la vida.

—Me fascinó, lo quería estrenar en una ocasión especial, como la boda, pero...

—Nada, nada. —Chasquea la lengua—. Los días especiales son todos los días, no solo una boda.

Hace una mueca con los labios expresando delicia.

—Es muy dulce —comento.

—Es *gourmet*, notas de haba tonka, lichi, crema pastelera, malvavisco quemado y... —olfatea otra vez—, debe ser durazno, sí, en definitiva, es durazno. ¿Será en almíbar? ¿Qué piensas?

—¿Lo leíste en algún lado? La caja no dice eso, ¿me estás tomando el pelo?

Suelta una carcajada.

Me acerco el cuello del vestido a la nariz; pese a que no percibo nada, pongo cara de darle la razón.

—Traje algo de verduras y huevos para hacer el almuerzo. Anoté una receta que me escribió Diana; es sencilla, tampoco creas que será el gran banquete, pero... ¿vienes a la cocina conmigo?

—Enseguida, solo pongo el lunar arriba del labio y voy. —Me da un picorete en la nariz y regresa a su asiento. Se lleva la mano a la barbilla y la mira desde varios ángulos, calculando el punto exacto donde va el lunar, justamente alineado con la comisura interna del ojo izquierdo y el segundo premolar, si me la sé de memoria.

Silba y mueve su pie al ritmo de una melodía inventada. Frunzo los párpados.

«Es feliz».

Respiro hondo.

También yo debo ser feliz; es decir, soy feliz, estoy haciendo lo que amo, tengo un trabajo medio estable, estoy sana, un garabato no tiene por qué quitarme el sueño.

Salgo del taller dispuesta a preparar algo no tan elaborado, pero que sea digno de llamarse «desayuno completo». Soy pésima en la cocina, todo se me quema. Aunque me propongo estar al pendiente de la estufa, siempre surge algo que me distrae. Hace tres semanas arruiné un pollo entero por no saber mover la temperatura del horno y terminamos comprando la comida de la fonda de la esquina. Daniel me ha repetido que no quiere una cocinera, solo una esposa; no obstante, el señor Florentino me tiene traumada y harta diciéndome cada mañana que si ya aprendí una nueva receta y que mi marido de tortas de jamón no va a vivir. ¿Y por qué no? Yo he comido eso por años y aquí estoy, medio viva, pero estoy.

—«Duermo para intentar volver a verte, solo ahí vuelves» —escucho a Daniel cantar como todo un dolido.

¿Por qué, Dios? ¿No pudo escoger manzanas, acaso? ¿Un petirrojo, un gordo como Botero? ¿Niños llorones como Bruno Amadio? Él y su chica triste.

Mi madre me decía que no me involucrara con este muchacho, con ningún artista en realidad: no piensan cosas coherentes y se les hace coherente lo que no tiene pies ni cabeza. Lo poco que sé de mi padre es que era músico y le encantaba escribir canciones de engaños y desamores. ¿Y al final qué pasó? Se fue con una cabaretera dos meses antes de que yo naciera. Mi madre nunca superó esa traición y pasó toda su vida culpándolo de todos sus males: de sus dolores de espalda, sus arrugas, sus canas y su menopausia prematura; y, por si fuera poco, detestó la música hasta el día de su muerte, tanto así que me hizo jurarle que para su entierro no mandaría a traer a ningún mariachi.

Pico la verdura y la lanzo al sartén; tomo uno de los huevos y, vacilante, lo abro, lo arrojo junto a los condimentos y se me va media cáscara. Intento quitarla con la punta de las uñas, pero la grasa toma vida propia y me ataca con más gotas embravecidas, una me cae justo en la mejilla.

Corro al lavamanos y me echo agua a la cara.

No pasó nada, aquí no pasó nada.

Me tallo con la yema de los dedos, con el consuelo de que, al menos, no pasó a mayores. ¡Dios! No entiendo quién inventó el aceite, debe haber alguna manera más…

¿Qué es ese olor?

Maldita sea, la estufa.

Corro a ver la comida: los tomates se oscurecieron, el huevo se hizo carbón.

Se quemó… y en mi cara.

Contemplo el desmadre que hice en la cocina. Qué vida tan rara; quería hacer una salsa y un pelo más y terminan los bomberos aquí.

Abro las ventanas para airear el olor a chile quemado.

¿Ahora qué? ¿Torta otra vez?

Me doy risa, de verás.

Echo un vistazo a la pared principal y mi risa cesa. Todos los malestares estomacales del mundo se me reavivan con solo verla, ahí, en el cuadro más grande de la casa, el cual adorna la sala; apenas abres la puerta principal, ahí está, con la mirada retadora y juzgona. Ahora mismo parece que quisiera reírse del desastre de la cocina. De todas las pinturas, esta es la que más he odiado; es tan real que se siente palpable. La mujer está envuelta en una tela rosa salmón translúcida que remarca sus curvas; da la apariencia de traer un vestido, pero al observarla detalladamente te das cuenta de que solo es una manta delgada que deja entrever los pezones erectos color almendra, que, aunque trata de cubrirlos con los brazos, a propósito no lo logra. Un ojo avellana y el otro color aceituna. No importa desde qué ángulo la mires, ellos te observan.

Espejo, así la llama Daniel, pues dice que es su versión femenina, su otro yo, un *alter ego* que surgió en la universidad y que, desde entonces, lo ha llevado a alcanzar todos sus éxitos. Y lo entiendo hasta cierto punto, lo que no puedo creer es cómo un hombre pueda imaginarse a sí mismo en el sexo opuesto y pretender que tendrá los senos del tamaño de dos toronjas.

Miro los míos y los mido con mis manos. Son más como naranjas.

«¿Por qué no te vendieron?».

—¿Qué ha pasado aquí? ¿Quemaste algo?

Me quito las manos de los pechos, esperando que no me haya visto comparándolos.

—El aceite me atacó.

Él se acerca a la sartén donde todavía yacen los restos de los tomates calcinados y ríe de forma aparatosa. Con un tenedor toma un poco del guiso ennegrecido.

—Está bueno —comenta con la boca llena.

—Deja eso —se lo arrebato—, te hará daño.

—En verdad está bueno, la comida quemada sabe mejor, ¿no te lo he dicho?

—Ja-ja —enfatizo el «ja» con sarcasmo.

Me presiona la mejilla.

Daniel recarga sus codos en la barra de la cocina y añade:

—Iré a verte el sábado.

—No, no, yo vengo el lunes temprano… No quiero estar en la sala del señor Florentino todo el rato mientras nos hace preguntas indecorosas.

—Ese ruco… —resopla—. Ya deberías venirte a vivir conmigo, no sé cómo lo soportas.

—¿Qué dices?

¿Me pidió vivir con él?

Mi corazón brinca de pronto.

—Sí, deberías hacer tus cosas y venirte de una vez. ¿Por qué esperar? Vente, Emi, esta es tu casa. —Ladea una sonrisa y mueve su nariz.

—Pero…, los papás de Diana, su familia, no quiero decepcionarlos, sé lo que van a andar hablando y…

—Siempre el qué dirán, ¿verdad? —interviene, haciendo un gesto de cansancio con los ojos.

—No, no es eso. No me importa ser la comidilla de la colonia, pero sé que a ellos les importaría muchísimo que los vecinos se la pasen cuchicheando y… ¡deja de tragarte eso! —Le quito la sartén y tiro el contenido a la basura—. ¡Estás loco, eso no es comestible!

—Eres una excelente cocinera. —Se chupa los dedos y ríe.

No sé si conmigo o de mí, no me importa, que ría. Su mandíbula se remarca cuando sus labios se estiran para dibujar una amplia sonrisa.

—Deja de burlarte. —Quito mi cara de tonta.

—Piensa lo que te he dicho. —Me aprieta la barbilla y me da un pequeño beso—. Cuídate —añade, haciendo un saludo militar.

Si por mi fuera, ahorita mismo estaría con las maletas en la puerta tomándole la palabra, pero también pienso en mi madre; aunque no está, sé que su ilusión era que saliera de blanco, dando el sí en el altar.

Daniel se da la vuelta y camina hacia su taller.

Lo llamo antes de que vuelva a encerrarse.

—Danny.

—Dime —sonríe y sus hoyuelos se remarcan.

—¿Algún día me pintarás a mí?

—Sin duda —responde con ternura. Me mira de arriba abajo y respira con quietud—. Espero un día poder tener la técnica adecuada para hacerle justicia a tu belleza.

Capítulo 2

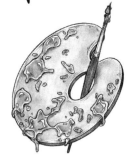

¿Quién ve el rostro humano correctamente:
el fotógrafo, el espejo o el pintor?

Pablo Picasso

—¡Buenos días, bella! —canturrea Diana mientras arregla el instrumental. Su pequeña estatura siempre me saca una risa, pues, a veces, con mi astigmatismo, al abrir la puerta creo que ha llegado un paciente pediátrico, pero no, es ella brincoteando junto con ese chongo tan alto que se hace en el cabello.

—Buenos días —contesto, imitando su gorjeo.

Me dirijo al cuarto del fondo en donde tenemos dos casilleros, uno para instrumental y otro para guardar objetos personales como nuestros uniformes, una muda de ropa y cosas de limpieza. Me pongo mi uniforme: una falda blanca hasta las rodillas, una camisa y mi bata blanca, a la que le bordé flores rosas en las mangas para darle un toque divertido. Recojo mi cabello esponjado en un apretado moño. Me rocío un poco de laca y listo, tan solo unos cuantos pelillos locos en las patillas, pero puedo soportarlos.

Apenas salgo del vestidor, Diana me mira con una carota de picardía, hasta se muerde el labio inferior y pega la barbilla en el pecho.

—Cuéntame, ¿cómo te fue, pilla? ¡Eh! Saliste veinte minutos más temprano —me palmea la espalda.

—Claro que no.

—Tuve que decirle a papá que tenías que llegar a esterilizar el material que quedó sucio el fin de semana, aunque no se quedó muy conforme con mi explicación. —Hace un puchero de disgusto, pero en un segundo vuelve su mirada picarona—. Entonces, ¿qué? —inquiere.

Me hago la desentendida, sé lo que significa esa cara lasciva.

—Entonces, entonces… ¿qué hicieron? —Infla sus mejillas y hace un puchero de pez globo al tiempo que pestañea rápidamente como toda una desvergonzada.

—Si te refieres a eso, no ha pasado nada.

—Ay, sí, voy a creerte, los dos solos y ¿na de nanay? —Suelta el instrumental y se me acerca con los ojos amusgados.

—No, él no es como tu José ni como nadie; jamás me obligaría a nada.

—¡Ya! Si nadie tiene que obligarte. ¿Crees que no vi ese corpiñito de encaje negro en el cajón? Hoy te lo llevaste, ¡sé que sí! ¡A ver! —Con un dedo rápido, jala del cuello de mi camisa para intentar husmear y le doy un manotazo.

Hace un silbido burlón y abulta sus mejillas.

—¡Deja de husmear mis cajones, Diana!

—Dale, me calmo —se disculpa con un tono socarrón.

Este es un gran problema de Diana: habla y habla. También yo, pero no pregunto tanto; ella, en cambio, se va a los extremos de la imprudencia. Exactamente esa es la palabra que la define: imprudente.

—Mejor cuéntame, ¿ya solicitaron a los floristas?

Niego con la cabeza.

—¿Ya rentaron los manteles?

—Esos sí.

—¿Y ya escogieron los recuerdos?

Tenso una sonrisa.

—Emily, te faltan cosas básicas. ¿Al menos ya comenzó Daniel a mandar las invitaciones? ¿Ya tiene su traje?

Tomo un trapo húmedo y limpio el cabezal y el respaldo, ignorando su bombardeo.

No hemos organizado mucho, lo sé.

—Esa carita, ¿qué tienes? —Se interpone, cruzada de brazos.

—Nada. ¿Por qué lo dices? —miento.

—Lo veo en tus ojos. Habla, ¿qué pasa?

—Estoy... —Un nudo se me forma en la garganta— bien.

—Mientes.

—Dame permiso, voy al baño.

En cuanto estoy a punto de abrir la puerta, Diana añade:

—Daniel comenzó otro cuadro, ¿cierto? ¿Otra vez va a encerrarse tres meses?

Sus palabras me caen como agua helada en la cabeza.

—No creo, se ve tranquilo.

—¿Se ve? Dios, ese hombre necesita psiquiatra urgente; tú no lo vas a curar.

—Es su trabajo.

—¿Trabajo es golpear a un hombre por conservar una pintura? Ya leyó el periódico.

—No lo golpeó, solo lo empujó un poco.

—¡Ah! Menos mal —Pone los ojos en blanco.

—Quiero dejar el tema atrás, ¿vale?

—Llevas dos años intentándolo, eso no va a pasar.

—Dios me castigaría si obligara a Daniel a abandonar lo que más ama, no soy tan ruin.

—¿Y no lo vales? De ser tú, yo le habría puesto un ultimátum, es más... sí, eh —Se deja caer en el sillón del escritorio y se cruza de piernas—, yo sí le hubiera dado a elegir, esa cosa o yo, de una, sin dejarle pensar. Y, de dudar, lo dejo; hay más hombres que estrellas.

Se mira la manicura.

Muevo la cabeza en negación.

—Ojalá así te pusieras con José —digo entre dientes en un tono medio. Ella pela los ojos y abre la boca indignada.

—¿Qué dijiste?

—Nada, nada.

—Te escuché. —Me señala con el dedo índice—. Al menos José no está loco. No anda por ahí golpeando gente porque le van a dar un sobre lleno de dinero.

Lo bueno es que somos amigas.

Suena el timbre, llegó paciente.

Por fin va a callarse.

Voy hacia la sala de espera. Tras el cristal de la puerta me sonríen esos rizos dorados del precioso nene. Apenas abro, entra correteando y dando vueltas como remolino.

—Vienes muy contento, pequeño pimpón. —Le toco la nariz de forma juguetona.

—Si supiera a lo que viene —expresa su madre con fatiga. Tiene unos ojos espantosamente cansados.

—Buenos días, señora Carlota.

Ella hace su mejor esfuerzo por poner buena cara, es la segunda vez que viene en un mes, nadie le manda a dejarle los caramelos al niño a libre demanda.

Sin tanto ajetreo, Carlitos decide sentarse solo, viene con toda la actitud de ser un niño grande. Apenas reposa su cabeza en el respaldo, abre su boca para mostrarnos con orgullo que ya está saliéndole un diente nuevo.

Despeino su cabello y le coloco un delantal. Su sonrisa poco a poco se transforma en una mueca nerviosa. Arquea las cejas y sus manos aprietan los reposabrazos de la silla. La madre se rasca la cabeza y también arquea las cejas mostrando preocupación.

—¡Carlos, por favor, abre la boca! —vocifera Diana.

Toma al duendecillo de la mandíbula, pero él la cierra con fuerza. Ella procede a taparle la nariz hasta que la abre para respirar e introduce un retractor bucal. La madre se abanica las gotas de sudor con el periódico y se levanta a caminar en la sala de espera.

—Qué ganas de aventar a estos niños por la ventana —farfulla.

—¡Diana! No digas eso —masculo.

De por sí casi no tenemos consultas, contigo diciendo eso, menos.

Me coloco detrás del cabezal del sillón dental para sostener el rostro del niño entre las manos. Miro sus ojos color limón. Le hago gestos bobos y noto que me corresponde.

Acaricio sus rizos brillantes, una melena esplendorosa, que, entre más acaricias, más huele a champú infantil. Poco a poco se calma, deja de patalear y entrecierra los ojos. Es un niño hermoso, con mejillas abultadas y rosas, decoradas con pecas marrones.

¿Algún día formaré una familia?

Debe de ser difícil tener un ser entre tus manos mirándote todo el tiempo, qué haces, cómo lo haces y por qué lo haces. No sé de maternidad, aunque imagino que, al tener un hijito, la vida da un giro abismal; uno tiene que ser cuidadoso, pues ellos imitarán lo que mamá y papá hagan; hay cosas que sigo haciendo porque las hacía mi mamá y ni siquiera me pregunto el porqué, como eso de frotar la punta del pepino porque si no el agua saldrá amarga. Pero... si se me llega a hacer, amaría tener un niño parecido a este, así de bonito. Quizás pueda heredar mi cabello, se lo dejaría crecer, no detendría la rebeldía de sus rizos. Ojalá saque los ojos de Daniel y sus pestañas y, si Dios es generoso, sus cejas también y esos pizpiretos hoyitos de las mejillas. ¡Ah! Y los dientes, sí, sí. Es todo lo que pido, solo eso, él y mi niño, ¡Oh! Y un perro, en una casita en donde pueda verse el mar.

—¡Sí! —grita Diana victoriosa con el diente entre las manos. Carlos sigue sereno, con los párpados más cerrados que abiertos. Se le retira el retractor y con mirada somnolienta regresa a ver a su mamá, quien está en la puerta y le extiende sus brazos rechonchos.

—Tiene manos de ángel —Me halaga la señora.

Despierto de mi sueño a ojos abiertos y sacudo la cabeza.

—Muy bien, Carlitos, qué buen niño eres; mereces un helado de limón doble. Ese será tu medicamento, ¿te parece?

Eufórico, grita que está de acuerdo y corre a abrazar a su madre, que sigue sin quitar la cara de estreñimiento. Ella lo toma de la mano y le besa la frente como premio.

Antes de irse, el pequeño extiende la mano, la abre y cierra para decirme adiós. Mi corazón se hace pequeño y casi olvido sus patadas y berreos infernales. De la nada, siento mis ojos humedecerse, no por tristeza, sino de ternura. Ansío el día que vayamos por la acera camino a algún museo, tomando de la mano a un pequeño Daniel vestido con un esmoquin. Mi madre sería feliz mirándome desde el cielo, viéndome realizada, acompañada, teniendo la familia que siempre deseó para mí; vería que no me equivoqué, que escogí la mejor opción.

—¡Bah! Hasta que se va, casi me quedo sorda. ¡Santo cielo! —Se soba los oídos—. Debemos subirles a las consultas, ¿eh? Estos niños nos van a tirar el negocio: mira el reposapiés, ¡está todo magullado! ¡El doctor Medina nos lo va a cobrar caro! ¿Y mis tímpanos quién los repara? ¡Nadie! Decidido, la siguiente semana serán cincuenta y cinco pesos. ¡He dicho! —dispone.

—Claro, claro —contesto sin prestarle atención por seguir imaginando mi sueño: mi niño de rizos color negro azabache.

***

A las siete menos veinte de la tarde termina nuestra labor. Estiro los brazos para destensarme. Por fortuna, hoy hubo mucho trabajo.

—¡Por fin! ¡Qué día más pesado! La espalda me está matando. —Diana se retuerce y trata de tronarse la espalda con movimientos contorsionistas.

—No hagas eso, mejor ve al quiropráctico, te vas a lastimar.

—¡Ash! Pues mejor me lastimo yo a que me lastime otro. El otro día pasé cerca del consultorio del quiropráctico y ¡madre mía! Parecía cuarto de sadomasoquismo: gritos de terror, risas y gemidos de pasión. Sí se escuchaba rico, pero ¡no, no, no! Ni muerta entro allí.

No evito carcajearme. Si su padre la escuchara expresarse así, ya la hubiera apuntado para el convento.

—¿Sabes tronar cuellos? —inquiere.

—No, y no quiero aprender.

—Anda intenta, nada más me aprietas y bruscamente me mueves a un lado y luego al otro.

—Ajá, hago eso y capaz y te mato.

—¿Y luego? Eso no suena tan mal. —Sonríe metiendo los labios.

—Tonta, corre, ordena tus cosas, tenemos que irnos. —Guardo mi uniforme en el casillero y me pongo ropa limpia, un vestido café y un suéter oscuro de lana.

—Oye, ¿y cómo va el plan de visitar a tus suegros? Mi papá me preguntó que cuándo te acompañaremos; siempre le digo que pronto y ya sabes, comienza a insinuar que Daniel es un informal de lo peor y bla, bla, bla —imita la voz carrasposa de su papá.

Daniel ha cancelado las últimas dos citas que hemos querido concretar para ver a sus padres en Brownsville, Texas. El tema de sus progenitores es un enigma, casi nunca habla de ellos. A veces me ha contado alguna anécdota de su madre y, cuando lo ha hecho, siempre termina con los ojos llorosos; supongo no tienen buena relación y por ello evita el tema. Por no incomodar, prefiero no preguntar.

—¿No van a invitarlos a la boda? —insiste.

—Sí..., por supuesto, debe de, tú no te preocupes. —Guiño el ojo. De mi bolso saco un pequeño labial color frambuesa y abro el espejo de mi polvera para colocármelo.

—Bueno, avísanos con tiempo, porque papá debe pedir permiso en la oficina y... Pero ¡qué bella te estás poniendo! ¿A dónde vas?

—¿Cómo que a dónde? —Me llevo las manos a la cintura—. ¿Lo olvidaste? —Diana aprieta los dientes—. ¡Te dije antier! —Contengo un gruñido.

—¿Era hoy ir a apartar el salón? —Arquea las cejas y se lleva las uñas a la boca.

—Sí, en media hora es la cita. Vámonos, que se hace tarde.

—Me llevo el bolso al brazo y la tomo de la mano.

—Es que... —Sonríe tensa—. ¡Lo olvidé! Perdón, perdón. Me dejó esta nota José en la puerta del consultorio, que si podía verlo saliendo del trabajo en la Alameda. No te enojas, ¿verdad? —Hace un puchero de súplica y junta sus manos en señal de penitencia.

Niego gentilmente con la cabeza y suelto un suspiro. Igual debí imaginarlo, no sé por qué esperaba que fuera conmigo.

—Daniel irá contigo, ¿cierto?

Me limito a sonreír y le doy un beso en la mejilla para despedirme, pero me aprieta la mano y me retiene.

—Dime que irá —insiste.

Sabe que no.

Me suelto el apretado moño que ya me estaba torturando la cabeza. Como palomita estalla mi cabello al quitar la liga.

—¿Emilia Miranda? No va a ir, ¿verdad? ¿Te dejó este trabajo también? —ríe de forma sarcástica.

Muevo la cabeza en negación.

—¿Es en serio cuando me dices que él es el hombre de tu vida? Qué cabrón.

Pongo los ojos en blanco y salgo del consultorio. Bajo la cortina con esfuerzo y pongo los candados en cada esquina. Diana se cruza de brazos y sigue repitiendo más adjetivos terribles para describirlo.

—¡Basta, Diana! No tienes derecho de expresarte así. —La miro con resentimiento—. Se supone que eres mi amiga.

—Lo soy, y porque lo soy te digo las cosas en crudo.

—Tú no lo entiendes, él ha estado en los momentos más duros. Tan solo recuerda cuando murió mi madre: estábamos recién en segundo año y si no fuera por él, yo no hubiera podido seguir estudiando. Me pagó más de media carrera y herramientas; sigue dándole ese cheque mensual a tu papá por mis gastos y nunca me ha reprochado nada. —Miro al suelo mientras intento reponer aire. Como una película pasan delante de mis ojos todas las cosas que agradecerle, cosas que nunca podré pagarle. Yo no he podido ni siquiera darle un almuerzo digno, no soy nadie para ponerle sentencias de qué hacer o dejar de hacer—. Cuando casi muero de apendicitis, ¿recuerdas? Dejó una de sus más grandes presentaciones en Nueva York por estar toda la noche en la sala de espera; Enrique casi lo cuelga y no solo eso, los gastos corrieron por su cuenta. ¿Qué clase de mujer sería yo si me niego a comprender la única cosa por la que vive? Dejarlo por algo tan pequeño, sin duda, sería mi peor error, y no quiero estarme arrepintiendo toda la vida por ello —levanto un poco la voz, cada vez más convencida de mis razones—. Por eso, por favor, deja de hablar mal de él. Me hace feliz y deberías ser feliz por mí.

—Tranquila, no hace falta que discutamos. —Me toca el hombro queriendo calmarme—. Te creeré, creeré que te hace feliz. —Asiente apenada—. Tampoco es que diga que lo botes, no, señor, solo que seas directa y le digas que estás harta de…

—No, Diana, basta. No le diré nada, ya hablé con él, estamos bien —digo con severidad. Me duele hablarle de esta manera, pero necesito paz. Casi no tengo familia, a nadie a quien contarle lo que siento; tan solo necesito que ella me entienda, que me apoye. Toda decisión en mi vida la he tomado temblando, quiero que alguien esté ahí, diciéndome que todo estará bien. ¿Es muy difícil?

Los ojos se me humedecen, parpadeo rápidamente para evitar que se sigan llenando.

—Cuídate, no llegues tarde, le dije a papá que llegaríamos a las nueve. Te esperaré en la esquina para entrar juntas.

Me doy la vuelta y acelero el paso.

Soy feliz, lo soy. ¿Lo soy? Claro que sí. Cuando salimos en bicicleta los domingos, a toda velocidad mientras voy detrás gritando y temiendo por mi vida. Cuando vamos al cine y no veo la película por mirarlo a él. Cuando pone las palomitas en mi boca para después tomarla con los dientes y besarme. Cuando llega por mí a la casa bien vestido, con sus zapatos brillantes y el cabello echado hacia atrás para ir a caminar por el centro y ver los payasos, los mimos, los músicos callejeros y pedirles que lo acompañen con la guitarra para cantarme con su voz desafinada «qué bonitos ojos tienes debajo de esas cejas».

Sonrío como boba de pensarlo.

Apúrate, Emilia.

El cielo relampaguea a lo lejos. Caen pequeñas gotas casi imperceptibles. Es un buen día al final, nada que un clima así no solucione.

El salón quedaba a diez minutos caminando y no pienso pagar taxi o camión, mejor usaré el dinero para pasar a la cafetería por un chocolate caliente y un pan. También le llevaré un pan a Diana; no pretendo pedir perdón, pero tampoco puedo pasar media vida enojada, y es la única familia que tengo.

Capítulo 3

La pintura es poesía muda;
la poesía
pintura ciega.

Leonardo Da Vinci

Jardín Medianoche en París. He pasado por este lugar cientos de veces; de niña creía que era un palacio, miraba los portones de bronce con la ilusión de que en cualquier momento saliera un carruaje y que, de la ventanilla, una princesa con el cabello dorado ondeara su mano para saludarme. Mi madre nunca desmintió aquel sueño; ahora que lo pienso, jamás desmentía ninguna de las cosas fantasiosas en las que creía. Aún sigo yendo a regar el patio cada que cantan las cigarras creyendo que tienen sed, pues pienso que las nubes han ignorado sus chillidos de calor. O sea, a pesar de que sé que no es así, no puedo evitar imaginar sus caritas tristes mientras juntan sus patitas suplicando un poco de lluvia.

Miro mi reloj, son las siete y media de la tarde. Me sacudo el suéter, quito de mi rostro los cabellos sueltos y los acomodo tras la oreja; quiero verme como una mujer segura que sabe lo que hace y lo que quiere. Toco la gran herradura de la puerta y esta se abre de inmediato de manera lenta y suave, dejando al descubierto un paraíso; decir que es hermoso se queda corto. Doy un par de pasos hacia adelante; el césped cruje, pero el piso está plano, no se hunde. Eso es una ventaja, así no se van a atorar los tacones de las invitadas. Siento comezón en la nariz, seguro acaban de cortarlo; discretamente, me la tallo, esperando no comenzar a moquear y perder la dignidad.

—¿Hola? ¡Buenas tardes! Noches ¿o tardes? —digo en voz alta.

Siete… ¿es tarde o noche?

Nadie responde. Miro a todos lados en busca de quién me abrió el portón, pero no encuentro señales de vida. No sé ni para dónde caminar, el lugar es enorme y precioso; ya me imagino bamboleándome de allá para acá con mi vestido, sintiéndome la luna más brillante de la noche.

Las paredes que rodean el jardín tienen piedras doradas incrustadas que hacen juego con las rosas salmón que han crecido como trepadoras.

Daniel amará esto.

Me siento en Londres; aunque no conozco Londres, pero seguro que así son las cafeterías más bonitas de allá.

Sobre mí, hay una velaría color diente de leche que cubre toda la anchura, de ella cuelgan cortinas de focos de luz cálida en forma de pera. Aquí caben sin problema cerca de trescientas

36

personas. De mi familia serán diez o doce exagerando, pero a Daniel lo conoce medio México, así que el día de la boda, el jardín estará a reventar; hasta me cosquillea el estómago de pensarlo.

Una tarima de madera bien pulida sobresale del césped. Doy dos pasos adelante, quiero suponer que es la pista de baile. ¡Dios! Aquí estaré bailando *Can't help falling in love* pegadita a su cuerpo, tres minutos con un segundo que deseo me duren toda la vida. Cierro los ojos, sonrío y casi puedo escuchar la canción dentro de mi cabeza. Comienzo a dar vueltas por la tarima con un brazo pegado al estómago y otro por el aire, imaginando que reposa sobre su hombro.

Canto en voz baja para mí.

—«*Take my hand..., take my whole life too*».

¿Qué más sigue?

Ni idea, total, ese día no me importará ni el hecho de que no sé bailar, solo le seguiré los pasos a Daniel, eso medio se me da bien. A pesar de lo introvertido que es, baila increíble; en los vals sabe cuándo hacerme girar y regresar a la posición principal sin que los demás noten que tengo dos pies derechos.

Me acerco a la fuente; tiene tres pisos y está hecha de mármol, debe de medir unos dos metros, en cada peldaño sobresalen focos de luz amarilla. Lo encantador de esta fuente es la pareja tallada con el mismo material que adorna la parte superior. Están abrazados, perfectamente encajados: el hombre sostiene con delicadeza a su dama y ella le corresponde relajando los párpados y reflejando una sonrisa mientras se deja llevar por la música y el movimiento del cuerpo de su amado.

¿Cómo hacen esto los escultores? Lograr que un material duro luzca suave y exquisito. Desde aquí deduzco que la tela es seda.

Bajo la vista hacia la pileta, en el fondo se logran contar varios centavos. Seguro en las fiestas las personas vienen a pedir deseos ¿Qué tan necesitado estará su corazón para hacer esto? ¿Qué cambiará lanzar una moneda? ¿Por qué no van mejor a una consulta y se revisan los dientes? ¡Ah! Para eso sí escatiman. Bueno ¿quién soy yo para juzgar?

Meto la mano en mi bolsillo, siento una moneda. ¿Qué puedo desear yo?

Quiero cerrar los ojos en cuanto escucho unos tacones a lo lejos y regreso a ver de dónde provienen.

Es una mujer de unos sesenta años, debe ser la dueña; lo digo por el peinado alto de salón, el rubor exagerado y los aretes largos de pedrería. Al verme, extiende su mano para saludarme desde la terraza del segundo piso.

¡Qué vergüenza! Sepa cuánto tiempo lleva mirándome, y la muy descarada ni me habló.

Me hace una señal de que suba.

El segundo piso está descubierto, es más como una sala de descanso para invitados especiales. Hay una barra para preparar bebidas y sillones acojinados de color gris claro con mesas de centro de cristal.

—Buenas tardes —saluda la señora apenas me ve subir. Saca su cigarrillo de la boca y exhala el espeso humo—. Toma asiento —me indica delicadamente con su mano enguantada. A su lado se encuentra una señorita más joven, deduzco que debe ser su asistente pues trae entre manos una agenda.

—Hola, buenas tardes. He dado un vistazo por todo el jardín y es formidable —digo con la voz firme. Ni siquiera suelo usar ese tipo de adjetivos, pero no quiero parecer una niña deslumbrada.

—Me alegra mucho, querida. Y, ¿viene usted sola? —La mujer voltea a todos lados tratando de encontrar a mi acompañante, levanta una ceja y frunce la boca.

Señora, no me haga esto más difícil, carajo.

—Ah, sí, sí —me rasco la nariz con incomodidad—, mi prometido se retrasó y yo no quise perder la cita.

—Interesante. —Me mira de reojo, de pies a cabeza, y se detiene justo en mi hombro, de donde sale un hilillo de la costura—. Cuéntame, niña, ¿de qué es el evento? —Se cruza de piernas y recarga su codo en el respaldo del sillón, meneando su cigarrillo entre el dedo índice y el pulgar.

—Boda, me voy a casar, sería el 27 de noviembre. ¿Lo tiene disponible? —pregunto; aunque su semblante me parece rígido y altanero, me interesa su jardín.

—Permíteme. —Su asistente le pasa la agenda—. ¿Cuántos invitados serán? —inquiere.

—Entre trescientas y cuatrocientas personas, si es que no se nos salen de las manos.

Ante mi respuesta la mujer arquea las cejas y retrae su mandíbula.

—¡Vaya! Fiesta a lo grande, perfecto, la fecha está disponible —agrega.

—Sí, bueno, mi prometido tiene muchísimos amigos.

—Bien por su prometido. —Se frota la papada—. Este es el costo. —Escribe la cifra en un papel y arranca la hoja para dármelo. Bueno, ¿qué es tan caro para que no me diga la cifra con voz?—. Se tiene que pagar el setenta por ciento por adelantado sin excepciones.

Desdoblo el papel.

Madre.

Es caro, muy caro, pero no hago ningún gesto y me mantengo serena, como si fueran cifras que veo muy a menudo; aunque no me gusta comportarme así, me siento intimidada.

—¿Cheque o efectivo? —Saco la chequera de Daniel.

—Qué decidida la niña. —Sonríe con ironía sin dejar de ver el hilo de mi suéter—. Efectivo.

Saco un sobre del bolso y hago las cuentas en la mesa.

La mujer arruga los labios, resecos por el labial granate, e inhala su cigarro. Le doy la paca de dinero y ella, sin contarlo, pero mirándome como si hubiese asaltado un banco, lo introduce en su sostén.

Me da unos documentos para que anote los datos: nombre de quien hace la reservación, fecha, hora en que comenzarán a llegar los invitados y demás.

Sigue mirando a la puerta, como esperando a que entre alguien, y eso lo único que logra es recordarme que he venido sola.

—Listo. —Le entrego la carpeta.

—Perfecto, querida... —ojea el nombre— Emilia. Lástima que no haya llegado tu prometido, me hubiera gustado saludarlo. —Se humedece los dedos para revisar las demás hojas—. ¿Qué crees? De cortesía, se colocan sus nombres con rosas en el jardín principal; tu nombre ya lo tengo, ¿cuál es el del novio para anotarlo?

—Daniel Gastón.

—¿Eh? —se atraganta con el humo—, ¿el pintor? —Tras llevarse las manos al pecho, añade—: ¡Ave María purísima! ¿El pintor se casará en mi jardín? ¡Ah! ¿Oíste eso, Maricarmen?

—Sí, el mismo.

—¡Ah! ¡Qué honor! Querida, espera, ¿vendrá la prensa? ¡Saldremos en los periódicos! —Aplaude y da brinquitos en su lugar de emoción.

Digo que sí solo moviendo la cabeza.

—Bueno, creo que ya es todo, ¿verdad? —Me levanto con incomodidad y me arreglo el vestido.

Hasta se olvidó de mi hilo suelto. Lo tomo con las uñas y lo arranco de cuajo.

—Señorita Gastón, preciosa, por cierto, me llamo Emma, Emma Aguirre. —Me da un apretón de manos—. ¡Me ha hecho el día! Qué digo el día, ¡el año! Nos encargaremos de que todo esté maravilloso; un día antes puede venir alguno de sus familiares a darle un vistazo, estará impecable.

—Gracias. —Trato de zafarme, pero ella sigue asegurando su impecable servicio.

—Una boda memorable, ténganlo por seguro. Este... ¿los manteles? Espere, dígame, ¿de qué color serán los manteles? ¡Maricarmen! ¡El muestrario! Quizás el mismo que el de sus damas de honor.

Ya decía yo que algo me faltaba: las damas de honor.

No creo que pase nada si no tengo eso; ni siquiera sé cuál es su función, solo se visten todas iguales y se ven muy monas andando de allá para acá toda la noche.

—Color palo de rosa está bien —finalizo, y me retiro a pasos rápidos. No soporto más la esencia de la señora Emma, es tan pesada y agria. ¿O sea que si no menciono a Daniel ni me ofrece los manteles? ¡Qué coraje!

Pateo una piedra del camino y meto las manos en los bolsillos de mi suéter para calentarme. Estoy tan molesta, primero me miró como mercenaria. Necesito una dona, pero grande y glaseada, y un café grande también. Doy otra patada a la piedra y sale rebotando a la avenida. Qué pena, arruiné mi entretenimiento.

Lo bueno es que apartar el salón ya es un pendiente menos; ahora quedan los recuerdos, pagarle a la banda, las pruebas del pastel y el banquete. ¡Dios! Me tiembla el párpado.

Veo la luz encendida de la cafetería y eso me repone.

***

Justo a tiempo, las nueve menos dos minutos.

Bajo del taxi, no veo a Diana por ningún lado y las gotas de lluvia caen con más fuerza.

Yo que venía toda temblorosa pensando que se me hacía tarde.

Al señor Florentino le decimos que terminamos de trabajar a las ocho, entonces, como tarde, debemos llegar a las nueve. Las excusas del taxi o el camión ya no funcionan, así que van ocho veces que terminamos castigadas; su castigo es quitarnos el sábado libre, que para Diana es poca cosa porque está en su casa, pero para mí es asfixiante.

Me siento en la acera a beber mi café. Un rayo cae a lo lejos y se escucha el retumbar de las ventanas.

Me doy por vencida, otro sábado secuestrada.

Pasados quince eternos minutos, un carro se estaciona; vienen como seis personas dentro, tipo lata de sardina. Tan solo en el lugar del copiloto, dos chicos y una chica riendo a carcajadas. Uno de ellos extiende una botella de cerveza desde la ventana y la agita para que salga la espuma como lava volcánica.

Diana sale con dificultad.

Que no venga tomada, que no venga tomada.

—¡Bella! ¿Qué tal? —Se alegra al verme. Y yo me alegro de verla caminando derecha

—¿No que ibas solo con José? —digo con molestia.

Le extiendo su vaso de café.

—¡Gracias! Eh…, no, no dije que solo iba con José. Era el cumpleaños de uno de sus amigos, todo tranquilo. Vamos, antes de que salga papá todo neurótico.

¿Fue más importante la fiesta del amigo desconocido que ir conmigo? ¡Dale! Quisiera decir que le aplicaré la misma dosis cuando se case, pero no creo tener la fuerza.

—Espera —la detengo.

—¿Qué? ¿Qué esperas? Vamos, que es tarde.

Sí, lo sé.

—No estás tomada, ¿verdad?

—¡No! Solo me tomé dos, estoy bien. No, ya no me vuelven a azotar.

—Bien —siento alivio.

Hace cuatro meses más o menos, a Diana se le pasaron las copas y su padre se la acabó a insultos denigrantes y le dio bofetadas hasta el cansancio.

Entramos a la casa, el señor Florentino está leyendo el periódico en el *reposet*; se baja los anteojos y nos mira con enfado.

—Papá, solo son quince minutos tarde. —Diana se adelanta antes de que el señor diga algo.

—Dieciocho, señorita, casi veinte minutos, casi media hora. ¿Qué excusa traen ahora? —Levanta sus cejas despeinadas y canosas.

—Fue mi culpa —intervengo—. Fuimos a apartar el salón de la boda y me extendí platicando con la encargada, lo lamento. Pero —enseño la bolsa de pan en tributo— trajimos pan. —Aprieto los dientes en una sonrisa traviesa.

La señora Elena sale de la cocina con la espátula en la mano, al ver la bolsa de pan se alegra.

—Pondré el café —añade la mamá de Diana con voz suave, ella es más comprensiva.

—Está bien —dice don Florentino a regañadientes. Se levanta y abraza a su hija.

—¿Y por qué no nos dijiste nada, Emilia? —pregunta el señor apenas suelta a Diana.

—Sí —tercia doña Elena—, me hubiera gustado ir. ¿Fue el Medianoche en Francia?

—Sí, en Paris, al final ese fue.

—¿Cuánto costó eso? Debió ser una *lanota* —se sorprende don Florentino.

—Sí, pero Daniel dijo que no había problema, que, si ese quería, ese apartara. —Me apuro a acomodar la mesa para la cena.

—¡Ay, ese muchacho, tan bello! —se escucha suspirar a doña Elena desde la cocina.

A ella siempre le ha caído bien Danny; una vez me confesó que de joven tuvo un novio parecido, así que le hace mucha ilusión cada que viene a la casa.

—A ver cuánto le dura el dinero, con eso de que ya no quiere vender sus dibujos —emite una carcajada burlona el señor.

No quería que tocaran ese tema.

Diana se cubre la boca para aguantar las ganas de reírse.

—Ay, viejo, no seas así, el muchacho sabe lo que hace, será buen marido con Milita —Intenta ayudar doña Elena.

Nos sentamos todos a la mesa para agradecer por los alimentos.

Me apresuro a servirles los platos.

—Bien o mal, ya vas de salida, mija. —Levanta su vaso de agua como en señal de un brindis irónico—. Pero me preocupa aquí la Diana; estoy pensando que le voy a traer santos pues para que los arrope —comenta el señor Florentino.

Preocupación no parece, se está burlando de su hija; ni porque acabamos de dar gracias por la comida guarda respeto.

—¡Papá! —exclama Diana, reprendiéndolo con la mirada.

—¿Qué? Pues es la verdad, a tu edad nadie te va a tomar en serio, estás bien sazona.

—¡Ya! —vocifera su hija.

—¡Ah, chingá! ¿Y por qué te encabronas conmigo? ¿Yo qué culpa tengo de que no te pidan? —Se mete toda una enchilada en la boca.

—Tú corriste a Kevin —protesta Diana.

—Tú también, puro pelagallos traís a la casa ¿Así cómo? —Se limpia el bigote manchado de salsa.

Diana baja la mirada y observa su plato de comida intacta. Le entristece cada que su papá le dice esas cosas. Florentino es de la costa y tiene unas costumbres muy extrañas; intentó arreglarle un matrimonio a su hija con el hijo de uno de sus amigos que posee hoteles, pero, obviamente, ella se negó a conocerlo. Sospechamos que, por enfado de esa vez, le corre a todos los pretendientes.

—Y…, Emilita —interviene la señora Elena—, ¿hay fecha para que vayamos a ver a los padres del joven Gastón?

Niego con la cabeza y me entretengo tomando un largo trago de mi vaso de agua.

—¡Mmmm! Yo digo que ese hombre no quiere invitar a sus padres. De mí te acuerdas, mal agradecido; si así son esos de la escuela de artes: se escapan de sus casas como vagos y no vuelves a saber de ellos —sermonea Florentino mientras agarra otras tres enchiladas del cazo. Ya lleva ocho, y a este paso la camisa le va a reventar y las arterias también.

—Cariño. —La señora Elena le habla a su esposo con dulzura para suavizar la cena, si bien no lo consigue.

—Es la verdad. —Entierra el tenedor con violencia en su tortilla—. Yo tuve compañeros así, no pintores, pero ¿te acuerdas de Juan? Borracho vividor, supuesto poeta, terminó vendiendo rimas afuera de la catedral por unos centavos. Que no te engañen los años mozos del joven Gastón: ahorita tiene dinero, pero esos no son trabajos. Aquí hay que cargar, sudar, sangrar, no andar con palabritas o brochitas; esas son mariconadas —argumenta en tono despectivo.

Trato de hacer oídos sordos, ya estoy acostumbrada, cada cena es lo mismo: viborear a todo el mundo, porque solo el señor hace las cosas bien.

Diana se levanta de la mesa sin terminar de comer. A veces me gustaría hacer lo mismo cuando ya no lo soporto, sin embargo, tengo que esperar a que terminen todos para lavar los trastes.

«Vente a vivir conmigo».

Las palabras de Daniel llegan intrusas a mi cabeza. No es mala idea, pero quiero hacer las cosas bien, que esta familia no tenga nada que reprocharme ni a mí, ni a la memoria de mi madre. Ya queda menos para tener noches de paz, sin malas habladas, sin estarme encerrando en una burbuja mental hasta que los que me rodean terminan de hablar.

Solo me falta aprender a hacer cenas. Doña Elena cocina delicioso; ojalá hubiera nacido con ese talento, pero por lo menos, estoy segura de que tengo la capacidad de hacer de una torta con queso una cena cálida con amor.

Capítulo 4

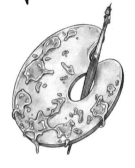

Aprende las reglas como un profesional,
entonces podrás romperlas
como un artista.

Pablo Picasso

El sábado es mi día de descanso entre comillas; la realidad es que es el día más ajetreado. Aunque me permiten levantarme a las siete, tengo que ayudar en el aseo del hogar; pese a que la casa no es amplia, entra polvo a toda hora, entonces el quehacer nunca se acaba; sin embargo, prefiero limpiar a tener que ir al mercado, que es tarea de Diana. No soy vegetariana, pero no me gusta la sensación que me provoca ver los pollos colgados o las cabezas de marrano o de vaca, y tampoco soy muy hábil para escoger verduras y frutas de calidad, yo las veo todas igual.

Mi primera actividad es quitar la hojarasca del jardín. No tenemos árboles plantados, pero los vecinos sí, y las ramas llegan hasta acá; lo bueno es que dan sombra cuando uno quiere tomar aire fresco por las tardes.

Junto las hojas secas por montones con ayuda del rastrillo. Siempre que comienzo a hacer ruido, sale de su escondite Félix el gato; así lo he bautizado porque mi creatividad no dio para más.

Sí, ahí viene, contoneando la panza. Se ve muy nutrido para ser callejero.

No me gustan nada, el pelo me causa picor en la cara. Aparte está su temperamento, siempre enfadados, ofuscados e interesados. Me gustan más los perros, aunque nunca me dejaron tener uno. Recuerdo que un día encontré un cachorro en la calle y me lo guardé en la bolsa del vestido creyendo que lo escondería para toda la vida debajo de la cama, y ni una noche lo conservé; mi madre se dio cuenta y lo sacó de la casa.

Miaaauuu…

Maúlla desde el tejado de la cochera de forma autoritaria, entrecierra sus ojos color mostaza y mueve la nariz. Seguro que alcanza a oler el pollo que está en la estufa, ¡méndigo ladronzuelo! Estoy segura de que él fue quien se lo robó de la ventana la semana pasada, por eso está tan gordo.

—No hay comida, vete. ¡Shu! —le digo, como si pudiera entenderme. Estiro la escoba tratando de asustarlo. Él me contesta con otro maullido molesto; no hablo gatuno, pero clarito entendí que me dijo «vieja del demonio».

Tomo la manguera para regar el césped y los rosales de doña Elena que, por cierto, ya se están muriendo.

Me acerco e inspecciono las hojas. Tienen plaga: hay muchos bichitos verdes en forma de frijol en los pétalos y tallos.

Sacudo las rosas y algunos brincan; otros, desobedientes, se quedan pegados. Con las uñas, trato de quitarlos, pero estos se multiplican como espuma. Están totalmente infestadas. Uno me brinca en la cara y doy un salto hacia atrás y comienzo a darme palmadas en las mejillas. ¡Puaj! ¡Malditos insectos!

—Morenita, ¿qué haces? —me llaman desde la cerca.

Volteo enseguida al escuchar la voz. En microsegundos mi cara se convierte en un terrón de azúcar derritiéndose a la luz del sol.

Daniel extiende su mano saludándome y con la otra se cubre de la resolana.

Corro a abrir la reja y me lanzo a su cuello a abrazarlo al tiempo que le lleno de besos el rostro. Siento sus manos sostener mi cintura y elevarme para darme vueltas en el aire.

—No te esperaba —digo con sorpresa antes de besarle los labios, casi privándolo de hablar.

—Te dije que vendría el sábado, ¿recuerdas?

—Sí, sí, pero te dije que no vinieras.

—Pues te extraño, ¿qué querías que hiciera? —Me acomoda el cabello detrás de la oreja.

La piel del cuello y espalda se me eriza. También lo extrañé, apenas dejo de verlo y ya lo quiero de vuelta.

—Camino acá vi un circo, ¿quieres ir más tarde?

Me llevo las manos a la boca, emocionada.

—Sí, sí, claro —contesto entre pequeños saltos—. Solo déjame hacer méritos rápidos para pedir permiso.

Inmediatamente, veo que él le presta atención al gato echado en la teja, que se retuerce mientras se rasca con la parte áspera.

—¿Ya tienen uno? —pregunta con emoción, estirando la mano para llamarlo.

—No, no, ¡qué va! Esa cosa viene a robarse el pollo, no lo llames.

—Michito, michito, michito —pronuncia con voz aguda. El gato se da volteretas y estira una de las patas queriendo alcanzar su dedo, casi una representación de la pintura... ¿cómo se llama? ¡Ah, sí! *La creación de Adán.*

—Adoptémoslo —añade Daniel, quien logra acariciarle una pata y aquel monigote cierra los ojos como si fuera un rey generoso que permitió que un plebeyo lo tocara.

—Estás loco —espeto.

—¿No te da ternura? Mira esa nariz rosada. —Lo sigue llamando chasqueando los labios.

—Mejor mira esto. —Lo tomo del brazo y lo llevo a los rosales con bichos—. A ti que te gusta la jardinería, ¿ves esas cosas raras que tienen las rosas? Creo que les están succionando el alma.

Daniel ríe por mi expresión y me aprieta la mejilla antes de tomar entre sus manos una de las rosas como si fuera algo profundamente delicado.

—Son pulgones. —Pongo cara de no entender— bichos que succionan la savia, por eso dejan de crecer. ¿Tendrás algo de jabón sin olor?

Creo recordar que sí.

Daniel hace una mezcla de agua con jabón y bicarbonato en un atomizador.

El pillo me atomiza la cara y le suelto una palmada al hombro que le saca una risa.

Siempre busca hacerme travesuras, pero no me molesta que me haga lo que quiera si el resultado es verlo reír.

—Mira, vas a hacer esto: vas a regar las rosas así —Comienza a atomizar cada una con generosidad—, todos los días, por todos lados; no solo los pétalos, también por debajo. ¿Lo prometes?

—Sí, lo voy a hacer. —Sostengo el atomizador y lo intento yo.

—Debes prometerlo —entona con seriedad.

—Sí, ya, lo prometo —respondo con el ceño fruncido.

Qué intenso.

Daniel deshoja lo estropeado de manera sutil, apenas usa las yemas de los dedos, prestando atención para no dañar los pétalos buenos, casi como una cirugía.

Yo veo el modo en el que mueve sus manos y pierdo el sentido de la razón. Estudio su mandíbula, cómo la tensa cuando se concentra; esa línea marcada que divide su rostro del cuello podría ser lo único que quisiera ver toda la vida. Traga saliva y el cartílago de su laringe se mueve de arriba abajo.

La piel se me eriza, pero intento disimularlo.

Llevo uno de mis dedos hasta el ángulo fino de su maxilar, donde tiene algunos lunares marrones formando un triángulo, recorro su mandíbula hasta llegar a la delgada y suave barbilla.

No hay un solo rincón que no pueda gustarme.

—¿Me estás escuchando, Emily? —Enfoca sus pupilas en las mías y sacudo mi cabeza.

Ni me he percatado de que había dicho algo.

—Sí —repongo nerviosa—, bueno, no. ¿Qué decías? —Me muerdo la mejilla por dentro.

—Que estas rosas de acá deben cortarse. Cuando veas que los pétalos se sueltan con facilidad, ya no tienen sentido que estén aquí. —Toma unas pinzas y las corta—. No lo olvides.

Miaaauuu...

El gato nos ha otorgado el privilegio de verlo bajar del tejado. Se acerca a Daniel y le envuelve el tobillo con su esponjosa cola. Él se agacha para recogerlo. Le carga como a un niño y este triplica el volumen de su ronroneo; parece un auto descompuesto.

—Sí debería quedármelo, ¿verdad que sí? —Le rasca la barbilla y el diablillo se deja consentir.

—Ay, no, no, ni lo pienses, por favor, viviría con la cara hinchada de alergia. —Hago una mueca.

—Vives con alergia.

—Sí, pero sería peor; así que suelta eso, que te llenarás de pelos. Daniel me hace caso con un puchero triste.

Le sacudo la camisa, que es blanca, así que disimulará un poco si es que se le ha quedado algún pelo.

Finjo estornudar para que crea mi severa alergia.

—¿Viste? Empezó mi irritación. —Me tallo la nariz.

—Yo tuve un gatito parecido a él, solo que tenía una pequeña mancha negra en forma de bigote. —Vuelve a acariciarle la cabeza y este arquea su torso, indicándole que lo siga haciendo—. Pero un día no volvió; quiero pensar que lo adoptó alguna familia, me apena imaginar que lo atropellaron o que se lo comió un perro.

—Los perros no comen gatos.

—Los perros comen todo. —Se cruza de brazos—. Ya te convenceré de adoptar un gato.

—Nunca, seguro que ese gato te abandonó a propósito.

—¡Uh! —Se lleva una de las manos al pecho—. Me has ensartado. Qué ruin, Emi, fingiré que no me dolió.

Compruebo que no haya nadie cerca de la ventana o la puerta y me pongo de puntitas para darle un pequeño beso en los labios. Lo tomo por sorpresa, tanto que se olvida del gato y me regresa el beso de forma más profunda. La caricia de su lengua con la mía despierta un escalofrío que recorre la espalda.

Tenemos que parar.

Abro los ojos esperando que nadie haya visto.

Entrelazo mi mano con la suya para invitarlo a pasar a la casa; ya debe tener hambre, seguro se vino sin comer.

El señor Florentino está a la mesa, concentrado en resolver un crucigrama del periódico y doña Elena toma su té matutino que le ayuda a soportar a su marido el resto del día mientras lee un libro.

—Buenos días, don Florentino —saluda Daniel, acercándose a extenderle la mano. El señor se levanta pronto a darle un abrazo eufórico. Ni pareciera que hace poco estuvo hablando mal de él.

Al menos está de buenas.

Lo invita a sentarse y le destapa una cerveza sin siquiera preguntar si le gustaría. No es muy aficionado al sabor de la levadura, pero la agradece por cortesía y finge darle un trago.

Danny mira con intriga el libro de la señora.

—Ay, perdón, perdón, yo aquí embobada con la novela —Se apena doña Elena y se ajusta el mandil—. Ya voy a sacar el pollo.

—Desde anoche no suelta esa cosa —menciona Florentino.

—*Corazón de acuarela* —Leo la portada roja—, Qué bonito, mira. —Le muestro la tapa.

Daniel le da un trago a la cerveza y se atraganta.

—¿Qué tal el trabajo, señor Gastón? ¿Muchas pinturas vendidas? —inquiere Florentino malintencionado dándole palmadas fuertes en la espalda.

—No muchas…, l-las suficientes…, supongo —formula Daniel con dificultad.

—Mmm…, pero en su último evento ese no vendió nada, ¿dónde pues es que le compran? ¿Sale a la calle a ofrecerlas?

—N-no, po-por suerte no —Desvía la mirada al libro y juega sus dedos buscando algún pellejo que quitar.

—Ya tiene a sus clientes, señor, no es necesario que él salga a venderlas, muchos ya le hacen encargos por medio del señor Enrique —intervengo para ayudarle un poco.

—Mija, usted a lo suyo, mire que por ahí le falta limpiar la lámpara —me señala.

Me contengo las ganas de soltar un bufido.

—¿Y está trabajando en alguna nueva obra? —frunce el bigote y destapa otra cerveza.

—Sí, sí, la comencé... ha-hace unos días.

—¿Y cómo es que se inspira? Me intriga, buee..., acháquelo a mi edad. —Suelta un eructo—. No se me prendería una idea nueva. Me casé a los dieciséis, así que muchas mujeres tampoco pude ver, pero ya usted a sus veinti... —hace un ademán al aire en forma de círculos— ¿cuántos?

—Veintisiete —responde Daniel.

—Sí, eso, veintisiete. ¿Veintisiete? *¡Chinguesu!* Lo hacía más chavo, ¿seguro que será su primer matrimonio? Ha de ser el segundo. —Carcajea escandaloso—. Nah, nah se crea. ¿En qué estaba? Ah sí, su inspiración. ¿Todas las viejas de sus cuadros han sido sus modelos o cómo? —Vuelve a eructar y se sacude la cabeza.

—No, no uso modelos.

—¡Oh! Ya veo, ya veo, pues debería. Ha de tener muchas chamacas queriéndose encuerar pa' que las dibuje, ¿que no?

Daniel niega con la cabeza en respuesta, luego bebe la cerveza como intentando distraerse y arruga la cara.

—La otra vez que fui a su exposición, esa que tuvo en la Roma, observé sus pinturas. Bellas, bellas, sí. —frunce ligeramente el ceño—. ¿Qué significan? Le pone cosas medias sin sentido, ¿no? Vi una..., ¿cómo era? Tenía espinas en los brazos, como mujer nopal.

—Sí, pero no significan nada, no se acongoje.

Estas son las cosas por las que no me gusta que venga, el señor siempre quiere acaparar toda la conversación con preguntas y comentarios fuera de lugar; y ahorita está tranquilo porque va comenzando su largo día de borrachera, diez cervezas más tarde estará insoportable.

—¡Mujer! ¿Hay más cervezas? ¡Vieja! ¡Te hablo! —grita don Florentino—. ¿Dónde se metió esta mujer?

Pongo los ojos en blanco y voy al refrigerador por otra botella; aunque me pesa dársela, si no lo hago se pondrá más irritable.

—Mijo, nomás no veo que le avances a eso. —Don Florentino apunta a la cerveza—. A ver. —Toma la botella de la mesita—. Pero si ya está caliente, esto es atole. Hombre, no me salgas con mariconadas, acábate eso.

Daniel asiente y da un trago obligado. Veo su rodilla moverse con inquietud.

Mira a ambos lados, como buscando con qué distraerse. Al verme con una escoba, se levanta del asiento.

—Te ayudo, Emi, permíteme

—¡Ey, ey! Deja eso, que se entrene tu mujercita. No, no, cuidadito, porque luego se hacen flojas.

—No te preocupes, ya me falta casi nada —digo con gentileza, aunque estoy explotando por dentro.

Daniel me mira con incomodidad, vuelve a sentarse, infla las mejillas en un suspiro. Ahora juega con los botones de su camisa. Hace su mejor esfuerzo por seguirle la plática sobre política, hasta que se abre la puerta y entra Diana, que viene con las bolsas enormes del mercado. Me apuro a ayudarle.

—¡Qué calor! Está tremendo ir para allá. ¡Ah! ¡Hola, Danny! —saluda ella, que trae el flequillo adherido a la frente por el sudor.

—¿Y usted por qué tan igualada, cabrona? Yo no le he enseñado eso, es el joven Gastón —refunfuña.

—Perdón. Hola, joven Gastón —corrige Diana con dureza.

—Danny está bien, n-no se preocupe, yo no me ofendo —Trata de apaciguar la situación.

Siempre tan bello.

Enciendo la radio en un intento de calmar el ambiente; no

hay música, solo anuncios, no obstante, me dispongo a cambiar el tema.

—¿Ya escucharon? Habrá cine terror —Le subo un poco más el volumen.

Me hago la interesada, aunque ni me gusten.

Veo las manos de Daniel apretadas con fuerza.

—Tranquilo —susurro—, discúlpalo, por favor.

Doña Elena sale de la cocina con la olla del estofado.

Acomodo los manteles en la mesa para que pasemos a servirnos.

Florentino ya tiene el alcohol más que encajado en el cerebro, me doy cuenta porque sus ojos ya se le van desviando. Apenas y logra sentarse con decencia y como perro devora su comida y sigue hablando sin siquiera tragarla.

—Está muy bueno —le digo a la señora.

—Cuando gustes, hija, te enseño.

—Y más vale, porque pobre de tus hijos, sepa qué les irás a dar de comer. Porque sí van a tener ¿o no?

—No lo sabemos —respondo.

—¿Cómo? ¿Si no quién va a cuidarlos de viejos?

—No creo que los hijos deban tenerse con ese propósito —responde Daniel

—Ah, ya, ya recordé que usted no quiere ni invitar a sus padres a su boda.

—Ya, papá. —Diana le pone una mano en el hombro—, Lo está incomodando.

—Te voy a dar en el hocico, deja de andarme callando. —Corta su pollo con enojo y se mete toda una tortilla de golpe a la boca. Le hago señas a Diana de que mejor guarde silencio para no darle más cuerda a su padre.

Él sigue hablando disparates, aunque todos seguimos comiendo sin darle atención.

Aprieto discretamente la pierna de Dan debajo de la mesa, sé que ahí tiene un nervio que le provoca una sonrisa.

Noto que trata de ocultarlo.

Vuelvo a hacerlo.

Él presiona su mano sobre la mía.

Qué ganas de subir más mi mano.

¿Lo intento?

Sin pensarlo mucho, subo mi mano dos centímetros más. Luego otro centímetro, otro.

Sus mejillas se ponen coloradas. Con la mirada me pide que me detenga.

—Ya —musita.

Diana se da cuenta.

Me cubro la boca para no reírme.

—Bueno…, don… Florentino, que-quería aprovechar para pedirle —se toca la garganta, como si trajese algo atorado— permiso para llevar a Emilia al circo esta tarde-noche. ¿S-se puede?

El ebrio levanta una ceja y lo mira con desconfianza mientras se introduce un palillo entre los dientes.

—Mmmm… Muchos permisos este mes.

—Solo ha sido uno—dice Daniel.

—Recuerde que Emilia es señorita, porque es señorita, creo yo. No puede andar mucho en la calle; la gente sabe que está a nuestro cuidado y luego andan hablando.

—Solo será ir a la función, no estaré en la calle tal cual —insisto—. Por favor, dejaré la casa limpia.

Hago el mejor intento de ojos de súplica.

—Está bueno, está bueno, pero va Diana con ustedes, ¿eh? —ríe—. Las quiero aquí antes de las nueve y media.

***

—¡Bu! —Le cubro los ojos a Daniel, que se sobresalta y suelta el periódico. Creo que se estaba quedando dormido.

—Emi, te ves hermosa, te alisaste el cabello. —Enlaza sus dedos desde mi coronilla hasta la cintura.

—Sí, sé que te gusta más así. —Le arreglo el cuello de la camisa.

—Me gusta, pero también me encantan tus rizos. Te ves preciosa.

«Preciosa».

Las mejillas me duelen de rubor; no me siento tan guapa, aunque cuando él me lo dice, lo creo.

Ahora queda esperar a Dianita que tarda maquillándose como si fuese a ir a una pasarela.

—¿Qué hay de bueno en el periódico?

—Nada, nada. —Lo cierra de pronto—. Tonterías, pleitos de política.

—¿Viste si habrá algo en el teatro?

—No, nada.

—¿De verdad? A ver —le echo un vistazo—, van a presentar una ópera, a ti te gustan ¿no? Se llama… *La traviata*. Esa no la hemos ido a ver, ¿cierto?

Él niega con la cabeza y toma uno de sus dedos para morderlo.

—Podemos ir, cae en viernes; puedo cerrar más temprano el consultorio o… —Veo más abajo—. ¡Mira, presentación de libro y recital de poesía! A ti te gusta mucho eso, ¿no?

—Un poco.

—Y es sábado, nuestro día libre; no están caros los boletos, vamos, ¿qué dices?

—No me llama mucho.

Daniel parece desesperado, como si ya quisiera irse, mueve su pierna inquieto.

—¿Te pasa algo? —le pregunto preocupada—, ¿Dan? Te estás sangrando el dedo —le quito la mano de la boca; ha tirado de un cuerito con sus dientes—. ¿Estás bien?

Se pone de pie y se talla la cara.

—La cerveza me ha dejado nervioso, y con algo de dolor de cabeza.

No debió tomarla.

—¿Quieres una pastilla? Deben tener algo por aquí para la migraña…

—No, no hace falta.

La fila está larguísima; sin embargo, se respira mucha alegría; los niños ríen y corretean por el césped mezclado de aserrín, uno llora porque se le ha caído su algodón de azúcar y no le permiten levantarlo.

Las coloridas carpas roban mi atención. De poste a poste, hay hileras de focos colgando que parpadean de forma sincronizada.

Un payaso pintoresco trae atados a la muñeca globos con helio de todos los colores y los va repartiendo a los niños de la fila que le sepan recitar las tablas del dos al cinco. Huele a comida: a salchichas calientes, papas fritas y palomitas. Una señora trae en las manos una charola de fresas con crema. Le hago una señal a Daniel para que voltee a verlas; aunque lo hace, se mantiene apático. Creí que correría tras ella, es su fruta favorita.

Recargo mi cabeza en el brazo de Danny y paso mi mano por su cintura. Le hago plática acerca del hombre que toca el organillo, al cual lo acompaña un pequeño mono con traje de soldadito rojo, cuyo trabajo es extender un gorro para pedir monedas; al recibirlas hace un chillido, muestra los dientes y da una voltereta.

Ríe un poco cuando ve la reacción del animal.

—Mira allá. —Señalo con el dedo a un hombre que lleva en un rastrillo alimento para el camello. Es la primera vez que veo uno, me sorprendo por lo grande que es, incluso echado. Mueve su hocico de un lado a otro de forma graciosa para masticar las hojas.

Hay otras tantas jaulas totalmente tapadas; la gente curiosa se acerca a querer echar un vistazo, pero unos guardias los detienen para mantener la distancia. Deben estar ahí los leones.

Una trompa de elefante sale de una de las rendijas y barrita. Todos volteamos a verlo; los niños sueltan gritos de emoción, pero Daniel tiene la vista fija en no sé qué.

—¡Hola! —Muevo la mano frente a Dan para llamar su atención—. ¿Ya viste la trompa del elefante?

—Sí, es bonito. —No añade más y prosigue con la mirada perdida.

¿Qué tiene, pues?

Regreso a ver a Diana, que extiende una mano y saluda a alguien en coqueteo.

Quien le responde es un muchacho en un traje brillante y con sombrero.

—Te estoy viendo, fresca, pero si no pierdes el tiempo. —Le retuerzo un mechón de cabello.

—Calla, quizás este sí es el amor de mi vida. Todo un temerario. ¿Será el que dome a los leones? Que me dome a mí.

—Seguro que sí. ¿Estarías dispuesta a viajar por el mundo en una carpa?

—Obvio, sería toda una aventura. Podría ser la bailarina, tampoco estoy tan mal; o podría ser la damisela que rescata de alguna trampa donde la rodean los leones. —Hace un puchero de decepción—. Se vale soñar, ¿no? —Suspira.

Un hombre con un megáfono anuncia que en cinco minutos entramos.

—¡Ya casi, Dan! ¿Dan? —Lo miro confundida.

Él busca algo de su bolsillo con desesperación.

¿Se le habrá olvidado algo?

Saca una pequeña libreta del pantalón y un lápiz.

No, por favor.

Frunzo el ceño y con los dedos tiro de mi frente hacia atrás.

¿Por qué hace esto?

Diana se nos queda viendo con cara de signo de interrogación. Con las manos, le digo que nos ignore.

—Danny, ¿puedes hacer eso en otro momento? —Hace trazos rápidos y ligeros. Pasa la hoja y hace otro garabato.

La fila comienza a avanzar, lo tomo del brazo y esta vez se suelta.

—Ya está avanzando, nos toca esta función. —Busco su mirada, entrometiéndome entre él y su libreta. Le tomo la mano con suavidad, tratando de convencerlo de ir conmigo. No regresa a verme, pone resistencia y da unos pasos hacia un lado, saliéndose de la fila para seguir con su libreta.

—Vayan, yo las alcanzo. —Saca su billetera y me da el dinero de las entradas.

No me puede estar haciendo esto.

—Daniel —pronuncio entre un quejido.

—Emilia, yo las alcanzo en un momento —repite sin regresarme la mirada. Sus dedos pasan de ser mi parte favorita de su cuerpo a una a la que le guardo resentimiento.

Diana gruñe exasperada y me toma de la mano para incorporarme a la fila y avanzar.

—¡Daniel! —La gente nos observa.

No hace ni el intento de soltar su estúpida cosa.

—Emily, déjalo, ven conmigo —Mi amiga me entrelaza el brazo.

Respira, respira.

Aprieto mis lagrimales con el índice y el pulgar.

Pagamos las entradas.

Ella me intenta distraer señalándome las manzanas con caramelo que lleva un joven en una charola. Me pregunta si quiero una, pero niego con la cabeza.

Nos sentamos en la tercera hilera. Pongo mi bolso a un lado apartando el lugar de Daniel, esperando ilusa que se digne a venir.

Un payaso con el cabello azul y alborotado presenta el circo y, entre chistes, habla un poco de su trayectoria y de cómo comenzó el proyecto; hace una voz tan aguda que quiero reír, pero el solo hecho de querer forzar mi diafragma para hacerlo me acentúa las náuseas. Lo que quiero en realidad es despilfarrar mi cólera. Para enojarse, no hay persona más apasionada que yo. Me lastimo todos los órganos y músculos existentes por la presión que ejerzo desde dentro, y lo peor es que puedo durar con el sentimiento toda la semana.

Respiro por la boca, me muerdo las uñas hasta que Diana me toma de la mano para evitar que siga.

—Basta, Emily, ya ni te quedan uñas, te vas a sangrar los dedos —insta.

—¿Cuánto tiempo ha pasado?

—Veinte minutos.

Madre mía, sentí que pasó una eternidad. Aunque quiero ver el escenario, mi mirada busca la puerta, esperando señales de este hombre, pero nada. Está vacía.

No me puede hacer esto, es la primera vez que vengo, debería estar aquí a mi lado. ¿De qué me sirve que solo haya pagado la entrada? En ese caso, me hubiera dado solo el dinero y yo hubiera decidido en qué lo gasto; no dije que sí a su invitación solo por el espectáculo, es que el sitio no tiene caso si no está él para comentarlo.

Pasa el primer número, un baile sobre el aire al que trato de prestar atención, Diana me hace comentarios sobre lo bueno que está uno de los bailarines, no presto atención por voltear a ver al pasillo.

Mi enfado comienza a competir con la tristeza, no sé cuál prevalece más conforme pasan los minutos.

—¡Mira, Emily! ¡Dios! ¡Se va a caer! —Señala a un hombre en triciclo pasando por la cuerda floja.

En este momento desearía ser ese hombre y caerme a propósito; el golpe dolería menos que lo que estoy sintiendo ahora. Lo peor es que no tengo a quien decirle cómo me siento de verdad. Diana tiene a sus padres al menos, sale con más gente, sus amigos, sus primas, pero ¿yo? Mi único círculo es ella y Daniel, y ninguno de los dos está muy bien de la cabeza: ella da malos consejos, alborota mis arranques de ira y a veces parece que quiere lastimarme con sus comentarios; y él es la razón de que esté a punto de explotar.

Me aturden las risas y los aplausos del público. La cabeza me pesa.

Me pregunto si aquel seguirá allí. Lo más seguro es que se haya ido corriendo al taller.

—Iré afuera —le digo a Diana.

Ella me presiona la mano.

—¿Para qué? Déjalo, vamos, disfruta el circo, es la primera vez que vienes. Mira, están acomodando todo para los leones, nunca has visto uno, espérate —me ruega—. Ya que acabe le damos en la madre si quieres. Quédate conmigo, ¿sí?

—No, voy a arreglar esto ahorita.

—He estado intentando mantenerme callada y respetando tu relación como me lo has pedido, pero querida, si vas a salir a mandarlo al carajo, ve, si vas a perdonarlo, mejor quédate, disfruta la función y mañana sigan igual.

Inhalo y exhalo, una, otra y otra y otra vez.

No me calmo. Es peor.

Todos ríen escuchando al domador, pero yo no puedo entender sus chistes.

Necesito ver si sigue allá afuera.

Salgo a zancadas. Un joven me indica hacia dónde está el baño, pensando que quizás es lo estoy buscando con tanta urgencia, pero lo ignoro. Me quedo en la entrada; ahí está, en el mismo maldito sitio que lo dejé. Parado, dibujando, moviendo los labios como si rezara. A pesar de estar lloviznando de a poquito, parece no importarle. De alguna manera eso me irrita.

—¡¡Daniel!! —le grito desde la entrada.

El hombre no hace ni gesto, está perdido en sus hojas. Pasa una y sigue moviendo su mano en la siguiente.

Me acerco. Le quito el lápiz de las manos y lo tiro al suelo.

—Emilia, ¿qué te pasa? —se agacha a recogerlo—. Te dije que en un momento iba.

—Tu «en un momento» —hago comillas con las manos— ya se hizo más de una hora y casi termina la función, ¿te das cuenta?

Alza el rostro y veo sus ojos, la esclerótica irritada, una lágrima le resbala por la mejilla. Rápidamente, se la limpia con la manga de la camisa. Veo su libreta, ella. Siempre ella.

—¿Estás llorando? ¿Por qué?

Se queda callado y aprieta los labios.

¿Así cómo voy a entenderlo? Si nunca carajos me responde por qué llora cuando dibuja.

—Necesito terminar este boceto o lo olvidaré…

—No me has respondido: ¿por qué lloras?

La lluvia comienza a arreciar.

—Ven. —Me toma la mano—. Vas a mojarte.

Me suelto.

—No me cambies el tema. ¿Acaso no te importo? —inquiero, desafiante, colérica.

—Esto también es importante, tuve una idea para el próximo cuadro y sabes bien que estoy a contrarreloj. —Baja la mirada.

—Importante, bien. ¿Y qué importa más?, ¿eso o yo? Es nuestro día.

Me mira con cansancio, como a una niña que se ha enfadado porque se le ha negado un dulce.

Le doy un empujón y él trata de tocarme para tranquilizarme.

—¡No me toques! —Los ojos se me llenan de lágrimas, pero qué importa, no va a notarlo, ya tengo la cara empapada con gotas de lluvia—. Responde, ¿no te importo?

—No me hagas esas preguntas. Tú no me entiendes.

Claro, porque solo debo entenderlo, ¿qué importa lo que yo sienta?

—Siempre trato de entenderte, sé que tienes que cumplir con lo que te ha pedido Enrique, lo entiendo, pero tú —se me corta la voz—, ¿cuándo... cuándo te pondrás en mis zapatos?

Las sienes están a punto de estallarme. Tengo media cara entumecida y él, ahí, como si nada, perplejo, mirándome como esperando que se me pase el berrinche, porque siempre es así: dejaré de hablar, me tumbaré al suelo y él se agachará para explicarme que es su vida, que es feliz, que así lo conocí, que él me lo advirtió. Sí, así lo conocí; sin embargo, creo que hay tiempo para todo, y yo merezco el mío. Puedo soportar que en su taller se pierda, dibuje hasta el cansancio, pero ¿por qué quiere traerse el taller a todas partes?

Nos miramos por algunos segundos. Él se talla los ojos y da unos pasos hacía mí.

—Emily...

No quiero caer, no quiero caer, ya lo conozco: usa ese tono para después traer su misma excusa. No voy a ceder otra vez.

—¡No! ¡Basta! —lo empujo—. Me voy.

Él trata de tomarme de las manos, pero lo impido y lo vuelvo a empujar.

—Tengo que acompañarte a casa.

Siento las lágrimas hervir y quemarme las cuencas. Lo miro con ira, con dolor, con cansancio, y me odio por mirarlo con amor.

—Pues no tienes por qué sentir responsabilidad. Terminamos, Gastón. Ya no puedo contigo, mejor sola a vivir esto por siempre —contesto con firmeza.

—No estás hablando en serio. No nos hagas esto.

—¿Hacernos? ¡Muérdete la lengua! —le grito—. Pongo todo de mí porque esto funcione; menguo mi carácter decenas de veces al mes por evitar herirte, ¿y tú? Me dejas plantada en nuestra cita. —Mi lengua se traba en mi boca, el enojo me aprieta todas las fibras musculares.

Si una tarde, una simple tarde, no puede ser para mí, ¿cómo podrá serlo una vida? Lo amo hasta límites tontos, y me duele hasta límites inhumanos. No quiero seguir, no es correcto. Quiero ser fuerte, pero tengo miedo de no poder.

—¿En serio me estás dejando? —Se interpone en mi camino.

Asiento con la cabeza.

—Estoy cansada.

Capítulo 5

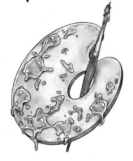

Pinto porque los espíritus
me susurran locamente dentro
de mi cabeza.

El Greco

Estoy peleada con mis pies. Cada mañana, desde la última semana, intentan traicionarme apenas salimos de casa; aunque yo
quiero ir a la izquierda, insisten en girar a la derecha y correr
tras él. Mi cerebro está en proceso de mentalizarse de que todo
ha terminado, pero el resto de mi cuerpo se niega.

Lo extraño.

Pero ¿qué puedo hacer? Ese día, al decirle que era en serio,
que lo estaba dejando, solo se metió las manos a los bolsillos y

me miró en silencio. Quería con toda el alma que dijera algo, lo que fuera, que me detuviera, sentir que le importaba perderme. Si bien no me gusta odiar, ni a cosas ni a personas, algo que odio es que siempre, ante un problema, se calla. Quisiera que discutiera, que apelara o contradijese, no que solo me dejara vaciarme para después poner carita de tonto y pronunciar un «lo siento». ¿De qué sirve una disculpa si reincides en el mismo problema una y otra vez?

No son celos; es decir, sí, tal vez un poco, debido a que tengo la sensación de ser un estorbo; es algo que no me puedo sacar del pecho. Me ha repetido «entiéndeme», pero ¿qué debo entender? ¿Que no tiene autocontrol? ¿Que está bajo un vicio que le está quitando más de la mitad de su vida? Vive, duerme, respira, sueña y piensa pintura. Se desespera si no la tiene cerca. No puede pasar un solo día de su vida haciendo otra actividad porque le sucede lo que al señor Florentino sin alcohol: tiembla, suda y hasta alucina. Me atrevo a pensar que también piensa que cualquier otra actividad es una pérdida de tiempo. Uno no mira el reloj esperando que dé vueltas rápido cuando estás con alguien a quien amas, pero a veces así lo siento a él, desesperado, mientras yo soy el mal tercio en la relación de su vida.

Pese a que yo amo mucho trabajar, al salir del consultorio me olvido del paciente, del material faltante, del sueldo escaso, de la mala racha y de todos los problemas que pude tener aquí. No puedo venderle mi alma al trabajo, necesito vivir fuera de estas cuatro paredes, y no significa que deteste mi empleo. Él es todo lo contrario: se sacude lo que pasa en el mundo externo para entrar al taller. ¿Será una enfermedad?

Diana lleva rato mirándome de reojo mientras le hace tratamiento a una paciente. No he querido contarle lo que sucedió, solo le mentí a su padre diciéndole que Daniel se había sentido mal por el trago y que tuvo que ir al médico. Obviamente, nadie me creyó, traía la cara hinchada y el semblante irritable.

—¿Puedes hacer la receta de la señora, por favor?

—De acuerdo.

¿Dónde está el recetario?

Abro un cajón. No está, abro otro.

—Sobre el escritorio, Emilia. ¿Sí puedes hacerla?

Ya va a comenzar a tratarme como tonta.

—Que sí —repongo.

Qué enfado.

Como patrona, me inspecciona que haga las cosas bien, me ronda de izquierda a derecha. He tenido alguno que otro error antes, nada atroz, pero ella los achaca a que algo sucedió con Daniel, y no, no es así.

—Listo, señora. Coma un buen helado de limón, nada de leche, ¿de acuerdo? —La señora apenas levanta su mano y Diana la arrebata.

—Perdón, solo quiero revisarla.

Me dirige una mirada turbia, pero rápido disimula y le sonríe a la señora.

No entiendo.

—¿Qué pasa? —digo entre dientes y a un tono bajo. Ella solo hace un sonido inconforme y veo que escribe otra receta.

Carolina no presta mucha atención, está concentrada en la diversión que le da sentir media cara entumecida; se le escurre la saliva en la falda y le causa aún más gracias.

—Listo, Carolina, su receta. —Se la entrega. Amablemente, la mujer nos obsequia un cartón de huevos como propina antes de marcharse.

Al cerrar la puerta, Diana se voltea y me jala hacia el vestidor.

—A ver, Emilia Miranda, anotaste mal la indicación de esa receta. Si necesitas días, dímelo, casi cometes una iatrogenia.

Echo un vistazo a la receta que había escrito y...

Sí. Me había equivocado: en lugar de «cada seis horas», escribí «cada seis minutos». Los colores se me suben al rostro de vergüenza.

—Lo siento —digo en una exhalación—, te juro que pondré más atención.

Qué pesar, qué inútil. ¿Cómo pude equivocarme?

Yo enfadada de que me esté hostigando con la mirada y le he dado la razón al final.

—Claro, yo te perdono, aunque puede que algún cliente no, y a ver qué haces.

—No volverá a pasar —aseguro.

Bajo la mirada, quiero llorar, necesito llorar, pero me aguanto; lo haré cuando llegue a mi recámara.

—Más vale, porque bien no nos está yendo, mira. —Se dirige al escritorio a darme la hoja de las cuentas del mes. —Estamos quebrando y todavía falta darle su porcentaje al dueño.

Diana se deja caer en el sillón y echa un vistazo por la ventana hacia el local de enfrente, que todavía tiene pacientes en la sala de espera. Eso de subirle a la consulta no fue buena idea.

Muchas personas entran y nos toman por secretarias consultando: «¿Hay doctor?». A lo cual respondemos que nosotras vamos a atenderlas; preguntan el costo y con eso es suficiente para mandarnos al carajo. Y eso que cobramos más barato que aquellos.

—Voy a pensar en una estrategia, no te preocupes. —Trato de animar el asunto—. Se levantará esto.

—Sí, ajá. Mira, al menos tú tendrás un marido que te salve, pero ¿yo? —Se encoge de hombros.

Enmudezco. No, no, ya no es así, ya no habrá quien me salve.

—¿O qué? ¿Terminaron? —inquiere antes de meterse una goma de mascar a la boca.

Frunzo los labios, no quiero responder. La sola pregunta me estruja el corazón.

—Iré a caminar al centro antes de llegar a casa —desvío su tema.

Aunque quiero irme a llorar, encerrarme solo empeorará las cosas. Tal vez tomar aire, ver algunos escaparates y escuchar canciones terminará por distraerme. Puedo comprar algún pan seco y alimentar a las palomas.

Ojalá aprendiera a callar mis pensamientos como sé callar mi boca.

—¿Quieres que vaya contigo? —Suelta la calculadora.

Eso sí quería escucharlo. Mis ojos se iluminan, claro que quiero compañía, necesito con quién hablar de lo que sea: del ciclo de vida de las cucarachas, de cuántas crías tienen los pingüinos por año, lo que sea me vendrá.

—¡Por supuesto! Eso no se pregunta.

—¡Uh! —Se muerde los dedos—. Perdón, olvidé que tengo que ir a un sitio. Mañana vamos, ¿sí?

«Date cuenta, necesito compañía», hubiera querido decir.

—Dale, no pasa nada. —Finjo no darle importancia.

Me recojo el cabello con una goma y me pongo un poco de máscara de pestañas y un labial rosa tenue que también uso para las mejillas; así disimulo un poco la cara demacrada. Me abrocho el suéter, mi favorito, el que tejió mi abuela; se lo dio a mi madre y ella a mí. Es cálido, anticuado, algo deshilachado, ya no se ve bien, pero me siento abrazada, un poco menos sola.

Escucho la campana de la puerta, alguien ha entrado. Me siento muy cansada. Necesitamos dinero, lo sé; sin embargo, no creo que pueda quedarme una hora más ni atender a nadie. Voy a la sala de espera.

—Ya cerramos, disculp…

Abro los ojos y enfoco, lo veo a él.

—Emily.

Está ahí, parado con las manos en los bolsillos y ese sombrero marrón que combina con las cintas de su cinturón. Me sonríe nervioso y lo primero que pienso es en colgarme de su cuello, sentir su respiración tibia en mi nariz mientras le doy picos rápidos como pájaro carpintero, pero me contengo. No hago ningún gesto. Quiero ya no quererlo, solo eso.

—Como le dije, ya cerramos. —Me pongo firme y actúo como si no estuviera viendo a la persona más importante de mi vida frente a mí.

—Ah, ¿sí? Ahí decía abierto —sonríe. Da un paso adelante y retrocedo.

Da otro paso y retrocedo otro.

—¿Lo puedo ayudar en algo? —pregunto con indiferencia. Él suelta una risa leve y pone cara de enternecido—. Ya hemos cerrado, puede ir al consultorio de enfrente; dicen que son buenos. —Me acerco a la puerta y muevo el cartel de abierto a cerrado.

—Pero yo quiero sentir sus manos, señorita Miranda. —Se muerde los labios y busca mi mirada.

Aunque el corazón me da brincos, no quiero sucumbir. Abro la puerta.

—¿Puede salir, por favor? —Le hago un ademán indicando que se retire. Daniel tira de mi brazo y me acerca a él. Agarra mi cintura y la presiona con suavidad junto a su pelvis.

—¿Qué tienes? ¿Eh? —Levanta mi rostro con la mano—. No quieras que me trague eso de que se ha terminado todo.

Me olfatea y a mí me tiemblan las rodillas.

Miro su barbilla lampiña, delgada y suave, y mi fuerza de voluntad me está gritando que va a rendirse. Lo odio.

—Te esperé con el desayuno y no llegaste, ¿qué tienes que decir, señorita mía? —Entrecierra los ojos y acerca su nariz a la punta de la mía.

—No juegues conmigo. —Aparto su mano de mi rostro y pongo las manos en su pecho para hacerlo a un lado.

Me está doliendo comportarme así.

—¿Creíste que te iba a dejar ir tan fácil? —Vuelve a tomarme por la cintura y me pega contra su cuerpo, sube una mano a mi cabeza y comienza a masajear mi cuero cabelludo hasta desprenderlo de la goma.

—¿Y por qué tardaste tanto si no me ibas a dejar ir tan fácil? —inquiero, confundida. Mi corazón se acelera de tenerlo tan cerca.

—Porque he aprendido que debo esperar a que te tranquilices…

—¿Tranquilizarme? ¡O sea que le dejas la tarea más difícil al tiempo! —contesto, exaltada.

El muy caradura me deja sufriendo por días, pensando que no le importo, y él muy tranquilo, dejando pasar los días porque está seguro de que voy a calmarme.

—Sí, así es —me echa el cabello hacia la espalda—, pero porque no quiero que nos lastimemos. Es ser prudente, Emily.

—¡He estado toda la semana pensando que no te importo!

Daniel levanta mi mentón con las yemas de sus dedos y atrapa mis ojos con los suyos.

—Me importas, así que no pienso dejarte ir.

Se acerca a mí, sus labios tocan los míos. Me da pequeños besos lentos, suaves; no quiero seguirlo, pero tampoco puedo apartarme. Su aliento tibio me cosquillea la piel. Pone su mano izquierda en mi cabeza para acercarme más y la derecha en mi cintura, me aprieta con fuerza.

Cedo.

Pierdo.

Sigo su beso.

Un sabor a mandarina juguetea con mi boca. Seguro que ha

venido comiendo dulces todo el camino. Cómo me molesta que coma caramelos duros, pero qué sabor tan exquisito.

Mi respiración se acelera.

Las cosquillas recorren cada fibra de mi cuerpo, una explosión de oxitocina se libera en mi torrente sanguíneo y, sin quererlo, mis manos suben hasta su cuello. Los ojos se me desbordan de lágrimas.

Sigo enojada, pero esta vez conmigo más que con él, porque, aunque bien podría decirle que se largue, soy incapaz de hacerlo.

Creí que nunca más volvería a besarlo.

Me mira. Lo miro. Sus ojos se entrecierran al levantar las mejillas para dar paso a una alargada sonrisa que deja ver sus dientes, unos preciosos dientes, los incisivos más bonitos que haya visto en la vida. ¿Por qué tienes que gustarme tanto, imbécil?

—¿Qué vas a hacer ahorita? —me pregunta. Se sienta en el sofá de la sala de espera, yo quedo parada y me toma de ambas manos para seguirme acercando.

Bajo la cara para verlo y él me limpia las lágrimas con las manos.

—Ir a casa…, tengo cosas que hacer con… Diana. ¿Cierto, Diana? —Ella se asoma, está masticando una manzana. Lo mira, pone los ojos en blanco y con la lengua empuja una de sus mejillas.

—Te la robo un rato, Diana, ¿puedo? —le pregunta. Ella le da otro mordisco a la manzana.

—A mí qué me preguntas, que te conteste tu mujer.

—¿Qué dices? Sin compromiso, vamos —me susurra con dulzura, con esa voz melódica y grave que solo él sabe entonar, y me sienta en sus piernas.

—Daniel, yo no quiero fingir que lo de la otra noche no sucedió.

—No pretendo que lo hagas, perdón. Juro que no sucederá otra vez.

—No jures en vano.

—No es en vano, lo digo en serio, Emily, lo siento. No te vayas de mí, no podría... —Se lleva mi mano a su pecho. Su corazón empuja contra mi palma.

Esta es la tercera vez que lo escucho decir «no te vayas», y es por la misma razón. La primera fue en su cumpleaños, un veintidós de octubre, donde creo que los planetas se alinearon porque por milagro pude hornear un pastel por primera vez en la vida. Me escapé de casa en mitad de la noche para llegar con él y darle una sorpresa, pero me quedé a la mesa esperando que saliera del taller hasta quedarme dormida. Me castigaron tres semanas por esa barrabasada. La segunda vez fue por el cuadro de la sala: se encerró cuatro meses, no hubo poder humano que lo sacara de ahí. Yo creí que eso había sido una manera abrupta de dejarme, pero un buen día apareció en la cerca para saludarme como si nada hubiese sucedido, como si el tiempo no hubiese pasado por él. Recuerdo la expresión que puso cuando le dije que habían pasado ciento veintiún días. Para él no fue nada, agua entre los dedos, ventisca entre el pelo. Yo, por otro lado, muriéndome de vergüenza cada vez que mi madre me preguntaba por él; no tenía el valor de decirle, así que le mentí decenas de veces para que no me viera con lástima.

—Emily, mírame. Te lo juro. Dame una oportunidad, una solamente, déjame demostrártelo, ¿sí? —Me besa la mano y se acaricia el rostro con ella. Tiene las mejillas tibias.

Con ambas manos me envuelve el cuerpo; se siente tan caliente, como para pasar el invierno recostada sobre él.

Me muerdo la lengua que quiere contestar que sí sin resistencia, pero lo veo pestañear y levantar las cejas con angustia, esperando mi respuesta.

—Sí, Danny —cedo a su petición, con todas las ganas de creerlo.

Qué jodido que mi punto débil ni siquiera se localice en mí, porque es él.

—¿Quieres un café espumoso? —Escucho la pregunta y se me ilumina el rostro—. Vamos a Ópera, ¿sí? —Muestra picardía en su voz.

«Ópera», se me encienden los ojos. El café donde nos conocimos. Me muerdo los carrillos, luchando por no verme emocionada tan de pronto, pero mi sonrisa desobedece.

La sin carácter, me dicen.

—Sí —suelto—, aunque no traje ropa para ir a un sitio así. Tú vas muy elegante y yo estoy con este suéter reliquia, ¿no te avergüenza?

—¿Avergonzarme? ¡Amor! —Me aprieta la nariz en juego—. Me voy a enojar yo esta vez. ¿Cómo voy a sentir vergüenza si llevo a mi lado a la chica más guapa del café?

—¿Aún ni llegamos y ya dices que soy la chica más guapa del café?

—Así fuera ciego, lo sostengo. —Estira su codo para que lo tome del brazo. Cuando hace eso, me siento la mujer más importante que ha pisado el planeta.

***

Llegamos al emblemático café Ópera, famoso porque aquí venía con frecuencia Porfirio Díaz con su esposa, y emblemático por la polémica que se desató años atrás con el balazo de Pancho Villa en el techo. Miro hacia arriba, ahí sigue; resanan el techo, pero rodean el agujero. Es usual ver dedos estirados apuntándole como si fuera el monumento del siglo; aun así, me encanta el lugar: es pintoresco, con detalles blancos y dorados, e iluminado por lámparas de luz cálida. Al dar un paso adentro, en automático te golpea en la cara el aroma de la comida recién hecha.

Venía a desayunar aquí después de la escuela; tomaba un café oscuro y aprovechaba que con la taza regalaban una pieza de pan. Después de varios meses, me hice amiga del mesero, no íntimos, pero al menos se apiadaba de mí y de contrabando me regalaba otra pieza de cortesía. Un día, llegó con una bebida espumosa; le dije que se había equivocado, pues yo no había pedido eso; el me comentó que el joven que estaba a tres mesas de mí lo había mandado. Volteé la mirada y vi a un anciano fumando. Con los ojos asustados, pregunté si era él, pero no, se refería al de al lado. Pensé que era una broma, hasta que le dirigí la mirada, me sonrió y levantó su taza en forma de brindis. Yo le devolví la sonrisa y le di las gracias moviendo los labios.

Nunca me había pasado que me invitaran una bebida; fue extraño, y más viniendo de un joven tan guapo. No quise darle mucha importancia, pues creí que sería un acontecimiento sin relevancia, algo como una buena obra del día.

Me enderecé en mi asiento y traté de seguir estudiando, tenía examen al día siguiente; sin embargo, era imposible concentrarme, pues sentía la mirada penetrante de aquel joven en la espalda, casi como si me tocara la nuca. Con el rabillo del ojo, lo espié: tuvo una reunión con gente bien vestida, firmó un bonche de documentos y al final todos le estrecharon la mano con gusto.

De primera instancia, pensé que era un político, eso explicaría el regalo caritativo; quizás el mesero le contó que una pobre estudiante venía a llenar la barriga con panes y se le ablandó el corazón. Sonaba razonable, pero no podía ser: era muy atractivo y le faltaba panza para ser miembro del gobierno. Entonces pensé que sería un actor; tenía toda la pinta, su piel estaba radiante. Escuché que soltó una carcajada al saludar a un hombre con sombrero; se remarcaron sus hoyuelos en las mejillas y pude ver sus dientes superiores, tan blancos, tan perfectos, una sonrisa que dejaba ver hasta los premolares. En otras palabras: un paraíso dental. Me cohibí, un actor no podía estarme regalando un café, porque eso era coqueteo.

La bebida era tan bonita que me apenaba tomarla; la espuma terminaba en pico, era suave y dulce. Le di un sorbo y el golpe caliente de la bebida cayó a mi estómago como caricia. Estaba muy bueno y sabía costoso.

Volteé la cabeza para reiterar mis gracias moviendo los labios. Él me señaló el bigote seguido de una risa. No entendí su gesto, fruncí el ceño y él se lamió los labios. Me molesté e hice un puchero indignado; es decir, sí estaba bien el coqueteo, pero eso ya era pasarse. Entonces tomó la servilleta y fingió limpiarse. Me llevé las manos a la boca y me avergoncé, estaba tratando de decirme que tenía toda la jeta embarrada de espuma. Y yo que pensaba que estaba siendo un pervertido.

Comencé a reír.

—¿Qué pasa, Emily? —pregunta Daniel, curioso al tiempo que toma una servilleta para hacer dobleces.

—Nada, estaba recordando el día en que nos conocimos; estábamos de ese lado. —Señalo las mesas de fuera. Apoyo mi mentón sobre la mano. Casi podía ver nuestras siluetas sonriéndose a tres mesas de distancia.

—Sigo preguntándome qué viste en mí.

«¿Cómo no verte si todos tenían los ojos sobre ti? Aquí la pregunta es ¿qué cosa viste en mí?», pienso.

—Dales crédito a esos dientes tan bonitos.

—¡Oh! Espero no perderlos pronto, entonces. —Ambos reímos.

—Ya en serio, ¿quién no iba a verte, Daniel? Así te quedaras sin dientes, me parecerías el muchacho más guapo del café.

—Ey, ey, no me copies el cumplido. —Termina su corazón de origami y lo pone en la mesa.

Siempre que salimos a comer hace esto, corazones, rosas o barquitos.

Un hombre en la barra de bebidas le da un saludo y pronuncia su nombre, lo que hace que los de la mesa de al lado volteen a verlo. Se escuchan cuchicheos entre los comensales. Al principio me era extraño, pero a estas alturas ya estoy acostumbrada. Mucha gente lo saluda siempre que salimos y, en las exposiciones, una que otra loca lo abraza.

El mesero se acerca con los platos: a mí me trae un pan dulce con café espumoso y a Daniel un huevo revuelto con jamón y un plato con fresas picadas. Su fruta favorita, que forzosamente tiene que combinar con casi todo. Tacos y fresas, tortas y fresas, quesadillas y fresas, enchiladas y fresas.

Le da un mordisco a su huevo e inmediatamente se introduce la fresa a la boca.

—¿No puedes comerlos por separado? —inquiero, mirándolo con un mohín.

—Es que… tienes que probarlo, mira, se hace una explosión en tu boca, el dulce, el salado, y la salsa picante y… ¡Ay, madre! —Pone los ojos en blanco—. No puedo, ambos nacieron para vivir juntos en mi lengua.

También yo nací para eso.

Le doy un sorbo a mi café y me guardo el comentario.

Frunce los párpados, mientras mastica con lentitud.

—Solo te falta ponerle jarabe de chocolate —digo con un tono irónico.

—Tienes toda la razón. ¡Mesero! —Levanta la mano—. ¿Me puede traer jarabe de chocolate en un bote?

El mesero lo mira extrañado, pero accede.

—Era sarcasmo —le susurro.

Me debo recordar no darle ideas.

—Pero tienes razón, con jarabe de chocolate será grandioso.

En cuanto el mesero trae el chocolate en un recipiente, Daniel lo mezcla en un taco, junto con el huevo, la salsa y las fresas. Gime al darle la mordida; sí, está gimiendo extasiado. Me muerdo los labios, siento el vientre enrollarse. Es que escucharle hacer esos sonidos me ruboriza; juro que si tuviera su boca en mi oído, seguro que me iría al más allá veinticuatro veces en un solo día.

—Eres un genio, princesa —me dice.

Volteo para ver que los comensales de al lado, que han presenciado todo el espectáculo de su comida, se están secreteando.

Me incomoda un poco que nos miren, aunque los entiendo; el hombre hace sonidos como si le apretaran la entrepierna. Me cubro el rostro con la mano para ocultarme de ellos. Daniel, mientras, hace un pequeño baile de felicidad en su asiento, como niño que goza de haber hecho algo indebido.

—Todos te están viendo. —Le señalo con la mirada a los comensales de al lado.

Él los regresa a ver. Hace su bote de chocolate a un lado y comienza a comer con normalidad.

—Está bien, lo dejaré para después. No quiero avergonzarte.

Yo asiento, aliviada de que haya reflexionado.

Ahora sí, comemos con normalidad.

Un rato después entra un hombre con una guitarra, vestido con traje de mariachi, cantando con un vocerrón grave y carrasposo:

—«Te vi sin que me vieras. Te hablé sin que me oyeras».

Daniel sigue la canción en voz baja:

—«Y si vivo cien años, cien años pienso en ti».

Al terminar la canción, me sonríe y yo bajo la mirada, sonrojada.

—Danny, ¿qué fue lo que viste en mí?

Sus ojos aceituna se clavan en los míos. Traga el bocado que había en su boca y voltea sus ojos a la derecha, justo a la mesa donde me encontraba aquel día.

—Primero, vi una mujer guapa.

Río.

—No digas mentiras.

—Ah, si no lo crees, allá tú. En fin, como te decía, vi una mujer guapa. —Continúo riendo—. ¡No te rías! Es cierto. Vi... tu cabello, que es todo un caso inusual: se roba la atención sin que quieras, y más cuando lo traes suelto. Vi tus ojos intensos como este expreso, una mujer con un porte inusual; de hecho, ya te había visto días atrás a la misma hora, tenía pensado hablarte.

—Hay un montón de mujeres hermosas que te han rodeado, ¿qué me hace diferente?

Daniel se muerde el labio inferior y contesta:

—No tanto como tú, pero —mira hacia la derecha, pensativo— vi otra cosa. Ese día en tu mesa había un libro y me comían las dudas, quería saber qué leías. Me dije que debía ser la novela romántica semanal; para mi sorpresa, vi un esquema como de huesos, músculos, y entonces comenzaron mis problemas: no solo veía una mujer guapa, sino una inteligente, y eso me terminó de atrapar. ¿Cómo te dejaba pasar?

Sí, tenía un libro de anatomía de cabeza y cuello.

—¿Eso qué cambia? Era un libro solamente

—Cambia, porque significaba que no eras esa mujer que esperaba al príncipe para bajarla de la torre y arreglarle la vida; ya te habías bajado.

—¿Crees eso?

—Creo hasta que ya habías matado al dragón —ríe.

Lo que estoy sintiendo ahora es diferente; pensaba que no podía enamorarme más, pero sí.

—Gracias. —Siento un nudo en la garganta, no de los que lastiman, sino porque no sé cómo agradecer las cosas tan bonitas que ha visto en mí sin que yo lo note.

—Espera, no termino. Me preguntaste qué vi. —Se aclara la garganta—. Una mujer que no necesitaba un hombre para salir adelante. Brillabas ahí, solamente leyendo. Temí verme como un acosador, y aparte, sabes que hablar no se me da. Entonces, tú dirías: aparte de acosador, tartamudo. Enviarte un café fue mi mejor recurso. —Se lame los labios.

—Daniel, pero sí te necesité. —Bajo los hombros.

Sí necesité que me rescatara, sí lo necesité para avanzar. Sin él no sé en dónde estaría.

Pone un dedo sobre mis labios para que guarde silencio.

—No, Emily, tú no me necesitabas, yo quise ayudarte.

—No, posiblemente sin ti ya me habrían echado a la calle, estaría por ahí, pidiendo asilos de una noche o limpiando casas a cambio de comida. —Me froto el brazo, apenada.

Desde que Daniel llegó, mi vida fue más fácil, pues antes de él solo había preocupación, me comía los dedos porque no sabía ni cómo terminar el mes con los gastos de la facultad, mi madre enferma de cáncer, la casa… y él, en cuanto supo lo difícil que me era vivir, no dudó en extenderme su mano, incluso pagó los medicamentos de mi madre y me prohibió contárselo.

—No, sé que no, no te menosprecies; estoy completamente seguro de que te las hubieras arreglado para salir sola, tú nunca has necesitado de nadie. Emi, escúchame —busca mi mirada—, me alegra haber estado para ti, me alegra haberte encontrado.

Qué bueno que él lo crea, porque la verdad yo lo dudo mucho.

Pone en mi mano un papel. Lo desdoblo.

«Liquidación del vestido, Dress & Dress».

Suelto un grito hacia dentro.

—¡¿Ya puedo pasar por él?! —Trato de contenerme para no gritar de emoción.

—En tres semanas puedes ir por él, ahí en la nota viene la hora de la cita; solo debes medírtelo y que Charly haga los pequeños ajustes, ya quedó pagado.

—¿Qué tan cierto será eso de que da mala suerte que el novio vea el vestido? —Arqueo una ceja.

—No soy supersticioso, pero no lo he visto, solo lo dibujé. Te recuerdo que me pediste apoyo y yo accedí. —Hace boca de pez.

La verdad, no tenía idea de qué quería para mi vestido y Daniel ha pintado tantos que me pareció buena idea que participara en el boceto. Daniel se toca los bolsillos, buscando algo con desesperación. Mi trauma del circo revive.

No, por favor, no otra vez.

Mis ojos se saltan de sus cuencas. Mete la mano en el bolsillo de su pantalón; iba a soltar un bufido de frustración cuando saca una cajita con una baraja española.

Era eso, su juego de mesa favorito.

Exhalo con alivio.

Me enseñó a jugarlo casi obligada y hasta la fecha no hay ni una sola ocasión en que le haya podido ganar.

—Una partida. —Arruga la cara tratando de convencerme.

—Una y ya...

—Pero apostemos. —Ladea una sonrisa—. Si yo gano, te vienes a casa conmigo.

Dios.

—No —interrumpo.

—Emily, no me gusta que estés más tiempo ahí. El... ruco ese me tiene tenso. —Aprieta los dientes para darle más énfasis.

—Daniel, escúchame, ponte en mis zapatos. ¿De ti qué pueden decir? Nada, eres hombre, vas y vienes; pero ¿de mí?

—¿Por qué te importa tanto lo que piense la gente? —Saca la baraja de su caja.

—Sabes lo que se ha dicho de mí desde que se murió mi madre, que terminaría seguramente prostituyéndome, saliendo con hombres para obtener dinero; y ¿recuerdas aquella nota en esa revistilla de cuarta cuando comenzamos a salir? Me llamaron dama de compañía.

—Esos imbéciles, sí.

—Quiero hacer las cosas bien.

—Entiendo, pero no puedes pasar toda tu vida temiéndole al qué dirán.

—Daniel.

—Está bien, te respeto; aunque… si cambias de opinión, mis puertas están abiertas.

Su sonrisa amplia quiere convencerme, su lengua recorre su labio inferior saboreando su expreso.

—Lo pensaré, lo pensaré, pero paso con el juego, siempre ganas y así no tiene chiste.

—Vamos, te dejaré ganar esta vez. —Barajea las cartas—. Por cierto, llega temprano a la casa, te tengo una sorpresa.

Capítulo 6

Todo lo que puede ser imaginado
es real.

Pablo Picasso

La cocina huele delicioso, he hecho una ternera al horno con jugo de naranja. La receta la recorté de la parte trasera de una revista; le cambié un par de cosas para darle mi toque.

Se ve bien. ¡Más que bien! ¡Jaque mate para todos los que dijeron que no podía!

Extiendo un mantel rojo satinado en la mesa y saco una vajilla de porcelana que Danny guarda en la alacena para las fechas especiales. ¿Por qué esperar el siguiente cumpleaños para decorar la mesa si puede ser hoy? Aparte, creo que el manjar que he logrado cocinar no merece menos, aunque hoy no se celebra nada. Acomodo la ternera al medio antes de poner los platos y cubiertos.

—¡Danny! Ven, ya está la comida —lo llamo en voz alta, mientras me siento a la mesa.

Pasan varios minutos y no viene.

—¡Danny! ¡Va a enfriarse! —vuelvo a llamar, pero no responde.

Me levanto y voy hacia el taller. La puerta se encuentra entreabierta y escucho un murmullo desde adentro. Me asomo. ¿Por qué está trabajando con la luz apagada? Hace un momento la vi encendida.

—¿Puedo pasar? —pregunto.

Se escucha un llanto ahogado y palabras en voz baja que no logro descifrar.

Entro y jalo la cadena del foco principal. El cuarto se alumbra y veo a Daniel en la esquina del fondo, dándome la espalda.

—¿Por qué no me respondes? Tengo rato hablándote —me quejo, pero él continúa su silencio sin regresarme a ver.

Su espalda tiembla.

¿Por qué llora? No, otra vez no.

Le toco el hombro, obligándolo a mirarme. Su cuello gira hacia mí y lo veo…

Su rostro desecho.

De sus ojos hundidos emergen lágrimas espesas que caen con lentitud hasta su mandíbula y de ahí gotean hacia la paleta de mezcla.

—¿Qué sucede? —Mi enojo se eclipsa por una preocupación al ver sus pestañas empapadas, adheridas a su piel, y sus venas azules remarcadas rodeándole la cara. No habla, solo respira rápido y suelta quejidos.

Levanta la mano pálida, casi transparente, y, con un temblor parkinsoniano, hunde su pincel en un tono rutilante. Cuando está a punto de tocar el lienzo, rompe en llanto y deja caer sus utensilios. La pintura estalla, manchando las paredes de rojo como si hubiera ocurrido una masacre. Me cubro la cara. Unas cuantas gotas me salpican el vestido color crema y ahora me siento embarrada de sangre.

—¡¡¿Qué pasa?!! ¡¡¿Por qué estás así?!! ¡Mira lo que has hecho! —me exalto al ver el desastre.

Busco los ojos de Daniel para exigirle una explicación. Él se aparta y se levanta del banco para llevarse las manos a la cabeza con temblor. Sus dedos se mueven entre su cabello como si quisiera tirar de él.

Con los ojos desorbitados y bien abiertos, mira a todos lados. Observa los cuadros y hace un gesto extraño, angustiado, como si sintiera culpa.

Sus labios se mueven, pero no entiendo qué dice.

—¡Por el amor de Dios, contéstame! —vocifero, ordenativa, desesperada, me siento como un fantasma.

Daniel retrocede hasta topar con la pared y comienza a golpearse a sí mismo, se azota una y otra y otra vez.

Trato de sujetarlo con toda la fuerza que poseen mis manos, pero es como si no existiera: no regresa a verme, no cede ante mi fuerza.

—¡Basta! ¡Por favor! —Me interpongo entre la pared y él.

Su llanto se vuelve un grito de dolor. Se toca la piel del pecho, trata de agarrarla entre las uñas y tira con fuerza, como si quisiera arrancarse algo.

Le detengo el rostro con las manos. Sigue sin querer mirarme a los ojos, solo enfoca de izquierda a derecha, no al frente.

—Mírame, por favor, dime qué tienes.

De su pecho sale sangre por las heridas que se ha causado

con las uñas. Corto un trozo de mi falda para detener el sangrado, pero no parece importarle.

Sus pupilas están tan dilatadas que el color verde de sus ojos casi desaparece para solo quedar dos círculos negros.

—¡¡Contesta!! —digo entre dientes—. ¡Háblame!

Sus labios rosados se tornan cianóticos. Me acerco a su nariz; no siento su aliento, no está respirando. Le doy unas palmadas en las mejillas con fuerza porque no se me ocurre otra cosa para sacarlo de ese estado.

Daniel se deja caer al suelo, el buró de sus materiales se cae también; sus ojos apuntan hacia su cuadro y las lágrimas comienzan a correr.

—¿Quién es ella? Dime, ¿quién es? —Lo tomo por los hombros y lo sacudo; necesito que hable, estoy volviéndome loca con su silencio.

—¡¡Ella soy yo!! ¡¡Ella no es nadie!! —espeta con dolor y mueve su cabeza en negación.

—Dime que no es real, dímelo. Dime que no es real —chillo.

Volteo a ver el buró que se ha caído; la pintura de un bote amarillo chorrea y también un galón de aguarrás empapa el piso.

Miro hacia el cuadro que ha realizado: una mujer con el rostro ovalado y la piel transparente, los labios rojo sangre esbozando una sonrisa burlona y malvada.

Siempre se ha reído de mí.

Trae entre las manos una rosa sin pétalos. Sus ojos se ven verdes grisáceos, idénticos a los de Daniel, me desnudan, me miran con furia, con tanto odio que lastima. Me es imposible sostenerle la mirada, pero es un cuadro. ¡Es un maldito cuadro!

¿Por qué me duele?

¡Todo este estúpido cuarto me hiere!

Como electricidad, la ira viaja por mi torrente sanguíneo.

Las odio a todas, estoy cansada de verlas, estoy harta de que tomen mi lugar.

Busco entre los bolsillos de mi vestido la cerillera. Necesito acabar con esto, necesito sentir que arreglo mis problemas destruyendo lo que más detesto.

—Ustedes son el único defecto que hay en mi vida —susurro, y deslizo el cerrillo con la caja.

—¡No te atrevas, Emilia! —me increpa Daniel desde el suelo. Trata de ponerse en pie para detenerme, pero sus piernas le tiemblan, luce más delgado y demacrado.

Lanzo el cerillo encendido al líquido.

Escucho un aullido desgarrador y todo se vuelve negro...

***

Toc... Toc...

Mis ojos se abren.

Toc... Toc...

Me levanto de golpe, siento que me falta el aire.

Me toco el pecho, mi corazón late con tanta fuerza que duele.

Paso saliva y la garganta me escuece, como si intentara tragar un puñado de cuchillas.

No fue real, no fue real.

Trato de calmar mi respiración agitada.

Un mal sueño, solo eso.

Siguen tocando la puerta con fuerza. Miro la ventana de mi recámara, pero aún no hay rastros de luz.

¿Qué quieren tan temprano?

—¡Mija! —grita don Florentino.

Me incorporo y abrocho todos los botones de mi bata de dormir antes de abrir la puerta, todavía tratando de limpiarme las lagañas secas y reponiéndome de la pesadilla.

—Dígame. —El olor a rancio me da una cachetada en la cara; hago el mejor esfuerzo de no gestar un desagrado.

—Mija…, límpiate la sala, ándale —me indica entre hipos. Se sostiene con la pared para mantenerse levemente erguido, está hasta las chanclas de ebrio—. Nomás no despiertes a mi compadre, ahí te encargo. —Bosteza.

Cada quincena es lo mismo: don Florentino invita a su compadre a beber hasta amanecerse mientras juegan dominó y apuestan lo que recién acaban de cobrar. Hace un mes, terminaron en golpes; yo creí ilusionada que ya no se volverían a hablar, pero al otro día ninguno se acordaba exactamente del porqué habían peleado y se trataron como si nada hubiera pasado.

Tomo el trapeador y una cubeta.

Me siento exhausta; cuando tienes pesadillas, no importa que hayas dormido ocho horas es como si hubieras pasado la noche en vela.

El señor Constancio está acostado de lado, con el vómito verde y apestoso escurriéndole desde la comisura labial hasta el suelo. Hago una mueca y me cubro la boca, queriendo contenerme de regresar la cena.

Recojo las latas, los pedazos de cigarro y las moronitas de comida. Hago un pequeño ruido cuando paso a recoger una botella y el señor Constancio abre los ojos y tose. Se limpia la boca con el antebrazo y se incorpora en el asiento.

—Buenos días —saludo con cordialidad, no me queda más; sin embargo, él no responde, seguro sigue en el Nirvana.

Se levanta y, a paso claudicante, se dirige al baño. Aprovecho para darle una limpiada al sillón, pues si doña Elena ve su sala en este estado armará un alboroto, discutirá con su marido y terminará perdiendo ella.

Tallo con fervor y rocío un poco de aromatizante. Agradezco mucho lo que hacen por mí, pero estos quehaceres me parecen absurdos y abusivos. ¿Por qué tengo yo que limpiar vómitos?

Al regresar a mi recámara, noto al señor Constancio en el corredor con la mirada fija en mí; sus ojos me recorren de pies a cabeza. Sonríe, dejando entrever su diente de oro, todavía con vómito reseco en la barbilla, el cual se cuartea con su gesticulación. Me causa un escalofrío, el vello se me eriza.

—Con su permiso. —Erguida y de manera rápida, paso a su lado. Me toma del brazo con fuerza y me jala para ponerme contra la pared.

—Hazme un café bien cargado —indica con tono ebrio, pero autoritario, soplando sobre mi cara su podrido hedor.

Un «por favor» no le costaba nada.

—Tengo que ir a trabajar.

Trato de soltarme, pero él aprieta mi muñeca con fuerza, clavándome las uñas de sus dedos chatos y toscos. Hago un arqueo nauseoso, el estómago se me revuelve. Contengo la respiración y con mi mano libre lo empujo. Suelta un gruñido y pierde el equilibrio, yéndose hacia atrás; trata de sujetarse a la pared sin éxito. Suena un tremendo golpazo cuando cae al piso, como res sobre una plancha caliente. Siento alivio de verlo dos metros lejos de mí; casi quiero esbozar una sonrisa, pero en cuanto veo que no se mueve, me pasmo. ¿Se ha golpeado la cabeza?

¿Lo habré matado?

Me llevo la mano a la boca. Pasan varios segundos y no reacciona.

—Vieja babosa —escupe.

Cae dormido de inmediato, roncando como marrano, sin siquiera tratar de reponerse. Ni se va a acordar mañana, seguramente.

Observo mi antebrazo, me ha dejado marcas de sus dedos en la piel y mis vellos siguen erizados. Mis ojos se llenan de lágrimas.

Me sobo con fuerza tratando de desvanecer las marcas.

Regreso a mi habitación y coloco doble seguro. Me dejo caer en la cama, pero no tengo sueño. Solo el estómago revuelto por su olor, su cara hinchada y sus pelos enroscados y secos. Me hago un masaje en la cabeza para tranquilizarme.

«Vente a vivir conmigo».

Miro mi armario, pensando en qué ponerme; no tengo mucha ropa, apenas seis vestidos, dos faldas y dos camisas: sería rapidísimo de empacar. Quisiera tener el valor de hacerlo, que nada me importe e irme. Sé que les debo, pero tampoco tanto como para aguantar. «Aguantar». Detesto esa palabra con todas mis fuerzas. Doña Elena la menciona como medalla de orgullo: «He aguantado veintitrés años a tu padre», le dice a Diana con frecuencia. Como si eso acumulara puntos para la creación de una estatua el día que fallezca, y no, no pasará. Al irme de aquí, nunca más quiero que mis labios toquen esa palabra.

Descuelgo la ropa y la doblo con delicadeza para no estropearla. Todo cabe perfectamente en una bolsa, casi ni pesa.

«Vente a vivir conmigo».

Lo pienso. Lo vuelvo a pensar.

No, no es correcto.

«Sé una mujer buena, Emily». Escucho la voz de mi madre.

Saco todo de la bolsa.

Guardo tres vestidos.

Los vuelvo a sacar.

¿Tal vez de a poco? Sí, de a poco.

Empaco la mitad de mi ropa, la otra mitad la dejo doblada sobre un buró.

Necesito un baño, pero temo ir porque el seguro de la puerta no funciona del todo, y mientras siga ahí el viejo, no confío. Tal vez... Daniel me dé permiso de tomar un baño en su casa, no creo que le moleste.

Lo pienso.

¿Será decente?

«Sé una mujer buena, Emily».

Lo vuelvo a pensar.

¿Sí?

Sí.

Me muerdo los labios con picardía. Aparte, allá hay agua caliente.

***

La casa de Daniel está más bonita que hace dos semanas; él suele tener mucho cuidado con su aspecto. El césped reluce de verde, está húmedo, recién regado, y huele mucho a frescura. No sé a qué se deba que este césped no me escueza tanto la nariz. Sobresalen pequeños tréboles por todo el espesor. Siempre que crecen hierbas ajenas Daniel las corta, los tréboles son los únicos intrusos que ha dejado. Las jardineras del pórtico te alegran el día con solo echarles un vistazo; de lado derecho hay lavandas, y del lado izquierdo hay unas flores blancas. Él me ha contado que, si un día ya no se dedica a la pintura, optaría por abrir un vivero, me pregunto si también se le ocurriría golpear a los clientes en cuanto intenten llevarse alguna gardenia. Mal chiste, lo admito. No golpeó a Zayas, solo lo empujó un poco.

Llaman mi atención las nuevas rosas que rodean la puerta. Me acerco.

¿Qué es esto?

Sostengo una.

¿Le ha caído pintura?

Miro hacia arriba, pero no, no veo que haya pintado las paredes ni el techo.

Como una rufiana arranco un pétalo y lo froto entre mis yemas.

Parece que así son.

¡Qué curioso! Nunca había visto algo similar. Me agacho para observar las más pequeñas, y sí, todas tienen el mismo patrón: son rojas, pero están moteadas de blanco. Este hombre ya no sabe qué nueva planta meterle a los jardines. Me pregunto ¿a qué hora hace todo esto? Siempre me ha sorprendido que se dé tiempo para andar de jardinero.

Antes de abrir la puerta, noto que el buzón está a reventar. Lo abro y comienzo a husmearlo. Más invitaciones, invitaciones y ¡ah! Invitaciones. El banco, colaboraciones.

¡Vaya, vaya! ¿Qué tenemos aquí? ¿Pablo Picasso? Este hombre cómo deja que las oportunidades se le vayan. Hace cuatro meses fue invitado a participar en un mural a la salud en la Universidad de Medicina. El cabeza de termo se negó, puesto que la temática no iba con él. Y entiendo perfectamente, pero sé que, de querer, podría haber planeado algo sin salir de su estilo. Entre todos los sobres, hay uno blanco con letras doradas detalladas: Salvador Dalí lo invita a Madrid para hablar acerca de la realización de un proyecto junto con Walt Disney.

¡Dios de mi vida! ¿Walt Disney?

Me cubro la boca para no soltar un grito.

El hombre apenas y acepta algo fuera de la ciudad, dudo mucho que quiera salir del país.

Tuerzo los labios.

Bueno, tengo una vida para convencerlo. Lo acompañaría sin duda; le tengo pavor a las alturas, pero por él yo subiría a donde sea.

No comprendo a Danny; es bueno en lo que hace y sé que tiene grandes deseos de ser reconocido. A veces dice «Cuando haga mi exposición en París», «Cuando participe en los eventos de Vietnam», «Cuando me conozcan en Turquía», pero cuando está a punto de hacerse realidad, se pone un tope, niega todo y se encierra.

Raro, ¿no? Amar tanto sus obras y privarlas de llevarlas por el mundo.

Ojalá un día no se arrepienta.

Entro a la casa, ordeno el correo estratégicamente de mayor a menor importancia y lo dejo sobre la mesa. Obvio, la invitación de Salvador Dalí y Walt Disney las dejo en la parte superior.

La puerta del taller está cerrada. Camino silenciosamente y pongo la oreja en la puerta; me quedo unos segundos tratando de concentrarme en lo que dice. ¿Está hablando con alguien? ¿Esos son murmullos?

Contengo la respiración para no interferir con el sonido.

—No quiero olvidar tu nombre, quiero olvidar lo que fui contigo.

Abro la puerta de golpe y lo veo tras el lienzo con una lágrima rodándole por la mejilla.

—¡¿Daniel?! —me exalto. Siento cómo mi respiración se acelera por el recuerdo de mi sueño.

Se va a golpear.

Se va a lastimar.

Al verme, se la limpia rápidamente y sonríe con serenidad, como si no lo hubiera visto ya.

—¿Estás… —trago saliva con dificultad— bien? —inquiero. Mi tórax se eleva y se contrae rápidamente.

—Sí —contesta, confundido—. ¿Y tú? ¿Viniste corriendo? Siéntate, te ves sofocada.

Me tranquilizo, no está pasando nada.

—¿Te interrumpí?

—Tú nunca interrumpes, pasa, ven.

En el taller hay algo nuevo, un diván blanco.

—¿Y esto? ¿Vas a cambiar tu sala?

Él niega y se muerde los labios con emoción. Me entrega una caja, la cual está cerrada con un moño lila. ¿Un regalo?

Desato el nudo, la intriga me mata. No estoy entendiendo.

Es… es un vestido.

Lo saco. Es color lavanda, largo, pero de una tela delgada, tiene detalles plateados y brillantes que juegan con la luz que entra por la ventana. Lo extiendo y me lo mido por encima.

—Es hermoso, Danny.

—Póntelo.

—¿Ahora? Sería mejor para una cena ¿no?

—No estás entendiendo.

No, la verdad que no capto.

—Ve, póntelo y vuelve.

Y así lo hago. Me pongo el vestido en el baño de al lado. La tela se ajusta a mi figura, ceñida desde el pecho hasta las piernas, de ahí hacia los pies es un poco más suelto, parecido a un traje de sirena. Se transparenta un poco, se puede ver el color de mi piel, así como mi sostén rojo, que desentona por completo.

Qué precioso es, pero no sé si saldría con esto puesto. Tiene un escote pronunciado en la espalda que llega casi hasta mis lumbares. Aunque podría buscar una chalina.

El frío traspasa por la tela debido a lo fina que es. Me da hasta miedo moverme con brusquedad por temor a romperlo.

—Listo, ¿a dónde quieres que vaya así? —Me doy la vuelta para que lo visualice, sobre todo por la espalda.

Daniel ladea su cabeza, me contempla, sus ojos se encuentran con los míos y desciende lentamente por mi barbilla, mi cuello y posteriormente mi cuerpo, delineando cada rasgo con un gesto pícaro, como el de alguien que ha realizado una travesura.

—Dios…, Emi, eres exquisitamente hermosa —susurra con voz ronca.

Se acerca a mí y me toma por los hombros.

—Ven, siéntate.

—Pero ¿a dónde iremos?

—A ningún lado…; voy a pintarte, Emilia.

La piel de la espalda se me eriza. Pareciera que todo el mundo desaparece y solo quedamos los dos; hasta dejo de percibir todo el olor a cáncer que despide el área.

—¿De verdad?

Es que estoy que no me lo creo. Mis mejillas me duelen de la emoción. Me cubro la boca conteniendo un grito.

—No mentiría en esto.

—Me hubieras dicho, me hubiera peinado mejor, o me hubiera retocado la cara —digo mientras me desenredo el cabello con los dedos.

—Así estás perfecta.

Daniel me acomoda en el sofá, sube mis piernas, me acuesta ligeramente. Mi cabeza queda apoyada sobre el descanso, juega con mi mano derecha, para ver de qué manera se verá mejor, si apoyando en ella mi rostro, o solo dejándolo caer como quien decide tomar el sol en verano.

Me mueve más a la izquierda. Después, un poco más a la derecha. Entrecierra los ojos. Observo cómo se muerde las mejillas por dentro, signo total de concentración.

No evito besarlo. Él me corresponde. Nuestros labios juguetean entre pequeños picos, no quiero soltarlo.

—Perdón por ser poco profesional —le digo después de mojar mis labios con los sujos una vez más.

—Emi, me estás poniendo nervioso.

Toma mi cabello y lo deja caer del lado izquierdo, sin querer, o tal vez queriendo, toca mi pecho, pues pretende dejar un mechón por allí.

—Perdón —se disculpa en cuanto nota mi ligero brinco cuando sus palmas frías tocan mi esternón y mis pezones se tensan.

—Oye, ¿el sostén está bien?

—¿Por… por qué lo dices?

—Porque se transparenta y no va con el vestido.

Por unos segundos lo observa.

—No te preocupes…

—¿Lo quito?

Él pestañea varias veces, como pensando su respuesta, pero sin dejar de verme los pechos. No espero a que conteste, así que procedo a desabrocharlo. Gentilmente lo saco sin estropear la tela. Los colores se le suben a la cara, ya no sabe ni dónde dejar puesta la mirada.

—Mi Emilia —pronuncia con suavidad.

Se pone un poco torpe al arreglarme la tela de la cadera. Sí, está nervioso.

—¿Mis pechos se ven bien? —inquiero, con la necesidad de su aprobación.

—¿Qué son esas preguntas? —Ríe. Sus mejillas se abultan y se hacen más rojas.

Siento placer al verlo así, tímido, queriendo disimular que quiere observar lo que se transparenta. Él siempre ha sido así, con ese encanto tan tímido. A veces creo que piensa que si me toca me faltará al respeto, mas no se da cuenta que yo anhelo sentirme suya. Que muero por despertar cada mañana y que sea la primera imagen que enfocan mis ojos, quiero que sus dedos me conozcan de pies a cabeza. Quiero descubrir el sabor de su espalda, de su abdomen, de su entrepierna. Siento que el tiempo se me escapa de las manos; cuánto deseo a este hombre. Admiro su autocontrol, porque a mí se me está descolocando.

Pone el atril delante de mí.

Comienza con lo suyo.

Toma un lápiz.

Debe estar haciendo el boceto.

Me mira unos segundos, luego vuelve al bastidor.

Me encanta cuando se detiene a contemplarme un momento y prosigue.

—¿Ya te cansaste? —me pregunta.

—No —contesto, haciendo lo posible por no moverme.

Veo su mirada mientras mezcla las pinturas cálidas para crear el tono perfecto para mi piel: café, durazno, amarillo, beige y blanco.

Me siento una estrella. Ni siquiera estoy exhausta, no sé cuánto tiempo ha pasado. ¿Dos horas? ¿Tres? No me importa. Dios, espera, sí debe importarme, tengo que trabajar. Diana entenderá, sé que sí. Le voy a explicar lo que pasó y seguro hasta se emociona también si le cuento cada detalle.

Dan se quita la camisa y se deja solo la camiseta.

Con un paño se limpia la frente.

Qué ganas de irme encima de él.

Ni hambre me ha dado siquiera.

—Listo.

—¿Ya?

Me levanto. Me acerco al atril con miedo. Por un momento siento que no estaré allí, sino que otra vez veré a Espejo. Mi corazón late con fuerza. Aprieto los dientes…

Ahí estoy.

—Todavía le falta, me quedaré toda la noche de hoy y mañana para terminarlo, pero, creo yo, ya capté tu esencia. ¿Qué te parece?

Dios mío.

Así ya es precioso.

Me siento en su pierna y lo admiro.

Mi cabello espeso y oscuro cayéndome hacia un lado. La forma de mis clavículas. La forma del busto, la curva de mi cintura y cadera. Todo está increíblemente bien hecho. Por un momento puedo apreciar mi cuerpo. No tengo los pechos del tamaño de unas toronjas, pero sí una cadera con volumen, creo que compenso la situación.

Otra vez yo comparándome.

—Eres muy talentoso.

—Es tu belleza la que ha hecho la mayor parte del trabajo. Gracias por acceder a ser mi modelo.

—¿Disculpa? Gastón, esto no fue gratis.

—¿Cómo así? ¿Te debo algo? Dime cuánto, lo que sea lo pago.

Le beso el cuello y de inmediato su piel responde a mi aliento. Un jadeo escapa de sus labios.

Me levanto el vestido hasta la cintura y pongo mis piernas de cada lado de cada lado de su cuerpo, dejando mi pelvis junto a la suya. Le muerdo los labios, los saboreo, los lamo. Sus manos me rodean la cintura y me acerca más a él.

—Tócame —le susurro.

Sus dedos me presionan las costillas, quiere subir más, pero se detiene. Respiro con rudeza en su oído, dejo que se caliente con mi exhalación.

Siento cómo su cuerpo se estremece.

—Tócame —repito con ansias. Tomo sus manos y las llevo a mis senos, que los presione. Lo hace, juega con ellos como si fuesen un pan esponjoso. Me quito los tirantes del vestido, los bajo y mi torso queda totalmente descubierto para él.

Daniel olfatea mi piel, besa mi cuello, mi escotadura yugular, su nariz queda en medio de mis pechos, inhala con avidez. Dejo caer mi cuerpo en el sillón, besa mi esternón, sus manos no dejan de acariciarme.

Le retiro la camiseta.

Las gotas de su sudor me mojan.

Daniel toma aire y para.

—¿Qué pasa? —pregunto.

¿Por qué se detiene?

Sus pupilas me escudriñan. Deja caer su cabeza sobre mi pecho, como quien busca acurrucarse.

—Te amo, pero ahora no. Mereces que esto sea aun mejor.

***

—Vaya, vaya, ¿qué son estas horas? —Me reprende a modo de juego Dianita. Sabía que no estaba enfadada.

—Había tráfico —carcajeo.

—Te creo. —Toma el instrumental para llevarlo a lavar. Veo la lista de pacientes, ha tenido doce en lo que va del día. Madre mía. Debe dolerle la espalda.

—¿Ya está todo listo para la boda, hermana? ¡Ya tengo mi vestido! —canturrea Diana, bailando en su lugar.

—Sí, ya casi, tú despreocúpate.

—Oye y ¿cuántos invitados importantes irán?

—Como trescientos y pico.

—Me refiero a importantes, algún director de cine, un modista, músico…, alguien que me presenten. Por favor que alguien ya vea esta belleza latina. —Menea la cadera, bailando una especie de paso que solo ella comprende—. Oye, oye, mi vestido tendrá los hombros descubiertos. Vi una técnica donde las modelos usan como un polvo con destellos para que la piel tenga luz. Voy a hacer eso, deslumbraré; tranquila, haré todo por no opacarte, es tu día. Entonces ¿le dices a Daniel? —Me mira con esperanza. Ella tampoco quiere acordar con algún político cuarentón que le consiga su papá.

—Sí, no te preocupes. Pero, en serio, ¿un artista?, ¿te atrae eso? —Arqueo las cejas extrañada—. No sabes el problema en que te meterías: no es fácil entenderlos.

—Pues sí, sí, tal vez. —Hace un puchero—. ¿Pero qué tiene de malo? Podríamos enseñarnos el uno al otro, como tú con Danny, ¿o no? Digo, algo debe haberte enseñado ese hombre todo este tiempo: técnicas de pintura, a no salirte de la línea mientras coloreas, estilos…, Yo qué sé, debe de ser interesante. —Saca un chicle de su bolso y lo mastica sin notar que me ha dado el peor de los ladrillazos de la historia.

—No suelo preguntarle. —Bajo la mirada y juego con los dedos.

—¿Por qué? ¿No te interesa acercarte más a su mundo?

—Sí, pero creo que no entendería nada y… no quiero parecer una tonta. Mejor me abstengo. —Me hago pequeña en el asiento.

—No es eso. Mírame, te conozco. —Hace un gesto pensativo—. Tú no preguntas nada porque sabes que hablará de la mentada Espejo y te irrita el tema —dice retadora, sabe la respuesta.

No, no te equivocas.

—Todo cambiará, Diana. Ya verás.

—Espero. Ya mereces ser feliz, aunque sea un poco. Lo eres ¿verdad? —pregunta con incredulidad. ¿Tan desdichada me veo?

—Afirmativo.

—Oye…, papá me dijo que hablaría contigo; mi padrino le contó que en la noche lo aventaste contra el suelo cuando él solamente te saludó, ¿es cierto? —Entrecierra los ojos, dirigiéndome una mirada acusadora.

Maldito mentiroso.

—¿Eso dijo? —bufo—. Me apretó la mano casi ordenándome que le hiciera un café, eso sin contar que me estaba viendo como perro hambriento.

—Bueno, pero ¿te hizo algo?

—Eso te estoy diciendo.

—Ay, Emily, una mirada no es hacer algo —dice, sin darle importancia.

Ignoro el tema, no tiene caso.

Necesito tomar una bocanada de aire antes de regresar a casa, siento la migraña amenazando con atacar. Me trago un analgésico en seco antes de salir del consultorio.

—Te veo quince para las nueve —le digo a Diana. Ella hace caso omiso. Ahora resulta que la molesta es ella. Si la historia fuera al revés, yo misma la acompañaba a apalear al padrino.

Me abrocho el suéter. El cielo se ve grisáceo, con nubes espesas, caen ligeras gotas, pero nada que pueda empaparte.

Camino sin mucho rumbo, haciendo ese pequeño juego de no pisar las líneas, soltando pequeños gritos cuando estoy a punto de pisar una.

Llevo dos cuadras ganando y aplaudo, festejando una victoria imaginaria. Eso me hace recordar cuando iba de la mano con mi madre, cómo le molestaba que hiciera esto, pues no entendía y, tonta yo, la hacía pasar vergüenzas al tropezar con la gente. Un día le tiré a una señora su atole encima. Comenzó a brincotear por quemarse el pecho; lejos de gritar, glugluteaba, y la pobre de por sí parecía pava.

Cuánto te extraño, mamá.

¡Ah, una línea!

La esquivo y siento un golpe contra mi hombro. Veo a un señor caer al suelo, casi en cámara lenta, lanzando un quejido. Aprieto los dientes.

—¡Perdón, perdón! Discúlpeme, no lo vi —digo apenada. Extiendo una mano para levantarlo y me avergüenzo al notar que es un viejito.

Madre mía, a ver si no le rompí algo.

Se queja de dolor, pero trata de amortiguarlo con una risa.

—¡Ah, muchacha! Tampoco la vi —dice entre pujidos. Con esfuerzo, lo pongo de pie.

«Dios mío, pude haberlo matado», pienso mientras le ayudo a sacudirse el poncho.

—No, no; fue mi culpa, venía muy distraída, lo siento mucho. ¿Puedo hacer algo por usted? ¿Lo llevo al médico? —pregunto, preocupada.

El hombre se soba la cintura y se gira de izquierda a derecha para tronar su espalda.

—Nada, de por sí ya estoy jodido —ríe.

En el piso hay cientos de volantes tirados. Me agacho a levantar lo más que puedo, pero más de la mitad se han estropeado por el agua.

Ay, Emilia, por esto tu madre te jalaba las patillas.

—Perdón, se arruinaron. Dígame si debo pagarle algo.

—No se preocupe, señorita —tose—, estas cosas pasan. Igual ya retellené la ciudad —responde amablemente, como si no hubiese arruinado la poca estabilidad que seguro tiene su columna a estas alturas.

—Qué pena. Al menos déjeme ayudarle a pegar los anuncios aquí. —Tomo unos cuantos volantes, los que a mi parecer estaban intactos. Pongo pegamento blanco en el marco debajo de la parada de autobús y trato de adherirlos lo más derecho posible.

El abuelo respira despacio y con quejidos, seguro le está doliendo.

—¿Lo llevo por un analgésico, don?

El hombre se niega, forzándose a mantener una cara despreocupada, aunque su respiración lo delata.

Termino de pegar el último anuncio y lo observo: «Recital poético: Daniela Martiné regresa a México».

—Ya había leído de este evento en el periódico. Vaya, cuánta publicidad.

—Sí —ríe desenfadado—, debería ir; dicen que es buena. Yo no leo porque ya me acabé mis ojos, pero mi mujer tiene uno de sus libros y anda contando los días para que se lo firme. A lo mejor le gusta también; amor y desamor, ya sabe, la peor de las enfermedades. —Se cubre las orejas del frío bajándose más el gorro tejido.

Si lo sabré yo.

Tomo uno de los carteles sin pegar.

A Daniel le gusta mucho leer; le encanta ir a la biblioteca a sacar inspiración. A mí no me gustan mucho esos sitios, el silencio me abruma, tengo que de alguna forma estar escuchando algo.

—Puedo quedarme con un cartel, ¿verdad?

—Adelante —se sopla las manos tratando de darse calor—, uno menos que pegar. Llévese más si gusta, déselos a sus amigos.

Las nubes, espesas y grises, se mueven con lentitud, un relámpago atraviesa la ciudad y la ilumina; a los pocos segundos, resuena el trueno. Una gota helada choca con mi nariz; me abrazo para cubrirme del frío y acelero mi paso. Diana debe estar congelándose, o al menos eso espero, que esté en la esquina aguardando a que llegue.

Capítulo 7

El acto de pintar se trata de un corazón,
contándole a otro corazón
donde halló su salvación.

Francisco Goya

La gente se presenta con sus trajes más elegantes, hombres con saco y pantalón de vestir, las mujeres con peinados altos, rebozos de telas finas, con pendientes grandes y collares con piedras costosas. El aire apesta a humo de tabaco y fragancias florales. La nariz me escuece. La hurgo disimuladamente, con cuidado para no arruinarme el polvo. Lámparas de cristalería cuelgan por los pasillos irradiando una luz suave.

Los violinistas se preparan para comenzar a darle ambiente

al evento, y más vale, porque ahora solo se escucha el murmullo de la gente. Algunas risas que me hacen pensar que están hablando de lo que sucedió en la subasta pasada.

En un rincón observo a un señor bigotón que ya lleva más de cuatro tragos y no tiene ni media hora que llegó. Creo que es alguien importante, pues todos pasan a saludarlo. Por cortesía, decido hacer lo mismo. Los meseros se mueven con agilidad para servir vasos de agua helada, vino y cerveza. La decoración se siente algo fría y mustia, es decir, creo que le vendrían bien flores por las esquinas y una iluminación más intensa y nítida que resalte las pinturas, pues la cálida no deja apreciar los colores, ni muchos de los detalles, y aquí, la mayoría entrecierra los ojos tan solo para reconocerse entre sí.

De repente, una mujer me saluda, es Angélica Arenal. A su lado está José Clemente, quien también regresa a verme y me guiña. Dios de mi vida. Qué privilegio que muralistas tan famosos asistan a la galería de arte de Danny.

—Buenas noches —me dice un joven que trae una pequeña grabadora—. Usted es la prometida del pintor ¿estoy en lo cierto?

Acerca su aparato a mi barbilla.

—Así es. —Mi mirada incómoda seguro se hace evidente.

Desde la última vez que inventaron un chisme sobre mí, los cazanoticias me desagradan, por ello, cuando asisto a un evento, me mantengo en un rincón con un abanico pasando desapercibida, pues una mueca, una mirada o una palabra la tergiversan a su modo.

—¡Increíble! ¿Podría hacerle unas preguntas? Hay una pintura que me tiene intrigado y me gustaría mucho escribir sobre ella para la nota. —Me señala cual—. ¿Por qué es tan especial para el señor Gastón?

Señala la de la esquina, una en donde Espejo trae entre sus

manos un corazón con un reloj distorsionado ensartado, la misma por la que se hizo el alboroto en la anterior subasta.

—La verdad… no sabría qué decirte, mejor espera a Daniel —sugiero.

—Ya veo. ¿Y qué hay de la suya? ¿De ella puede hablarme? Sí es usted la del cuadro del final de esta sala, ¿verdad?

No me había dado cuenta de que lo había traído.

Voy de inmediato. Me levanto el vestido para poder caminar más deprisa sin pisarme.

¡Sí lo trajo! Todavía está fresca, huele, pero aun así decidió exhibirla.

Me veo hermosa.

Dios, por un momento me gusta mi nariz y mi frente amplia.

El entrevistador viene tras de mí. Qué maleducada fui.

—Lo lamento, es que no sabía que habían traído mi pintura.

—Entonces puede hablarme de ella, ¿o no? Veo que se titula *Amaranthine* —señala la placa debajo del cuadro—. ¿Qué significa?

No tengo ni la más mínima idea.

—No sé, perdón —respondo apenada.

—Bueno, puede hablarme de la posición de las manos. ¿Hay algún significado en ello?

—Creo que… no.

—Veo que no tiene mucha idea del trabajo de su esposo, ¿eh? Perdón, prometido.

Tarado.

—Lo mejor será que lo espere.

Me despido.

Qué metiche y grosero.

Bien, no importa, no me va a quitar la sonrisa de encima.

Levanto la vista hacia el reloj del muro, ya es tarde ¿dónde está Daniel?

Debe estar en alguno de los cuartos traseros queriendo vomitar de los nervios. Tantos eventos y no logra tener seguridad delante de los demás. Conmigo ya no tartamudea mucho, a menos que se moleste un poco, pero cuando está en público, con desconocidos, su lengua le juega malas pasadas.

Poco antes de llegar al cuarto, escucho que hablan en voz alta, como si discutieran.

Es Enrique, otra vez regañándolo.

—Así que no quiero que me vuelvas a armar un escándalo, ¿me estás escuchando? —Truena los dedos en el aire pidiéndole atención. —La subasta comienza en una hora. Así que sal, saluda y responde sus preguntas, ¿*chapiche*?

—Solo dos cuadros se venderán hoy, ¿cierto? —Daniel parece inquieto.

Su representante se talla la mejilla con irritación.

—Sí, dos, pero si quiero, se venden todos. No vamos a seguir perdiendo capital por tus niñerías, ya invertí bastante en este sitio. —Finaliza sofocado.

—Quedamos en que so-solo dos.

—¡Puedes hacer más, hombre! —Enrique sale de la habitación. Al verme le cambia el semblante, y me estrecha la mano.

—Perdóname, mi señorita, seguro escuchaste —Se disculpa.

—Te entiendo, no te preocupes.

—A veces ya no sé qué hacer con él —resopla—, en fin. Los espero allá, dile que no tarde y, por favor, arréglale el cuello de la camisa, lo trae todo doblado, parece loco.

Río entre dientes.

Daniel está en un sillón cuadrado, con los codos apoyados en las rodillas y sosteniéndose la cara con las manos. Se ve preocupado.

—Todo estará bien, déjame ayudarte. —Le doy un beso. Le arreglo el cabello.

—Sé que sí, he preparado un número, ¿te platico?

—Adelante, solo espera —le acomodo el cuello y el moño del traje, también le quito una pelusa del hombro.

Trae las ojeras demasiado marcadas, y aun así, se sigue viendo precioso.

Me enseña la pintura nueva que va a exhibir.

Esa no la había visto.

—¿Qué tal? —me pregunta, con voz animosa—. Dame tu crítica.

Aprieto los dientes no muy convencida.

Espejo sostiene una rosa entre las manos pálidas y largas. Tiemblo al recordar mi sueño; sin embargo, a diferencia de lo que vi en él, esta sí tiene pétalos.

—No me preguntes eso.

No creo que le agrade lo que pienso. Es bella, sí, pero es más de lo mismo. La misma mujer de cabello castaño, ojos diferentes, un lunar cerca de la boca y nariz en forma de lanza. El mismo pan con la misma mermelada, solo que con chispitas de colores.

—Por favor, dime, es importante para mí.

—Pues…, ¿qué te digo? Lo mismo de siempre; ya la conozco de mil poses, ya sé cómo se ve vestida y en cueros. Está bien, siempre está bien. ¿Eso quieres escuchar, amorcito? —digo en tono sarcástico. Aunque realmente no quería hablar así, no me contuve.

—Quisiera fingir que no me he dado cuenta de que estás molesta. —Baja la mirada con desilusión.

—No, no, lo siento, solo que es igual que todas; sí, cambian algunos accesorios, pero nada más.

—No has visto lo que haré, lo terminaré allá afuera, delante de todos —Me guiña el ojo. Toma una brocha algo tiesa y la guarda en el bolsillo de su camisa—. Vamos.

Dobla su codo para que lo tome del brazo.

—Tu vestido es precioso. ¿Es uno de los que te di en navidad?

—Creí que no te acordarías de él.

—El rojo es tu color, definitivamente —susurra al oído. La piel de mi nuca se eriza. Muevo mi cuello para que se quite la sensación.

Es increíble como hace que pase de coraje a amor y deseo en un momento.

—Trajiste mi cuadro, pensé que lo harías más adelante.

—¿Lo viste ya? ¿Qué te pareció?

—Lo amé.

—Igual yo.

Todos nos apuntan con la mirada, las luces de las cámaras comienzan a disparar. El joven que quiso entrevistarme extiende su grabadora y pregunta:

—Señor Gastón, ¿puede contarnos por qué se rehusó a vender su cuadro la última vez?

Observo el gesto de Danny, levanta las cejas y mira hacia arriba, como pensando qué inventar.

—Por aquí, joven Gastón, tengo una pregunta: ¿en qué se inspiró para crear a su mujer misteriosa? —cuestiona otro muchachito.

—Ya lo he-he respondido.

—Señor Gastón, ¿el galerista Zayas le otorgó el perdón?

Le sobo discretamente la espalda para darle confianza, la multitud lo está engentando.

—¿Y usted no se enfada de que su esposo pinte a otras mujeres y no a usted? —inquiere una chica bastante entrometida.

Frunzo el entrecejo

—No —digo un poco sorprendida, no esperaba tal pregunta—, y no son muchas, solo una.

Qué pésima mi respuesta.

—¿Les parece si dejamos las preguntas al final? Les daré un número a cada uno para que no se hagan bolas, si nos permiten.

—Llega Enrique al rescate.

Los entrevistadores aceptan de buena gana.

Las personas se esparcen y los meseros traen nuevas tandas de bebidas. Le ofrezco un vaso de agua a Danny.

Está nervioso.

Se tapa el rostro apenas siente que a lo lejos lo apuntan con las cámaras, le disgusta mucho que hagan eso; por eso siempre sale con ojos cerrados, movido o con una mano en la cara.

Su representante lo lleva a saludar a los invitados principales, uno de ellos, el banquero Ber, quien trae del brazo a su preciosa esposa María. Él le menciona que su señora es una gran coleccionista de arte y, como regalo de aniversario, está ansioso por obsequiarle una nueva pieza para su museo en casa.

—Estoy fascinada con usted, señor Daniel, es increíble su trabajo, este ha sido mi favorito, parece una fotografía con tanto detalle —comenta la mujer con un tono de voz elegante y fuerte—, debió tomarle meses.

—Este me tomo seis, es de los que tienen más secretos, mire, no tenemos lupa ahora, pe-pe-pero —toma aire e intenta reponerse— de tenerla, podría observar los diminutos lunares que se ven en su espalda, si los unimos se forma la constelación *Hydra* y por aquí a *Casiopea*.

Ah, caray. Esta no me la sabía.

Noto su cara de bobo mientras la describe.

Respira Emily, es trabajo.

—Vaya, vaya —se sorprende María—, disculpe ¿acaso se inspiró en el poema *constelaciones*?

—No, no lo conozco.

—Es de Daniela Martiné.

—Una disculpa, no he tenido el gusto de conocerla.

—Es una pena... —Lo mira de pies a cabeza y levanta sus cejas angulosas—. En fin. ¿Este entrará en la subasta?

—No, no está en venta —Daniel desvía su mirada hacia sus zapatos.

—Sí lo está —interviene Enrique—, podemos negociarlo.

—Lo pellizca del brazo.

—Perfecto —responde Ber mientas saca libreta y anota una cantidad. Se las enseña y el semblante del representante chispea de alegría y accede de inmediato dándole un apretón de manos a ambos. Daniel mueve su cara ligeramente diciendo que no.

Sus labios se fruncen.

Le hago cosquillas en la mano queriendo que me mire.

Lo hace y veo que se humedecen sus cuencas. Aquí es donde me regaño a mí misma: ¿es normal que esto me duela?

«Intenta entender, Emily».

—Al menos esta vez nadie salió herido —Carcajea el banquero palmeándole la espalda a Daniel.

Mal chiste, señor, aunque en otro momento sí me hubiera reído.

Los invitados se alistan en sus asientos designados, todos con sus tableros en manos esperando lanzar sus pujas. Yo estoy en la última fila mirando el reloj, tengo que estar en casa antes de las doce.

—Buenas noches a todos los presentes, sean bienvenidos nuevamente —saluda Enrique y hace un ademán de que suban el primer cuadro—; como primera pieza tenemos *Amaranthine*.

Mi cuadro.

Va a vender mi cuadro.

Los aplausos no se hacen esperar. Dos hombres a mi lado silban eufóricos.

—¿Quién da más?

Enrique anuncia el valor de la obra para avivar el deseo entre los asistentes.

Una voz fuerte interviene:

—Mil pesos.

De inmediato es contestada por un señor de los primeros lugares.

—Mil quinientos.

Otra mano se levanta.

—Dos mil.

Volteo a ambos lados esperando que ofrezcan más, creo valer algo significativo.

«Diez mil», dicen en el extremo izquierdo.

«Veinte mil», dicen en el derecho.

«Treinta y cinco», se levanta la señora María.

Pero lo gana un hombre barbón y de sombrero que da cuarenta mil.

—Vendido.

Vaya, al menos salí cara.

Todos aplauden eufóricos, también lo hago. Daniel está sentado cruzado de brazos, se nota enfadado. ¿Le habrá dado nostalgia también? Digo, era el primero que hacía de mí. Sonará tonto, pero esperaba que hiciera una escena también; sé que está mal, no es que quiera que golpee a alguien, pero hubiera sido lindo. En fin, no está para seguirse haciendo el loco, ya lo sentenciaron. Es buen dinero, lo suficiente para estar medio año echado en una hamaca tomando té frío sin pensar en las cuentas de luz.

—Segundo cuadro —anuncia Enrique—; este se titula *Aravea*.

Vaya nombres que se inventa.

—Permítanme. Déjenme decirles que esta pintura no está terminada —se escuchan murmullos entre la gente—; sin embargo, hoy Daniel Gastón la finalizará delante de todos.

Toma el pincel de su camisa. De su pantalón saca un bote diminuto de pintura blanca y lo sumerge. Con el dedo índice, les da ligeros golpes a las hebras duras y causa que salpiquen microgotas a la rosa.

Una rosa moteada, como las de su jardín.

La gente se levanta y aplaude.

Daniel ríe de su creación entrecerrando sus ojos. Mueve la cabeza, admirando con ternura lo que ha hecho. Sus ojos parecen sonreír; lo contempla totalmente embelesado.

—Cincuenta mil —grita alguien.

Dios.

—Setenta mil —grita otro.

Se desencadena el alboroto.

Enrique intenta calmar el caos que se está formando entre tantas cifras que no pueden entenderse, pues todos hablan a la vez. Leo los labios de Daniel que le dice a su representante que por favor no, que escoja otro. Los ojos de Enrique parecen que van a salirse.

—Por favor —insiste. Eso hasta acá pude escucharlo.

—¿Qué pasa? —grita el público—. ¿Otra vez se va a rehusar?

—Cien mil —dice un anciano al lado de mí.

—Vendi…

—Ciento diez mil —ofrece Daniel interrumpiendo a Enrique.

La sala queda en total silencio por un momento.

Presiono mi puente nasal.

Esto no puede estar pasando.

Las personas se miran unas a otras preguntándose qué sucede, ¿está permitido eso?

Enrique se ríe, finge que ha sido una broma, pero él y yo sabemos bien que no.

No puedo más, los ojos se me humedecen. Tengo vergüenza, cólera, tristeza, decepción. ¿Estoy mal? ¿Esto se considera traición?

116

Hago una arcada, tengo nauseas.

Salgo de inmediato de la sala; no sea que vaya a vomitar sobre los zapatos de alguien. Apoyo mi espalda en la pared del camerino y me deslizo poco a poco hasta quedar sentada en el piso. Me quito las estúpidas zapatillas que me tienen adolorida. Tengo el rostro caliente. Siento que me han apaleado el corazón. Las manos me tiemblan, todavía tengo en los oídos el griterío de las pujas.

Hace unos días me sentía el planeta más importante, y hoy me siento una partícula de polvo entre todo el universo.

—Emily, estás aquí —llega Daniel sofocado. Se tira al piso a mi lado. Trae los ojos rojísimos.

Dos despedazados en el suelo.

Él por Espejo.

Yo por él.

Se cubre la cara como si estuviera harto y cansado, respira hondo.

—Qué mal te viste.

—¿De qué hablas?

—Qué vergüenza. —Me levanto, me limpio el polvo que pudo haberme quedado en el vestido.

—¿Ya te vas? Espera, voy a dejarte.

—No es necesario —contesto sin regresarlo a ver—. Anda, ve, te esperan los medios, háblales de los lunares, el ojo que oculta un girasol o yo qué sé.

Él se da cuenta y de inmediato me da la vuelta y me levanta el rostro con los dedos.

—Estás molesta…

—Sí, claro que sí. ¡Lo estoy! ¿Qué afán de portarte así?

—Entiéndeme.

—Estás enfermo, ¿ya te diste cuenta?

—¿A-ahora soy… un en-enfermo? —tartamudea.

No debí decir eso.

No debí decir eso.

No debí decir eso.

—Perdón, no, no quise decirlo así.

—¿Eso piensas?

—No, no, lo dije sin razonar. —Aprieto su mano y busco su mirada.

Sí lo pienso, pero no debí decir eso, solo estoy enojada.

—¿Quieres que deje esto, Emily?

«A veces sí quiero», pienso.

Muevo la cabeza en negación.

Qué mentira; pero sí quiero, claro que quiero. Sería más feliz si se dedicara a otra cosa; su vivero, por ejemplo, no me importaría si decide guardar con recelo las peonias o las orquídeas.

—Te estoy lastimando, ¿verdad? Dímelo

—No es eso —miento una vez más.

—No tengo muchos propósitos en la vida y e-en los pocos que tengo, estás tú, hacerte feliz es uno —completa con dificultad—. No quiero perderte.

Me mira con sus ojos aún irritados.

—Voy a dejar esto, lo prometo, dame dos meses, cumplo unas cosas con Enrique, cancelo unos pagos de la boda y después vemos qué hacemos, ¿te parece la idea?

La culpa se me incrusta hasta en las uñas.

—Perdón, Daniel, no me hagas caso. No tienes que dejarlo. Me da vergüenza decírtelo, solo me dieron… celos —confieso.

—¿Celos? ¿Por qué?

—Oh, Dan, vamos.

—No puedes estar celosa de Espejo, es… una pintura.

—Me duele ver cómo la miras, cuando hablas de ella, cuando haces esas escenas tontas como la de hace un momento… ¿Comprarte tu propio cuadro?

—Emily —pronuncia mi nombre con cariño—, ¿Acaso no ves cómo te miro a ti? Las ganas inmensas que tengo de… tenerte…, de…, ¡Dios, morena! Me estoy muriendo por ti ¿no te das cuenta?

Su dedo pulgar acaricia mis labios.

Exhalo.

—Siempre valoraré a Espejo, pero tú, Emily, eres lo más importante para mí, tú eres mi vida.

«Tú eres mi vida».

La culpa.

Estoy siendo irracional, no sé por qué mi afán de discutir por lo mismo otra vez.

—Lo lamento.

Me besa la nariz, después los labios y sus manos bajan a mi cintura.

—Te amo, Emilia. Si hablamos de enfermos, estoy enfermo de ti.

Capítulo 8

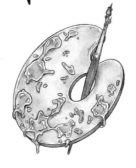

Tal vez Dios me hizo pintor
para personas que aún no han nacido.

De la película: *Van Gogh, a las puertas de la eternidad*

Estiro mis manos, bostezo. Siento que mi mano golpea con algo, de inmediato Daniel se queja. Parpadeo varias veces para aclarar la vista.

—¡Dan! ¡Dan! ¡Mierda! —Salto de la cama—. Se supone que dormiríamos un momento. ¡Mierda, mierda!

Tomo su reloj de mesa, son las cinco de la mañana.

Me van a matar, me van a matar.

Debía llegar a la una de la mañana.

Salto sobre un pie mientras me pongo el otro zapato.

¡Mierda!

—Emily, tranquila, vas a caerte.

—¡Mira la hora, casi amanece!

—Ni que te fuera a golpear el señor ese —bosteza.

—No, no, pero no sabes cómo se pone, me va a dar el sermón de la vida, me va a echar en cara que su casa es de respeto, o quizás ya hasta sacó mis cosas a la calle. —Le doy un beso rápido, pero él me toma de la cintura y me vuelve a meter a la cama.

—Ojalá.

—¿Cómo que ojalá?

Me cubre con el edredón. Me apretuja contra su cuerpo.

—Ya no regreses a esa casa.

—Falta poco, muy poco…

Con todo el dolor de mi corazón me pongo de pie. Me trenzo el cabello deprisa y bajo corriendo las escaleras.

Ruedo por los últimos cinco escalones.

Mi mejilla queda en el suelo.

Mierda.

—Emi. —Baja Daniel deprisa y me levanta—. ¿Estás bien? —Me toca la cara—. Esto quedará morado.

Me quejo apenas mis dedos me rozan.

Mierda.

***

Me brinco la cerca como fugitiva. Hay silencio en casa. Me asomo por la ventana de la cocina; don Florentino y su compadre el estúpido están durmiendo a brazo tendido en el sofá. Nunca había agradecido tanto al cielo por ver a dos borrachos en la sala. Suspiro con alivio.

—Alto ahí, señorita.

Doy un brinco de susto, me llevo la mano al pecho.

—Me asustaste, tonta.

—Y tú a mí. —Se acerca y me agarra el rostro—. ¿Qué te pasó en la cara? —Hace un gesto adolorido, como si se estuviera imaginando lo que siento en la piel.

—¿Se ve muy mal?

—Parece que te dieron con un palo. ¿Te golpeó Daniel?

—No, Dios, no. Me caí por andar corriendo porque se me hizo tarde.

Entro a su habitación, dejo mi bolso sobre su cama y me veo en su tocador.

Hace cuarenta minutos era un raspón, ahora se está tornando morado.

—¿Segura que no te golpearon?

—Que no —digo con enfado—, Daniel sería incapaz de ponerme una mano encima.

—Eso sí no lo creo, sí que te ha de poner las manos encima. —Me da un caderazo— Ahora sí no vayas a decirme que no hicieron nada. ¡Cuéntame! Detalles, detalles.

—No hicimos nada.

—Te vas toda la noche, llegas al día siguiente como ladrona ¿para que no me cuentes nada? ¿Y la subasta? ¿Daniel golpeó a alguien?

—No, estuvo bien, dentro de lo que cabe.

—Dentro de lo que cabe —ríe.

Me encojo de hombros.

—Voy a pasar a tu baño. —Me quito la ropa. Abro la regadera y el agua fría me acaricia el rostro adolorido.

Escucho a Diana silbar y despedirse.

Sepa con quién esté hablando, debe ser el muchachito del periódico.

—¡Yuju! Llegó mi semanal ¡Por fin! ¿Ya empezaste a leer el volumen uno? ¡Ya quiero chismearte acerca de mis teorías sobre Julieta y Antonio!

Ni siquiera voy a la mitad, solo es una historia de infidelidades, una mujer que planea matar a la mujer de su exesposo y más atrocidades.

Escucho una carcajada.

Algo me dice Diana, pero el chorro del agua no me permite escuchar.

Cierro la llave.

—¿Qué dices?

—Que no puedo creer que tu marido hiciera eso. —Abre la puerta.

—¡Oye, cierra!

—Ay sí, como si no te hubiera visto antes. —Deja entreabierto—. Ese Daniel es todo un chiste. ¿En verdad ofertó por su propio cuadro? —Explota en risas.

Ya sé, también me dan ganas de reír.

Me enjabono el cabello, el cuerpo. Muevo mi cuello para descontracturarlo y ya empiezo a sentir los estragos de la caída.

Tomo una toalla y me envuelvo el cuerpo, y con otra me hago un turbante en el cabello.

—Oye, oye, la señora María se llevó un cuadro —dice con un tono inquieto mientras mastica un chicle, haciendo ruidos con la boca.

—Sí, fue un trato a escondidas, no tendrían por qué haberlo divulgado, de hecho.

Espero que eso no traiga problemas.

Le esculco el suéter para buscar su dispensador de chicles; podrá olvidar ponerse ropa interior, pero los chicles jamás. Ella se ríe como si le estuviera haciendo cosquillas, yo solo trato de encontrar uno.

Abro un cajón de su tocador y busco crema.

—¿Daniel se inspira en Daniela Martiné?

—¿Qué? ¿Cuál Daniela? —Me detengo en seco quedando un poco desubicada. Parpadeo varias veces para entender su pregunta.

—Aquí dice —Diana señala con el dedo la página y recita—:

¿Es Daniel Gastón un mago alquimista capaz de transformar la poesía en colores?

08 de octubre de 1965

D.F. En la última exposición se ha desvelado una interesante conexión entre su obra y la poesía. El cuadro *Mapa Estelar* ha generado diversos debates entre los amantes del arte, pues ha despertado comparaciones muy peculiares con el poema *constelaciones* de la poeta Daniela Martiné. Es como si las estrellas y constelaciones en el lienzo de Gastón cobraran vida y se superpusieran entre los versos de Martiné. Sin embargo, la sorpresa no acaba ahí, nuestros ojos perspicaces han notado similitudes entre los rasgos de la enigmática mujer retratada en *Mapa Estelar* y la propia Martiné.

El autor sigue manteniendo un silencio sepulcral, rechazando toda solicitud de entrevista, esto solo le agrega un mayor misterio a su proceso artístico.

Ahora solo esperamos que Daniel Gastón no se tome a pecho nuestro atrevimiento y no busque golpearnos con un pincel en defensa de su intimidad artística.

Le quito el periódico.

Vuelvo a leer la nota con velocidad, casi atropellando las palabras en mi boca. Está acompañada del poema:

Cuando vi su espalda desnuda llena de lunares
y deslicé mis dedos para unir los puntos,
entendí lo que hacían los griegos cuando encontraron figuras en
las estrellas.

Hydra y Casiopea yacían en sus escápulas
y a una mano de distancia,
cerca de su lumbar, hallé a Orión jugueteando con Cygnus.

¿Qué deidad celestial le marcó la piel con tinta lunar?

Él y su complejo de proclamarse teoría de la colisión
para demostrar el paso tan corto que está de ser ley
porque al impactarse conmigo
siendo yo tan cuerpo terrestre
y a la vez él tan celeste,
prueba que el choque de dos astros, aparte de caos,
desprende magia,
y de entre tantas estrellas también se forman lunas,
las que habitan en sus ojos,
las que habitan en sus mejillas,
las que coloca en mí para iluminar mis insomnios,
la que seguimos viendo, aunque ya no estemos.

Y en la distancia,
seguiré alzando mis manos para tocar el cielo,
imaginando que tengo su cuerpo bajo mis dedos.

Dios mío.

Vuelvo a leerlo. Recuerdo el cuadro y los lunares de la espalda, la explicación que le dio a la señora María.

«¿Acaso se inspiró en el poema *constelaciones* de Martiné?».

«Una disculpa, no he tenido el gusto de conocerla».

En el periódico aparece una foto de ella al lado de la del cuadro. Deslizo mi dedo por ambas imágenes comparándolas.

Siento un frío en el pecho.

La nariz, los labios, el cabello, los dedos y...

¿Es un lunar o una mancha? Rasco esa parte de la fotografía de la autora esperando que sea una partícula de polvo.

No lo es.

Las gotas del cabello mojado comienzan a caer por el periódico y van esparciendo la tinta de las letras.

—¿Ellos se conocen? —Diana luce angustiada por mi semblante tildado.

—Él dijo que no.

—Pero se parecen mucho.

—No... no tanto.

—Mírale los ojos.

—La autora los tiene verdes.

—Pero en la forma, observa, son como jalados. —Su índice delinea los ojos de ambas imágenes.

—Es porque está maquillada. —Dejo el periódico en la cama y me quedo mirando la pared.

—Emily, sí es ella.

«Ella soy yo».

—Tal vez es coincidencia.

—Hazte la tonta.

—Préstame ropa, en un momento vuelvo. —Me quito la toalla del cabello. Lo echo hacia atrás. Mis manos están torpes, comienzo a tirar las cosas del tocador de Diana sin querer.

—Espérate, y ¿a dónde vas? ¿a preguntarle?

—Pues sí.

Arranco la hoja del periódico y la veo una última vez, luego la doblo para llevármela.

Salgo, abro la cerca. Diana me sigue.

Visualizo el camión a lo lejos.

—Emilia, ¿por qué no vamos con ella?

—¿Con quién? ¿Daniela? ¿Para qué?

—Para conocerla, para saber si ella es la chica de la pintura.

—Quien tiene que responder es él.

—Te lo va a negar y le vas a creer.

Niego con la cabeza y ella me mira con desaprobación.

—Ajá, ¿y qué le diré a ella? Pensará que estoy loca.

Miro hacia la calle, viene el transporte casi vacío.

Me muerdo la mejilla por dentro.

—Tienes miedo de que sí lo sea, ¿verdad? —Diana busca mis ojos.

***

Esta debe ser la tontería más grande que estoy a punto de hacer. No sé cómo diablos logró convencerme de ir al teatro.

Descuelgo mi vestido del tendedero, el más bonito que tengo: es color vino, con un moño color hueso en el pecho y una cinta a la cintura para ajustarse y hacerse más notoria con respecto a las caderas. Me hace una silueta bonita y me levanta el busto dándole forma de corazón; hasta hace parecer que soy una copa ligeramente más generosa. Me veo por detrás, pese a que no he comido muy bien, mi trasero sigue en su lugar.

Escojo unos tacones negros.

Me miro al espejo de cerca y me cubro las ojeras con maquillaje, cómo las detesto.

Hoy estoy insoportable; me duele el estómago, tengo náuseas y me siento fría.

Cepillo una y otra vez mi cabello que no puede acomodarse.

Diana entra a la recámara abriendo de golpe.

—¡Ta da! ¿Qué tal? —Comienza a modelar por mi recámara. Trae unos tacones tamaño zancos; no sabe andar en ellos, pero finge muy bien. Lleva puesto un vestido precioso color negro con lunares blancos, sin mangas y con un poco de escote en el pecho, que Diana baja para que se vea más pronunciado.

—Luces muy bien —comento, mientras me pongo color en las mejillas. Ella sonríe de manera coqueta. No es necesario el halago, sabe que se ve bien.

—A ver, déjame verte. —Inspecciona mi cara y toma una brocha para hacerme un delineado—. Listo, ahora sí.

***

Aún no abren las puertas, solo hay dos guardias parados afuera de ellas. Son cuarto para las siete, la función comienza en cuarenta minutos y la fila para pasar ya es inmensa. Suerte que todavía encontramos entradas.

Debe haber entre doscientas y trescientas personas aquí. Esperaba hallar gente joven, pero hay de todas las edades. Llama mi atención un grupo de señoras bien arregladas, con anillos en cada dedo y el cabello tan bien peinado que es obvio que vienen saliendo del salón de belleza, todas de entre setenta y ochenta años. Una de ellas recita un poema para sus amigas con el libro en las manos y rompe en llanto apenas pronuncia la primera frase:

Yo sé que no moriré de amor,
pero déjame pretender que sí;
no me digas que no lo vale,
porque lo valió todo.

Lloro porque me abstendré de verlo,
porque me daré golpes a los pies

cuando se desvíen en su dirección.
Temblaré cuando lo nombren
y me crujirán las cervicales cuando de mis labios pronuncie un
«no lo conozco»,
no explicaré que fue sueño y pesadilla en un solo día.

Déjame quererlo hasta que termine el invierno,
aunque en primavera te diga que me esperes un poco,
y en verano te platique que me es imposible,
pero que en otoño por fin lo suelto.
Escribiré en cada melancolía
y la leeré cuando no duela
para rescatar los fragmentos dignos de recitar,
solo así sé querer,
y no conozco otra forma de olvidar.

Apenas termina, sus amigas aplauden con entusiasmo y ella hace una reverencia por su interpretación. Otras dos se abrazan entre sí conteniendo las lágrimas, una más saca un pañuelo de su gabardina de *cashmere* color lavanda y se limpia la nariz de manera sofisticada con el índice y el pulgar. Algunos otros a la redonda, que no forman parte del círculo de amigos, también parecen conmovidos, más melancólicos que felices, a decir verdad. El pecho se me aprieta de solo verles la mirada de dolor.

¿Estoy en la fila para un recital o para ir a una secta?

No entiendo por qué flagelarse así; si sabe que llora al leer eso, ¿por qué lo hace? Puede hacerle daño; varias de ellas deben estar atravesando enfermedades cardiovasculares y en lugar de, no sé, ir a la playa, inscribirse a algún taller de costura o visitar a sus nietos, vienen a sufrir. ¿Es así?

¿Todavía sufren de amor a su edad o solo deciden escarbar viejas heridas?

—Esto está siniestro, ¿no? —Veo a Diana con el pañuelo en la nariz—. ¿Qué tienes?

—Así me siento, como dijo la señora. No puedo olvidarlo, ¡maldito José! Pero ya sé que no me conviene.

Hoy no me siento en el mejor de los humores como para estarla aconsejando.

Por fin abren las puertas y los guardias hacen dos filas para pasar.

El ambiente se inunda del aroma a perfume caro; que, por cierto, olvidé ponerme perfume.

Ladeo la boca con inconformidad.

—Diana, ¿traerás loción en tu bolsa? —Le doy un golpecito con el codo. Ella estaba entretenida mirando los palcos—. ¡Diana! —vuelvo a llamarla.

—No, lo siento…, no salgo con perfume en el bolsillo, pero —olisquea— no hueles mal.

No es que tema oler mal, es que bañarme en perfume me da seguridad y es lo que necesito hoy.

Sacudo mi cabeza y me desconecto un poco; intento prestarle atención a lo bonito que es el teatro, con el piso revestido de alfombra roja, lo cual amortigua el sonido de nuestros pasos. Los pilares de mármol blanco contrastan con el rojo intenso de las paredes. Levanto la mirada y me encuentro con que hay cuatro pisos de palcos, seguro nos tocará en alguno de ellos por llegar tarde, pero no está mal. El techo es precioso, frescos de ángeles semidesnudos lo adornan junto con un centro de luces cálidas. Me sorprende el silencio, nadie habla, apenas y se escucha la respiración de los asistentes. Un hombre nos señala con el índice que subamos las escaleras hacia el primer palco frente al escenario.

Al menos no nos tocó mal lugar.

Nos sentamos y me llevo el cabello hacia un lado. Aquí hace mucho frío, mi pobre saco no me servirá de nada.

—¿Por qué mucha gente trae macetas con girasoles? —me susurra al oído—. Tengo entendido que al finalizar se lanzan rosas, ¿no?

Es verdad, muchos asistentes traen macetas pequeñas y medianas entre manos.

Creo saber por qué...

«El ojo que oculta un girasol».

Algo debe escribir esta mujer sobre ellos.

Me paso los dedos por la frente, por el cabello. Siento hasta urticaria en la espalda.

Maldita sea, no puede ser.

Un dolor se me incrusta en la tripa, como un cólico.

—Qué nervios. ¿Tú cómo estás?

Un shhh... se escucha después de la voz de Diana.

—¡Ah! Vale, qué delicados; si ni siquiera ha empezado, ¿por qué me callan?

—Silencio, Diana.

Diana saca de su bolsa un empaque de cacahuates y los abre con suavidad para evitar el ruido del plástico, pero no lo logra, la envoltura cruje de manera escandalosa.

—Shh...

—Qué delicaditos.

Le robo uno; sabe a sal y limón; lo ácido hace que me duela la mandíbula y se me junta la saliva debajo de la lengua.

Comienzan a apagar la mayoría de las luces y a las que quedan prendidas les bajan la intensidad generando un ambiente solemne en la sala. De pronto, se encienden solo las que están cerca del telón con toda su intensidad.

Ya va a empezar.

Mis piernas se mueven inquietas. Entre mis manos estrujo la falda del vestido.

Los telones color vino se deslizan con lentitud dejando al

descubierto el escenario tapizado de madera; sobre él, un sillón grisáceo en donde se encuentra la escritora. Su mirada hacia abajo, leyendo un libro de pasta roja.

Entrecierro los ojos para verla mejor.

Su cabello, totalmente lacio y largo, le cae por los hombros; lleva a la cabeza una boina roja ladeada, lo único de color que resalta, pues toda su vestimenta, desde su blusa cuello de tortuga hasta el pantalón ajustado, es negra. Pasan algunos segundos y sigue en la misma posición, no habla.

—¿Qué está pasando? —susurra Diana. Me encojo de hombros, tampoco entiendo.

—Parece nerviosa.

Veo sus dedos temblando al pasar las páginas de su libro.

Mi corazón se comienza a acelerar, vibrando como un ratón asustado; mi cuerpo se agita, mi piel se siente fría. Tallo mis ojos enérgicamente para desempañarlos, poco me importa que se me bata la máscara de pestañas.

Me recargo en el barandal y apoyo la barbilla en el metal para verla más de cerca, aunque sea unos centímetros. Diana me agarra el hombro, queriendo jalarlo hacia atrás para que me siente bien, pero le quito la mano de encima.

—Es tan pálida, parece que está enferma —susurra en mi oído.

Por fin se mueve, pasa una página y su tórax se expande. Está tomando aire, lo suelta lentamente y levanta el rostro hacia el público.

Mi corazón se agita, me falta el aliento.

Sus ojos verdosos, enmarcados en una espesa capa de pestañas alargadas, lanzan una mirada lenta a cada parte del teatro. Esboza una sonrisa que la obliga a cerrar los ojos y le marca unas comillas en las mejillas.

Los aplausos comienzan a escucharse, y la escritora levanta la mano y mueve los dedos haciendo un ademán de saludo.

Unos dedos blancos, alargados y delgados.

Cerca de la comisura labial izquierda, un pequeño punto negro roba mi atención. El lunar de Espejo.

—¡Mierda!

Capítulo 9

No estoy enferma.
Estoy rota.
Pero soy feliz todo el tiempo
que puedo pintar.

Frida Kahlo

«Ella soy yo».

Un zumbido ensordecedor comienza a taladrar mi cabeza de izquierda a derecha.

Esto debe ser una pesadilla.

—Shhh… Shhh…

Se escucha el siseo en la sala tras mi grito.

—Cálmate, Emily, todos nos están mirando raro, van a corrernos.

Debo estar soñando.

Me enderezo en el asiento y con los dedos temblorosos me pellizco las piernas.

Tengo que despertar.

Un tic en mi pierna se descontrola, pero pongo fuerza sobre ella para detenerla.

Me siento en el peor ritual satánico de la historia viendo cómo un cuadro inanimado de repente salta de la pared para cobrar vida. Me quiero hacer pequeña, que me trague el asiento, que me trague la tierra y nunca me escupa.

—Me presento —habla el ente del mal sobre el escenario—: soy Daniela Martiné, orgullosamente mexicana —esboza una sonrisa tímida y tartufa. Esa sonrisa pequeña y alargada que conozco tanto como conozco mis manos.

Por mi cabeza pasan todas las veces que he visto a Daniel maquillar unos labios idénticos con distintas tonalidades de rosa, acompañándolos con pliegues a cada lado de ellos. Un remolino destructor se forma en mi pecho, haciéndome sentir un vacío.

—Me siento muy feliz de haber vuelto, no tienen idea de cómo extrañaba la ciudad; está más preciosa de lo que recordaba. —Sus labios se mueven junto con ese lunar.

Dejo de prestar atención a sus palabras y me centro en todas sus facciones con detenimiento. Un rostro ovalado y una nariz afilada en forma de lanza, el pequeño hoyuelo debajo del labio inferior que parece más una sombra por el grosor de este. Diana me da un codazo suave y por el rabillo del ojo observo que me ofrece dulces, pero mi estómago se siente apretado, atascado e igual de asustado que yo.

«Ella soy yo».

La voz de Daniel retumba en mi cabeza, resuena la frase que me repetía ante mis preguntas sobre su musa: ella es él. Un *alter ego* que inventó en la universidad, su versión femenina.

Él no me mentiría, no sería capaz de mentirme con algo tan importante.

Me muerdo los dedos para evitar morderme la lengua. Me obligo a parpadear, pues los ojos comienzan a escocerme de tanto mantenerlos abiertos y observar segundo a segundo los movimientos de aquella mujer.

Daniela sigue hablando de lo feliz que está de haber vuelto a casa; deja entrever sus dientes, los incisivos centrales, ligeramente más grandes que los laterales.

«Ella soy yo, ella es mi espejo».

Daniel…

Daniela…

Esperen, esperen…

La versión femenina de Daniel sería una Daniela.

Sacudo la cabeza y aprieto los párpados.

El libro rojo…, el libro que leía la señora Elena. Daniel se la pasó mirándolo. Ese día…, ese día, ese día él estaba inquieto. No fue la cerveza, no fue el señor Florentino, fue esto, el maldito libro… el anuncio del recital.

¡Mierda!

El espejo de Daniel es una mujer, Daniel es Daniela. Una campana de bingo se escucha en mi interior; es como si hubiera puesto una pieza de rompecabezas en el espacio donde todo el tiempo me dijeron que no faltaba nada.

«Ella soy yo».

Me mintió.

Todos aplauden de manera eufórica, incluso Diana. Yo me mantengo con las manos empuñadas contra mis piernas. La escritora muestra el libro rojo que trae entre manos.

—*Corazón de acuarela* es diferente a mis demás títulos —comenta, totalmente quitada de la pena.

Suelto un quejido, me quedo sin aire y me duele volver a inhalar; ni siquiera sé descifrar si es tristeza o enojo.

Corazón de acuarela.

«Acuarela».

Los ojos me piden a gritos que les permita llorar, pero no quiero, antes necesito una explicación; la vida no puede ser tan desgraciada y jugarme esta mala pasada.

La escritora se lleva el cabello del lado izquierdo, detrás de la oreja, y tímidamente recita la primera página.

—Las hojas están cayendo como el día en que nos conocimos. Jamás pensé que serías tan importante y me marcarías de una manera tan bonita; sin embargo, así como es bonita, también duele, porque, aunque ya no estás, te quedaste en otoño. Y por eso, en días como hoy, me doy el privilegio o la maldición de recordarte, no como el que eres ahora, sino como a aquel chico tonto con la sonrisa más bonita de todo el parque y con los ojos más coquetos que jamás vi en diecinueve años. No te conocía, pero te quería, porque esos ojitos no necesitan de tanto tiempo para saber que son los que quieres ver cada mañana en cuanto despiertas.

»Te metiste en mi vida antes de que cayera la última hoja, y para primavera ya te estaba escribiendo como si no hubiera otra cosa en el mundo.

»Otoño y sus lunas que duelen, porque estás ahora quién sabe dónde, viéndola con quién sabe quién, y yo aquí, tomándole la mano a la nada, porque nadie es suficiente para marcar esta estación como lo hiciste tú.

»Hace tanto que no te veo, y aun así consigues sabotearme, porque no hay otoño que me pueda mantener indiferente. Sigo teniendo la suerte de ver estrellas fugaces, solo que ahora mi deseo es este: pasar octubre y noviembre sin escribirte, pues no lo he conseguido; no hay otra risa que combine con el crujido de los árboles, ni unos ojos tan transparentes que logren reflejar mi alma.

»No te veo, pero tengo que escribirlo, porque me parece insulto no hacerlo. Aunque eso sea lacerarme el cerebro por sacar pergaminos que guardaba en mis neuronas, donde solía describirte centímetro a centímetro y nunca terminé, y tal vez nunca lo haré.

»Perdóname, otoño, nada de esto es tu culpa, no tendría por qué asociarte con mis errores, no tendría por qué dedicarle octubre a nadie. Tortura mental tomarme tan en serio el frío y extrañarte; porque esto es extrañar, ¿no?

»Ya he tratado de engañarme años atrás. En verano no te recordaba, te lo juro, no eras nada, pero otoño...

»Otoño siempre será tuyo.

Daniela suelta una lágrima al terminar la última frase, pero no la limpia, esta cae sobre el libro. Se hace un silencio aterrador, ni si quiera escucho los sonidos de la respiración, casi como si estuviésemos velando un muerto. De pronto, un puñado de señoras se levantan y dan paso a los aplausos, muchos otros se llevan a la cara sus pañuelos.

Las lágrimas están por vencerme, mis conductos lagrimales se contraen queriendo dejar correr las gotas. Me abanico el rostro, como si eso fuera a tranquilizarme. No sé si lo que siento es frustración, tristeza o enojo. Mis cuerdas vocales vibran, suplicándome lanzar un grito, uno que desahogue la traición que me carcome el pecho.

Escucho a Diana sonarse la nariz enrojecida con un pañuelo.

—¿Estás llorando? —inquiero, sin disimular mi indignación. Una nueva lágrima le corre por la mejilla. Arqueo una ceja y arrugo la nariz sintiéndome doblemente traicionada.

—Es maravillosa, ¿cómo no la conocí antes? —pronuncia con voz melancólica y ronca—. ¿No entendiste? Dios mío, ella habla desde mi corazón, ella me conoce, hermana.

139

—No seas ridícula.

Diana frunce el ceño.

—Shhh…

Una señora del asiento de atrás acerca su cabeza para sisearnos.

Los ojos se me hacen agua.

Hago un gruñido casi en silencio y engarroto mis manos.

Tengo que calmarme.

Una lágrima me traiciona y sale apresurada por mi rostro. Más que tristeza, es desesperación; mis pensamientos me bombardean hablando al mismo tiempo sin darme mucho tiempo para tomar aire y tranquilizarme; eso sumado a la voz de Daniela, que me estrangula la cóclea y me presiona la garganta.

—No cabe duda de que el problema de los amores que arden es que, tarde o temprano, terminan por calcinarnos —menciona la escritora mientras se acomoda la boina roja.

Mi barbilla tiembla, mis nervios me traicionan y carcajeo para atenuar lo que siento en el pecho. Rio como si lo que he escuchado hubiera sido el peor de los chistes. No puede estar pasando esto.

—Qué irreverente… —susurra la misma señora que se ha empeñado en callarnos desde hace rato.

Volteo para verla con ojos amenazantes y chasqueo los labios en forma retadora.

—Emily, cállate —musita Diana y tira de mi vestido.

—¿Qué? ¿Pues qué tiene? —me dirijo a la señora—. No estamos en un velorio, por favor, no tienen por qué estar todos con esa cara de angustia y desolación —expreso y me enderezo en mi asiento.

¿Cuál es la reflexión de todo esto? Este espectáculo de tragedia ¿qué fin tiene? Nada; solo lágrimas y más lágrimas. Todo el mundo sufre, todos tienen problemas, ¿esto en qué ayuda?

Le quito su bolsa de cacahuates y los como despacio, esperando que me ayuden a distraerme. Pienso en los pacientes de la siguiente semana; por suerte, hay agenda llena, y esta vez son más adultos que niños. Pienso en mi vestido de boda y que debo ir a medírmelo en unos días. Pienso en la prueba del peinado. ¡Mmm! ¿Cómo me peinaré? Me gustaría el cabello suelto con las ondas bien definidas, aunque ahora se está usando el cabello recogido en un moño. Ya lo tengo lo suficientemente largo, podría buscar un nuevo corte. Espera, ¿por qué estoy pensando en la boda? Me golpeo la frente. Ni siquiera sé si va a haber boda. ¿Sí es ella? Quizás no y me estoy haciendo un embrollo en la cabeza.

Me cruzo de piernas y recargo mi mejilla en los nudillos.

A ver, debo aclarar mi cabeza y repensar en orden. Viéndolo bien, no. Tiene el rostro más redondo que ovalado, los ojos un tanto más separados y son color verde vibrante. Es más guapa la del cuadro; Daniela tiene un rostro extraño, como el de un ratón asustado, y no tiene tantas tetas.

Diana me da unas palmadas en la pierna para llamar mi atención.

—Aplaude —me dice mientras ella lo hace.

Volteo a ambos lados. Las personas se ponen de pie con la cara congestionada. Los mismos hombres que nos acomodaron en los asientos pasan a indicarnos que habrá una fila para pasar a adquirir libros y otra para la firma de estos.

Me pongo de pie y sacudo de mi vestido los restos de golosinas. La señora que miré feo por callarme sigue viéndome con desdén. Diana lo nota y me entrelaza el brazo para bajar las escaleras y alejarnos de ella. Los asistentes aceleran el paso hacia las mesas, las cuales se encuentran repletas de libros. La gente los toma y compran sin preguntar, hasta parece que aquí no existe la crisis económica.

—El plan es este, adquirimos un libro y nos formamos para la firma —me dice, yo me siento descolocada, perdida entre las mentiras que he escuchado estos años—. Emily —me palmea la mejilla—, ¡hey!

—Diana, no quiero hacerlo.

—Ya estamos aquí, anda —me conduce hacia la fila de compra. Yo no le despego el ojo a Daniela, sus movimientos robóticos al saludar a la gente que pasa para darle obsequios y a pedir firmas.

—Este rojo ¿no era el que estaba leyendo mi madre hace unas semanas? —Diana toma el libro de la mesa.

—Ese mismo.

Me muerdo el dedo, me muerdo las uñas, quiero arrancarme el pelo.

—De haber sabido lo traía para evitar comprar otro.

Lo compra.

Me lo da.

—Vas a sangrarte el dedo, Emilia, cálmate. Ven, hay que formarnos.

Regreso a ver a Daniela, que ya tiene toda su área llena de girasoles.

Estamos pasos más cerca de la escritora, y es innegable el parecido con Espejo. La luz del escenario le pega en los ojos y parecen dos crisólitos.

—Ya así de cerca, no se parece tanto ¿no? Creo recordar que la mona esa de tu marido tiene el rostro más espigado —me dice.

—No puedo, Diana, vámonos. —Doy un paso para abandonar la fila.

—No seas cobarde, ya llegamos hasta acá, solo pasas y le preguntas: «Oye ¿en qué te inspiraste para este libro?». Y con base en eso te ayudo con las demás preguntas.

Es que sí es.

Hago un gesto de querer devolver.

—¡Contrólate!

—Dime cómo empiezo… Hola ¿Soy Emilia?

Sí, te presentas y le dices que la admiras.

—Yo no la admiro.

—¡Tienes que decirle eso! Dile que has leído todos sus libros.

—Pero no es cierto.

—Vas a decirlo. Emi… ¿a qué vinimos?

—Al parecer tú a lloriquear, yo ya no sé ni a qué vine.

Diana me empuja para que avance.

Me masajeo las sienes.

Ahora que lo pienso, Daniel no usa acuarela, él usa óleo. Si fuera el título por él, se llamaría *Corazón de óleo*. ¿Qué probabilidad hay de que todo esto sea una coincidencia y confusión?

Conforme damos pasos hacia adelante, la observo con más claridad.

El peinado de ella difiere de Espejo: tiene la línea del cabello hacia la derecha y Espejo a la izquierda. Espejo viste muy colorido, con vestidos rosas, azules, amarillos. La mujer que está aquí parece que ha salido del sepelio. Espejo es más alegre, sin duda; sí, a veces llora, pero no se ve tan gris, ni ojerosa, tiene incluso más ojeras que yo.

Las personas pasan, la fila avanza y cada paso exacerba las náuseas. Su rostro en movimiento me marea.

Un hombre con gafete de organizador nos regala un tríptico; pese a que quiero recibirlo, mi mano no obedece la orden de extenderse, por tanto, lo agarra Diana.

—Te ves pálida, no vayas a desmayarte. —Me toca la frente—. Estás fría, ¿será la presión?

Claro que es la presión, debe estar por los suelos.

—Nena, si te desmayas fingiré no conocerte.

La fila sigue avanzando.

Quedan seis personas delante de mí.

La gente la abraza después de que les firma el libro. Yo no quiero abrazarla ni por cordialidad, ¿será requisito?

—¿Tengo que abrazarla? —Le susurro al oído a Diana.

—Sí, mientras te presentas.

Pasa el siguiente, ahora solo quedan cinco. Con él se demora un poco, pues algo le pregunta al oído y ella carcajea, echando su cabeza para atrás. Su boina está por resbalarse, pero la detiene soltando otra risa. Gotas de sudor frío me caen por la espalda como un latigazo helado, causándome espasmos notorios.

Cuatro personas.

Me cuesta dar el paso hacia el frente y Diana me empuja.

La señora a la que está firmando su libro rompe en llanto y se abalanza sobre sus brazos. Su chillido me aturde, grita tanto que parece que se ha quebrado una pierna.

Quedan tres personas.

Dejo un espacio delante del mío. Mis pies se resisten a moverse, tengo miedo.

Diana me susurra que avance.

Queda una persona.

La saliva se me atora, mi faringe se estruja, siento que traigo una pelota en la garganta.

Me doy golpes en el pecho para ayudarme a tragar.

Ya sé qué diré, le preguntaré: «¿Conoces a un tal Daniel Gastón?». Sí, eso, y después le diré: «¿Eres la otra o yo soy la otra? Confiesa». No, así no, primero le preguntaré lo de la inspiración, sí, de acuerdo, eso es mejor.

¿Y si me miente?

Es mi momento, ya me toca.

Enderezo el cuello y me peino con los dedos.

Diana sube antes que yo; ni parece que trae en los pies tremendos zancos. Me esfuerzo por dar pasos firmes. No quiero que piensen que soy una admiradora más que romperá en llanto y se aventará a sus brazos.

Tenso el abdomen.

Doy un paso, luego otro y otro.

Muerdo mis mejillas por dentro. Diana le da un abrazo a Daniela y la toma de la mano, saca una servilleta de su suéter pidiéndole que la firme.

Llego delante de ella y trato de fingir una sonrisa despreocupada. Al acercarme, Daniela me brinda una mirada alegre donde ligeramente se le cierran los ojos.

Me extiende la mano para saludarme, pero no lo hago, solo coloco el libro en sus manos sin decir ninguna palabra.

Ella pestañea rápidamente, seguro me he visto maleducada.

—¿Qué nombre pongo? —pregunta en un tono un tanto infantil, mientras abre la primera página en blanco. Una de las luces del escenario le da en la cara, sus iris se iluminan y se distinguen unos tonos verdes, grises, y, alrededor de la pupila, amarillentos.

«El ojo que esconde un girasol».

El mal encarnado. El anticristo hecho mujer.

—¿Qué? —No entiendo.

—Al libro, ¿qué nombre pongo en la dedicatoria? —Sus labios rojos se curvan en una pequeña sonrisa. Aquel punto oscuro a lado de su boca cintila—. ¿Estás bien? —inquiere al notar mi silencio.

—Ah... ah... A nombre de Victoria —responde Diana mientras me pellizca el hombro.

La autora escribe en una letra cursiva y fina: «Con amor, para Victoria».

Diana me dice con los ojos que le pregunte.

—Un gusto, Victoria. Muchísimas gracias por haber venido, es muy importante para mí. —Me presiona la mano sin siquiera pedirme permiso, se siente helada.

—Disculpa…, ¿puedo preguntar algo? —formulo con dificultad, armándome de valor.

—Dime. —Me da el libro y con él un abrazo inesperado. Mis brazos quedan hacia abajo, inertes, como tabla, solo sosteniendo el libro de una esquina. Mi nariz toca con su cuello pálido.

Una estela de perfume se inmiscuye en mis fosas nasales e imágenes vienen a mi memoria:

Haba tonka, malvavisco…

Yo conozco el aroma.

Aprieto los párpados.

Me suelta, mis ojos se cubren de una capa espesa de lágrimas y mi mentón se estruja.

Ella me mira con desconcierto.

—¿Puedo ayudarte?

—¿Cuál es… tu perfume? —pregunto.

Contengo la respiración, dejo de ver con claridad, mi mirada se empaña, solo veo una silueta descolorida con una mancha roja.

—*Poésie de minuit* —responde con agrado—. Qué pregunta más curiosa.

Parpadeo con debilidad. Una lágrima caliente sale de manera espontánea, quemándome la piel. Doy un paso hacia atrás y con el dorso de la mano me aprieto la nariz.

Ella trae mi perfume, el perfume que me dio Daniel. Quedo boquiabierta, el nudo en la garganta me comienza a lastimar y a palpitar, necesito gritar, no puedo respirar.

—¿Puedo ayudarte? ¿Te… te sientes mal? —Daniela me mira angustiada. Muevo la cabeza en negación con brusquedad. Ella acerca su mano para tratar de tomar la mía, veo sus dedos delgados y pálidos. Doy otro paso hacia atrás para evitar que me toque.

Me doy la vuelta con urgencia, muevo a la gente para que den permiso de pasar.

—¡A un lado! ¡Quítense! —Pongo una mano delante de mí para abrirme paso. Escucho a las personas levantar la voz con disgusto, pero no distingo bien qué dicen, solo quiero irme.

¿Por qué me hizo esto? Le pregunté mil veces que quién era y nunca tuvo el valor. Yo… yo quería creerle.

La cabeza me punza terriblemente, como si fuera a explotarme.

—¡Emily! —Diana me intercepta cerca de la puerta. La hago a un lado con facilidad y la dejo ahí gritando un montón de palabras sin sentido que no tengo intención de entender.

Salgo del teatro, las escasas farolas apenas y alumbran las calles. Miro el cielo repleto de nubes espesas y grises.

Un relámpago rompe y los pájaros de un árbol cercano vuelan despavoridos, lanzando chillidos.

Corro hacia ninguna parte, solo corro, queriendo huir del teatro, de mis pensamientos, de mí misma. El viento frío no aminora la sensación de ardor en mi piel.

Piso los charcos sin cuidado, siento el agua enlodada mojarme el vestido y adherirse a mis piernas.

Cruzo la avenida sin ver a los lados, sin ver el semáforo. Un auto se detiene de golpe en cuanto me atravieso y se escucha el rechinar de la llanta. El conductor toca el claxon descontroladamente mientras saca su cabeza de la ventana para proferir una maldición que no alcanzo a comprender. Después de cuatro calles me quito los tacones; arranco la correa de uno de los zapatos, y los lanzo sin ver hacia dónde caen. Por un instante, siento que no estoy en mi cuerpo y que me veo desde otro ángulo, jadeando y con las lágrimas escarchadas en la cara.

Solo a mí se me ocurre meterme donde todos me dijeron que no lo hiciera. Daniel es un amante de la belleza, de las cosas delicadas y finas, ¿qué podía esperar? No hay nada especial en mí; todo lo que me habita es común, ningún rasgo digno de comparar con una rosa ni con una estrella.

No sé cuántos kilómetros he recorrido, tal vez tres, tal vez diez. Mis pulmones me suplican que me detenga mediante un calambre intenso que retrae mi espalda. Me arqueo para tomar una bocanada de aire que termina exhalándose en un grito. Aprieto el libro con todas mis fuerzas, queriendo desbaratarlo. Miro su tapa absorber el agua, un árbol ha muerto para que se imprimiera esta porquería.

Me toco el pecho, deseando poderme arrancar el corazón y desgarrarlo con los dientes.

Lo amo, y ese amor duele.

Por eso siempre me lastimó su manera de mirarla, porque no era ningún invento: era una mujer de carne y hueso.

Un trueno rompe en el cielo y la nube espesa suelta su aguacero embravecido. Mi sangre corre a toda velocidad y eso provoca que me queme el cuerpo.

Me sostengo a un poste, pues siento mi equilibrio traicionarme, y coloco el libro debajo de mi brazo. Me quito el cabello enmarañado del rostro, las ondas que había peinado con tanto cuidado, ahora no eran más que matojos. El agua resbalaba, como una caricia desde mi coronilla, hasta mi cuello y espalda. Volteo la mirada al cielo sin cerrar los ojos a pesar de las gotas.

—Necesito un abrazo, mamá —susurro, esperando que me escuche.

Desde que no está, no he sabido qué hacer ni a dónde ir, no siento que pertenezca a ningún lado.

Cierro los ojos y dejo que la lluvia me empape, queriendo

que el agua que corre se lleve todo lo denso que hay en mis pensamientos.

El poste de luz parpadea y se enciende, las paredes se iluminan y entonces la veo, una foto de Daniela humedeciéndose junto conmigo. Doy pasos claudicantes hasta el cartel y lo arranco con ganas de triturarlo, pero con el toque de mi piel termina por deshacerse.

Espejo estuvo en mis narices todo el tiempo, a mi alcance, y no la vi. En cada librería, claro, por eso Daniel va a inspirarse a las librerías sin jamás traer un libro a casa. En los periódicos, seguramente... ¡Dios! Cuántas veces ignoré su obsesión con los puestos de periódicos; cuando levantaba sus manos en los tendederos buscando algo, la buscaba a ella ¡Maldita sea! Todas las señales estaban ahí.

Pateo un charco sin importarme que me sigo ensuciando.

Los dedos de mis pies responden al cansancio con punzadas severas, así que me dejo caer al suelo, resbalando mi espalda con el poste.

Me tallo las sienes, tratando de calmar un poco el dolor de cabeza.

Todos estos años viéndolo una y otra vez terminar un maldito cuadro, comiéndome las uñas, esperándolo cuando decidía encerrarse, escuchar sus berrinches al rehusarse a venderlos, limpiar sus lágrimas en las subastas por despedirse de sus pinturas, es que ahora es tan claro.

Me froto los ojos con los nudillos, que se quedan manchados de negro por la máscara de pestañas que seguro traigo batida por todos lados.

Quiero detestarlo, odiarlo, pero ¿por qué me estoy odiando yo?

Me pongo en pie, mordiéndome los labios para soportar el dolor de mis plantas; una de las rodillas me truena al estirarla.

Avanzo algunos metros para quedarme en la esquina de una avenida. Volteo a izquierda y derecha esperando se asome la luz de un taxi.

La lluvia va cediendo y las calles comienzan a clarearse. Meto la mano en mi bolso buscando algo de dinero; por suerte, en un cierre encuentro algunos centavos. Estiro el cuello tratando de tener mejor visión a lo lejos, pero nada, solo autos particulares que pasan a gran velocidad sin fijarse que levantan el agua de los charcos. Qué más da, más mojada y sucia no puedo estar.

Un ardor lacerante en el pie izquierdo me saca de mis pensamientos. Lo levanto y veo una estúpida corcholata enterrada. ¡Lo que me faltaba!

Contengo un quejido y la saco poco a poco. Al botarla, un poco de sangre brota de los pellizcos que me ha dejado el artefacto metálico. Doy un apretón para que salga más sangre y me limpie la herida. Un hilo enrojecido comienza a correr, mezclándose con las gotas de lluvia, ahora más ligeras. Bajo el pie y aprieto la mandíbula para aguantar el escozor.

Un coche cerca de mí hace su cambio de luces.

Por fin, un taxi.

Levanto el índice haciendo señal de parada, y este se detiene. El chofer se estira para abrirme la puerta y recorre el sillón delantero para que suba atrás.

Una vez dentro, le permito a mi cuerpo estirarse, pero todo me cruje y el pie me sigue ardiendo.

Como ola, la tristeza regresa con más fuerza.

Me quito la vergüenza y me quiebro recargándome en el cojín del asiento delantero. Sollozo tan parecido al día en que me dijeron que mi madre había partido. El taxista se gira para verme, un hombre de la tercera edad, con el cabello totalmente blanco peinado para atrás y un bigote claro y espeso que le tapa la boca.

—Señorita, ¿puedo ayudarle? —me pregunta con voz cálida, como un Gepetto consolando a Pinoccio—. ¿La llevo a algún lado?

—Nadie puede —digo con la voz débil.

—Bueno…, dígame, ¿a dónde la llevo?

¿A dónde voy? No tengo a dónde ir. No tengo ningún sitio que me espere.

—A Londres III, Coyoacán, por favor.

Tomo el libro, que está tan sucio como mis manos. Se ha estropeado: el vinilo rojizo se ha arrugado, casi puede despegarse con las uñas; el título se ha desvanecido, solo quedan unos restos dorados ilegibles; las hojas se han pegado una a una. Lo presiono y escurre agua encima de mi vestido.

Me voy a las últimas páginas y logro descifrar:

«Dos gotas de lágrimas, tan iguales y tan diferentes…».

***

Veo la casa llena de flores y me sostengo del árbol junto a la entrada, un tronco frondoso y torcido del que salen unas raras flores amarillas. Flores, el otro amor de Daniel después de las pinturas. ¿En qué lugar estoy yo entre los amores de su vida?

Las luces están encendidas, veo su sombra caminar por la ventana de la sala y tiemblo. Parezco una loca en este momento. Doy un paso adelante y la vergüenza tira de mí hacia atrás, pero no puedo irme, bañarme y después venir fresca y reluciente a tomar el té para hablar sobre los años que me ha mentido sobre la existencia de esa bruja.

Tomo una bocanada de aire.

Me armo de valor y camino al pórtico. Me quedo unos minutos frente a la puerta mirando el picaporte.

Siento que es la casa de un desconocido, ya no puedo sentir la confianza de buscar la llave bajo la alfombra y abrirla.

Empuño la mano y toco con fuerza.

La manija se mueve y veo la puerta abrirse en cámara lenta. Su aroma me golpea, su delicioso aroma entra por mi nariz y humedece mis ojos; quisiera abalanzarme a su cuello como siempre he hecho y respirarlo, pero me detengo, ya no puedo.

Lo miro, está sin playera, solo trae unos vaqueros sueltos. Al verme, su semblante palidece, me mira desconcertado de pies a cabeza. Mojada, con el vestido estropeado y enlodado, sin zapatos y con sangre corriéndome por los pies.

—¡Emily, amor! —Toma mi mano y me hace pasar de un tirón antes de rodearme los hombros—. ¿Qué te sucedió? ¿Qué haces aquí a esta hora? ¿Estás bien? —Con las manos, me limpia el agua del rostro.

Me quedo en silencio, mirando sus ojos verdosos, escuchando su voz con la sensación de que será la última vez. Me rodea con los brazos y me acerca a él. Mi cabeza se resiste a dejarse caer sobre su hombro; mantengo el cuello erguido y la veo: la pintura principal. Con el dolor de mi corazón, lo hago a un lado con fuerza. Él frunce las cejas sin entender mientras sigue haciéndome preguntas sobre mi estado.

Camino hacia ella, le presto toda la atención del mundo, observo su rostro burlón y su piel cadavérica.

Muevo la cabeza de un lado a otro.

Qué ganas de destruirla, rasgarla con mis uñas y que ese acto fuese mi venganza. Su cuadro favorito, debería romperlo como me está rompiendo a mí, es injusto que solo sufra yo; sin embargo, me detengo, porque a pesar de todo, yo no soy capaz de destruir algo que sé que quiere.

—¿Quién es ella?

Le dirijo una mirada llena de resentimiento que expulsa lágrimas mezcladas en odio y lamento.

Pone una mano en su cintura, otra vez ese rostro de decepción.

—Ya te lo he dicho —responde con tono frustrado y cansado.

—¡Mientes! ¿Quién es? ¿Quién fue ella en tu vida? —Las lágrimas escapan de mis ojos.

—No sé de dónde sacas eso. —Pone una mano en su cintura y pone esa cara de decepción.—¿Por qué no me pintas a mí, Daniel? ¿Qué me falta? ¿Qué me falta para que veas en mí lo que ves en ella?

—Emily, no es momento de discutir; vamos, tienes que tomar un baño, te ves mal. —Arquea las cejas preocupado.

—No, hablemos ahora, respóndeme. ¿Qué me falta? —Extiendo las manos y me despejo la cara.

Se peina el cabello hacia atrás en un gesto nervioso.

—Claro que te he pintado.

—Sí, una vez…, y porque yo te lo pedí. ¿Y dónde está ahora? —confieso con dolor—. ¿Por qué? Porque no soy bonita como ella, porque mi piel no es perfecta o mis ojos no tienen ningún color interesante, porque soy común, porque nunca me has amado lo suficiente como para que yo signifique algo tan importante como para que lo puedas presumir como tu mayor posesión. Por eso te fue tan fácil deshacerte de él, pero ¿de ella? ¿Qué hay de ella?

—¿Posesión? Tú no eres ningún objeto

—No es a lo que me refiero.

—Emilia, no fue porque me lo pidieras, fue porque quise.

Le lanzo el libro maltratado a los pies.

—¿De quién es este libro?

Sus ojos se abren.

Se hace silencio.

Se agacha y lo ojea.

—No tengo idea.

—Dime quién es ella, Daniel. ¡Dímelo! —le imploro. Necesito que me lo diga, que venga de su boca—. Sé valiente y dime quién es.

—No puedo más. —Se da la media vuelta, sosteniéndose la cabeza con frustración—. No entiendo cómo quieres escarbar en donde no existe nada. —Recarga el brazo en la puerta cerrada de su taller—. Si no vas a creerme... —regresa a verme y suelta aire en un hilillo—, entonces déjame, Emily.

Quisiera tomarle la palabra ahora, salirme de su vida azotando la puerta, que se quede con sus mil secretos, pero no puedo, porque mi amor por él me detiene. Mi cabeza está llena de sueños y metas de las que él forma parte, porque ha dejado de ser solo una persona para convertirse en un órgano vital para mí.

—¿Y dónde quedó el «no te vayas»?

Mueve la cabeza en negación y, como siempre, en silencio.

—No sé qué más hacer para retenerte. —Se talla la frente, hostigado, y mira hacia la barra de la cocina como si ahí hubiera algo. Me obligo a voltear, hay una maleta.

—¿Aceptaste un viaje? —inquiero.

—Es el último; Enrique me pidió que hiciera solo este viaje para pagarle su finiquito.

—¿A dónde?

—A Madrid.

Madrid. No puede ser tan descarado.

—Ya no me dedicaré más al arte, Emily; solo será este viaje. Ya no quiero lastimarte, solamente tengo que despedir bien a Enrique.

—Daniel, te lo ruego, dime quién es Espejo.

Se agacha para que sus labios queden a la altura de los míos.

—Nunca vas a creer que te amo, ¿verdad?

No puedo creerle esta vez a su mirada de inocencia.

Levanto la mano temblorosa, quiero agarrar fuerza y abofetearlo, pero vuelvo a cerrarla, no soy capaz de lastimarlo.

Daniel me sostiene los puños y los baja.

—Di algo, por favor —ruego con voz débil.

Sus ojos se desvían al cuadro y mueve las comisuras labiales como si quisiera decir algo. Suelta un suspiro cansado.

También estoy cansada, no sabe lo agotante que es pasar día y noche fingiendo que todo está bien cuando por dentro sabes que te están ocultando algo.

Agito las manos para soltarme de él y corro por las escaleras, mientras me grita que regrese.

Torpemente, abro la puerta de la habitación y, al entrar, coloco todos los seguros. Me resbalo hasta el suelo y me abrazo las rodillas. Recargo la mejilla en ellas, cierro los ojos y mi cuerpo protesta de ardor por las heridas.

—Emily, abre. —Daniel toca la puerta y mueve la manija sin conseguir abrirla—. Por favor.

—Si abro, ¿me dirás la verdad?

—¿Qué verdad? —se hace el desentendido y vuelve a tocar y empujar la puerta—. No hay más, por favor. ¡Abre, Emilia!

Apoyo mi peso en la puerta hasta que deja de empujar. Miro por una rendija, sigue ahí, recargado en la pared, esperando.

El viento silba por la hendidura de la ventana y las hojas golpean contra el cristal.

—¡Emily! —Daniel vuelve a tocar con desesperación—. ¡¿Qué estás haciendo?!

Me cubro las orejas con las manos.

—¡Vete! Daniel, ¡vete! ¡No quiero verte!

—Mi avión sale en unas horas, no nos despidamos así, por favor. —Empuja la puerta.

No contesto.

Vuelve a tocar la puerta, pero con más quietud.

—¿Emilia?

Ahora entiendes cómo se siente que nadie responda.

—¡Que te vayas! ¡¿No entiendes?! Déjame en paz —grito y arrastro el buró y lo coloco frente a la puerta, temiendo que vaya por las llaves.

No quiero que me abrace, no quiero que me bese, no quiero volver a caer.

—Sé que no quisiste decir eso, pero está bien, hablaremos cuando regrese. ¿Es lo que quieres?

Se hace un silencio. Sé que sigue allí, veo su sombra por la parte de debajo de la puerta.

—Te amo —dice por la rendija de la puerta, y su voz penetra al interior de forma nítida.

El estómago me vibra; podrían pasar por mariposas, aunque ahora se parecen más a abejas asesinas.

Cuánto desearía responderle de la misma manera.

Sus pisadas se van alejando poco a poco, se escucha la puerta principal cerrarse. Quiero correr, besarlo y desearle la mejor de las suertes, porque a pesar de todo, siempre he anhelado que siga brillando, pero ¿qué va a pasar? Viajará, hablará con esos señores y seguro les mostrará bosquejos de Espejo y llenará Europa de lo que mejor sabe hacer. Allá, donde ella podrá verse o… donde podrá verla.

Me encuentro en posición fetal, recostada entre los pedazos de su cuadro, llorándole a las mentiras, llorándole a él, a la traición, a la imposibilidad de odiarlo y al hecho de que, a pesar de todo, lo siga amando y desee con todas mis fuerzas que me escoja a mí.

Pienso en el día en que lo conocí y cómo se me dificultaba creer que él me estuviera mirando a mí. Después de haberme terminado esa taza, recorrió la silla y me preguntó con voz titubeante si podía sentarse. ¿Cómo iba a decirle que no? Si se presentó tan bien vestido y usando de accesorio esa sonrisa suya. En cuanto tomó asiento, yo me perdí en sus ojos color avellana, en lo bonitos que eran, en como todo cuadraba en él: su cuerpo delgado, su cabello castaño realzando su palidez y sus vasos sanguíneos que se marcan en su cuello y su mandíbula. Parecía frío, pero al hablar era tan cálido como un día de lluvia con sol.

Cuanto más pasaban los minutos, yo me sentía más embelesada y eso me llenó de miedos; no me podía estar enamorando en el primer día de conocerlo. Quise irme, no decirle dónde encontrarme; no obstante, me detuvo y, tímidamente, como si no conociera de la vida, me preguntó si podía verme en la misma mesa al día siguiente. Y sí, a la misma hora, estaba esperándome con otro café. Mi plan era ser solo su amiga, pero se esforzó por entrar en mi corazón, hasta que llegó el día en que ya no pude sacármelo de la cabeza ni mantenerme lejos.

¿Por qué hacerme amarlo?

Me quedo acostada sobre la madera fría del piso, sintiendo cómo las lágrimas escurren hasta mojar mi rostro y mi cabello. Cierro los ojos, pero sigo despierta, escuchando el viento y las ramas golpeando la ventana, los grillos, las cigarras, mis palpitaciones. Cuando siento que ya no me quedan más lágrimas, mi rostro se estruja para demostrarme lo contrario.

Nunca he sido una persona que pudiera poner su mente en blanco, así que intento hacerme alguna película de mi vida donde nunca lo conocí. Me imagino a mí abriendo mi propio consultorio en el centro de la ciudad, pero veo el rostro de Daniel entrando por la puerta de cristal de la tienda.

Aprieto los ojos y reinicio el plan. Pienso en una playa; me encuentro en un velero con fondo de cristal y me agacho para contar los peces que se acercan a comer el moho y… otra vez aparece él a mi lado para señalarme un pez globo escurridizo.

Amo el mar, siempre ha sido el sitio donde he soñado vivir; de hecho, no lo conocí hasta que tuve veintiún años. Una tarde, le platiqué a Danny ese deseo; que, aunque no pudiera vivir cerca del mar, conocerlo me bastaría.

Al día siguiente, llegó a la casa como a eso de las cinco de la mañana, cuando el sol todavía no salía; lo escuché gritar mi nombre y pensé que estaba alucinando, pero al asomarme al patio lo vi, vestido con ropa holgada y clara, cargando una mochila tipo explorador. Con su dedo índice me hizo una señal de silencio. Y, sin avisar, nos fuimos a una terminal de autobuses. No me dejó ver los boletos, así que lo llené de preguntas queriendo una pista, mas él apretaba los labios para contenerse. Parecíamos unos niños en plena travesura.

«Voltea», me dijo después de casi cuatro horas. Y vi la enorme bahía: habíamos llegado a Acapulco. Vi el color azul del mar, parecía que tenía diamantina escarchada por todo el espesor; mi niña interior estaba alborotada.

Al llegar a la arena, la pisé con asombro, lentamente y tratando de grabarme para siempre la sensación en mi memoria. Daniel me tomó la mano y me metió de golpe al agua helada. Yo no sabía nadar, pero él fue mi salvavidas todo el tiempo.

¿Cómo se supone que se encuentra el olvido en estos casos? Él lo tiene muy fácil. Puede tener lo que sea cuando quiera; yo no tengo nada, solo a mí, y a su lado viví lo que no pude vivir en veitiún años antes de él.

Para él sería más fácil olvidarme.

Capítulo 10

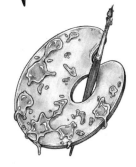

*Tuve la suerte
de amar a la mujer más maravillosa
que he conocido...
Desgraciadamente,
no supe amarla a ella sola.*

Diego Rivera

—¡Emily!

Escucho una voz femenina gritando afuera de la casa en un tono preocupado.

Abro los ojos resecos lentamente, pensando que estaré en mi recámara y respiraré con alivio al darme cuenta de que ha sido una de mis tantas pesadillas, pero un calambre en la pantorrilla me hace doblarme con brusquedad, y entonces, caigo en cuenta de que sigo en la habitación de Daniel, que lo de anoche fue real.

Mi cuerpo parece haber sido arrollado por un tractor; estoy llena de raspadas y manchas que terminarán siendo moretones. Después de ser un tsunami embravecido, ahora soy la peor sequía del siglo, casi rechinan mis párpados contra mis escleras al abrir y cerrar. Los presiono con los índices y hago movimientos circulares para relajarlos.

Lanzan una piedra contra la ventana.

Giro el cuello sin cuidado y siento un tirón desde las cervicales hasta la cadera. Me pongo de pie apoyándome con el armario. Me siento como ebrio cuando se cansa de beber, se deshidrata y por fin decide irse a casa, con la vista nublada, los recuerdos borrosos y con apenas conciencia de que existe.

—¡¿Emilia, estás aquí?! —exclama con fuerza la voz irritante.

Es Diana.

Sus gritos exacerban mi migraña.

Abro la zapatera de Daniel en busca de algo para ponerme y encuentro una especie de sandalias afelpadas.

Una segunda piedra golpea el cristal y aparece una línea serpenteada por todo su espesor, cuarteándolo.

Diana continúa gritando como desquiciada. Quisiera levantar la voz para decir que en un momento voy, pero hasta abrir la boca me pesa. Como puedo, bajo las escaleras y de pronto escucho el sonido de los cristales esparciéndose por la habitación.

Lo consiguió, la rompió.

Giro la manija de la puerta principal y en cuanto Diana escucha, corre a la entrada. Me ve y agita las manos desesperada.

—¡Emily! Rompí la ventana, ¡perdón! ¡Es que no abrías! Ya la pagaré después y... —Mira mi semblante y adopta una postura mortificada—. ¿Qué carajo? ¿Por qué estás así? —Me levanta las manos y las inspecciona, buscando dónde más tengo heridas—. A ti te han apaleado. ¡No! ¡Espera! ¿Se pelearon? ¿Daniel te ha golpeado? —Me sacude por los hombros—. ¡Emilia, responde! —Abro la boca para emitir una explicación, pero me hace a un lado y entra a la casa desesperada en busca de Daniel—. ¿Dónde está el desgraciado? —Golpea la puerta del taller, pensando que puede estar encerrado.

—No, Diana, nadie me ha golpeado —pronuncio con voz gutural.

Encojo mis hombros y una lágrima brota de mi cuenca.

—Emi..., anoche saliste corriendo como poseída. —Diana me lleva hasta el sillón y se sienta conmigo. Me mira atenta, esperando que le cuente lo que ha pasado, pero no sé cómo explicarlo para no escuchar el «Te lo dije» después de que sepa—. No te preocupes, mi papá no se dio cuenta de que no llegaste a casa. —Me soba una pierna, como si lo que me tuviera angustiada fuera eso, cuando en este momento es lo que menos me importa—. Voy a llamar a la policía si no me dices qué te ha pasado —comenta en tono autoritario—. Si te ha hecho dañado, es mejor que lo digas de una vez.

Suelto un suspiro amargo, las lágrimas resbalan con velocidad hasta mis labios para humectarlos y a la vez dejar su rastro salado.

—Yo me los hice anoche.

—¿Otra vez lastimándote tú sola?

—Ni sentí.

—Te ves fatal. —Me quita el cabello pegado de la mejilla—. ¿Discutieron?

No digo nada.

Los ojos de Espejo nos miran, se burla de mí.

—No me asustes... ¿Canceló la boda? ¡No! ¿Es en serio? ¡Bastardo! —profiere, levantándose con molestia.

—Ojalá...

Cancelar la boda diciéndome que no está listo hubiera sido menos doloroso que enterarme por mí misma de una traición.

—¡Basta, Emily! Déjate de secretitos. ¡Dime qué ha pasado!

—Negó todo, como siempre. No dijo nada, insiste que la bruja esta no es nadie.

—¿Le dijiste que fuimos al recital?

—No, me dio vergüenza, pero le enseñé el libro y dijo que no sabía de quién era, ya no sé qué creer.

Diana se para delante del cuadro de la sala y comenta:

—¿Crees que diga la verdad?

—Tengo miedo de equivocarme, pero es que mírala.

—Esta es más delgada, ves esos hombros, están más definidos.

—Son la misma, ¿quieres ver más?

La tomo de la mano hasta el taller. Diana me sigue sin hacer ningún gesto.

Me detengo un momento a la puerta y giro la manija que alguna vez fue dorada; ahora era un objeto repleto de manchas de colores por todas las veces que Daniel la ha tocado con la pintura fresca.

Abro y nos golpea el olor a aguarrás en la cara.

Diana arruga la cara y tose.

—Cúbrete la nariz porque huele radioactivo.

Abro las cortinas de par en par para iluminar las cuatro paredes, quedando al descubierto los cientos de ojos.

Algo así se debe sentir estar en el infierno.

—Ángulos hay hasta para escoger.

—¡Su madre! Oye, pero tiene demasiados. —Los tacones finos de Diana truenan en cada paso por la habitación. Mira el cuadro donde Espejo observa con amor al cactus que tiene entre sus manos, a pesar de que las espinas las tiene incrustadas en la piel, algunas son tan grandes que le perforan las manos. Después continúa con el de al lado: Espejo cubriéndose los pechos con los brazos, luciendo una piel lechosa con una especie de polvos brillantes.

—No sé cómo podía tragarme la historia de que era parte de su imaginación.

—No te aflijas, tampoco soy muy inteligente. Y yo que llegué a pensar que Daniel sería algo así como Lili Elbe.

—Eso hubiera dolido menos.

Se acerca a la mesita cerca del caballete donde hay un cuadro recién empezado. Toma la libreta de bosquejos que está encima y la revisa. En esa libreta solo hay partes del cuerpo por separado: ojos, manos, narices y demás.

—¿Cuántos años dices que lleva dibujando a la mona? —arquea una ceja.

—Siete —contesto a duras penas.

—Oye, pero mira esto; Espejo tiene muchos lunares por todo el cuerpo, inclusive en el rostro, tiene unos pequeñitos, Daniela no los tiene, solo el de la boca.

Salgo del taller, pues el olor me está sofocando, y voy a la cocina a servirme un poco de agua tibia. Diana viene tras de mí haciéndome preguntas a manera de ráfaga.

Me limpio el codo raspado con una servilleta húmeda.

—¿Segura que esos golpes no te los hizo él? —inquiere—. Nadie golpeó a nadie, solo discutimos.

—¿Y ahora dónde está él?

—De viaje, con la greña volando hacia Madrid.

—¿Y si él dice la verdad?

—Ah, no, no empieces con que ahora vas a defenderlo.

Siempre echándole tierra y hoy quiere excusarlo; hoy es el momento perfecto para que me meta en la cabeza que es un pésimo hombre.

—¿Para qué querer casarse contigo, entonces?

—Eso mismo quiero saber.

—No tiene sentido. Si tan solo no hubieras enloquecido ayer, hubiésemos platicado tranquilamente con Daniela.

—Si estuvieras en mis zapatos, lo entenderías, no fue sencillo. Me echo en la cara el agua que queda en el vaso.

—¿Ya lo leíste? —Diana toma el libro.

—Tira eso a la basura.

Diana lo abre con cuidado en busca de una página legible. El estómago se me revuelve de solo escuchar el sonido de las hojas pasar.

—Se arruinaron los agradecimientos y el prólogo.

—Tengo que lavarme el cuerpo —digo al verme de reojo en el espejo: tengo tierra seca por todas las piernas y los brazos.

—Pero no traes ropa limpia, vamos a la casa.

—Ah…, tengo ropa aquí.

—¿A poco? —Adopta una postura de desaprobación—. Con razón ya te estabas ausentando más de la casa. Ya vives aquí.

—No cuestiones, me duele la cabeza.

Subo al baño de la recámara, me meto a la regadera y abro el agua helada en la tina; aunque amo el agua hirviendo casi como si fuera para un caldo, esta vez, de ser posible, me metería en una tina llena de cubos de hielo. Froto mis dedos erosionados con el jabón; me he lastimado con el marco del cuadro, estoy llena de pequeñas astillas que me lastimaban con el roce. Reviento las ámpulas de mis pies y me doy un ligero masaje que no sirve de mucho.

Ojalá todo fuera una pesadilla.

Abrazo mis piernas.

Tal vez sí es buena idea irme, tomar un vuelo a…, no sé, me gustan los lugares con playa, puedo ver cuál es el más barato. Busco un empleo, empiezo de nuevo, conozco más gente; no seré la primera mujer que se va sola a buscar una mejor vida.

Qué fácil es soñar, pero la realidad es que tengo el miedo atrapado en los huesos. No podría, no sabría qué hacer ni a dónde llegar. No quiero que la gente me vea como una mujer desamparada.

Me siento un fracaso.

Qué choque tan duro es planearte una vida bonita y que de un día para otro te caigas de cabeza y, al abrir los ojos, te des cuenta de que nada es real, que debes volver a empezar mientras les das el gusto a todos los que te señalaron diciendo que nunca llegarías a ningún lado.

Doy un golpe a la pared llena de ira.

Salgo del baño, escojo uno de mis vestidos y miro los otros con nostalgia, ya me hacía viviendo aquí.

En cuanto Diana me ve, hace boca de pez, la misma que pone cuando quiere escupir algún chisme indebido o criticarme algo.

—Dilo, me veo como un monstruo.

—Yo no dije nada —vacila.

—Vámonos. —Salgo al pórtico y Diana viene tras de mí sin despegarle la vista al libro.

—Ya tengo información —arrastra la palabra—. Daniela y Daniel se conocieron en el instituto.

—¿Cómo lo sabes? —inquiero mientras cierro la puerta, sintiendo que será la última vez que la tocaré.

—Lo dice en la novela; bueno, si es que son ellos los personajes, mira. —Con su dedo, señala la parte que dice «Instituto Nacional de Bellas Artes»—. Aquí lo cuenta, se llaman Alex y Alexa, equivalente a Daniel y Daniela. —Chasquea la lengua y sigue leyendo en voz alta de manera tan veloz que cuesta entenderla.

—Préstamelo —digo después de arrebatárselo. Se pone junto a mi hombro para leer conmigo.

CORAZÓN DE ACUARELA

I

Noviembre de 1955

El estrés se deslizaba sigilosamente por mi cuello, respirándome con aliento gélido. Las palabras nefarias del profesor Barreto habían traspasado mi barrera de fortaleza y ahora anidaban en mi cabeza, incubando futuros cuervos que devorarían mis sesos. Me dio un ultimátum: o acataba sus reglas y me convertía en un soldado como los demás o podría seguir siendo la quimera, pero fuera del instituto. Desconocía la palabra que usó para describirme, así que fui a la biblioteca y descubrí que «Quimera» es un ser mitológico representado con cabeza de león, cuerpo de cabra y cola de dragón. Lo que trató de decirme es que soy una tragedia: un atuendo hecho de retazos de distintas ropas, una alumna que no puede encajar en el molde; o soy león o soy cabra o soy dragón, no puedo ser los tres.

Salí del aula sintiéndome avergonzada a niveles desmesurados, naufragando en un licor de tristeza y rabia agria que quemaba mi garganta como trago de ron añejo. Escribir siempre me ha salvado de mí misma. Cuando la melancolía me arrebata el sueño y mis pensamientos gritan a media noche esperando ser atendidos, opto por llevar mis manos al escritorio y tomar papel y pluma; y como por arte magia, las voces bajan en picado hasta mis manos para salir por mis dedos en forma de letras. Entonces, al terminar, todo se silencia y puedo leer la discusión interminable que tenía mi cerebro con mi corazón, pues a veces se reprochan el pasado, y entre tanta abertura de heridas, se les desangra una vena y no queda más que pedir auxilio. Y allí, en ese acto de reparación, aparece un poema como elíxir o, en casos más severos, me coloca las gafas y la bata de laboratorio para volverme el científico capaz de darle vida a un personaje que tomará el escudo y la espada y estará dispuesto a viajar al pasado y tomar la labor de protegerme cuando yo no sea lo suficientemente fuerte. Un padre responsable con abrazos inagotables, una hermana mayor para darme un hombro en una noche desolada, una hermana menor para empaparme de ternura. Incluso puedo construir un avión capaz de sobrevolar el Pacífico en un minuto. Irme de la ciudad, irme del planeta, volver al Edén y apagar las llamas del infierno con mis lágrimas. ¿De qué otra forma podemos vivir más de lo que nos toca si no es escribiendo?

No obstante, en el instituto, escribir es otra cosa. Comprendo que la literatura no debe tomarse a juego y que puede ser un empleo tan digno como el de un arquitecto; sin embargo, se ciñen al pecho la misión de alcanzar la perfección y terminan perdiéndose en el trayecto. Vuelven escribir un acto de tortura; meten su alma al toro de Falaris y al terminar la carrera salen sin ella, pero eso sí, con el dedo índice bien rígido para señalar y desgarrar a cualquier escribidor con sueños que les pase bailoteando en las narices.

Por desgracia, o por fortuna, nací sin el don de acatar indicaciones al pie de la letra, por rebeldía o por olvidadiza, no importa mucho la razón. Yo agregaré el ingrediente estrafalario a la receta del antepasado sin temor a herir sus sentimientos en el sepulcro. Me resisto a seguir las reglas de los que llevan siglos muertos, y eso, para Barreto, es la peor blasfemia que nadie jamás haya dicho, pues él les tiene mucho miedo. Hace seis clases dijo que el mayor error del escritor era meter al corazón. «Mediocre» fue la palabra que usó para describir mi trabajo, pues un escritor nunca debe llorar al recitar su obra porque eso significa que está inmadura y endeble. A pesar de ello, misericordiosamente, el profesor me otorgó una oportunidad para hacerle cambiar su opinión sobre solicitar mi baja definitiva.

La oportunidad consistía en un borrador de un poema, el esqueleto, solo eso, no más de una cuartilla, algo ligero y sensato. Sonaba sencillo, y tal vez lo era, pero no cuando se está bajo presión y tus sueños dependen de ello.

Caminé por los pasillos del instituto, como colibrí en busca de una flor, agitada, apresurada y alerta; tenía que encontrar algo que prendiera una chispa en el cúmulo de pólvora que se almacenaba en mi cabeza.

Miraba el cuadernillo cada diez segundos como si algo fuese a escribirse por arte de magia; acercaba a él la punta del grafito como tratando de impulsarme, pero no pasaba nada. Miraba el techo, el cielo, las paredes, y ningún objeto me imploraba ser plasmado. ¡Oh, cuántas veces las flores me lloraban por hacerlas inmortales! Sin embargo, en el momento en que más las necesitaba permanecían calladas.

Me acerqué a las jardineras, pensando que el verde del césped o el aroma fresco y sutil de las lavandas jugarían a mi favor, pero no, nada.

Pasé mis manos entre las varillas de la lavanda, sintiendo el cosquilleo de las flores entre mis palmas. Su olor se hizo más intenso, y eso me provocó una amplia sonrisa; siempre he amado las flores, uno de mis tantos sueños es tener un gran jardín para poder plantar las que se me plazcan.

En la parte derecha de la explanada, los compañeros de música practicaban una pieza; no sé si ya existía o la estaban componiendo, pero era amena y exquisita. Los violines, el chelo, la guitarra, todos sincronizados de manera armoniosa. Un joven cerraba los ojos con pasión mientras movía el arco del violín con delicadeza y cuanto más extendía la sonrisa, mejor era el sonido.

Unas muchachas danzaban al compás de la melodía, sus faldas blancas ondeaban por los aires con la misma coordinación. Dieron un giro y levantaron sus panderos adornados con listones de colores. Supuse que estarían practicando algún número para el evento de otoño; era de los festivales más grandes de arte, donde podías conseguir contratos o becas si lo hacías bien; sin embargo, mi autoestima estaba por los suelos como para considerar inscribirme, aunque seguro ellas tendrán una gran oportunidad.

Levantaron una de sus piernas con ligereza mientras daban un brinco. Me limité a admirarlas, pero aun con todas las sensaciones que me causaba tremenda escena, nada se plasmaba en la libreta.

Unas voces bonitas atrajeron mi atención; a unos cuantos metros, dos mujeres entonaban con suavidad *Pie Jesu*. Por sus mejillas redondas y el brillo en su piel, supuse que eran de primer año, muy jóvenes, pero aun así cantaban cual jilguero en primavera, como profesionales, como si ya nadie pudiera enseñarles algo nuevo. Me pregunté si ellas también lidiaban con lo mismo que yo, eso de dejar de involucrar lo que sientes con lo que haces. Si yo cantara, se me dificultaría no asociar la melodía o las letras con algo o alguien.

Todos estaban llenos de inspiración; me sentía rodeada de estrellas, y yo ahí con una hoja blanca que, de tener boca, se estaría riendo. Me di una oportunidad más de seguir caminando por los alrededores antes de tomar el autobús a casa.

Me acerqué a la fuente del jardín principal. La verdad es que el gobierno le había invertido mucho a esa área, se veían a lo largo del día de cuatro a seis jardineros dándole mantenimiento: barriendo hojas secas, recogiendo basura, regando las rosas y cortando los botones huérfanos.

En el césped estaban tres muchachos tumbados mostrándose bocetos entre ellos. Husmeé disimuladamente, alzando el cuello para espiarlos; unos tenían frutas, otros, flores; incluso creí ver por ahí un tren. Reían a carcajadas, se daban palmadas y aceptaban las sugerencias de sus compañeros de buena gana. Me pregunté: «¿Por qué los escritores no son así?». Son recelosos con sus obras; las mantienen bajo la oscuridad con temor, tratando de que nadie las vea, que nadie sepa de ellas. Cuando participan en talleres, se vuelve una guerra armada donde el único propósito es destruirte, convencerte de que tires a la basura tu escrito. No hay nada rescatable en ello, solo personas heridas y sintiéndose miserables. El escritor cree que posee la verdad, la «sana doctrina de la literatura», «todos están mal, solo yo estoy bien», y todos los que brillan es porque «seguramente buscaron el lado comercial». Solo eres bueno cuando mueres, es hasta entonces cuando comienzan a organizarse grupos para estudiarte.

Más al fondo, tres jóvenes estaban al pie de sus caballetes, todos en fila, entretenidos mirando a lo que parecía ser su modelo: una mujer con el cabello dorado, largo hasta la cintura, con ondas que se formaban desde sus hombros y que caía de manera agraciada; unos ojos pequeños, pero relucientes, como zafiros incrustados en sus cuencas; pestañas a juego con el cabello, rubias y levantadas, haciendo su función de marco a la perfección. Tenía la espalda muy recta, los hombros hacia atrás y el busto erguido, casi no respiraba por mantenerse quieta.

Los pintores tenían su mala fama, se sabía que los profesores llevaban modelos dispuestas a posar desnudas con el fin de contribuir al arte, eso era admirable a mi parecer, pero la mala fama venía porque los muy vivos solían aprovecharse de las mujeres invitándolas a ser su musa principal, después subían el tono pidiéndoles que se quitaran la ropa y ya en el asunto se les hacía fácil persuadirlas para otras cosas. Era un secreto a voces, al menos en cada aula había una o dos chicas que habían sido heridas por un pintor; no suena a que sean demasiadas, pero si tomamos en cuenta que, por cada aula de treinta alumnos, solo eran tres mujeres, el porcentaje de afectadas se vuelve altísimo.

Los pintores levantaban su rostro, la miraban unos segundos y hacían un trazo al aire parecido a los movimientos de un director de orquesta, como si ensayaran antes de llevarlo al lienzo.

Me senté en el reborde de la fuente; estaba sin agua así que, de caerme, no pasaría nada más que la vergüenza.

La joven rubia no chistaba; abrió un poco sus labios para tomar un poco de aire, pero los tensó de inmediato. Yo no podría; seguro que, con tan solo saber que tendría que estar inmóvil las próximas dos o tres horas, la piel comenzaría a picarme, se me dormirían las piernas o alguna araña se colgaría de mi flequillo. Sin embargo, no niego que me gustaría, aunque ¿a quién no?

Que un artista te plasme en su obra es lo más parecido a volverse inmortal. Le pondrá un título, lo explicará a sus espectadores y hay, incluso, una posibilidad de que trascienda y cien años después ese discurso lo esté dando otra persona; seguirán viéndote, se preguntarán qué escondía tu sonrisa, qué había en tus ojos y por qué el pintor te eligió a ti.

Estaba atardeciendo y los rayos de sol remanentes apuntaban los ojos celestes de la rubia; aun así, mantenía su pose. Parecía una muñeca, una disciplinada y perfecta muñeca, una que sí acata reglas, que le dicen «no te muevas» y lo cumple sin chistar, sin movimientos libres, sin salirse de los límites. Debería aprenderle un poco, ser así; no una modelo, pero dejar de caminar por donde ya me dijeron que no lo haga, escribir lo que me dijeron que escriba para no terminar en un escombrero. Qué condenada me sentía, amando escribir y no pudiendo hacerlo porque está mal.

Descubrí el motivo de mi bloqueo, querer escribir y no poder, obligada a ser una muñeca con cuerdas en cada dedo, cuerdas de las que pueden tirar otros; si se apiadan me mantendrán en movimiento y si no, me mantendrán estática, aplastándome los vasos sanguíneos hasta que se corte la circulación, hasta que se necrosen mis extremidades.

No te muevas, muñeca,
que tu cabello no se enmarañe con el viento
y tu piel permanezca intacta,
sin rasguños que interrumpan su continuidad,
sin hematomas que te recuerden por dónde no caminar.

No parpadees,
que nadie sepa que tu corazón ve lo que los ojos ignoran,
no respires,
que nadie sepa que te asfixias,
no hables,
que nadie sepa lo que esconden tus cuerdas vocales,
no llores,
que nadie sepa qué sientes.

Mi bella muñeca,
tras la vitrina eres perfecta,
mira tu sonrisa,
¿por qué hacerle saber a los demás que es fingida?

Levanta la cabeza,
que no te tiemblen las piernas,
nadie mira a las muñecas del piso,
nadie compra una muñeca rota.

No te muevas, muñeca,
déjame maquillar tus heridas,
no sea que se den cuenta,
no sea que noten
que estás viva.

Quise escribir sobre ella, juro que así fue; tal vez lo hice, pero terminé hablando de mí. Arrugué la hoja y, antes de terminar de arrancarla de los espirales, me detuve y lo releí en voz baja, sentí que mi lengua danzaba al pronunciar las palabras. ¿Acaso no debe sentirse?

Guardé la libreta en mi bolso y lo atravesé por mi clavícula. El sol ya orquestaba su retirada mediante arreboles agradables. Los zanates cantaban en los árboles; iban llegando uno a uno a acomodarse entre las ramas, preparándose para pasar la noche. Ese sonido me remontaba a mi niñez, en donde buscaba de dónde venían los sonidos, pero apenas estaba conociendo el mundo y no se me ocurría mirar a los árboles. Ahora pasaba la mayor parte del tiempo mirando hacia arriba; algunos dirán que qué pérdida de tiempo, sin embargo, he tenido la fortuna de ver más de veinte estrellas fugaces.

Me encanta mirar el amanecer y el atardecer. Ninguno es igual a otro, así sea el mismo cielo. Me gustaría ser así; diferente todos los días y a la vez ser la misma.

Me levanté resignada, pero guardando una pizca de esperanza.

Eché un vistazo a los muchachos pintores; los tenía de frente, por tanto, no había podido ver sus creaciones. Con disimulo, los rodeé, quise ver qué tanta justicia le había hecho a la belleza de la mujer dorada con ojos marinos.

Como gato en cacería y a pasos lentos, me fui hasta atrás para que no fuera tan obvia mi intención. Poco a poco, de manera sigilosa, me acerqué a uno. Era muy bueno, aunque le hizo ciertos cambios a la postura: su columna la hizo un poco más echada hacia atrás. ¿Para qué tuvo a la chica tanto tiempo en una pose si no la iba a respetar? La mujer tal vez amanecería al siguiente día con una tortícolis de los mil infiernos, pero él, muy quitado de la pena, hizo lo que le pareció. De que era bueno, lo era, aunque no usó tantos colores para su cabello; de hecho, lo dejó uniforme, a pesar de que el sol la había besado con destellos. Me acerqué al segundo; era una majestuosidad, él sí había observado los matices de la melena. Era muy realista, añadió hasta los cabellos bailarines que estorbaban sobre su mejilla rosada. De haber tenido unos tragos encima, seguro hubiera visto ondear los cabellos sueltos; parecía magia que unas manos puedan recrear tan bien un cuerpo lleno de colores, sombras y texturas. No sé cuánto tiempo pasó desde que empezaron a pintar, tal vez una o dos horas, pero si no lo supiera y hoy me hubieran presentado el cuadro, juraría que tardó dos o tres meses.

—Es precioso. —No pude resistirme a decírselo. Creo que cuando alguien nota que otro hizo algo bien, no debemos callarlo, pues a veces somos muy duros con nosotros mismos.

—Gracias, y todavía no lo he terminado —me dijo el hombre con voz jovial y apacible, con toda la seguridad de que mi crítica era real.

—Pues ya se ve perfecto —contesté con entusiasmo. El joven lavó sus pinceles con el agua de una botella mientras quitaba los restos de pintura de su tablilla de madera con una pala.

Di pasos hacia el tercer pintor. Giró su cabeza y al notar que me estaba acercando, palideció y comenzó a querer guardar todo con alteración. Sus dedos entorpecieron al querer meter sus herramientas en un maletín, pues echó todo sin fijarse en su acomodo; las cosas se le caían por la rapidez con la que intentaba moverse y comenzó a mancharse la ropa y los zapatos. Me

174

preocupé, parecía angustiado, como si algo malo le hubiera pasado, así que me acerqué.

—¿Estás… bien? Dé-déjame ayudar. —Me agaché para recoger lo que parecía una espátula; la tomé y mis dedos se mancharon de un color violeta claro.

—¡No! No… —El chico se levantó deprisa y abrazó el bastidor para llevárselo en un arrebato, pero hizo una mala maniobra al querer cargarlo junto al caballete y se le cayó de las manos.

Contuvo un gruñido. El tipo estaba rarísimo. Hizo un gesto de desesperación ante su falta de coordinación.

—Te ayudo. —Tomé el bastidor que había caído bocabajo sobre el pasto húmedo. Sentí pena; dos horas para nada. Lo volteé curiosa de lo que había quedado de su trabajo y lo que vi me dejó perpleja, boquiabierta, enmudecida. Abrí y cerré los ojos varias veces para rectificar lo que estaba viendo. Lo miré esperando que lo explicara, mas él bajó la mirada y su piel casi transparente se sonrojó; sus labios trataron de moverse, pero solo dejó escapar un balbuceo—. ¿Qué…, qué es esto? —pregunté. Estaba estropeado, sin embargo, era evidente lo que era. El corazón se me salía—. ¿Soy…, soy yo?

El rostro del joven era un tomate madurísimo amenazando con reventar; sus labios seguían moviéndose, pronunciando palabras rápidas y sin sentido. Yo buscaba su mirada y él solo observaba sus zapatos y movía sus pies con inquietud.

—A-ah e-em… e-este… bu-bueno… sí, perdón, perdona; no quería incomodarte. Te vi allí en la fuente y… —suspiró y se mordió los labios rosados hasta enrojecerlos.

Sonreí. Me quité el cabello del rostro, que el viento me había lanzado a la cara, y lo acomodé detrás de las orejas.

—No, no, al contrario, es precioso, no creí jamás que alguien pudiera —me ruboricé— fijarse en mí.

—¿Q-qué dices? ¿Quién no lo haría? —Levantó el rostro y clavó sus ojos en los míos. Sentí una lanza atravesarme justo en medio del pecho, como un golpe, un relámpago, una descarga. Tenía ojos acaramelados, como una taza de chocolate ambarino, sus pupilas se dilataron y apenas dejaron un reborde color verde. Sentí cosquillas en el abdomen, tan fuertes que no pude mantener el rostro levantado hacia él.

—Gracias —contesté. Mis manos apretaron de manera nerviosa el bastidor. Su camisa tenía manchas lilas, había reproducido el mismo tono de mi vestido.

—Lo hice muy rápido; es una técnica en acuarela que recién estoy practicando, pude haber hecho algo mejor, pero…

—¿Qué dices? —exclamé en un tono casi indignado—. No menosprecies lo que has hecho, así está perfecto; creo que el golpe con el césped le dio un mejor acabado —reí tímidamente, aunque no era mentira. Es más, no había visto un dibujo tan bonito desde hacía años y, además, lo hizo rapidísimo, ni siquiera procuré estar quieta.

Le di el cuadro, aún con los dedos algo nerviosos.

—¿Te gustó en verdad? —se inquietó.

—¡Claro que sí! —Llevé nuevamente mi cabello hacia atrás de la oreja, aunque ya estaba en su sitio.

—Quédatelo. —Lo extendió para que lo tomara.

Se ajustó la mochila a los hombros, preparándose para escapar.

Mis ojos se humedecieron; efectivamente, estaba yo sentada en la fuente con una libreta y una pluma en la mano. Mis facciones todavía no estaban bien definidas, si bien era mi silueta, la de mi cabello, mi cuerpo, mis manos, mi vestido y esos tonos rojos en mis labios.

El joven, sin decir más, comenzó a darse la media vuelta.

—¡Oye! Pero no puedes dármelo así —exclamé, intentando detenerlo.

—¿Cómo así? —preguntó confundido.

—Fírmalo. Recuerda, nunca des una de tus obras sin firmarla. —Le señalé la esquina del lienzo, donde debía ir su huella.

—Eso no es una obra —dijo con un tono desanimado. Yo difería totalmente.

—¡Tonterías! —me quejé—. Imagina el día que seas famoso; esto valdrá oro. Así que firma todo, nunca sabes cuál será tu obra maestra, a veces la que menos pensamos puede serlo.

—Tienes razón. —Sacó una plumilla de su pantalón—. ¿Cómo te llamas? —me preguntó, mirando mis labios fijamente y sin pestañear.

Me puse nerviosa y retrocedí, poniendo un poco de distancia.

—A-alex —respondí con dificultad, apenada por mi manera de hablar. Aunque practicaba todo el tiempo en casa mi fluidez para dejar de tartamudear, en situaciones así de espontáneas me ponía tan nerviosa que no podía controlarlo. —¿Alex? —inquirió levantando una ceja.

—Bueno, Alexa. ¿Y tú?

—Alex —pronunció.

Levanté una ceja y soltamos unas risas.

—¿Estás repitiendo lo que digo? —pregunté con desconfianza.

—No, en verdad soy Alex —afirmó.

Tomé el bastidor, y sí, lo había escrito.

Para: Alex
De: Alex

Sonreí al ver la dedicatoria y su garabato.

El sol se había ocultado. Las estrellas ya asomaban por el cielo oscuro, sin embargo, algo era más fuerte que mis ganas de estar ahí, y era la preocupación de mi madre esperándome en la parada de autobús.

—Muchas gracias, tengo que… irme —dije apenada—. Se me hace tarde. —Me despedí con un ademán.

Volteé el bastidor para que pudiera darle el aire mientras caminaba. Di unos pasos para adentrarme en la Alameda.

—Espera…, Alex —me llamó.

Su voz pronunciando mi nombre estalló en mi cabeza como meteorito sobre la tierra, desatando una oleada apocalíptica.

—¿Sí? —Vi sus mejillas sonrojadas, seguro igual que las mías.

El viento le despeinaba el cabello castaño, miró a ambos lados y dio un suspiro largo.

—¿Qué-qué harás mañana… —carraspeó— en la tarde? —Se humedeció los labios y desvió los ojos a sus mocasines oscuros manchados con gotas lavanda.

—¿Me-me estás… invitando a salir?

Él se ajustó nuevamente la mochila y se encogió de hombros.

—Sí —se llevó las manos a los bolsillos.

De mi boca quiso brotar un sí repentino, pero me contuve, pensé en lo que se decía de los pintores y sus tácticas sucias; quise desconfiar, decirle que no y abstenerme de volver a toparlo, sin embargo, había algo en su manera de verme que me impidió negarme de forma tajante.

—No salgo con desconocidos —pronuncié, haciéndome la difícil.

—No creo que seamos desconocidos.

Se acercó a mí y levanté mi rostro. Pude reflejarme en sus pupilas negras y dilatadas. Mi corazón se aceleró, mas no sentí miedo.

Tenía razón.

Capítulo 11

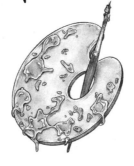

A veces hay que estropear un poquito el cuadro
para poder terminarlo.

Eugène Delacroix

Anonadada, estupefacta, patidifusa, pasmada, destrozada, perpleja, consternada, horrorizada. No encuentro más palabras para describir lo que siento. Asqueada, nauseosa, empalagada, empachada. Es como si estuviera leyendo un diario secreto en el que jamás me debí meter. Siento mi piel ruborizarse de molestia y la acidez burbujear en mi estómago.

Agito la cabeza a causa de un espasmo nervioso.

Se conocieron en Bellas Artes. Era obvio. Me ha contado

acerca de su vida de universitario, mas nunca la nombró a ella, a pesar de que muchas veces le pregunté si no tuvo más amores antes de mí; se limitaba a un silencio acompañado de una sonrisa ladina, como tratando de hacerme entender que quizás un par, pero nada importante.

Diana me mira ansiosa, esperando que voltee la página mientras se acomoda el listón del cabello.

—Me voy —digo.

Cierro el libro y se lo pongo en las manos al tiempo que miro hacia la calle en busca de algún transporte.

—¿A dónde? ¿A la casa? —pregunta nerviosa, jalándome el vestido. Buena pregunta, solo sé que quiero irme, pero tampoco sé a dónde.

—A donde sea, a la Antártica, al triángulo de las Bermudas, a cualquier sitio donde nunca me encuentren.

—Mi padre va a matarnos, lo sabes. Para esta hora ya se dio cuenta que no estamos en casa.

—No voy a regresar a tu casa, Diana. Estoy harta de todos. Creo que tengo algo de dinero, tomaré el primer autobús a sepa Dios dónde.

—Ni tú te la crees.

—No me retes. —La miro desafiante.

Me tumbo en el pórtico. Uso mis dedos para ayudarme a hacer cuentas de cuánto tengo ahorrado y si es que me alcanzará para un boleto de autobús o de avión. Creo que tengo lo suficiente para uno o dos meses de renta en lo que busco un trabajo.

—Eso es huir, y huir es de cobardes.

—Oh, cállate.

—Cobarde.

Le dirijo una mirada despectiva.

—No vuelvas a llamarme así.

—¿Qué harás yéndote sola?, ¿dormir en los puentes?

—Estoy cansada de sentir que no pertenezco a ningún sitio. Que la vida que imaginé alguna vez se me está yendo entre los dedos, Diana.

—Emi, respira. —Hace un gesto con las manos invitándome a inspirar hondo—. Pensemos con la cabeza fría ¿sí? ¿Y si quizás estamos exagerando? Todo el tiempo has hablado maravillas de él aun cuando yo me empecinaba en decirte lo contrario. Entonces dale el beneficio de la duda.

—¿Qué quieres decir? ¿Que siga como si nada y olvide el tema?

Se ha vuelto loca.

—No, sino que lleguemos al fondo de esto, Daniela debe seguir en la ciudad.

—Sigues con esa terca idea.

—Sí, porque quizás hay una pequeña posibilidad de que sea un malentendido.

Miro melancólica las rosas, como si fuera la última vez que las vería. Toco una amarilla con los pétalos oxidados; sus ramas se enredaban en el poste del pórtico.

Diana corta la flor oxidada sin cuidado. De ser otro momento, la hubiera regañado por el acto atroz; no porque me molestara, sino porque Daniel nunca arranca rosas con las manos.

—No creo.

—A ver, ¿por qué no hay girasoles plantados? Debería haberlos, ¿no?

—Quizás.

—¿No te da miedo equivocarte?

La pregunta me deja pensativa. Equivocarme siempre ha sido mi mayor temor, por eso dudo tanto en si izquierda o derecha, negro o blanco, sí o no, aquí o allá. Mi cabeza me dice que no es un error; sin embargo, mi corazón me dice que sí y que me arrepentiré toda la vida. Regreso a ver la casa de Daniel y una lágrima cae. La verdad es que no quiero alejarme de él, no tengo el valor. Deseo con toda el alma que exista una explicación lo suficientemente buena para dejar esto atrás y quedarme a su lado.

—Sí.

—¿Qué puedes perder? De por sí no tienes mucho.

«Desgraciada, sí tengo que perder: mi dignidad y mi pizca de cordura», quise responder. No es que valga mucho, pero es lo poco que tengo y lo que me mantiene levantándome y al menos dándome fuerzas de tomar un cepillo cada mañana.

—Escucha, hay dos hoteles en los que puede estarse hospedando, vamos a fisgonear; preguntamos a los botones qué saben: ellos se pasan toda la información, se la venden a los paparazis.

Diana levanta las cejas pizpiretas esperando un «sí».

—No tenemos dinero para comprar la información.

—Pero tenemos otras cosas. —Menea la cadera—. Créeme, nadie se me resiste.

Conozco a un par que sí.

CORAZÓN DE ACUARELA

Agosto de 1956

—Cierra los ojos. —Alex estaba moviendo su cuerpo con emoción, ansiaba mostrarme lo que traía escondido en la espalda. Sus diminutas pecas en la nariz eran para mí como un mensaje en clave morse donde se escondía el secreto de la felicidad.

—Está bien. ¿Ya? Dime qué es.

Qué apenada me sentía; todos los días tenía una sorpresa, parecía que quería ponerme el mundo en las manos.

—Adivina.

Sentí algo pesado, sólido y húmedo. Acerqué el objeto a mi nariz y al sentir las hojas abrí los ojos sin esperar su indicación. El rio y apretó mi mejilla para después besarla. Era una maceta de donde salía un capullo de rosa solitario; de su tallo emergían dos ramas con tres hojas tiernas color rojizo. Él tenía una sonrisa amplia e inquieta, esperando que le dijera lo que pensaba de su regalo. Lo extraño fue que hacía unos días, cuando me atrapó observando a un señor que vendía ramos, me dijo que él jamás me regalaría rosas, que no le gustaban esos obsequios.

—Me dijiste que nunca me regalarías rosas —manifesté, sin ánimos de reprochar. Bajé la maceta y me senté en mis piernas. Alex hizo lo mismo, tocó con delicadeza una de las hojas rojizas.

—Rosas como las que venden en las tiendas de regalos no, pero sí en una maceta; es diferente. No quiero darte algo que está muriendo; en cambio, ahora, si la plantamos, dará más rosas y así nunca te faltarán.

Aquellas palabras resonaron en mi interior. Hace un tiempo, miraba los arreglos florales pensando si un día sería tan importante como para recibir uno. Y ahora tenía delante de mí una maceta, un botón viviente soñando con ser una rosa, aguardando convertirse en un jardín.

—¿Qué color será? ¿Blanca? No, roja. —sonreí. Él, con los dedos índice y medio, trazó un camino desde mis manos hasta mis hombros y dejó caer su brazo sobre mi cuello para acercarme a él.

—O ambas —contestó misterioso, mirándome los labios con el deseo de comerlos; lo notaba en la manera de morderse, de pasarse la lengua, de acercarse y retroceder con vacilación. El mismo deseo que yo tenía, pero ambos nos conteníamos. El problema era que casi podía escuchar el cúmulo de pólvora, acumulándose poco a poco, esperando una chispa que desatara la explosión. Su perfume me hacía jugo la boca e imaginaba que el día en que le mordiera el cuello, me sabría como un pan recién tostado untado con miel y mantequilla derretida.

Cada tarde al salir del instituto, nos quedábamos en los jardines de la Alameda y nos tumbábamos en el pasto esperando a que salieran las estrellas. Nunca fui parlanchina, aunque ahí, mi boca era imparable; como si en todos estos años hubiera acumulado millones de historias y, al estar con él, todas pelearan por salir. Él no se quedaba atrás, incluso acordamos turnos, pues sus labios difícilmente se sellaban. Entre más hablaba, más libre me sentía, y sé que le pasaba lo mismo.

Era increíble el amor que podía artizar en mí; hace una semana creía que ya no podía amarlo más, pero me sorprendí al darme cuenta de que sí. Alex iba pintando en mi corazón un paisaje en donde solo habitábamos los dos. Nunca he creído en la perfección, pero él era lo más cercano: su pestañear, su reír cual petirrojo cantando al alba, sus lágrimas que derramaba por no contenerse más la alegría. Cuán gozosa debía sentirse la tierra cada vez que recibía esas gotas de felicidad manando de sus ojos.

Él era la excepción a todo, a todos los hombres que había tenido cerca, aparentando ser recios y disciplinados, y marcando diferencia entre las mujeres al mirarlas con lástima e inferioridad. Alex me miraba como su igual, como si tuviera el mismo potencial que él o que cualquiera; eso no era normal en mi vida, lo usual era que me señalaran mis deberes y obligaciones, todo lo que debía ser mi prioridad por encima de lo que apenas se me permitía.

Alex estaba boca abajo haciendo un boceto y yo me encontraba con la cabeza recargada en su espalda escribiendo, mordiendo el lápiz, jugando con las palabras, sintiendo cómo su torso se ensanchaba con cada respiración; era tan relajante como estar recostaba sobre una lancha a la que empuja la corriente. Moví la cabeza para que mi oreja pudiera escuchar sus pulmones, su respiración limpia y melodiosa acompañada del tambor acompasado de su corazón; me daba tranquilidad escucharlo rítmico y fuerte. Sin duda, tenía una vida maravillosa por delante.

—«En el pecho tengo una hoja de papel que soñaba con ser un corazón, late y cruje como hojas de otoño. Un reloj controla mis latidos, ojalá fuera de sol y no de arena» —recité.

Alex se levantó al escucharme; me levantó el mentón con su mano y, con el dedo pulgar, me acarició los labios. Me silenció haciendo ruidos con la lengua contra el paladar.

—¿Cómo vas con el libro? —Su mano se deslizó hacia mi mejilla. Se sentía tibia, apacible; sus manos eran de las cosas que más amaba.

—Ya lo terminé y… no es bueno. —Me encogí de hombros.

—Dámelo.

Negué con la cabeza.

Alex había leído una convocatoria en un periódico extranjero para obtener una beca en la facultad de filosofía y letras de Granada e insistía en que mandara solicitud; lo pensé, estaba convencida, sin embargo, en cuanto terminé mi manuscrito, llegaron a mi cabeza las burlas de Barreto como un enjambre de abejas.

—Alexa, ¿quién es bueno? ¿Quién es malo? ¿Qué significa eso para ti? Yo no leía ni un carajo, leo desde que te leo a ti, ¿no es relevante eso? —Me quitó el fleco de la cara para descubrirla. Sus pupilas se dilataban cuanto más se metía el sol—. Si para un vejete eres mala, ¿qué importa? Te diré algo —añadió con seriedad y bajando el tono, como quien cuenta un secreto—: habrá cientos a los que no les gustará lo que haces, pero habrá millones que lo amarán. Escribir es lo tuyo.

Se acostó nuevamente y echó las manos detrás de su cabeza. Sus ojos apuntaron al cielo morado, casi tiñéndose ya de azul marino; los luceros ya estaban haciendo acto de presencia.

—¿Cómo lo sabes? —pregunté; me costaba creerlo—. ¿Cómo sabes que esto es lo mío?

Alex se lamió los labios y alargó una sonrisa, casi tan brillante como las estrellas.

—Porque el profesor Barreto decenas de veces te ha dicho que no sirves y, sin embargo, no puedes dejar de escribir; otro ya lo hubiese abandonado. A pesar de ello, aquí estás, recitándome un verso recién horneado. Eso es un escritor. ¿Entiendes lo que quiero decir, pequeña? —Me jaló del moño que adornaba el cuello de mi vestido para que mis labios quedaran enfrente de los suyos.

—Pero… —Me calló con un atrevido beso.

Movió los labios de manera lenta, el tiempo se me detenía en ese instante. Supliqué al cielo que, por un momento, la tierra dejara de girar y me quedara ahí para siempre. Lo saboreé como si tuviera en la boca una jugosa cereza, mordí sus labios con paciencia y cariño. Su respiración se hacía rápida, agitada, temblaba; no sé si era éxtasis o miedo, pero no se detenía. Acaricié su mejilla; estaba caliente y húmeda. Abrí los ojos y vi que los suyos estaban cerrados. Quise apartarme, pero con sus manos volvió a atraerme a él. Alex revolvía mis sentidos como nada lo había hecho. En sus labios me sentía jugando al deporte más peligroso y extremo, al borde de que mi corazón se detuviera en cualquier momento.

—¿Me darás tu manuscrito? —me susurró.

Un beso no iba a convencerme.

—Deja que lo vuelva a leer.

Le di un beso en su nariz puntiaguda y le despeiné el cabello.

Lo tomé de la mano con timidez para caminar. Después de algunos metros, sacó su libreta del maletín; era propio de él que de la nada le llegara una imagen y se alborotara por buscar una hoja. En esos momentos me limitaba a callar, a esperarlo, admirarlo, porque era ver al artista en su estado más natural y puro, en su proceso creativo, siendo iluminado por quién sabe qué espíritu. Muchos admiran el trabajo terminado, el gran cuadro listo para el museo, pero lo que vale oro es el momento de la inspiración. Es como si del cielo llegara un manto y nos recubriera. No sé muy bien qué le sucede a él, pero al menos en mi caso, es una voz que me susurra. He pensado que quizás es un muerto usándome como médium, pues me dicta casi con punto y coma, como si ya estuviese escrito, o puede ser otra dimensión desde donde me envían señales de algo que está sucediendo.

Una gota de sudor resbaló por su frente, deslizándose por su afilada nariz.

—Listo, mira —me mostró. Era un boceto de una mujer con el cabello largo cubriéndole el pecho desnudo, sosteniendo un corazón algo estropeado, parchado con trozos de tela.

—¿Soy yo?

—Siempre serás tú.

Tomé el cuadernillo y con su lápiz violé su obra para poner un reloj incrustado en la parte izquierda, marcando las siete y media, la hora en que nos conocimos. No era muy buena con el pulso, así que quedó chueco, pero era un boceto, al fin y al cabo.

—Perdón por entrometerme, sentía que le faltaba algo.

Alex frunció el entrecejo y observó lo que había agregado.

—Qué mente tan sensual la tuya. —Me guiñó un ojo—. Cuando sea pintura, será abismal. Ya lo estoy viendo: usaré una paleta de colores semejante a las granadas, esos tonos rojizos y dulces, pero a la vez sombríos. Ya lo verás.

—Alex, amor —detuve la caminata—, quiero verte pintando a más mujeres.

Él se arrugó, movió la boca emitiendo balbuceos indignados, como si lo hubiera insultado.

—No me pidas eso.

—Por favor, hay más cosas que pueden salir de tus dedos.

—No puedo, no me sale, ya lo intenté. —Echó el brazo alrededor de mi cuello—. Pero gracias. Mientras, haré lo que mejor sé hacer, lo más hermoso que conozco.

—Un día te buscarán las celebridades, mujeres mucho más hermosas. ¿Y si quieren un desnudo? No puedes negarte. Me gustaría verlo.

—Me gustaría verte a ti.

***

Pasamos cerca de un parque; solíamos rodearlo, pero esta vez decidimos atravesarlo, pues a diferencia de otros días, hoy estaba muy achispado. Habían instalado un pequeño carnaval; de poste a poste colgaban figuras de papel maché de distintos colores. No sé qué se festejaba, seguro algún santo, pero en realidad no importaba; nunca es mal tiempo para un carnaval.

Había un par de payasos con atuendos apretados cerca del quiosco que, aunque contaban chistes malísimos, te hacían reír con sus carcajadas agudas y pegajosas. A uno de ellos se le caía la peluca anaranjada cada que hacía movimientos bruscos para hacer reír a los niños. Desconozco si todo era parte del número o había sido un accidente y no se la había colocado bien, pero cuando dejaba ver su cabeza sin maquillar y sin cabello, todos reían.

Miré el rostro entusiasmado de Alex, sus ojos brillaban con ilusión, le comían las ganas por sentarse. Se me hacía tarde, pero no podía negarme a acompañarlo. Sin más, me senté en las gradas del mini teatro hundido con él. Aplaudía con euforia, reía hasta quedarse sin aire y se apretaba el estómago para contenerse el dolor. Más que disfrutar el espectáculo de los payasos, lo disfrutaba a él, a su carita traviesa y sus muecas de inocencia. Era una pena que él no pudiera verse desde los ángulos que yo sí podía.

Un niño a nuestro lado sin querer lo llamó «papá» y le tomó el dedo meñique; al darse cuenta, el chiquito se quitó la paleta roja de la boca, dio una carcajada tímida y avergonzada y salió corriendo a los brazos de su verdadero padre como si hubiera cometido una diablura. En los brazos de su padre seguía riendo, seguro contándole lo que había hecho. Alex lo miró con tanta atención que las bromas de los payasos quedaron en segundo plano.

Recordé que Alex no tuvo una familia como aquel pequeño, no conoció el cálido refugio de una familia, supuse que por eso lo miraba con tanta ilusión, añorando una presencia que no tuvo.

Entrelacé la mano con la de él y, sin voltear a verme, preguntó:

—¿Cómo lo llamaremos?

Volteé a ambos lados buscando de qué hablaba.

—¿A quién?

—A nuestro niño.

—¿Niño? ¡Qué dices! —reí—. ¿De qué niño hablas?

—¿También lo llamaremos Alex? —Se frotó la barbilla.

—Con nosotros dos ya son suficientes, le pondría otro nombre...

—Entonces sí... —Con seriedad, apuntó su nariz contra la mía.

—¿Sí qué? —Sabía a dónde quería llegar, pero me hacía la desentendida.

—Has dicho que le pondrás otro nombre; entonces ¿también te ves conmigo? —Bajó la mano a mi cintura. Me ruboricé ante su pregunta.

En las noches en las que el insomnio me atacaba con sus manos lóbregas, lo apaciguaba imaginando qué sería mi vida con Alex en diez, quince o veinte años si Dios me lo permitía.

No había futuro en el que él no estuviera a mi lado.

—¿Cómo... una familia? ¿A eso te refieres? —carraspeé. Bajé la mirada y los cueritos de mis dedos se hicieron interesantes.

—No, Alex; tú ya eres mi familia —susurró.

Mi corazón se conmovió. Sentí el pecho lleno, una sensación templada donde no había qué me faltara. No me preocupaba el tiempo, ni los planes a futuro, solo él y yo en ese instante. Obtener un título o la publicación de mi libro ya no se sentían tan importantes; ya tenía todo conmigo.

Alex quedó huérfano a los seis años. Su madre lo había abandonado afuera de una casa hogar; lo había convencido de quedarse ahí a base de mentiras, le juró que volvería por él apenas pudiera. Entonces, él la esperó por años en la ventana, porque no había quién le hiciera creer que las madres mentían. Nunca fue seleccionado por ninguna pareja, pues dice que siempre escogían a los bebés o, en su defecto, a los niños parlanchines y con gracia, y él era lo contrario. A los trece años, el orfanato le consiguió trabajo de ayudante de cocina en el militar, pues ya no había presupuesto para seguirlo manteniendo. En ese empleo, los militares tuvieron la idea monstruosa de quitarle lo tartamudo a punta de golpes. Ese fue su día a día durante dos años, pero se salió debido a un accidente del que se rehúsa a hablar. No sé qué le habrán hecho, no me lo puedo imaginar; recibir golpes diarios ya me parece suficiente martirio. Alex no conoció ningún sitio calientito que pudiera llamar casa y hoy él me llamaba su *familia*.

Podría escribir libros enteros
sobre ese instante en que sentí sus ojos sobre mí por primera vez,
porque pareció eterno,
aunque solo fuera un segundo,
teniendo en cuenta que ya llevaba veinte años buscándolo
sin saberlo,
porque él es aquello que uno pasa la vida buscando
y no lo sabe hasta que lo encuentra.

Hablar de sus ojos es un tema complejo
porque los adjetivos se terminan
y tengo que inventar nuevas palabras para dirigirme a él,
para describirlo,
para que entienda que no tengo cómo explicar

qué lugar ocupa en mi pecho,
en mi vida y en la que sigue,
pues si hay otra,
lo quiero en ella,
porque no quiero imaginarme otra noche donde no recorra su espalda,
donde no muerda sus labios y enrede mis dedos en su cabello.

Nunca creí querer pertenecer a un sitio,
pero el único sitio donde quiero estar
es donde él está; donde yo puedo llamar «hogar».
Podría amanecer cada día en su pecho,
porque es ahí el paraíso del que tanto se habla,
donde no te preocupa nada,
solo escucharlo contar la misma historia
de cómo vio pasar una estrella fugaz por primera vez
y que cómo era posible que se pudiera pedir un deseo tan pronto.
Que pida los deseos que quiera,
seguro que todas las estrellas fugaces agudizarán oído,
porque ¿quién podría negarle algo?
Si yo, siendo el ser más necio,
terminé totalmente doblegada a él.
¿No lo ve?
Yo no era de nadie,
y hoy me muero por ser suya.

Capítulo 12

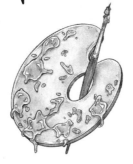

Si la pintura no inquieta, ¿es una pintura?

Georges Braque

Daniel no es huérfano, sus padres viven en Brownsville; yo estuve detrás de una cabina telefónica cuando llamó a su madre para decirle lo de la boda.

—¿Sabías eso de él? —Diana señala el fragmento donde dice que Alex no tiene padres.

—No, eso no es real.

—Entonces hay posibilidades de que ella no esté hablando de la misma persona.

Cansada, me froto la mejilla; me siento incrédula.

—Estoy confundida, el libro habla de alguien parecido, pero a la vez tan diferente. Como eso de los niños, jamás he visto que le llamen la atención; nunca menciona el formar una familia, es más, he pensado que él ya no es de esas ideas.

—¿Ves? Eso es bueno.

O quizás no.

***

Nos paramos frente al hotel Gillow. El sitio, más que hotel, parece un centro joyero de tres pisos, con cristales relucientes y balcones adornados con plantas trepadoras. Los empleados visten como si fueran a asistir a una cena costosa, con trajes negros, moños a la camisa y zapatos bien pulidos. Una mujer rubia de cabello corto se asoma por uno de los balcones, trae puesto un vestido rojo y de escote pronunciado; parece de familia de alta alcurnia, en sus manos carga una pipa alargada y exhala el humo del tabaco de forma sofisticada. Diana comenta que seguro es una actriz, pues este sitio solo puede ser pagado por políticos o celebridades. Ambas nos paramos frente a la entrada en silencio, ninguna se atreve a atravesar la calle.

El hombre de tránsito nos indica el paso por tercera vez, pero nos limitamos a mirarnos a las jetas, esperando que la otra dé el paso primero.

—Anda, ve tú —le palmeo el hombro.

—Yo te sigo.

—Fue tu idea venir hasta acá, así que yo te sigo a ti.

Diana respira profundo para agarrar valor.

—¿Crees que salga?

—Ni siquiera sabemos si está ahí, no sé por qué te hice caso.

—Me presiono el entrecejo y retrocedo hacia una banca para tomar asiento.

Ella me sigue y hace lo mismo; nos quedamos mirando la puerta, aguardando que algo suceda.

Para hacer tiempo me muerdo una a una las uñas hasta que termino por sangrarme el dedo medio, pero el dolor aminora mi preocupación.

—¿Estás segura de que es un buen plan? —inquiero preocupada después de cuarenta minutos sentadas viendo a gente entrar y salir con normalidad. Honestamente, no creo que esté ahí: no hay reporteros, no hay movimiento.

—Cualquier plan es mejor que quedarte con la duda para siempre.

Un señor pasa frente a nosotras con una charola en la que carga bolsas con palomitas y Diana lo observa alejarse con cara de perro hambriento.

—¿Sabes qué? Lo voy a alcanzar, quiero unas.

Claro, porque no hay mejor cosa que comer palomitas.

En cuanto regresa, el olor a mantequilla alborota mis sentidos y mi boca se me llena de saliva. La veo lamiéndose los dedos salados tras cada bocado.

—Quieres, ¿verdad? —Entrecierra los ojos. Le quito un puñado sin decir nada—. Siempre me haces lo mismo.

—Cállate.

El crujido de las palomitas es la única compañía que nos queda.

—¿Y bien? —Señalo el hotel—. Estoy esperando.

—Está bien, ahorita vengo, iré a preguntar. —Se muestra decidida.

Se limpia la sal del vestido y se aprieta el listón turquesa del cabello. Cruza la calle, su cabello castaño con rizos falsos se ondea. Antes de entrar por la puerta, saca un espejo de su bolso para observarse. Típico.

Le pregunta algo a uno de los señores que limpia las ventanas, estos le señalan la recepción. Regresa a verme y con el dedo pulgar me indica que está bien. Me meto a puños las palomitas en la boca y las trago casi sin masticarlas. Diana está recargada en el mostrador haciendo muchos ademanes exagerados, y eso solo quiere decir una cosa: está coqueteando, lo que también quiere decir que esto nos va a tomar tiempo, pues es el deporte al que más dedicación le pone.

La garganta se me comienza a irritar a causa de la sal. Busco con la mirada una tienda cercana, pero lo único que veo alrededor son licorerías, tiendas de helados con sabores exóticos y una panadería que parece tienda de moda.

Me paro de puntitas para ver más lejos. En la acera comienzan a hacerse visibles gotas de lluvia y el aire helado entra por los orificios de mi vestido. Camino un par de cuadras más.

No soporto el frío.

Me detengo en el café Ópera.

Me limpio los zapatos en el tapete antes de entrar.

—¿Le ofrezco algo para secarse, señorita? —me pregunta un mesero.

—No, no, estoy bien. —Me sacudo las gotas con los dedos.

—¿Ya la están esperando o le ofrezco una mesa? —El hombre hace un ademán de cordialidad para señalarme un asiento vacío.

—Gracias, pero solo quiero un café para llevar.

—Claro, puede esperar en la barra, hay asientos.

Una vitrina me roba la atención. ¡Dios! ¿Qué es todo esto? Pasteles, muchos pasteles diferentes, tartaletas, panqués. Me agacho para ver lo demás.

Cambiaría mi vida por una mordida de esa tarta.

El joven mesero se recarga en la vitrina para explicarme de qué está hecho cada postre.

—Esa es una tartaleta de frutos rojos selectos con un interior de yogurt blanco suave y ácido, pero que se conjuga bien con el dulzón de la galleta crujiente hecha con avena tostada en miel. —Qué ganas de decirle que se calle antes de que me reviente el estómago con su explicación suculenta—. La jalea que recubre las frutas es exquisita.

Ya lo creo, hombre, parece una joya.

—¿Le ofrezco una?

—No, no, muy temprano para un postre —miento, no me alcanza.

Tomo la carta y me dirijo a la sección de cafés. El hombre me mira por encima del menú extendido; no había notado sus pestañas rizadas, qué chico tan apuesto. Su cabello encrespado y rebelde, que se nota quiso acomodar con gel sin mucho éxito, me causa gracia: conozco lo que es batallar con el cabello chino.

—Disculpa, hace algunos años daban un pan en la compra de un café, ¿aún es así?

Él joven piensa unos segundos antes de contestar:

—Sí, todavía. —Me dedica una mirada profunda casi examinándome. Me apeno por mi aspecto nefasto mientras él está tan presentable. Entonces recuerdo que traigo gafas oscuras dentro de un sitio cerrado y con prisa las acomodo en mi cabello. Tan pronto lo hago, el joven cambia su rostro; pasa de ser un sol a una noche sombría. Siento las mejillas hincharse de vergüenza, seguro ha visto mi cara macilenta. Sonrío para disimularlo—. ¿Lo quiere cargado?

Hombre, pero si no estoy tan jodida.

—Sí, muy cargado, pero con leche —asiento.

—Le ofrezco un lugar, hay una mesa disponible allá…

—No, para llevar, por favor.

—De acuerdo.

Se da la vuelta a toda prisa y sin querer tropieza con otro mesero que venía saliendo de la cocina con una charola con copas; los cristalazos retumban y los comensales aplauden, tradición terrible y graciosa.

Pobre, se ha ensuciado el traje.

Miro hacia abajo, pues no quiero que nadie más vea mi piel demacrada y mis párpados abultados por tanto llorar anoche.

Alguien toca el timbre de la barra, pero no levanto la mirada. Observo unos zapatos de cóctel color rojo manzana con tacón alto. ¿Cómo pueden caminar con eso? Yo sería incapaz. Incluso para la boda he escogido unos tacones medianos, pero solo para la misa, para el baile pienso andar descalza.

Otra vez yo pensando en la boda.

—Disculpe, un café grande, espumoso con canela, por favor —escucho.

La voz me eriza hasta el último vello del cuerpo y frunzo la cara.

Esa voz, esa maldita voz.

Me volteo; casi me lastimo porque una parte de mi se opone y la otra, que quiere comprobarlo, impone su voluntad y pone demasiada fuerza al girar mi cuello. Veo su boina escandalosa adherida a su cabeza, sobresaliendo como un champiñón. La saliva se me atora. Me aprieto el cuello con la mano evitando toser, pero el reflejo vence. Ella se da la vuelta al escucharme y posa sobre mí sus ojos tenebrosos color gargajo causado por una infección bacteriana. Miro hacia la puerta decidiendo si echar a correr.

—¡Victoria! —entona con sorpresa apenas ve que muevo un pie.

¿Victoria?

—¿Qué? —contesto con confusión, reponiéndome de la tos. ¿Cómo me ha llamado?—. ¿Perdón?

—Victoria es tu nombre, ¿verdad? Me lo dijiste ayer en la firma o tal vez… t-te estoy confundiendo con alguien más, discúlpame. —Se acomoda el cabello y desvía la atención hacia sus zapatos. Ni siquiera yo recordaba mi nombre falso; ¿en verdad me ha prestado atención? ¿Qué debo responder? Tal vez debería decir «no» e irme rápidamente, olvidar todo este cuento, o decirle «sí»; total, da lo mismo. Igual, ya no tengo por qué huir.

—Ahh…, sí, soy…, soy Victoria. —Los músculos tensos de mi rostro se obligan a moverse para hacer un gesto agradable; no es como si, tras pasar la noche entera llorando, casi al borde del choque hipovolémico, tuviera enfrente al detonante.

Regreso a ver la puerta que va a la cocina, esperando que el joven vuelva con mi café. Los dedos de mis pies juguetean dentro de los zapatos. Me ruegan por correr.

Tranquilízate, Emilia.

—¿Estás bien? —pregunta con preocupación, ladeando el rostro y con las pupilas fijas en mis ojeras.

—¿Eh? ¿Qué cosa? ¿Por qué estaría mal? —«Si supieras que todos mis problemas llevan tu nombre», pienso—. Y de estarlo, no creo que te importe.

Ella hace un sonido de susto contenido.

—Per-perdón. No quise incomodar, fue por… —Mueve la cabeza, se nota su cuello forzado al hablar—. E-el otro dí-día… —Su lengua se le traba con los dientes.

¿Está nerviosa? Mi garganta endurecida de rabia se ablanda al ver lo difícil que está siendo para la chica contestarme. No debí responder así.

—Estoy bien, gracias por preguntar. —Intento reponer mi respuesta descortés.

Desvío la mirada a una maceta a lado de la vitrina de pasteles.

—Grandioso, creí que había dicho o hecho algo… ma-malo. —Se acerca a mí, su perfume me abofetea el rostro, el mismo que me hizo quebrantarme ayer.

Ella se me queda mirando con suspenso, como si realmente yo me viera terrible y acabada.

La bruja se pone hombro con hombro conmigo, su cuerpo cerca del mío me hace vibrar como si tuviera electricidad a milímetros de tocarme.

—Es una Beaucarnea; pueden crecer hasta quince metros —menciona, tocando una de sus hojas alargadas.

—¿Qué? —No le he preguntado nada. Volteo a ambos lados, pero sí, está hablando conmigo.

—También la llaman pata de elefante. —Daniela mueve su nariz y pestañea lentamente.

Dios mío, se parecen tanto.

—Sí, eso lo sé. ¿Te gustan las plantas?

—Mucho.

Qué raro, igual que alguien que conozco.

—¿Quieres una tarta? —pregunta el ente maligno, señalando la belleza que me llamaba por mi nombre desde la vitrina.

—¿Cómo así?

—Es una invitación, Victoria. Te pregunto si quieres comer conmigo —Se muerde los labios y regresa a ver sus zapatos.

No puedo creer lo que estoy escuchando. ¿Tendré la cara de hambre?

Aunque…

Sí que me tienta. ¡Diablos!

Un mesero diferente llega cargando una charola con dos tazas de café.

—¿En qué mesa estarán? —interviene, mirándonos a ambas.

—Amm…, lo había pedido para llevar —señalo, tratando de ser gentil.

—También yo, pero no importa —Toma la taza entre sus manos pese a que el mesero se ofrece a ayudarle a llevar la bebida a alguna mesa para evitar que se queme—. ¿Te gus-gustaría sentarte conmigo?

Le pide al joven que traiga una de esas tartas de frutas de la vitrina. Observo sus ojos enormes pidiéndome un «sí».

—Lo que pasa es que...

—Debes tener cosas que hacer, ¿cierto? Descuida —contesta sin dejarme terminar.

Bueno, ¿qué puede pasar? Es solo una tarta y tal vez esta sea mi oportunidad para preguntarle sobre el libro.

—Sí, claro que quiero. —Me esfuerzo por poner mi mejor cara, aunque parezca un pavo aplastado contra la pared.

La tripa se me retuerce.

¿Qué estoy haciendo?

Daniela escoge una de las mesas de afuera a pesar de que estamos a trece grados.

Ella recorre mi silla con cordialidad para que me siente; me causa un poco de gracia, porque solo había visto hacer esto a los hombres cuando quieren algo.

Se sienta delante de mí y sorbe su taza humeante.

La miro limpiarse la espuma que queda en sus labios y caigo en cuenta de que estoy en la misma mesa que el día en que Daniel me mandó ese primer café.

Soy bastante friolenta, mi cuerpo quiere agitarse y mis dientes tiritar, pero ella está ahí sin importarle el frío; no trae suéter y, de hecho, está vestida muy primaveral, con una camisa blanca suelta de tela delgada y fajada a un pantalón ajustado y negro.

Por primera vez no sé qué decir; siempre suelo tener temas de conversación, pero en este momento siento la mente en blanco. ¿Qué hago? ¿Le pregunto del clima? ¿La comida? ¿El café?

Daniela vuelve a acercarse su bebida, veo sus pestañas alargadas y lacias, tan oscuras como la obsidiana, un medio centímetro más y se empaparían del café.

Con timidez, mueve las manos y mira a ambos lados, parece que busca algo de qué hablar al igual que yo.

—¿Qué tal México? —me animo a preguntar.

Pésimo intento de romper el hielo.

—Perfecto…; más bonito de lo que lo recordaba, lo extrañaba muchísimo; te juro que… no me quiero ir.

—Tenías años sin venir, ¿cierto? Eso dicen los periódicos.

—Como siete.

—¿Y cuánto tiempo estarás aquí?

—Tres o cuatro días a lo sumo.

El mesero llega con la tarta y le rocía un recipiente de mermelada de fresa caliente.

Madre de todas las tartas.

—¿Y por qué no te quedas más tiempo? Digo, hace tanto que no vienes, hay mucho que puedes recorrer.

Espero estar sonando natural.

Se dibuja en su rostro una sonrisa que la obliga a cerrar los ojos y chasquea la lengua contra el paladar.

Siento un cosquilleo en el pecho, parece agradable.

Reprendo mi pensamiento, ni siquiera la conozco

—No…, no hay nada aquí para mí —dice tras un suspiro largo y melancólico—. P-pero cuéntame de ti, Victoria. ¿Cómo estás? ¿Qué haces por acá?

—Este…, todo bien. Perdón por lo de ayer, sé que tuve mi numerito, es que traigo todo un torbellino de emociones en la cabeza, problemas de trabajo, justo ayer me despidieron antes de ir al recital y ya sabes, con la conmoción del momento…; no pude con ello, y ahorita… buscaba trabajo, de hecho. —Me muerdo la lengua. Soy la mentirosa del siglo.

—¡Oh! Lo lamento. —Me toca rápidamente la mano como tratando de alentarme; yo la retiro para ponerla en mi taza, la cual me acerco al pecho para que me dé calor.

—Descuida, al menos pude conocer a la autora de tan fantásticos libros —canturreo como lo haría Diana si estuviera aquí.

Es verdad, Diana ya debe estar buscándome.

—¿Desde cuándo me lees? —Toma una servilleta y hace dobleces. No vi venir esa pregunta. ¿Dos semanas? ¿Un año? ¿Cómo se llamaba su otro libro? Me bloqueo por un instante.

Sal corriendo, Emilia, huye, no sigas con esto.

—¡Uff! Meses, muchos meses. Entré una vez a una librería a unas calles de Bellas Artes. No buscaba nada realmente, pero un hombre calvo me recomendó uno de tus libros. —Me meto un pedazo grande de tarta que me sabe a gloria.

—¡Vaya! ¿Y… cuál es tu libro favorito? —Apoya su cabeza contra su palma.

Sus labios rojos intensos me intimidan.

—*Corazón de Acuarela.* —Cierro los ojos con fuerza, he soltado el seguro de la bomba. Ahora solo queda esperar a que me explote todo en la cara.

—No me refería a los míos —suelta una risa tímida—, pero gracias. —Corta un pedazo de tarta con el tenedor—. También es mi… libro favorito. —Su mirada se pierde, como si recordara algo.

Refleja una mueca alegre, donde puedo ver sus dientes incisivos ligeramente más grandes de lo habitual.

Las campanas de la iglesia suenan, quizás sean las siete de la tarde.

—¿Qué te gustó del libro? Si se puede saber —me pregunta.

Me quedo pensativa y me rasco la mejilla.

¿El romance?

¡Arg!

Un hombre pasa en bicicleta con una canasta de rosas en la cabeza y lo señalo para que lo vea.

—Impresionante, ¿no? Las calles mojadas y el hombre con una canasta enorme en el cráneo, qué talento —comento.

—Muchísimo. —No le despega la mirada al vendedor.

Bien, ahora cambiaré la pregunta.

—Ese libro, *Corazón de acuarela*, ¿es tu historia?

La mujer casi escupe su café al escuchar mi pregunta, una gota le resbala por la boca. Eso ha respondido todo.

—Supongo que sí —me atrevo a decir.

Se echa aire con un menú para aliviarse del ahogo.

—No hablemos de cosas tristes —sonríe.

Si es triste, ¿por qué sonríe? Me acomodo en la silla, dejando totalmente recargada la columna en el respaldo.

—¿Alex? —escupo.

Ella deja la carta en la mesa y sus dedos temblorosos continúan doblando la servilleta.

—Sí, Alex —sonríe mientras juega con el papel.

—Entonces todo es real, digo, Alexa eres tú. —Mi templanza comienza a debatir con la cólera. Imagino que en alguna otra dimensión estoy lanzándole mi taza de café hirviendo.

Ella ríe, supongo no esperaba mi comentario.

—¿Soy tan obvia? No hablo de esto a menudo.

—Se nota cuando alguien escribe desde el corazón, leo el libro y de inmediato digo: «esto le sucedió a la autora». —Río sin ganas.

—Vaya. —Se toca las mejillas—. Jo, perdona, que me he ruborizado. Me has pillado. Bien..., dejemos eso de lado. Cuéntame de ti, ¿de qué buscas trabajo? ¿Siempre has vivido aquí? ¿Me recomiendas algún sitio?

Piensa rápido.

—Soy... —carraspeo la garganta—, soy contadora, así que buscaba algo relacionado —miento otra vez, qué obvia soy—. He vivido aquí desde hace más de veinte años, y sobre lugares... hay muchos museos; aquí a la vuelta abrieron uno de arte moderno, tal vez te interese. Si buscas comida, mi lugar favorito también está cerca. —Le señalo la avenida—. Se llama *Au Pied*. O no sé, quizás buscas bailar, ¿patinar?

—Bailar —pronuncia, arrastrando la palabra, casi exhalándola—; hace años que no bailo ni una pieza.

—¿*Rock & roll*?

No me sorprendería que responda afirmativamente.

—Sí, ¿tú también? —Se entusiasma, las cejas le brincan esperando que responda de la misma forma.

Bajo los hombros y le doy vueltas al café con la cuchara.

—No —mascullo sin ánimo.

—Mejor —habla con la boca llena, pero se la cubre con la mano—. Recomiéndame dónde ir a comer taquitos con salsa superpicosa; para la cena iré a darme una vuelta.

—¿Tú sola? Es decir, ¿vienes sola? —Doy un sorbo sin soplarle al café y me quemo la boca, pero igual me paso el trago. Con una servilleta me tallo la lengua para apaciguar el ardor.

—Sí, bueno, no. Vengo con un amigo, Oliver. —Se contiene la risa al verme batallar con mi quemadura—. Es mi representante; él busca los lugares para las presentaciones y organiza la logística, costos, regalías, patrocinadores y demás; esas cosas de detrás de bambalinas. Debe estar por ahí dando vueltas; siempre se me pierde.

—Interesante. ¿Amigo solamente? —Levanto una ceja acusadora. Sus ojos se mueven de izquierda a derecha como si en las esquinas fuera a encontrar una respuesta. Sus mejillas sonrosadas me tranquilizan un poco, pues quieren decir que detrás de ese representante hay algo más que solo relación de trabajo.

—S-sí —responde con dificultad.

El tartamudeo otra vez. Está bien, dejemos en paz ese tema. Daniela regresa a ver la puerta como si esperara que alguien entrase.

El mesero de cabello alborotado hace su aparición; su saco tiene una mancha húmeda de lo que creo que es jugo de naranja, seguro por el accidente de hace un momento. Nos pregunta sobre el postre y si nos hace falta algo más, negamos, pero interroga nuevamente.

Le doy un sorbo a mi taza, aunque ya no tiene líquido.

El mesero mueve su mano delante de mí.

—¿Perdón? —regreso la mirada hacia él, me ha sacado de mi plática interna.

—¿Otra taza?

—No, no. —«Apenas traigo para pagar esta», quisiera decir.

—Es cortesía.

El joven llena mi taza y se retira. Al segundo se escucha un cristal caer al suelo.

¿Otro choque? Es su día de mala suerte, pobre. Se levanta con el saco embarrado de ensalada.

—Sígueme hablando de ti, no puedo creer que estoy con una escritora famosa, ¿dónde está la prensa?, ¿los paparazis locos?

—Finjo fanatismo; menos mal que ya tengo algo en el estómago, si no estaría regurgitando bilis por mi actuación melosa. Pero, a decir verdad, sí, ¿dónde están?

—No, cariño —ríe—, realmente los escritores solo somos famosos en los recitales y en las firmas de libros. Fuera de ellos no nos reconocen. ¿Cómo lo explico? —Termina por fin su figura de origami y la pone en medio de la mesa—. Los lectores reconocen los títulos, las portadas; nuestro rostro no importa mucho.

—O quizás es porque en las fotos que pegan en los periódicos no miras a la cámara, así es más difícil —ironizo, mal comentario el mío.

—¡Ey! —Sus ojos atónitos me reclaman—. Nadie me había dicho eso, creía que ese detalle pasaría desapercibido. Me dan pánico las cámaras. Todas esas cosas de la publicidad, las fotografías, las entrevistas, presentarme; no logro acostumbrarme. Me gusta, pero si tuviera una máscara o un antifaz, sería más fácil. —Daniela toma la servilleta hecha corazón y la extiende para reiniciar sus dobleces.

—Creía que los artistas no eran tímidos

Creía que solo Daniel lo era.

—Oh, también yo, pero ya dejé de pelear conmigo.

—No entiendo. —Entrecierro los ojos.

—¿Ser tímido es un defecto? —me pregunta sin dejar su origami.

La pregunta me ha desarmado. Debe ser un defecto, pues el estar cabizbajo en todos los sitios te quita oportunidades. Me encojo de hombros indicando que no tengo idea y ella repone:

—Verás, toda mi vida me han repetido que debo cambiar. No sabes la cantidad de veces que batallé frente al espejo, ensayando lo que debería decir; lamentándome porque no podía ser como Juanita o María. Pero soy esto, soy Danny, soy tímida y está bien. —Termina su figura; ahora ha hecho un barco que pone a naufragar en lo que le ha quedado de café.

Creo que ya nos desviamos de la charla.

—Sígueme contando de *Corazón de Acuarela*, sobre... Alex —casi me muerdo la lengua pronunciando ese nombre.

No quiero irme de aquí solo conociendo sus reflexiones sobre la timidez. Apoyo la barbilla en las manos para prestarle atención. Ella hace el mismo gesto y su mirada verdosa a mi nivel me intimida. Un escalofrío me recorre las vértebras y me contengo de dar un brinco en mi asiento.

—Ese libro... —Suspira. Cierra los ojos y sus pestañas superiores se juntan con las inferiores para formar un abanico espeso y negro—. Es solo una historia que se me pasó por la cabeza mientras bebía un tinto.

—¿Y por qué tu semblante se ha puesto melancólico? —Estrujo los dedos de los pies para no dejar ver la desesperación en mi rostro; necesito respuestas, no preguntas. Mi fachada de actriz amenaza con caer.

—No es así.

Muevo la cara en afirmación.

—¿Es una historia real, verdad?

—¿Se nota tanto? Qué pena.

—Comencé a leerlo anoche después de comprarlo, no lo he terminado, pero hasta donde me he quedado, parece una historia vivida.

—Fue una historia bonita de mi vida, nada más. —Desvía sus ojos al humo de su café y sopla.

—Fue —repito—. Hablas como si te hubiesen roto el corazón. —Esbozo una sonrisa insatisfecha—. ¿Terminaron?

—No te arruinaré la novela. No es ético de mi parte.

—¡Ay, por favor! Sería un honor que tú me cuentes el final.

Hace un gesto pensativo y chasquea los labios.

—Solo porque llevo días con el nudo aquí dentro. —Se toca el pecho— te contaré. —Toma otra servilleta para doblarla—. Sí, Alexa y Alex terminaron, aunque… no se dijeron adiós, y ese es un problema. —Mira de reojo la calle, como buscando a alguien.

—Otra vez esa cara, ¿él es de la ciudad?

—Sí, por ello estar aquí me tiene envuelta en melancolía: todo me recuerda a él, incluso siento que me vuelvo loca en cada calle. He tenido tantos infartos poéticos; hace rato creí verlo cerca del Monumento a la Revolución y antes de entrar aquí, creí verlo en un chofer de taxi. Es como si toda la ciudad llevara su rostro. Incluso, llámame tonta, pero entré a este café esperando verlo; él y yo solíamos venir aquí. No sé por qué lo he hecho, tampoco sabré qué hacer o decir si lo veo. —Regresa su mirada a la entrada.

«Él y yo solíamos venir aquí».

Mi corazón se hace polvo. Nuestro lugar especial fue su lugar especial. Bajo la mirada y siento ese apretón en el puente nasal que me advierte que las lágrimas quieren salir. ¿Acaso hay algo que en verdad sea de nosotros? Miro las paredes del lugar, rústicas, cafés y con las lámparas cayendo; es como si en un segundo se le hubiera ido el encanto y ahora solo fuera un restaurante más en donde ya no escucho canciones románticas, sino canciones que parecen lamentos.

Pongo todo mi empeño en no lanzarme a llorar en pleno restaurante.

Él nunca fue mío.

—Vaya, es muy... —trago saliva con dificultad— bonito lo que dices, bonito y triste. Debiste amarlo mucho.

—Quizás.

—¿Y cómo terminaron?

—Él se fue un día.

Doy un golpe a la mesa en sobresalto.

—¿Cómo así? ¿Se fue? ¿Él te dejó? —Abro la boca con sorpresa.

—Por así decirlo. Un día solo desapareció de mi vida tan abruptamente como entró. —Suelta una risilla, pero eso no aminora el hecho de que esté observando cómo las lágrimas comienzan a revestir sus escleras.

—No entiendo, ¿desaparecer literalmente?

—Sí, desapareció, lo busqué por semanas. Nadie me daba razón. Incluso visité hospitales y cárceles. Creía que podría haber tenido un accidente o alguna riña. Te juro que hasta pensé que había muerto por ahí y nadie lo sabía, pues no tenía familia cerca. Hasta me metí a una morgue; no sabes la tortura que fue para mí, casi como si me hubiesen quitado el aire.

Daniela habla con dolor, como si lo que me cuenta hubiera sido hace unos días, cosa que es imposible. De solo escucharla, se me erizan los vellos de la piel, como si su voz me calara hasta lo más hondo y me rozara la herida que llevo dentro. Uno de sus ojos está por perder la pelea con la gravedad y una lágrima densa se retiene apenas con las pestañas. Una parte de mí siente alivio, como una venganza que esperaba sin saberlo, que sienta el corazón tan abatido como lo tengo yo. Por otro lado, creo que, si no conociera tan bien a su Alex, podría permitirme sentir su dolor y extenderle mi mano con empatía.

—Qué extraño. ¿Alguna vez volvieron a verse? —Cruzo los dedos por debajo de la mesa; como me diga que ha vuelto a verlo recientemente, seguro me iré hacia atrás con silla y todo.

—Sí, y eso fue peor. Volvimos a vernos, pero él fingió no conocerme. —Su voz se entrecorta. Mis preguntas quieren salir como vómito: ¿hace cuánto?, ¿cómo?, ¿por qué? Veo cómo una lágrima cae por su mejilla, abriéndose paso entre el polvo del maquillaje; me obligo a quedarme con la boca cerrada—. Cuando me di por vencida y acepté que la tierra se lo había tragado, fui por mis papeles al instituto, pues ya no tenía qué hacer aquí, y lo vi. Me asusté, ya que en verdad lo había dado por muerto; incluso iba vestida de negro, sintiéndome de luto. No podía ser un espíritu: aunque lucía más delgado y con la barba de días sin afeitar, se veía vivo. Me detuve, lo vi venir hacía mí, pero él me miró un segundo y siguió, sin hacer un gesto, sin importarle que me dejó con la mano arriba y el rostro explotando de amor. Imagina: el hombre que un día me hizo sentir la mujer más importante que había pisado la tierra ahora me trataba como un montón de paja insignificante. —Ambas mejillas tenían esa línea de agua, la máscara de pestañas se revolvía junto con ellas.

La entiendo, así me siento; me llevaron a la luna y ahí me olvidaron.

Tengo más dudas que hace dos horas, pero también menos densidad que hace un día.

—Discúlpame, no quiero hacerte perder el tiempo, tal vez ya tienes que irte. —Hace su silla para atrás y se acomoda la boina preparándose para levantarse.

—No te preocupes, no me haces perder el tiempo. —Le sujeto la mano para detenerla. Su piel parece témpano de hielo. Me siento en el sueño más irreal que haya tenido nunca. No quiero que se vaya sola, porque sé lo que es irse con el corazón sangrando sin que a nadie le importe.

Daniela deja de contener el llanto y se cubre los ojos con la mano libre. Escucho su sollozo, tan similar al que emitía yo hace unas horas. Solo así puede sonar un corazón herido. Siento su dolor como si fuera el mío.

Me invaden unas inmensas ganas de abrazarla, pero mi orgullo también se hace presente. Pienso en mí, en la noche anterior, tendida en el piso; nadie merece llorar sin un abrazo. Yo no lo merecía. Me paso a la silla de al lado arrastrando los pies y ella, sin preguntar, recuesta la cabeza en mi hombro. Su perfume empalagoso invade mi nariz; el perfume que también creí mío.

Con la otra mano le toco la cabeza y acaricio su cabello. Alguna vez pensé que si Espejo bajara del cuadro, yo le arrancaría la cabellera de un tajo; sin embargo, ahora estoy haciendo mi mejor intento por consolarla.

El ente maligno, la bruja, la arpía demoníaca, es una mujer a la que le habían roto el corazón… El mismo hombre que me lo está rompiendo a mí.

¿Habrá una pequeñísima posibilidad de que no estemos hablando de la misma persona?

Capítulo 13

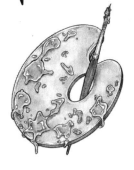

Igual que Leonardo da Vinci estudió la anatomía humana
y disecó cuerpos,
yo intento disecar almas.

Edvard Munch

El sol se está ocultando. Alzo mi vista a un reloj de poste. Es tardísimo, y yo aquí, caminando por las calles mientras escucho a Daniela sorprenderse cada tres pasos por lo mucho que ha cambiado la ciudad desde que se fue.

Señala con el dedo la Torre Latinoamericana.

—Es preciosa. ¿Ya has venido?

—Nunca —miento.

Toma un folleto y pide informes para subir. El estómago se me revuelve, pensando en la última vez que estuve aquí.

Abre su pequeño bolso negro y paga dos entradas.

Me entrelaza el brazo como si fuésemos amigas para que avancemos al elevador.

De reojo miro la salida ¿qué estoy haciendo, Dios? Siento que la gente me ve como si escondiera algo, como si todos supieran en lo que me estoy metiendo. Me muerdo las mejillas por dentro.

Las puertas se cierran, observo el número cambiar en cuanto vamos subiendo por los pisos. Daniela con su rostro contento, y yo intentando tragar saliva en esta garganta apretada.

Desde que salimos del café no tocó más el tema, pero yo necesito saber más.

¿Cómo obtengo información sin verme obvia?

—Cuando me fui de México apenas estaban los planes de construcción de este edificio, qué rápido lo han hecho.

—Sí, muy rápido.

Las puertas se abren y nos indican salir. Me abrazo de inmediato en cuanto siento el aire frío. Mis mejillas se entumecen al igual que mis labios.

—Qué preciosa se ve la ciudad desde aquí. —Daniela estira los brazos, como si se sintiera en primavera.

El sol casi se ha ocultado, las estrellas se pintan en el cielo. Me gusta mucho ese degradado de azul marino y magenta oscuro, que indica que estamos en la línea entre la tarde y la noche.

Suspiro.

Otra ventisca nos despeina el cabello, ella se sostiene la boina.

—¿Estás bien? Te ves pensativa.

—Me mareó un poco el ascensor, ahora se me pasa. Mejor cuéntame ¿Por qué decidiste irte a Madrid?

Hace un gesto pensativo y me estudia el rostro, se acerca a la malla y se sienta en el reborde sin dejar de verme.

—Bueno, primero me fui a Granada, a la facultad de filosofía y letras, después, al terminar y conseguir una publicación, me mudé a Madrid para estar cerca de la editorial.

Hago cara sorprendida.

—¿Y por qué estudiar allá?, ¿no podías terminar de estudiar aquí?

Mete los labios y mueve la cabeza en negación.

—Ese era mi plan, pero por cosas del destino terminé allá, igual aquí hubiese sido complicado.

Me siento frente a ella.

Sus mejillas se ven ligeramente quemadas por el aire frío, un reborde rojizo se le remarca por las comisuras de los labios.

—Todo pasa por algo, supongo, mírate, ahora regresas como una estrella.

Aunque hay cosas que no tienen por qué pasar.

—Quiero pensar lo mismo.

Me quito el cabello del rostro y lo peino con los dedos hacia atrás.

—Espera, ¿qué es eso? —Se levanta y toma mi mano—. ¿Un anillo de compromiso? —Retiro la mano sin pensar—, ¿o es de matrimonio ya?

—Difícil de explicar. —Cierro el puño.

—Lo lamento, no quise incomodar.

—No lo haces.

—¿Tienen problemas?

¿Qué hace ella tan inquisitiva?

—No lo sé —Desvío mi mirada hacia los árboles que se menean como si nos saludaran desde abajo.

—Victoria —pronuncia con lentitud—, cuéntame.

—¿Por qué supones que tengo problemas?

—Porque tu semblante cambió de forma abrupta apenas te diste cuenta de que vi tu anillo.

Sopla el viento y Daniela se sostiene su chistosa boina contra su cabello.

—No tardarás en perderla.

—Será la número cien que se me vuela, pero ajá, te escucho. —Pestañea con gracia.

Qué bonita es.

Suspiro con desánimo, pensando en cómo responder la pregunta sin que se me salga un Daniel de la boca.

—Creo que ya no voy a casarme. —Toco el anillo y lo giro por mi dedo—. Él... él...

—¿Te engañó?

—No... bueno, algo así —Me rasco la nuca—, creo que está enamorado de alguien más.

—¿Lo pillaste con otra?

—No, solo lo siento. Hace... —agito la cabeza, ideando cómo cambiar la situación—, guarda objetos que sé que le recuerdan a una mujer de su pasado.

Ella pone una expresión pensativa.

—¿Qué clase de objetos?

—Objetos, cosas que sé que le regaló ella, un... reloj, un cuadro, fotografías —miento como toda una maestra, qué decepcionada estoy de mí.

—¿Y él te habló de ella?

—No —niego con dureza. Daniela ladea la boca—. Yo lo descubrí, ¿y sabes qué es lo que dice? Nada, niega todo, me hace creer que alucino, que esas cosas no tienen relevancia en absoluto para su vida —Se me ha ido la lengua, pero es que de recordarlo se me estruja el pecho, Daniel ojete.

—Sí que lo traías atorado.

—Mucho.

—Quitando esa parte de las cosas que guarda ¿Te sientes amada por él?

Lo pienso un momento. El sol ya se ocultó, y a mí hasta se me olvidó que estaba tiritando de frío.

—Sí, sí me siento amada, aunque eso no quita que duela lo que hace.

—¿Y lo amas mucho?

—Con el alma, Danny.

—Difícil. Bien, cuando amamos debemos saber que hubo un antes de nosotros, y, a veces, ese antes no nos abandona del todo, sin embargo, no significa que estás arrastrando el amor.

No lo comprendo. Ella ve mi cara de que no estoy entendiéndola.

—Es complicado, no me hagas mucho caso, no soy quién para opinar, a veces peco de esas cosas, solo te diré que por sobre todo, pienses en ti.

—¿El amor duele?

—No lo sé.

—Eres poeta, debes saberlo.

Ríe y se cruza de piernas. Apoya su codo en su pierna, y su barbilla en su mano.

—Cuando tu compañero de vida muere, duele. Cuando te dice que se ha enamorado de alguien más, duele. Cuando tienes que irte porque ya no se entienden, duele. Hay quienes dicen «si duele, no es amor», pero, cómo duele irse de la vida de alguien, cuando hay amor.

Siento los ojos revestirse de lágrimas, me muerdo la lengua para concentrarme y no dejarlas salir. Sin embargo ella parece notarlo.

Me rodea con un brazo y apoya su cabeza en mi hombro.

—Si decido irme de su vida, me iría con el corazón en pedazos.

—¿Y si te quedas? ¿Te dolerá un momento o toda la vida?

La luna está frente a nosotros, menguante, sin nubes alrededor. Así lucía cuando Daniel, justo en este lugar, me dijo que echara un vistazo al telescopio, y en eso me tocó el hombro con su dedo índice y en cuanto volteé se arrodilló para sacar un pequeño cofre que escondía un anillo: «No sé si quieras casarte, pero quédate siempre conmigo».

**

Las calles se están vaciando, solo un señor pasa corriendo con un perro de cada lado atados a una correa, y los músicos de la calle guardan sus instrumentos y recogen las monedas del suelo.

Caminamos frente a Bellas Artes, y ella se detiene. Observa la puerta.

—Si vieras a Alex pasar por aquí, ¿irías trás él?

Mi pregunta le sorprende, alza sus cejas y sus pupilas se dilatan.

—No.

—¿No te gustaría volver a hablar con él? ¿Hablar sobre lo que pasó?

—Han pasado muchos años, no vale la pena.

—¿Aún lo amas?

Los segundos de silencio parecen eternos.

Alza su mirada a la parte más alta del instituto. Su rostro dice que sí.

—No. —Un hilo de vapor frío se escapa de su boca—. Total, eso no importa, él debe tener una vida hecha a estas alturas, y yo… yo he hecho lo mismo, he construido una vida donde ya no tiene espacio. —Se frota los brazos como si por fin tuviera frío.

—Tal vez él te sigue amando.

—Lo dudo, él siempre supo dónde encontrarme, y nunca fue.

Se aprieta los párpados un momento y repone con una sonrisa, ya no hay rastros del labial rojo que lucía esta tarde.

—Ya es muy tarde, casi es medianoche, ¿vienes al hotel conmigo? Es peligroso que te vayas sola.

—¿A dormir?

—No me gustan las mujeres, así que sí, a dormir.

No contengo la risa y le doy una palmada en el hombro.

Bueno, nadie me espera en casa.

Seguro el padre de Diana ya debió haber sacado mis cosas a la calle.

***

Daniela y yo nos encontramos en la recepción del hotel. Ella se acerca al mostrador y saluda con elegancia.

—Buenas noches, disculpe, quiero pagar por el acceso de otra persona —El recepcionista saca su libreta para anotar el nombre.

Qué pena, ni siquiera quiero ver la nota para saber el costo. Me miro los zapatos para distraerme, pero un hombre se me acerca y me llama.

—Señorita, ¿gusta una bebida? —me ofrece. En la mano derecha carga una charola con varias copas alargadas de contenido espumoso y amarillento, como jugo de manzana gasificado.

—Claro. —Tomo una y la huelo, no me parece nada familiar.

Al ver mi cara de inspección, el joven añade:

—Cuidado, tiene un poco de alcohol.

Me vio cara de niña.

Sin pensarlo dos veces, vierto el líquido de un solo trago en mi garganta, siento las burbujas ir rompiendo y bajando por mi cuerpo, una sensación ácida pero placentera queda en mi boca. Me causa un alivio inmediato y, sin que me ofrezca más, le quito otra. Esta me deja más relajada que la anterior y con el paladar irritado.

Carraspeo un poco.

—Disculpe, la bebida es gratis, ¿cierto? —pregunto asustada, pues ya estoy de confianzuda agarrando las cosas; por fortuna, lo es.

Pienso en qué tan prudente es tomar otra.

—Victoria, vamos —me llama Daniela tintineando las llaves.

En ese momento sale otro hombre de lo que creo es el pasillo que conduce a la cocina con otra charola de bebidas más atractivas, pues tienen frutos rojos al fondo. Estas cosas solo las veía en las cenas a las que iba con Daniel, aunque él las evitaba a toda costa. Recojo otra, regalándole una sonrisa al buen hombre.

Subimos tres pisos, en el último giramos a la izquierda y, después de cuatro puertas, llegamos al cuarto. Apenas abre la puerta y la boca se me quiere caer de asombro.

¡Es la habitación más grande que haya visto en la vida! El piso está recubierto de alfombra color chocolate, huele a que recién hicieron el aseo y las cortinas que cubren las ventanas son gruesas como un cobertor para invierno, verdes musgo con flores amarillas bordadas. La luz la despide un candelabro dorado y de él cuelgan piedras. Hay dos cuadros adornando las paredes, uno de un barco y otro de un florero con lirios. Qué paz me da ver cuadros así, donde no se encuentra la señorita que tengo aquí a mi lado. Le doy el último trago a mi copa y me quedo masticando las frutas.

—Ponte cómoda, quítate los zapatos si quieres —me dice Daniela. Ella se quita los suyos y hace un gesto de descanso al pisar descalza la alfombra.

Mis ojos se desvían a una charola con fresas frescas que han dejado en la cama y, a lado, una rosa del tamaño de mi mano extendida, roja... con pequeñas motas blancas por todos los pétalos. Comienzo a hipar; lo quiero controlar, pero se establece hasta hacerme brincar. Me doy palmadas en el pecho para bajarlo, siento las burbujas hacer estragos en mi cerebro.

Tomo la rosa buscando alguna nota.

No tiene.

—¿Es muy bonita, verdad? —me dice al verme inspeccionándola.

—Es... curiosa. ¿Te la dejan aquí los del hotel? —La regreso a su sitio. Veo que le han quitado las espinas al tallo, para Daniel sería un crimen, entonces no es de él.

—No, fue Oliver.

Qué caray, este Oliver es muy íntimo.

Daniela abre las pesadas cortinas.

Las nubes comienzan a opacar las estrellas y la luna. Huele a mojado, a verano.

—¿Es tu rosa favorita?

—Las rosas payaso son mi debilidad. A decir verdad, prefiero plantarlas, pero cuando se trata de ellas, todas son bienvenidas, las dejo secar entre los libros. —Toma un vaso y lo llena de agua para colocarla dentro.

—Entonces, ¿Oliver es solo tu amigo? —Levanto una ceja y pongo la mirada que suele hacer Diana cuando no cree en lo que le dices. Daniela se sonroja.

—Sí, solo es un amigo —responde entre risas.

Eso no huele a amistad.

—Pues qué detalle el de Oliver, debe tenerte mucho cariño —comento con un tono sarcástico mientras observo las fresas, me sorprendo de lo enormes y brillosas que están—. ¡Ay!

Perdóname, yo tan confianzuda agarrando las cosas. —Pongo la charola en la mesa redonda frente al balcón.

El aire que entra por la ventana me despeina el cabello. Siento una oleada en la cabeza, como un mareo pesado, doy un paso en falso y me llevo la mano a la cara.

—¡Cuidado! ¿Estás bien? —Me endereza tomándome por los hombros—. Has bebido rápido, ¿eh?

—Creo que sí —arrastro la palabra.

—Voy a ponerte la tina caliente, ¿vale? Come fruta mientras.

Le doy una mordida a la fresa, está tan jugosa que siento la explosión agridulce desbordarse por mi boca. No soy muy afín a esta fruta, pero tomo otra y después dos vasos de agua de jalón.

Pero quién me manda a tomar esa cosa.

Me siento en el borde de la cama y el meneo del colchón me revuelve más los sentidos. ¿Esta cosa tiene agua dentro?

Entrecierro los ojos. Mi cuerpo da vueltas, es como si se suspendiera en el aire.

Escucho el grifo abierto en el baño, el vapor sale de la puerta. Con la mano intento detener mi cabeza, que siento va a zafarse de mi cuello; la sensación me causa gracia, comienzo a reír y me dejo caer al colchón escuchando el agua por debajo. Las preocupaciones del mundo se me reducen a nada.

Daniela pone su rostro frente al mío, lo veo borroso, como una bruma sobre el mar. Hace una mueca que no logro distinguir y me da la mano para levantarme.

—Ven, Victoria, toma un baño. —Me levanta sin problema; para tener los brazos tan delgados, tiene más fuerza que yo—. ¿Estás bien?

—No —hipeo.

Mis ojos se van cerrando, todo se torna oscuro.

Capítulo 14

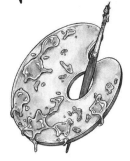

Aceptaré críticas como pintor que soy,
pero aquellos aceptarán
que no podrán hacer una obra exactamente igual.

Juan Lobillo

Me llevo una mano a la cabeza.

Abro de a poco los ojos y enfoco el techo.

Dios, siento como si tuviera un casco puesto.

Me recargo en la cabecera y hago un quejido por el dolor en la espalda.

Dormí mal.

—Victoria durmiente, ni una más para ti. —Daniela abre las cortinas y la luz me enceguece.

Madre mía, no fue sueño, sigo aquí.

—¿En qué momento me dormí?

—Después del baño, ¿qué tal estás?

Miro hacia abajo, ¿y mi ropa?

Me quito la sábana de las piernas.

Tengo puesta una bata de dormir. Espero haberme cambiado yo misma y no que ella me haya ayudado.

Me pongo de pie y me tambaleo.

—Ven, siéntate en la mesa, ya pedí el desayuno —Sirve agua de una jarra a un vaso y me lo ofrece. Tiene rodajas de limón en el interior.

Me toco el cabello, tengo hechas trenzas, dos trenzas.

—¿Te gustaron? Te ves preciosa —Contempla mi cabello con ilusión.

—¿Tú me las hiciste?

—Sí, antes de que te durmieras, para que no se te enredara el cabello.

Me muerdo los labios. Intento recordar.

Nada.

—No. Qué pena. —Me cubro la cara—. Perdón por ponerme así.

Bien me dijo Diana una vez, cuídate de las bebidas dulces, esas que sabes que traen alcohol, pero no saben.

—No te preocupes —Extiende una revista, pero la cierra de inmediato en cuanto tocan la puerta. Es una camarista, trae consigo un carrito con la comida humeando. Pasa y delicadamente sirve la mesa, sofisticadamente nos llama de «usted», aunque ella nos debe doblar la edad.

Traen una sopa de tomate, pan con queso, jugo color verde de no sé qué sea, un plato de fresas y un tarro con crema dulce.

Daniela le agradece y la señorita se retira.

—No quería despertarte, así que me tomé el atrevimiento de pedirnos lo mismo, aunque, si no te gusta, pedimos otra cosa. Mira, aquí está el menú, tal vez unos panqueques o...

—Esto está bien, gracias —me torno apenada—, de hecho, no tenías que molestarte. Yo ya debería irme.

Aunque la verdad, sí tengo hambre.

—No te apenes, solo quería invitarte a desayunar. —Ella prueba la sopa y hace un gesto de que le ha encantado—. Por favor, adelante. —Me señala que comience a comer.

Tiene razón, es muy rica. El jugo está algo ácido, pero no me quejo.

Daniela toma una fresa, la sumerge en la crema dulce, la muerde y después sorbe la sopa. Ni siquiera se pasa un bocado antes de tomar el otro.

Como Daniel.

Un hormigueo se desata en mi ombligo, entre ternura, disgusto y gracia.

—¿No quieres jarabe de chocolate también? —digo con sarcasmo.

Casi se le sale la sopa por la nariz. Se pasa el bocado de golpe y se da un golpe en el pecho entre toses.

—Perdón, perdón, qué tonta soy, debió verse asqueroso desde donde estás. ¡Joder! Me prometí no hacer esto en público, perdóname. —Se limpia la boca con una esquina de la servilleta y hace a un lado la charola de fresas. Creo que me he expresado mal, no debí decirlo así.

—Lo siento, solo me causó curiosidad, no es para que lo dejes de hacer. —Le vuelvo a poner la charola cerca—. De hecho, me acordé de... una persona. Una persona muy cercana hace eso también. —Aprieto los labios y revuelvo la sopa.

—¡Ah! ¿De verdad?, ¿o me tomas el pelo?

225

—De verdad, se parecen mucho.

—Dale, pues tienes que presentármela pronto. —Sus mejillas se sonrosan y continúa comiendo la sopa sin volver a tomar la fruta.

La observo comer de reojo.

Cuando la vi en la presentación, me imagine una mujer seriesona, frívola tal vez, sin embargo, creo que me agrada. Hasta siento pena de haberla llamado bruja tantas veces.

Contemplo la habitación, algo me llama en el buró, observo tres libros apilados, dos que no conozco, pero sí el de arriba: *Corazón de acuarela*. De él sobresalen marcapáginas de varios colores y las esquinas están raspadas, como un libro que ha sido leído varias veces.

—Victoria —dice con la boca llena.

¿Debo acostumbrarme a que me llame así?

—Dime.

—Tus padres deben estar preocupados ¿cierto?. No pensé en ellos, si quieres en un momento te acompaño a tu casa y…

—No, no tengo padres.

—Lo lamento —Se muerde el labio inferior como si hubiese dicho algo indebido.

—No te lamentes, no me ofende.

—¿Puedo saber qué les pasó?

—¿A mis padres? Bueno, mi papá no sé quién sea… y mi mamá murió de cáncer de páncreas —suelto un suspiro—. Cómo la extraño.

—Es que nunca se deja de necesitar.

—Y sí, ni pensar que pasamos de «No me digas qué hacer a por favor dime qué hago».

—Lo entiendo —Ríe. Toma su vaso de agua y le da un sorbo—. Mi papá murió cuando era niña y mamá murió hace un par de años.

Vaya.

—Estás sola como yo, entonces... perdón, no lo digo en mala manera.

—No te preocupes, entendí. Tenemos algo en común, hemos quedado solas pronto —Deja ambos cubiertos en la mesa—. Deberías venir conmigo.

—¿Cómo así? —contesto desorientada.

—Ahora que te has quedado sin empleo, podrías venir a Madrid conmigo, estoy segura de que habrá algo para ti.

Ni siquiera recuerdo qué cosa dije del trabajo.

¿Dije que perdí el empleo? Dios mío. Ya no recordaba; ese es el problema de mentir, debes tener buena memoria.

—¿Qué podría hacer allá? Debe ser otro mundo.

—Puedo hablar con mi contador, seguro hay algún lugar para ti, tú confía.

—No, no, yo no soy tan inteligente como para trabajar en otro país; imagínate, tendría que estudiar las leyes de allá y todas esas cosas —titubeo—. Podría causar problemas. —Bajo la mirada.

—Ven conmigo, te irá bien. Déjame ayudarte; te encantará Madrid. Digo, si es que no tienes más compromisos, cuidar a tu madre o tu padre, no sé. —Se entusiasma y da unos aplausos animosos. Pone ojos de gato bebé mirando el estambre más brillante del mundo. Vine aquí a saber más de mi prometido y la mujer quiere ayudarme a hacer una vida, no sabe lo que dice.

Suspiro.

No tengo ni que pensarlo, es un rotundo no.

No soy lo que ella cree, no vine a ser su amiga.

—Daniela, no me conoces, podría ser una secuestradora, una mala persona o una asesina.

Podría ser una trastornada que te buscó con mentiras para

saber más de tu exnovio porque siente que hay algo que nunca cerró entre ustedes, por ejemplo.

—Sé que no lo eres, no creo que una secuestradora pueda ser tan guapa. ¿Qué te detiene? —Dibuja una sonrisa abierta que me hace pensar en Daniel.

Él me detiene.

El efecto del alcohol poco a poco abandona mi cuerpo y, como un golpe, me ataca una resaca melancólica. Observo la ventana y cómo los rayos comienzan a tocar nuestra mesa.

—Voy a intentar hablar con él nuevamente —Giro el anillo por mi dedo.

—Sí que lo quieres.

—Desgraciadamente.

—Espero que lo solucionen, sería un idiota si te pierde.

Un idiota.

O tal vez lo soy yo, por tener esta esperanza de que algo va a repararse. No quiero cometer un error. El problema es que no sé qué es errar y qué es acertar. Una vez Daniel me llevó a una exposición de arte, había un cuadro llamado *Los amantes*, de René Magritte. Él me dijo: «¿Qué ves?». Y yo, como toda una novata, vi dos personas cubiertas con una manta besándose. Nunca fui buena apreciadora, así que lo miré dubitativa, pues siempre terminaba por explicarme. Añadió que él veía una pareja que se amaba sin conocerse a profundidad. Respondí que él me conocía bien, pero reiteró que no, que nunca podrá conocerme del todo ni yo a él, pero aun así decidí amarlo y él decidió amarme.

Nunca me convenció esa explicación, pues siempre he sido transparente, no hay cosa de mí que no haya dicho. Ahí debí suponer que estaba frente a un desconocido, pues parece que Daniela y yo amamos a la misma persona, pero a la vez a una muy diferente. Ella sabe de su infancia, su adolescencia, los golpes que le ha dado la vida, sus ganas de formar una familia y yo solo sé que es un hombre tímido que prefiere guardar silencio a decir lo que siente. Ahora me siento más excluida que nunca de su vida. ¿Cómo formar parte de su mundo si ni siquiera he estado en el mismo sistema solar? El problema no es que ella sea una musa, el problema es que lo descubrí y me mintió. ¿Qué solución hay? Nada.

—Pero pon una sonrisa, ten paz. —Me pone los dedos en la cara intentando que haga una mueca feliz—. Un día a la vez, hoy no está aquí, hoy no puedes hablar con él, mientras disfruta el ahora, y ahora es el desayuno.

Lo logra.

Una lágrima se me resbala. Ella toma un pañuelo del buró para que me limpie el rostro.

—Ya arruiné la mañana.

—No te fijes. ¿Quieres hacer algo divertido? Tengo un par de juegos de mesa por aquí. —Abre el cajón y saca una libreta—. Podemos jugar cadáver exquisito.

—Ah, no, no sé dibujar.

—Ay, no necesitas saberlo.

—¿Tú dibujas?

—No, soy un fracaso tomando lápiz o colores para hacer siluetas, solo puedo hacer monigotes, y créeme que he intentado practicar, ¿eh? A decir verdad, si me concedieran cambiar mi talento por algún otro, quisiera saber pintar o cocinar.

Entiendo lo de cocinar.

—Curioso. ¿Tienes un pintor favorito? —Aprieto las manos temiendo por la respuesta y contengo el aliento. Ella mira hacia la izquierda y presiona los labios, pensativa.

—Sí, claro, Monet.

Exploto en risas, casi se me salen los mocos.

—¿Qué es tan gracioso, eh?

—Nada, nada, no sé, creí que…, olvídalo. —En mis adentros suena un chiflido burlesco, qué pena que Gastón no figure como pintor favorito.

—¿Y tú?

—No me gustan mucho las pinturas. —Me acerco a oler el té que se ha enfriado, es de limón.

—Oh, entiendo, lo tuyo deben ser los números y todo eso, ¿no? Ojalá un día puedas enseñarme un poco, me siento totalmente vacía en ese mundo de la economía, la contabilidad, los impuestos, los giros, reglas. Ojalá puedas… venir conmigo. —Me apunta con las pupilas intimidantes; están dilatadas, como un gato en la noche. La veo bajar la mirada una y otra vez a su plato mientras hace ruidos al sorber la cuchara.

Es tan parecida a Daniel, estar sentada con ella es tenerlo a él enfrente. No la siento como una extraña, no parece que la conocí la tarde anterior; es más, estoy cómoda escuchándola. Es dulce, muy dulce, muy… ¿querible?

Su forma de pestañear, de mover la nariz, de tensar la mandíbula, de tocar las cosas, los dedos, es como él.

Dejo escapar un suspiro.

Tal vez por eso no la olvida, por eso no se olvidan.

Ella gira su rostro a la izquierda para contemplar la ventana y se queda estática, tal y como Daniel se quedaba mirando el bastidor, perdido entre sus pensamientos; y yo, siempre al pie de la puerta esperando que me viera, que notara que yo estaba ahí, suplicando que dejara todo por mí, aunque fuera por un día. Cuántas veces quise prenderte fuego, Daniela, destrozar tu rostro, pensando que con ello acabarían mis problemas, pero ¿cómo acabarían? Si no estás viva.

Sin querer, aprieto el puño.

Daniela dirige su atención al cajón y entre brinquitos felices saca una cajita.

—¿Juegas? —Saca una baraja española.

Dios santo.

—Claro. —Me trueno los dedos como toda una gánster y hacemos los platos a un lado.

Suelto una carcajada. No puede ser esto.

¿Qué pasó en la creación de estos dos?, ¿usaron el mismo molde?

Se sienta en la cama y se cruza de piernas, mezcla las cartas rápidamente y reparte.

Dos horas de rondas y en todas salgo victoriosa, haciéndole honor a mi nombre ficticio. Pero la muy tenaz insiste en una última. Mi estómago está inflamado de tanto reír, sus muecas enfadadas al perder son todo demasiado graciosas.

Me sobo las mejillas entumecidas de tanta risa. Este es de los dolores más ricos, el de la cara adolorida por tanto reír. Al menos, en esto no se parecen: es muy mala jugando.

—¡Siempre ganas! —Coloca una carta en la mesa, haciéndose la misteriosa con su mano oculta—. Qué bueno que no estamos apostando o me dejas en la quiebra.

—Eso suena tentador. —Me cruzo de piernas y recargo la columna en el asiento.

—Malévola. No puedo apostar contra ti, siempre pierdo. —Se encoge de hombros con desilusión.

—Anímate, apuesta.

Ella se frota la barbilla y se lame los dedos para agarrar mejor las cartas.

—Si yo gano, nos vamos juntas a España, ¿eh? —Levanta una ceja perversa.

Esa apuesta me hace dudar un poco.

—Listo, si yo gano, mañana me regalas una jarra de esa bebida con frutas. —Hago boca de pez.

Barajeo, reparto las cartas y juego tan natural como si no hubiéramos apostado nada...

Pierdo.

¡Mierda!

—¿¡Qué!? —Suelto mis cartas y me llevo las manos a la cabeza.

—¡Te gané, Vicky! Vas a ir conmigo a España. —Se cubre los ojos, como una niña traviesa.

—¡No es posible! —Me llevo el cabello hacia atrás.

—¿Quieres otra oportunidad? Estoy de generosa hoy. —Saca la lengua y toma las cartas para revolverlas, arrugando la nariz en un gesto de burla.

Después de un par de minutos, gana otra vez.

Ella me dejó ganar todo el tiempo.

—¡Lo hiciste a propósito! A esto se le llama estafa.

—No —se hace la desentendida—, es el destino, ¿no lo ves? —ironiza. Entrecierro los ojos observando su maldad—. ¿Entonces? Por favor, dos semanas por lo menos. Siempre que conozco un sitio bonito imagino poder ir de la mano de una amiga y... quién mejor que tú.

Mi cara quiere delatarme e iluminarse. Mi barbilla se frunce y la saliva se me atora. Aunque quisiera, no podría.

—Daniela, no tengo dinero para el vuelo.

—Yo no te estoy cobrando nada, Victoria. Te estoy invitando. Aparte, te encantará, y sabes que la invitación a quedarte allá estará vigente. Piénsalo, no me lo digas ahorita —añade y toma una toalla de su perchero.

Más ascuas de culpa se acumulan en mi espalda.

—Voy a tomar un baño; si quieres puedes leer algo, ahí hay libros, o encender la radio.

Asiento.

Se quita la bata sin vergüenza, y finjo no observarla mientras esculco los libros sobre el buró.

Un cuerpo que ya he conocido, curvas similares, piernas largas sin cicatrices, confirmo que tiene menos tetas.

Curioso. No tiene lunares en la espalda.

Espejo sí.

CORAZÓN DE ACUARELA

Julio de 1957

—¡Alexa, despierta! —Me zangolotearon la cama. Abrí los ojos sobresaltada pensando que estaba en medio de un terremoto, entonces vi a mi madre con su mandil floreado y su moño excéntrico sujetando su abundante cabellera negra y suspiré de paz.

—¿Qué pasa, mamá? ¿Qué hora es? —Me tallé los ojos para desempañarme la vista y eché un vistazo por la ventana, creyendo que se me hacía tarde para el instituto. El cielo estaba oscuro, apenas unos ligeros brochazos purpúreos a lo lejos y los pajarillos todavía no estaban cantando, no debían pasar de las siete de la mañana.

Miré a mi madre intranquila, que seguía meneándome el cuerpo para terminar de despertarme. Me hizo la cobija a un lado y mis dientes no tardaron en castañetear por la temperatura baja.

—¡Mira! Lee. ¡Lee! —Las manos de mi madre estaban vibrando, su respiración era rápida cual conejo asustado huyendo del rifle de un cazador. Me dio un sobre de no más de quince centímetros de alto. Al verlo, en lo único que pude pensar fue en mi baja definitiva de la universidad, que Barreto por fin había cumplido la amenaza.

Recargué la espalda en la cabecera con abatimiento y exhalé pausadamente, miré a mi madre pidiéndole perdón con la mirada.

—Lo siento… —musité, no sabía cómo explicarle que sus gastos habían sido en vano. Mi mente maquinó a mil por hora qué podía hacer para pagarle los tres semestres que ya había invertido. Pero al escuchar mi disculpa, sus ojos se estremecieron y volteó el sobre para señalarme con su dedo el remitente: Facultad de Filosofía y Letras, Universidad de Granada.

Leí más de dieciséis veces ese pequeño apartado en la esquina superior izquierda.

Debía ser un error de dirección, no entendía por qué me mandarían correspondencia; más abajo estaba mi nombre como destinatario.

Miré a mi madre en silencio; con los ojos me decía que lo abriera. Yo estaba confundida, no me hacía ilusión porque nunca esperé nada.

Se sentó junto a mí y se cubrió con la manta.

Prendí mi lámpara de buró y con cuidado abrí el sobre por la parte superior, temiendo romper el contenido. Mamá entrelazaba las manos una y otra vez para contener la ansiedad, olvidándose de que también entre manos tenía otro sobre del banco, recordándole su adeudo.

—Léelo en voz alta, hijita —dijo, explotando con una sonrisa de oreja a oreja. Con la mano izquierda me rodeo el cuerpo y me juntó hacia ella, su olor a pan recién horneado calmó un poco mi agitación. Noté de reojo que en su mejilla tenía harina espolvoreada al igual que en las manos y me inundé de ternura.

—Sí, sí, voy. —Parpadeé varias veces y me aclaré la garganta para quitar mi voz enronquecida por el sueño:

Estimada Alexa Nerea:

El motivo de esta carta es para comunicarle que su manuscrito ha sido leído y revisado por los miembros de nuestro comité, así como su currículum; por tanto, hemos tomado la decisión de hacerle la cordial invitación de entrar de manera directa a la Facultad de Letras de la Universidad de Granada con una beca del cien por ciento. Si así lo desea y lo solicita, podemos buscarle estancia. Le solicitamos nos envíe su respuesta antes de las inscripciones de otoño para contemplar su matrícula.

Sin más por el momento, me despido. Le envío un cálido abrazo esperando tenerla pronto por acá.

Joaquina Eguaras Ibáñez

Me quedé atónita con las manos sujetando la carta con fuerza. La bajé lentamente. Yo no había enviado nada, ningún currículum ni mucho menos un manuscrito. Era insólito, un sueño que había tenido a ojos abiertos algunas veces recostada en el pasto mientras esperaba ver la luna salir, pero solo eso, un sueño, porque nunca esperé que fuera a suceder.

Mi madre tampoco daba crédito, me hacía preguntas de dónde, cómo, cuándo y por qué jamás se lo comenté.

—Madre, yo no hice esto… —farfullé, metiendo la carta en el sobre con el mismo cuidado con el que fue abierto. Mi corazón saltaba de ilusión y miedo. La primera mujer en ser profesora de la Facultad de Filosofía y Letras de Granada había escrito mi nombre.

—¿De qué hablas, hija? —Mi madre me tocó el hombro con cariño y lo apretó, como una caricia, como un masaje. Respiré por la nariz y exhalé por la boca. Había un manuscrito, uno que yo había dado por hecho que debía ser desechado y… que creí perdido. No, no estaba perdido.

—Que yo no envié nada, mamá, pero sé quién sí lo hizo —contesté con severidad.

Me mordí los labios internamente, trataba de recordar en

qué momento el muy gandalla lo había robado y por qué lo había mandado sin mi autorización.

—¿El joven Alex? —Mamá se cubrió la boca, su emoción cintilaba hasta por los dedos; me abrazó, apretujándome con todas sus fuerzas. Sé que yo no parecía entusiasmada, muy en el fondo lo estaba, pero un remolino de emociones donde prevalecía un enojo por su desfachatez de no consultarme sobresalía—. ¡Gracias a Dios! Pues a agradecerle; es más, invítalo a cenar, prepararé unas quesadillas de cochinita pibil. —Me sostuvo el rostro entre las manos llenas de harina, sentía el polvo rasposo en la piel. Enfocó sus ojos de parpados caídos en mí, buscando que le regresara la mirada—. Cariñito, deseabas esto, ¿no? ¿Por qué no te veo animada? —Me levantó el mentón.

Su peinado se estaba deshaciendo. Delicadamente, le retiré las manos de mi rostro e hice mi mejor esfuerzo por cambiar mi expresión por una más agradable.

—Lo estoy, de verdad lo estoy. Me entusiasma, creo que para cualquiera que sueñe con escribir esto sería como una carta del cielo, solo que… no creí que a ellos les interesaría mi trabajo. Es decir, ¿no será una broma? Es…, es malo, mi trabajo es pésimo. —Revisé el sobre, pero estaba la firma de la profesora junto con el sello de la universidad, todo en regla para confiar en su veracidad, pero mi corazón me repetía que era una broma tonta. Mi madre volvió a sostenerme de la cabeza para levantarla. Veía su iris café miel, rodeado por aquel arco senil.

—Y si eres mala, ¿qué? —Sus cejas se tornaron firmes y serias—. Ve y fracasa, qué importa; no pasará nada, vuelve a casa y ya está, comenzamos de nuevo. Triunfando o fracasando, sigues teniendo el mismo valor, hija, pero inténtalo —expresó, con un tono de voz seguro, convencido, no como el de la madre que me mecía en sus brazos y me cantaba villancicos en Navidad, no, sino como el de una mujer fuerte viendo a la que podría ser otra mujer fuerte.

—Tengo miedo —musité, bajando la cabeza. Sentía la garganta tensa y los hombros débiles.

—Hija, yo sé qué es tener miedo y sé que las cosas se pueden hacer aun con miedo. —Sus labios con una capa de maquillaje rosado se arrugaron, un gesto autoritario.

Tenía miedo de mi capacidad o mi incapacidad; sin embargo, otro miedo era aún más grande, y no podía decírselo. Asentí con la cabeza y busqué algo que ponerme en el armario: un vestido color magenta, unos botines y un sombrero negro. Me trencé el cabello hacia un lado, sujetándome también el tupé y dejando todo mi rostro descubierto.

—¿No vas a desayunar algo, hijita? —Se preocupó mamá al verme bajando deprisa—. Ya van a salir los bolillos.

Salí igualmente; no me pasaría bocado ni a la fuerza. Corrí por la banqueta; el sol apenas estaba lanzando sus primeros rayos y los postes de luz eran todavía la mayor iluminación. Mis piernas se movían a toda velocidad. Con una mano me sujeté el pecho, sentía mis latidos rápidos, casi una vibración; el aliento me fallaba, pero no quería esperar a que dieran las siete de la mañana para tomar la ruta. Un dolor punzante se instaló justo en medio de mi tórax.

Desaceleré casi obligándome antes de terminar desmayada. Estaba preparando mi reclamo, todo lo que le iba a decir apenas abriera esa puerta. Los labios me hormigueaban y los presioné con las palmas queriendo aliviar esa sensación; solo a mí se me habría ocurrido aventarme un maratón de dos kilómetros con este frio.

—¡Alex! —grité dirigiéndome a la ventana, haciendo altavoz con las manos. Conocía el sueño tremendamente pesado tipo hibernación del hombre, y solo tocar la puerta no sería suficiente—. ¡Alex! —No obtuve respuesta alguna, así que busqué pequeñas piedras para arrojarlas hacia la ventana.

Lancé la primera y le di a la pared.

Lancé la segunda y entró por la ventana, de pronto escuché un quejido.

—¡Alex, despierta!

Aquel chico con el cabello revuelto y castaño se asomó por la ventana; tenía esos ojos pequeñitos de quien se acaba de despertar. Apenas me vio, sonrió y me saludó con su mano nívea. Su tórax desnudo me hizo morderme los labios y volteé hacia a un lado apenada.

—Alex, ábreme, tenemos que hablar. —Me negué a abandonar mi tono de reclamo.

En los segundos que tardó en abrir practiqué con la puerta lo que diría; mostraría mi enfado, porque no podía tomar decisiones que me correspondían solo a mí. Miré sus ventanas y su pórtico, sus rosales trepadores estaban haciendo su función de inmiscuirse en los pilares. Alex ya no sabía dónde colocar una rosa más en esta casa. Escuché sus pasos más cerca y volví a mi puesto y mi rostro serio. Comencé a aclararme la garganta y me arreglé el cuello del vestido.

Abrió la puerta y, como cazador ante su presa favorita, apuntó sus ojos de media tarde hacia mi rostro. Trazó una sonrisa ladina y me escaneó de pies a cabeza con esa mirada analítica y un poco intimidante que solamente él sabía hacer. Desvié la vista y su tórax seguía desnudo; la desvié todavía más hasta toparme con sus pies alargados y descalzos. Se hizo a un lado para que pasara. Con los hombros hacia atrás y la espalda recta, entré. En cuanto cerró, tomé aire y el valor de sacar la carta del bolsillo.

—Dime qué signifi… —Alex se fue sobre mí, como león abalanzándose sobre una cebra. Me devoró los labios e introdujo las manos en mi punto débil, mi cabello. Mi sombrero quedó tirado por el suelo y yo estaba envuelta entre sus brazos alargados, delgados, aunque lo suficientemente fuertes para tomarme por las piernas y enlazarlas en su torso. Me besaba con tanta suavidad, dulzura, pero a la vez con tanto salvajismo que era difícil negarse.

Me acariciaba con delicadeza, deseo y fuego.

Me dejó caer en el sillón, era el único momento donde le permitía que fuera posesivo. Mi cabeza quedó en el brazo del sillón y él me sujetó las manos hacia atrás; el juego de inmovilizarme era su favorito, tanto como el mío. La piel le olía a menta intensa y a hierbas frescas; su cuerpo estaba tibio, y el calor de su sexo traspasaba su pantalón. Me daba pequeños mordiscos en los labios y eso me erizaba la piel de pies a cabeza. Se coló entre mis piernas, lamiendo desde mi cuello hasta el lóbulo de mi oreja. No pude evitar reír ligeramente ante aquellas sensaciones.

—¿Qué es tan gracioso? —preguntó sin apartarse de mí, tomándome de ambos muslos y acercándolos contra él.

—Nada, nada —jadeé.

—¿Nada?

No quedaba ningún centímetro de distancia entre nosotros. Encajaba las uñas en su tersa espalda y eso lo estremecía; escuchaba de su garganta gemidos que trataba de contener. Sus manos me tocaban con desesperación, me hacía sentir que dejábamos de ser dos humanos para ser solo uno, como una fusión, un choque de donde podían salir estrellas, planetas, lunas, y todos los cuerpos celestes que existan. Mi corazón debía explotar, pero solo ahí, se sentía eterno.

—¿Sabes cuántos besos mides?

—No.

—Debo averiguarlo —Besó mi frente, bajó y bajó más mientras contaba: uno, dos, tres…

Al llegar a mi pecho lo detuve.

—Alex…, espera. —Me acomodé el vestido y coloqué mis cabellos despeinados en su sitio.

—Deberé volver a empezar, ya perdí la cuenta —Levantó una ceja y miró mis labios.

—Vengo a hablar sobre… —Me calló con un beso. Entonces las palabras se me esfumaron de la lengua, odiaba con todas mis fuerzas que hiciera eso cada vez que tenía que decirle algo importante, porque detenerlo era la el reto más grande que se me podía presentar en la vida. Comenzó a desabrochar mis botones con torpeza. Abrí los ojos y vi a su gato Adolfo, que nos miraba desde la barra sin pestañear, con esos ojos desorbitados y extraños que me hacían sospechar que era un Nahual.

—Adolfo está en la barra —dije como pude, poniendo las manos sobre su pecho repleto de sudor, tratando de alejarlo.

—Puede esperar —susurró.

—No, no puede. —Alex me ignoró, pero no mentía: Adolfo en verdad nos estaba viendo con espanto—. Vamos, dale de comer, no se irá de ahí.

Honestamente, me daba vergüenza; sentía su mirada amarillenta sobre mí, como si leyera mi alma y exhibiera todos mis pecados. Si fuera un humano, sería un señor barbón y barrigón de sesenta años, con un puro de tabaco cubano en la mano izquierda mientras en la derecha sostiene el periódico matutino.

—Hmm… —refunfuñó con ternura, dándome una última mordida en el labio inferior—. Me debes el doble —espetó. Fue a la alacena y sacó una lata de alimento que de inmediato soltó su aroma a pescado por la sala; a decir verdad, no olía mal. El gato comenzó a arañarle el pantalón de mezclilla al escuchar el sonido de la lata. Salió al patio trasero y Adolfo fue casi gritando tras él. De hablar, seguro esos gritos serían maldiciones.

—¿En qué estábamos, pequeña Amapola? —dijo con ternura al regresar a la sala. Llevó las manos a su cintura y miró la parte superior de mi vestido con tres botones desabrochados. Su nariz se movió, estaba fijo en mi escote provocado. Quiso volver a lanzarme contra el sillón, ansiaba liberar mi piel para él, pero lo detuve con la mano.

—Explícame esto, por favor. —Le di el sobre. Él, al verlo, palideció; abrió la boca, mas no salían palabras. Pero en automático se puso eufórico; me cargó dándome vueltas y estuvimos a punto de caernos.

—¡Te aceptaron! Lo sabía, ¡lo sabía! —Me llenó de besos el rostro, no hubo centímetro de mi cara que no fuera tocado por sus labios—. Iré a abrir la botella, tenemos que…

—Espera. ¿Por qué lo hiciste? Esto me correspondía a mí. —Él rio y negó con la cabeza. Se quedó unos segundos mirándome.

—¿Es en serio? —bufó—. Si te dejaba a ti tomarla, seríamos ancianos y no acabarías de pensarlo, como todo lo importante.

—¡No seas grosero!

Intenté darle una cachetada que me detuvo con la mano al tiempo que me dedicaba una mirada sentenciadora.

—¡Vamos, Alexa, sabes que es cierto! —Dejó caer mi mano—. Pero eso ya no importa, ¿viste la firma? ¡Mira la firma! ¡Mira quién ha firmado! ¿Eso no te alegra? ¿Viniste hasta acá para regañarme? —Se frotó la barbilla con indignación.

—¿Y si no duro mucho allá? Tal vez me corran cuando en verdad me conozcan y vean que soy un desastre. —Apreté los dientes, sentía los tendones del cuello estirarse.

—¡Tonterías! ¡Qué frustrante que no puedas ver tu propio potencial!

—El fracaso es muy seguro y lo sabes.

—Es más probable que fracases en México; solo publican a asnos como al mentecato de Barreto y su discípulo Belmont cara de tilapia, y estoy casi seguro de que esos manuscritos no son suyos. ¿Por qué crees que Barreto te ofreció dinero por tu trabajo? ¿Por lástima? No, mujer.

—No puedo dejar a mi madre.

—¡Alexa! ¡Piensa en ti una vez en la vida, por Dios! Tu madre estará orgullosa de saber que su única hija voló para ser una estrella. —Me tomó por los hombros—. No le hagas eso; es más, no te hagas esto, aquí no serás nadie. No desperdicies tu talento. ¿Lo harás?

—¿Entonces no soy nadie?

—Sabes a lo que me refiero.

—No soy nada hasta que tenga un título, renombres y fama, ¿eso dices? —Le di un empujón.

—¡Quiero que brilles, Alexa! Entiéndelo, ¿no quieres traerle algo bueno a tu madre o a la memoria de tu padre? Dieron todo porque sigas tus sueños.

Tragué saliva con dificultad; tenía razón, pero había algo mucho más grande para mí que al parecer no entendía.

—¿Qué pasará con nosotros? —pregunté en voz baja.

Capítulo 15

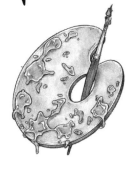

Cuando comienzas una pintura es algo que está fuera de ti.
Al terminarla, parece que te hubieras instalado dentro de ella.

Fernando Botero

Sale de la ducha con un turbante en la cabeza y me mira leyendo.

—¡Vaya! Pensé que tomarías otro. —Selecciona uno negro—. Este es lindo, ¿lo has leído?

Cierro el libro de golpe como si no me hubiesen dado permiso de tocarlo.

—Frankenstein. —Niego con la cabeza—. Sé de qué va, hay una película, es de miedo ¿no es así?

—Se considera terror, pero hay algo en ese monstruo con lo que me siento identificada; mejor dime, ¿dónde te quedaste? —pregunta con alegría.

—Aquí. —Le enseño la página nerviosa.

Al ver el capítulo se ruboriza. Su sonrisa alegre pasa a ser una tímida y nerviosa. Mi estómago se retuerce en cuanto vuelven las imágenes de lo que leí anoche.

Ayer casi la quería, pero de solo imaginar a Daniel tomándola por la cintura, llenándola de caricias y tocándola de maneras coquetas, se me ha revuelto el estómago.

Entrecierro los ojos, quiero borrar esto de mi cabeza. Una presión en los lagrimales se enciende. No, por favor, no quiero llorar, no delante de ella. Trago saliva, está salada, como si las lágrimas se estuvieran yendo hacia dentro.

—Qué escena más… —me muerdo la lengua y oculto los labios—, tú sabes. Una pregunta, ¿no te dio pena escribir eso?

—No, ¿por qué? —Alza los hombros indicando que le da igual—. Total, no es como si gritara a los cuatro vientos que es mi historia.

Mis labios no pueden fingir más el descontento. La acidez en la boca del estómago se acentúa hasta alcanzarme la garganta.

Pero ¿qué esperaba? Era obvio que yo no sería la primera mujer que tocara.

No evito dejar de compararme, me siento nada.

Voy hacia al lavamanos y me mojo el rostro con agua fría, casi puedo escuchar el siseo de mi piel hirviendo en contacto con el agua helada. Daniela abre ambas puertas del balcón y entra el ruido del ajetreo matutino: los cláxones, las voces y los pasos apresurados de las personas; pasos que también deberían ser los míos.

—Tengo que irme ya. —Carraspeo y tomo mi pequeño bolso.

—Pero hoy vamos a montar en bicicleta. —Hace un puchero de súplica y me señala el perchero, donde está un vestido azul marino sin mangas—. Planché el vestido para ti hace un rato —pestañea con dulzura al hacerme su invitación.

¿Ir en bicicleta? Aprieto los labios, el «no» de mi boca no sale.

¿Cómo te niegas cuando la mujer te ha planchado un vestido de algodón con un color precioso? ¿Tan bien le he caído que quiere pasar más tiempo conmigo o es que se siente insufriblemente sola?

—¿Sí? —pregunta con voz melódica.

—Sí.

El vestido me queda a la medida, aunque es raro sentir las piernas al descubierto, está casi cinco dedos arriba de la rodilla. Las mangas son cortas y sueltas. La cintura se ciñe con un cinturón marrón.

—Sabía que el vestido te vendría bien. —Daniela me acomoda las mangas y, sin preguntarme, toma el perfume empalagoso y me atomiza. Mi nariz se arruga—. Déjame peinarte, ¿sí? Tienes tanto cabello, como para hacer mil peinados.

Deshace la trenza que me ha hecho con cuidado de no romper hebras.

—Mi mayor rival, mi cabello —bromeo.

—Victoria, es precioso, mira lo bonito de tus rizos, cuántas desearíamos esta melena. —Hace un rulo con los dedos—. Me encanta.

—Está terrible.

—¿Por qué no aceptas un cumplido? ¿Qué tienes en contra de ti? —Frunce el ceño—. Siempre que digo algo bueno de ti sales con algo malo, no puedes ser enemiga de ti todo el tiempo.

¿Cómo no serlo? Nunca he sido suficiente para nadie.

—Quizás no siento que tenga algo bueno o bonito.

Ella echa mi cabello hacia atrás.

—Victoria, eres hermosa, ¿no lo ves? —Me levanta la cabeza hacia el espejo para verme—. Mírate.

Me sonrojo y se forma en mí rostro una sonrisa.

—Mira qué ojos, son más grandes de lo habitual y qué sonrisa más bonita.

Me deshace los nudos con delicadeza, tratando de no lastimarme; ojalá supiera cuánto me lastima su existencia. Cómo quisiera que el amor de mi vida pudiese mirarme, como la mira a ella en pintura.

—Espero que no te hagas tanto rollo con mis nudos —advierto.

—Nunca; soy muy paciente para deshacerlos.

Sus manos hacen toda una danza en mi cabeza. Ella no para de hablar de lo bonito que es mi cabello, dice que tiene vida propia y que le recuerda a una diosa griega, aunque no pongo atención a cuál.

—Preciosa —me señala al terminar.

Me suelta unos mechones por el rostro para no dejar el peinado tan perfecto.

—No mientas —contesto acongojada. Daniela abre la máscara de pestañas y la acerca a mis ojos.

—¿Quién te dijo que miento?

—Si fuera bella creo que mi prometido no estaría empeñado en recordar a su exnovia, supongo que ella debió ser más hermosa.

A veces creo que solo juego a pretender que soy bonita.

—Otra vez con eso. Victoria, ¿de verdad importa tanto cómo te vea él? Me importa más cómo te ves tú. No conozco a tu prometido, pero si lo que especulas es cierto y sigue enamorado de su expareja, eso no tiene nada que ver contigo, no significa que no seas suficiente, que no seas hermosa; tu valor no depende de lo que él opine.

Siento sus palabras como un regaño, una reprensión de una hermana mayor. Una mujer como ella, con todas las facciones bonitas y en su sitio, ¿podrá entenderme?, ¿sabrá lo que siento yo?

—Quizás es sencillo para ti, eres muy bonita.

—Sí, lo soy, y tú también. —Recorre una silla, colocándose frente a mí—. Eres tremendamente guapa, pero por dentro… —Me toca el pecho— ¿Quién eres por dentro?

—No sé. —«Una mentirosa», me respondo.

—Oh, vamos, te ayudo un poco. Victoria, comienza a creer en quién eres: una mujer preparada, joven, y con un culo bien formado. Te juro que cuando seas anciana y mires alguna foto tuya de este momento, sentirás tremenda nostalgia por no haberte comido el mundo y por no haber visto la maravillosa mujer que eres.

—¿A qué hora me has visto el trasero?

—Te ayudé a bañarte anoche.

Mu cubro la boca conteniendo la risa.

Esta mujer es todo un caso. Ella también ríe.

Hoy sus pupilas están contraídas, dejando un iris enorme color verde limón. Dirijo la mirada nuevamente al espejo, girando solo la cabeza, mas no mi cuerpo. Por el contrario, mis ojos son tan oscuros, casi negros, igual a todos. Una trenza gruesa cae por mi espalda, pequeños cabellos se salen. La tomo y la dejo caer por un lado de mi pecho.

Daniela, con sus dedos pulgares, toma mis mejillas para hacerme sonreír.

—¿Lo ves? Qué lindo el hoyuelo de tu mejilla —señala con ternura.

—A veces olvido que está presente, de niña creía que era una deformidad después de que un niñito en la primaria me lo dijera.

—¿Qué valor te estás dando a ti, Victoria? —Sale a relucir mi cara de confusión—. Me preocupa que te pongas en la frente lo que los demás piensan, creen o esperan de ti.

—Traigo muchas voces externas en la cabeza.

—¿Y qué dice la tuya? Deja de cargar lo que te han puesto otros, descansa esos hombros.

Daniela se agacha para amarrarse los cordones. Yo me toco los hombros y los presiono, casi hago un quejido de dolor, como si trajera a la espalda una mochila repleta de piedras, pero realmente no hay nada

—¿Y qué quieres tú? Ellos tienen su propia vida, vive la tuya, no pierdas tiempo viendo los ojos que esperan si darte un aplauso o una bulla. —Me da una palmada animosa al hombro—. Te digo algo, aunque hagas todo perfecto, vas a recibir bullas, no vivas para darle gusto a los demás, no sirve.

—Me he dado cuenta poco a poco. Tienes razón.

—Vamos, hoy no pienses más.

***

Sorprendentemente, aunque ayer parecía Alaska hoy se siente un poco de calor; usar vestido no fue mala decisión.

Tengo hambre, quiero buscar algo de comer, pero esta mujer camina tan lento que me cuesta mantenerle el paso. Me trae enlazada al codo y hasta me siento mal de darle dos o tres jalones cada que se queda a mirar algo. Lo peor es que no sé qué ve: paredes, ventanas, plantas… Dios, no, allí va otra vez.

Daniela se acerca a un árbol a bisbisearle a una ardilla, ¡lo que faltaba! Se suelta de mí para ir tras ella con pasos lentos, se agacha poco a poco mientras hace esos ruidos con los labios para que el animal le tome confianza. Me tallo la frente y cruzo los brazos con desespero. La ardilla no le hace el mínimo caso y se rinde. Me regresa a ver con diversión, pero yo solo pienso en que son las cinco de la tarde, no hemos comido. Avanzamos unos metros mientras busco entre tantos puestos uno que se vea más o menos limpio y tenga olor apetecible. Visualizo uno de tortas que me da la alegría que le faltaba a mi tarde. Daniela detiene sus pasos.

Se queda mirando una gárgola de un edificio, moviendo sus labios como hablando para sí. Mueve la cabeza y la inspecciona desde todos los ángulos. Con urgencia, busca algo en su bolsa. Saca una libreta y una pluma.

Se acerca sin dejar de mover sus labios y luego se dirige a su pluma, poco le importa que está a media calle estorbando. Parece que nada más existe, las personas pasan y la miran, pero sus pupilas solo le prestan atención a la gárgola y a la libreta. ¿Cuántas veces presencié esta escena en el pasado? Pasan varios minutos y ni parece importarle que estoy detrás esperándola. Sin meditarlo, mi pie se mueve con desesperación dando golpecitos en el piso.

Ella, al escucharlo, sale de su trance y me mira casi asustada antes de correr hacia mí.

Me doy cuenta de lo grosera que he sido.

—Estás escribiendo sobre una gárgola, ¿eh? —Estiro el cuello para ver su libreta, que ya tiene muchos renglones escritos y tres o cuatro tachaduras.

—Sí, es que no he usado la palabra «gárgola» en ningún texto; se me vino algo a la cabeza y no puedo perder la oportunidad porque después no me perdona.

—¿Quién no te perdona? —inquiero.

—Ella, esa cosa que me dice qué escribir. No te asustes, es como… —Se muerde el labio dubitativa—. Es como una vocecita que me dicta lo que quiere que diga, y si la ignoro y pienso «al rato lo escribo»…, olvídalo; creo que se lo da a otro escritor, pues ya no me lo repite.

—¿Y por qué mueves los labios? ¿Hablas con esa vocecita?

—Es extraño, pero muevo la boca porque estoy... ¿recitando? Sí, eso, recitando para mí. Las palabras por si solas no son mucho y escritas en conjunto pueden ser una gran obra de arte; pero recitadas, todas enlazadas en la lengua, pueden ser una delicia, como... un postre; así que, para escribir, tengo que probar si saben bien en mi lengua primero. —Ríe con nervios—. No me hagas caso. Debes tener hambre. —Guarda la libreta y se ajusta la coleta de caballo.

No pude evitar pensar en todas las veces que caminaba con Daniel y yo lo jalaba del brazo, diciéndole que nos apuráramos, pues quería llegar a algún lugar que habíamos quedado. Muchas veces cedía a mis prisas, pero lo que él quería era ver, observar... observar para pintar, inspirarse, escuchar a las estatuas, esas cosas extrañas, escuchar a las voces, las que le dicen qué hacer. Yo veo una figura de piedra mal hecha que solo sirve para desaguar, pero ella ve una palabra digna de ser usada para algún poema.

En un puesto cercano, pedimos unos tacos con carne y queso; al no haber sillas, nos vamos a una jardinera a sentarnos mientras ella continúa tratando de llamar a las ardillas con un pedazo de tortilla, pero ni así consigue que se acerquen. Me cruzo de piernas y miro alrededor; hay hojas cafés esparcidas por el césped, ¿se ha adelantado el otoño? Al parecer, las estaciones ya no respetan los meses.

—Huele a verde —suspira Daniela.

—¿A verde?

—Sip.

—¿El verde huele?

—Huele. —Daniela cierra los ojos e inhala—. Verde, definitivamente —susurra.

Dos que tres tuercas le faltaron a esta chica en su construcción.

—Sí, claro… Amapola. —hago énfasis en la última palabra en tono burlesco. Al ver muchas flores se me viene esa palabra que leí anoche. Daniela me mira confundida.

—¿Cómo me has llamado?

—Amapola —repito con lentitud, abriendo la boca como si le estuviera enseñando una palabra a un niño—. Lo leí anoche, en tu novela. —Finjo despreocupación y le presto atención a mi desayuno.

Ella sonríe y resopla.

—Él me llamaba así por la canción de Lacalle. ¿Sabes cuál?

—La canta para tratar de que la identifique. No la conozco, así que niego con la cabeza. Qué mal canta.

—¿Y qué tienen de especiales las amapolas?

—Bueno, tienen propiedades que alivian el dolor, pero, por otro lado, son muy adictivas, así que se debe tener cuidado; de ellas se obtiene la morfina, los griegos la asociaban con Morfeo, el Dios del sueño. —Daniela saca su libreta otra vez—. Él siempre me comparó con una.

—¿Y él te enseñó de flores? —Corto una hoja de césped y la hago pedacitos.

—Sí. —Una sonrisa amplia se dibuja en cuanto pronuncia su respuesta—. Él ama las flores y ama estudiarlas, sus propiedades, su historia, su significado… Cómo amaba que me platicara de ellas; es muy bonito ver la cara de alguien cuando te habla de lo que más le gusta en la vida.

Me muerdo la lengua unos segundos sintiéndome un monstruo.

—Nunca he escuchado de un hombre que le encanten las flores. —Levanto las cejas fingiendo sorpresa.

Sí, sabía de su amor por el jardín, pero no tenía idea de que las estudiaba a tal grado. Nunca me lo comentó y yo no pregunté.

—Era un hombre diferente, muy... sensible; no había hosquedad, era como la lavanda... —Me señala las flores de las jardineras—. La lavanda ayuda a cicatrizar las heridas, y en su momento me ayudó a cicatrizar muchas de mi alma. —Echa los brazos hacia atrás, al igual que la cabeza.

Yo no tenía idea de que Daniel sabía más cosas aparte de solo plantar, regar y tratarles plagas de las hojas. Ella habla de un Daniel maravilloso, y no porque yo no haya conocido a uno así, pero no el que ella conoció. Cuatro años de relación y siento que aun sé nada.

«Ser parte de su mundo». ¿Cuál es su mundo en sí? La pintura y el jardín, se levanta cada mañana a regarlo, y cada domingo corta lo marchito. Y yo nunca le pregunté más, nunca me acerqué a hablarle de sus flores, no sé cuál es su favorita, ni cuál le costó que pegara en la tierra.

Daniela me toca el hombro y me pasa la libreta para que lea lo que ha escrito:

Seguiré regresando a este lugar,
esperando verte y a la vez no,
creyendo que aún recuerdas nuestra promesa,
esa de no alejarnos nunca,
tú la rompiste,
y yo la mantengo,
porque puse mi corazón en tus maletas,
para que cuando alguien te hiera,
tomes el mío,
las piezas que necesites
y te reconstruyas,
aunque no esté,
aunque nunca volvamos a vernos,
aunque no sepa por qué huiste,

aunque no entienda por qué nos hicimos desconocidos,
sabré arreglármelas sin él,
total, él estaba muerto y latió por ti,
siempre fue tuyo
nunca mío.

Mi corazón se estruja y mi garganta se hace pequeña.

«Él estaba muerto y latió por ti».

Cuando ni por mi cabeza pasó que yo pudiese amar, Dan apareció. La verdad es que yo nunca quise amarlo, pero él se metió a la fuerza. Cómo quisiera arrancarlo. Regresar el tiempo y haber ido a otro sitio, no conocerlo nunca. Él no es para mí, estos dos nunca debieron terminar. Ambos se siguen esperando.

—¿Lo escribiste para él?

—Sí y no. —Se da de golpecitos en la barbilla con la pluma—. Él lo inspira, pero al final es por mí.

—¿Por qué le sigues escribiendo después de tanto tiempo?

Se abraza las rodillas y voltea a ver al cielo.

—Siempre será mi musa.

—¿Aunque te haya lastimado?

Cierro la libreta y se la pongo en las piernas.

Ella toma aire y esa sonrisa vuelve a apoderarse de su rostro.

—Tal vez me hirió y, sí, el final no fue lo que esperé, pero es mi historia favorita, porque nadie me hizo aprender tanto de mí como él. Entre nosotros hubo tanto amor y tanta tragedia; nos veo como un tintero, tomo de nosotros un poco y escribo, así, hasta que se agote, algún día lo hará, lo sé, de momento, amo haberlo vivido y sobrevivido.

Estos se quisieron terriblemente.

Vuelvo a sentirme en medio de una historia en la que no soy protagonista. Apenas voy a responder cuando se levanta y se sacude. Miro con gracia las manchas que le ha dejado el césped.

Tira de mi mano y me apresura.

Ahora sí tiene prisa.

Caminamos varias cuadras hasta llegar al Monumento a la Revolución. Allí, un viejecillo de pantalones bombachos nos mira agradablemente apenas llegamos a su puesto de bicicletas, algunas rudas otras muy adorables, de colores pasteles y canastas al frente. Muy oportunas para pasear a algún perro pequeño. Daniela toma una tosca, más alta que mis piernas, y la pone delante de mí.

—Danny, no sé cómo decirte esto... —Me trueno los dedos. Miro a una niña de unos ocho años, con colitas a los lados y vestida con un overol rosa. Toma una bici, se sube y, sin más, comienza a pedalear a toda velocidad. Esbozo una sonrisa forzada, como si hubiera pasado un incidente.

—Dime. —Frunce el ceño desconcertada.

—No sé andar en bicicleta

—¡¿Qué?!

El viejecillo escucha mi penosa confesión y se acerca.

—Señoritas, pueden llevarse esta, tiene un asiento alargado para ambas. —Saca una bicicleta de su puesto. En efecto, el asiento es alargado, pero sigue siendo ruda, como para un hombre grande y fuerte que va a ir al trabajo, no para dos enclenques.

—¿Ves? Asunto resuelto, no te agobies. —Daniela toma la bicicleta y se monta—. ¿Qué esperas? Vamos. —Le da golpes al asiento, apurándome a subir. La muevo un poco de los hombros para probar su resistencia. La siento tan blanda y frágil que una imagen de nosotras rompiéndonos la jeta me asalta.

—¿Vas a poder con mi peso?

—¿Bromeas? —contesta con tono despectivo—. Puedo con otras dos personas, que no te engañe mi apariencia. Sube ya, Victoria —ordena.

Miro a ambos lados dubitativa y arrugo la nariz. Ella abre los ojos con tensión y parpadea con fuerza, casi para lanzarme aire con sus pestañas en forma de abanicos oscuros.

Subo con nervios, tratando de sujetarme a los barrotes debajo del asiento.

Respira, de acuerdo, respira, Emilia.

Daniela se prepara y mueve el manubrio de izquierda a derecha a modo de prueba y presiona ambos frenos.

Miro al cielo con súplica y se me tensa el cuello. Nos vamos a matar.

Pone un pie en el pedal, después sube el otro. La bicicleta avanza, ella presiona el claxon y casi doy un brinco.

—¡No hagas eso, así como así! Me va a dar un infarto. —Le doy un golpe en el hombro.

Escucho sus risas en el viento. Cruzamos una calle y yo miro a ambos lados pensando en que va a venir un camión a toda velocidad y nos va a lanzar con tanta fuerza que llegaremos a la ciudad siguiente.

—Sujétate. ¿Por qué no te estás sujetando? Abrázame por la cintura, ¡coño! —Me contengo las ganas de burlarme.

Me comienzo a tranquilizar, respiro, observo las copas de los árboles, las ardillas por las ramas, los niños en los jardines, el hombre que vende globos con gas. De pronto, todo empieza a pasar más rápido; mi respiración se agita y miro hacia abajo, las piernas pálidas de Daniela están subiendo y bajando aprisa. No tengo de otra más que tomarla de la cintura, pues la mujer no es muy buena ciclista que digamos; el manubrio le titubea cada vez que pasa entre dos objetos y yo me muerdo la lengua para no decir malas palabras.

—¡Daniela! Ve más despacio, ¡vamos a matarnos! —Me sujeto con todas mis fuerzas. Creo que es momento de pedir perdón por todos mis pecados.

—¡No puedo! —Suelta un grito, más que aterrada, parece que se divierte. Aguanto la respiración como si eso fuera a darnos más equilibrio.

Después de sus alaridos, entona una canción en no sé qué idioma, combinándola con risas como si le hubieran contado el mejor chiste del mundo.

Un niño pasa corriendo delante de nosotras y cierro los ojos esperando lo peor.

Pasan cinco segundos y suspiro con alivio, no chocamos.

¡Carajo! Creí que nos los íbamos a llevar volando. ¡Dios!

—¡¿Sigues viva?! —vocifera Daniela, sus manos tiemblan con el manubrio y siento la bicicleta curvarse.

—No.

Daniela aprieta los frenos de golpe cuando escucha mi negación, la llanta emite un rechinido. Pone el pie en el piso y voltea con susto y los ojos desorbitados. Sus pestañas esta mañana lucen más oscuras.

Me echo a reír.

—¡Obvio sí estoy viva! —Saco la lengua, burlona.

—Tonta, me asustas. —Sus pequeños labios se fruncen, al igual que sus cejas.

—¿Te preocupaste por mí, acaso? —Sus labios se curvan en una sonrisa y asiente con la cabeza. Desvío la mirada y rio ligeramente. Daniela vuelve a pedalear, pero esta vez con lentitud, como un paseo tranquilo por el parque. Más que una amapola, le veo alma de girasol. Le aprieto los hombros y me acerco a su oído—. Dale más deprisa, esto es aburridísimo.

Ella, ni lenta ni perezosa, hace caso. No entiendo por qué quiero complacerla, pero de alguna forma, escucharla divertida y gritando me provoca una sensación parecida a la paz. Cierro los ojos con fuerza; de morir, al menos no me daré cuenta. Pasamos varias avenidas a toda velocidad; un poco más y seguro

258

que despegamos del piso. El miedo se desvanece y hasta levanto las manos un momento. De pronto, dejo de escuchar las risas de Daniela y la velocidad disminuye. ¡Vaya! Se le ha acabado la batería. Me relajo un poco en el asiento, pero escucho un quejido, seguido de tosidos.

—¿Daniela? —inquiero preocupada.

Ella se orilla cerca de un árbol.

Bajo deprisa para verla, su semblante está pálido e inhala con fuerza, como si el aire no le fuera suficiente. Se sujeta el pecho con las manos. Gira el torso y se pone de cuclillas en el suelo. Los labios se le tornan púrpura y el quejido que emite es más intenso.

—Danny... ¿estás bien? —La tomo por la espalda y la sobo; ella asiente, mas no lo parece. Se ve mal. Volteo a ambos lados buscando las emergencias más cercanas—. Ven, levántate, te llevo a urgencias.

—Siéntate, se me va a pasar. —Escucho la cadencia triste de su voz.

—No voy a sentarme, te ves mal.

Ella levanta el rostro y me mira con una especie de somnolencia, sonríe con dificultad.

—Solo dame un minuto —carraspea. Le acaricio el cabello despeinado.

La miro con atención, siento mi espalda ponerse fría de angustia.

—¿Segura? —Ella vuelve a sonreír, sus labios poco a poco recobran su color durazno y sus pupilas se centran. Suelta una exhalación larga y se endereza—. Me asustas.

—Sí, no te preocupes por mí, me cansé, eso es todo. —Unas comillas se marcan en las comisuras de sus labios.

—Pensé que te estaba dando algo, no me espantes así.

—Creo que te toca manejar de regreso. —Daniela agarra el

manubrio y me lo pone delante para que lo tome. Se ha vuelto loca, yo no me voy a subir a eso.

—No, me niego, regresemos caminando.

—Súbete, vamos, yo te agarro. Tú solo debes ver un punto y pedalear. —Me quedo pensativa y recargo la barbilla en mi mano—. ¿Entonces? —insiste.

Tiene una expresión alegre, ni parece que se estaba desmayando hace un minuto.

—Lo peor que puede pasar es que te rompas los dientes.

—Vaya, al menos estudié para repararlos —bromeo, accedo a subirme.

—¿Cómo? ¿Qué estudiaste? —Se interpone delante de mí con mirada dudosa.

Carajo.

—Pues, con… pegamento —digo en un tono payaso. Desvío su atención haciendo un intento de pedalear.

Avanzo un metro, respiro lento. Avanzo dos, tres más y pongo el pie en el piso, pero rápidamente retomo el paso. Por el rabillo del ojo veo un hombre delgado de unos veinticinco años con una guitarra de madera que entona una canción.

—«*For I can't help falling in love with you*».

Mis ojos se pasman, se abren tanto que siento que van a salirse. Rígidamente, muevo el cuello para mirar al músico. Me llevo las manos a la cabeza.

—¿No te gusta Elvis? —pregunta Danny, quien también lo está escuchando. A mi mente vienen las imágenes del salón de fiestas, el vals… Esa canción la quería para mi... ¡boda!

—¡El vestido! —exclamo—. Era hoy, hoy debía ir.

Capítulo 16

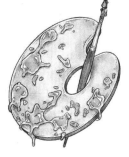

Cuando conozca tu alma, pintaré tus ojos.

Amedeo Modigliani

—¿Qué vestido? —Me mira sin comprender.

—Hoy es… —Ni siquiera sé por qué me he acordado—. Tenía que ir por él, pero bueno —me encojo de hombros—, ya no importa, olvídalo. —Me rodeo con los brazos pues el aire empieza a correr. Miro hacia arriba, las nubes van cubriendo lentamente los rayos del sol que calentaban el día.

—¿De qué hablas?

—El vestido de… —trago saliva con dificultad, como no

queriendo decir la palabra— mi boda. Debía ir hoy a probármelo.

—Te acompaño.

Bajo la mirada. Creo que no es correcto en este punto, no siento la misma emoción que hace unas semanas.

—¿Por qué la carita? —pregunta.

—Porque no me siento bien.

—Hasta que no hables con él, tú actúa normal, ¿vale? Yo te acompaño. —Me toma por los hombros y me da una sacudida como queriendo animarme.

Daniela se sube nuevamente a la bicicleta llena de ánimos. Me muerdo el labio inferior y regreso la vista hacia adelante. Me lleno de un sentimiento parecido a la culpa, o quizás es lástima, no sé si por mí, por seguir el juego del casamiento, por mi incapacidad de renunciar a quien me hizo feliz alguna vez o por ella, por ser tan gentil con quien no debe.

***

Por fuera, la tienda es totalmente blanca, con algunos toques dorados y un letrero de luces amarillas. Hay aparadores que abarcan del piso al techo; en ellos se exhiben cuatro maniquíes sin rostro con vestidos esplendorosos, uno es tan largo como para ir trapeando el salón entero a su paso. Debajo de cada maniquí hay luces blancas y amarillas iluminándolos estratégicamente para que las piedras y lentejuelas brillen conforme los observas. Danny los mira con mucha ilusión. ¿Cuándo comencé a llamarla Danny?

En fin…

Ella pone la mano en el cristal para recargarse y verlos mejor. Sus ojos se cristalizan y se tornan más brillantes. Veo su mandíbula temblar un poco.

—Bien, pasa. —Gira su cabeza para mirarme y con el dedo me señala la puerta.

Qué nervios.

Me quedo frente a la manija y cierro los ojos para darme valor. De pronto, siento sus manos frías empujarme ligeramente la espalda, como si fuera esa amiga que te conoce de hace años y está feliz de acompañarte a dar ese paso importante.

—No estés nerviosa —musita detrás de mi oreja.

El sitio es amplio, bastante alargado hacia el fondo; los pisos son blancos y relucientes, hasta da pesar mancharlos con los zapatos. Una señorita bien vestida nos saluda mientras toma un *spray* para rociarlo por el aire; es un aromatizante suave, dulce, nada irritante, que te da ese sentimiento de estar entre ropa nueva y costosa. Y sí que lo es; ver las etiquetas de estos vestidos es para irse para atrás mientras se sostiene un rosario por el susto.

—Buenas tardes, ¿está Charly? —pregunto intranquila. Me recargo en el mostrador color rosa pastel.

—Sí, está atrás. ¿Tiene cita? —Saca una libreta con la lista de encargos.

La señorita me mira de pies a cabeza, supongo que juzgando las manchas de césped que traigo conmigo. Sí, sé que tengo semblante de que no me alcanza para nada de aquí. Me acomodo la trenza hacia un lado, que a estas horas debe estar hecha un batidero.

—Sí, tengo prueba de vestido hoy. —Miro hacia el fondo para buscar a Charly.

—¿Su nombre? —La señorita se coloca unos lentes que parecen lupas por el grosor.

—¿Mi nombre? —La mujer arruga la boca—. ¡Ah! Pues sí, claro, mi nombre. —Me trueno los dedos y volteo a ver a Daniela para ver qué está haciendo; por suerte, está pérdida entre los vestidos. De reojo, observo a una de las empleadas acercarse a ella, quizás para preguntarle si busca algo en especial.

—Emilia —digo en voz baja.

—¿Emilia qué? —interroga.

Apuño las manos y vuelvo a voltear hacia donde está Daniela. Sigue hablando con la muchacha.

—Miranda

La señorita me mira con desconfianza y revisa su lista.

—¡Ah! Sí, la prometida de…

—¡Shhh! —Hago un ademán de que baje la voz—. Sí, sí, ya, eso.

Por fortuna, Daniela no ha escuchado nada.

—Vilma —la llamo por su nombre ahora que he leído su gafete—, ¿puedes traer mi vestido? —digo con la boca rígida.

Vilma levanta una ceja; una ceja tremendamente poblada y negra.

—De acuerdo, permítame. —Hace un puchero extraño y desaparece por una puerta trasera.

Siento el sudor traicionarme por todos los pliegues. Puedo sentir cómo una gota fría cae desde mi nuca y recorre mi vértebra.

Me doy la vuelta y echo los codos hacia atrás, recargándome en la barra.

Daniela señala uno de los vestidos del mostrador y la señorita se ríe con ella. Otra mujer lleva hasta ellas un carrito metálico que carga vestidos colgados y protegidos en plástico. Con ternura y usando las yemas de sus dedos, toca uno. Leo los labios de la mujer que está con ella: «Se vería hermosa».

Ella lo niega.

Sé que sí.

No puedo evitar sonreír al verla; quisiera que fuera una sonrisa de felicidad, pero es más de simpatía. Pienso en lo que está sintiendo, sé en quién está pensando. Nota que la estoy mirando y me sonríe mientras me saluda con la mano, como si no hubiéramos entrado juntas.

—¡Señorina Emilia! —escucho la voz empalagosa y pegajosa de Charly. Se me abren los ojos de espanto al escuchar mi verdadero nombre y la piel se me eriza de inmediato.

—Charly —contesto nerviosa.

Él me sonríe de oreja a oreja. Está como siempre, tan arreglado y pulcro, con un traje gris y una corbata rosa con un nudo bien hecho. Extiende las manos y me apretuja entre sus brazos delgados y me da un beso en cada mejilla.

Charly es un muy buen amigo de Daniel; hasta donde sé, él también pinta, pero optó por seguir el camino de la moda. Emprendió su aventura al vender el auto que le heredó su padre y se fue a París sin nada entre sus manos y los bolsillos vacíos, pero después de un golpe de suerte, terminó trabajando en la casa de costura de Christian Dior; sin embargo, tras su muerte, se regresó a emprender en la ciudad su propia marca de vestidos de alta costura; no hay que ser muy brillante para notar lo bien que le va.

—¿Cómo has estado, cariño? Qué bien te va, ¿eh? —Me aprieta la mejilla.

—Bien, bien. —Antes de que me pregunte por Daniel voy al grano—. ¿Ya está el vestido?

—Por supuesto, mi vida, es… ¡maravilloso! *Wonderful!* Digno de que salgas en el periódico y las revistas. Ya verás, la gente te mirará y dirá: «¡La necesitamos de primera dama!». —Deja escapar una carcajada—. Y seguro te preguntarán: «¿Quién ha hecho esa maravilla de vestido?». Y tú dirás: «Charly, de Dress & Dress». Claro que sí. —Su entusiasmo le brota por las mejillas abultadas.

Me mira de pies a cabeza y ladea una sonrisa pícara propia de él. Saca de un gran anaquel una caja rosada atada con detalles serigrafiados en color plata que dicen el nombre de la tienda.

—¡Listo, *sweetie*! Aquí está, pasa, pasa al vestidor, por favor.

—Este hombre habla como para que lo escuche toda la cuadra.

Hago una sonrisa tensa con la caja entre las manos, es pesada. Entro al vestidor y jalo del cordón para encender la luz. Hay espejos en cada pared para verte desde todos los ángulos posibles. Abro la caja, huele a nuevo, a fresco.

Con las puntas de los dedos, saco el vestido por las mangas y el resto se deja caer.

Contengo un suspiro sorprendido.

Es precioso.

Los ojos se me llenan de lágrimas.

Lo acaricio como si tuviera vida. Es sedoso, tan blanco que brilla. Por toda la falda hay discretas piedras de varios cortes que crean centelleos rápidos. Los nervios se apoderan poco a poco de mí, el típico estrés de novia del que se habla en las revistas, o al menos eso creo.

Me pongo el vestido lenta y delicadamente por temor a estropearlo.

Me miro en todos los espejos con él. Es largo, ajustado de la cintura y a partir de las caderas es suelto, no tan esponjoso; diría que hasta tiene un toque de moda medieval. El escote no es pronunciado, pero tiene una forma de corazón que estiliza deliciosamente el busto. Las mangas son largas, ceñidas al brazo, y terminan en un encaje a partir de la muñeca.

Yo no tenía idea de lo que quería en un vestido. Daniel lo había diseñado para mí junto con Charly; verlo entusiasmado mirándome y pidiéndome que diera la vuelta para que él imaginara lo que querría ver en mí me provocó mucha ilusión. Me doy media vuelta para verme de perfil y deshago la trenza espigada; el cabello ya me sobrepasa la cintura. Toco en forma de pinza la parte de la cintura y noto que está un poco flojo, pero Charly podrá hacer algo.

Otra vez sigo pensando como si todo fuera a seguir con normalidad.

Me toco la frente, que siento va a reventarme de tanto darle vueltas a las cosas.

Me dejo caer en un pequeño sillón cúbico y apoyo el rostro en las manos. Siento que los sueños se me van entre los dedos, tengo la sensación de ser una intrusa en este atuendo.

A través de la pequeña rendija que queda entre la puerta, la veo a ella mirando hacia el frente, esperándome. Casi no distingo sus ojos, pero puedo imaginarlos, llenos de dulzura y ansías por verme.

Charly se acerca a Daniela y escucho un cuchicheo, le está preguntando algo. Mis sentidos se alertan y de un brinco me pongo en pie, ni siquiera me coloco los zapatos y abro la puerta.

En qué carajo estaba pensando al traerla.

¡Mierda!

—¡Vicky! —Daniela se sorprende al verme, se cubre la boca con ambas manos—. Te ves… ¡hermosa! ¡Dios! ¡Eres toda una reina! —Charly se queda con mi nombre en la boca en cuanto ella pronuncia el falso, pero no dice más.

Hace una boca pequeña y me mira con suspicacia.

—¿Lo crees? —inquiero.

Siento que me suda la espalda.

Charly se lleva una mano a la cintura, da una carcajada extraña. Se acerca a mí, me inspecciona seriamente, tocándose la barbilla con el dedo pulgar e índice.

—Mamita, hasta la pregunta ofende. ¡Te ves divina! —Me toma de la mano para darme una vuelta y avienta un beso—. ¡Inefable! No, no, tienes una suerte de que yo exista… Bueno, no le quitemos méritos a tu prometido, que es un genio en todo esto. Pensaré seriamente en ofrecerle empleo, ¿crees que querrá? —Esboza una gran sonrisa que le mueve las orejas.

—¿Su prometido lo diseñó? —curiosea Daniela, girándose hacia él.

Charly junta las manos y hace un gesto enternecido.

—Un poco, la mitad solamente. Me dio un boceto y yo lo mejoré, pero ñeee..., sí, digamos que participó. —Guiña un ojo.

Daniela luce sorprendida; se nota que quiere preguntar algo, debo cambiar el tema.

—Charly, querido, emm... de la cintura está un poco flojo. Se puede arreglar, ¿cierto? —comento de pronto para distraerlo.

Él, como bailarina, va dando vueltas hacia una cajonera para sacar sus herramientas. Me hace unas ligeras marcas para hacer el ajuste posterior. Daniela mueve su cabeza de lado a lado mirándome con una sonrisa perdida, pero adorable.

—¿Estás bien? —pregunto.

Ella se endereza y asiente.

Charly la mira con el entrecejo fruncido, veo sus ojos observadores recorriéndola de arriba abajo.

—Tengo que... quitarme esto, ¿vale? Vuelvo enseguida ¿Tienes agua, Charly? Un vaso de agua me vendría bien —El hombre me mira desconcertado, haciendo un puchero con sus delgados labios que parecen una línea.

En cuanto veo que Charly va a la puerta trasera por agua corro al vestidor.

Entro a retirarme el vestido de la manera más veloz posible, pero me entretengo con el cierre trasero.

Por fin, pude.

Echo un vistazo a la rendija.

¡No! ¡Ya volvió! ¡Están hablando! ¡Ah!

Meto el vestido en su caja, que queda mal acomodado por la prisa.

—Nosotros ya nos hemos visto antes, ¿verdad, linda? —Escucho tras abrir la puerta.

Doy pasos rápidos y me pongo en medio.

—Igual me pareces familiar, estuvimos en el mismo instituto ¿no?

Charly mueve la cabeza en afirmación.

Ya sabe.

—Aquí está la caja; es un bonito trabajo. Muchas, muchas gracias. Entonces, ¿cuándo paso por él? —interrumpo su platica.

—Te ves mal…, muy tensa, cariño. ¿Quieres un té de tila?

—No, no, tengo que irme, dime cuándo paso. —Me acomodo la bolsa, tratando de parecer apurada.

—Esos nervios, ¡uf! Relájate, amor; todo va a salir bien. —Me abanica la cara con la mano—. En diez días puedes pasar por él o… mejor te lo envío. Creo que no tengo tu dirección.

—¡No! ¡No! —Le doy palmadas en las mejillas—. No te molestes, yo vengo por él —alzo la voz para evitar que siga hablando.

Charly hace un mohín. Le doy la mano para despedirme.

—Un placer, Emilia—espeta mi nombre remarcando las consonantes.

Mis ojos se abren de par en par.

Desgraciado.

Sonrío de manera nerviosa y jalo a Danny de la mano.

—¿Te llamó Emilia? —me pregunta apenas salimos de la tienda.

—No escuché bien, se habrá equivocado el pobre —me aclaro la garganta—. Raro. Por cierto, escuché que hablabas con él, en lo que me medía el vestido. ¿De qué hablaban? Seguro estaba coqueteando contigo —cuestiono tratando de no verme muy intrusiva.

—No, cómo crees. Solo me dijo que parecía que ya nos conocíamos.

El sol está bajando. Algunos rayos nos apuntan a la cara, ella se cubre con la mano.

—¿Conocida? —chisto—. Ya veo, puede ser, tal vez. Sí, el mundo es pequeñito.

—Creímos habernos visto en el instituto.

En dónde estuvo mi cabeza traerla.

—Seguramente. Este… vamos a entregar la bicicleta cuanto antes.

Daniela echa un último vistazo a la tienda con un dejo de tristeza. Sus ojos se cristalizan, y su iris verde ahora luce un tono gris.

—Te ves triste.

—Ignórame.

—¿Pasó algo?

—Mejor dime, ¿qué tal te sentiste? Tu vestido es muy precioso. Parecías una muñeca de esas que van arriba de los pasteles. Me recordó mucho a uno que yo diseñé hace ya algunos años.

—¿Ibas a casarte?

Dime que no, por favor.

—No. Era una ilusión solamente, hice un boceto mal hecho, pero en mi imaginación lucía así, como el tuyo —Se le quiebra la voz y me toma de la mano—. Perdón —Se limpia una lágrima del rabillo del ojo—. Qué tonta, perdóname. No debería hablar más de esto.

Mi estómago se hace un nudo.

—No, no es para menos lo que sientes.

¿Cuántas veces más va a romperme el corazón? Cuando siento que ya no se puede más, pasa algo que me demuestra que sí, todavía se puede. Esto faltaba, un vestido similar.

«No es coincidencia —quisiera decirle—. Este sería tu vestido».

El transcurso de vuelta es silencio, Daniela no pedalea deprisa, no grita, no ríe.

Me siento mucho más culpable ahora.

Al bajar me pongo delante de ella, sosteniendo el manubrio y mirándola fijamente.

—Danny, tú no eres así de seria.

Con el dorso de la mano se sacude la nariz y cambia su gesto, casi con esfuerzo.

—Todo está bien. —Me brinda una sonrisa triste y se evidencian sus labios agrietados. Las ráfagas nos despeinan a ambas. Entrega la bicicleta y se sacude el vestido ya arrugado.

Aquí es donde debería despedirme, pero ella regresa a verme esperando que la siga.

«Dile todo ya, Emilia, acaba con esto».

—Danny...

«Díselo».

Un joven como de unos quince años nos intercepta con unos volantes. Ella lo observa y eso le hace mover las cejas con un poco de sorpresa.

—Mira esto —su rostro se alegra un poco—: el primer museo de Van Gogh, ¿no quieres ir?

Ladea la cabeza y aquí es donde me pregunto cómo se le niega algo a esta chica.

∗∗∗

De haberla conocido en otro momento, otro tiempo, seguro hubiéramos sido inseparables. Me agrada, realmente me agrada, tiene tanta luz, una chispa que me hace querer creer en la vida, en que sí puedo ser capaz de estar sola; ella lo logró, ella vivió después de perder a quién más amaba. Y aunque siento que traigo el peso del mundo en los hombros tratando de que no se me caiga, lo hará, se me caerá, me despedazaré, me hundiré, pero hay una remota posibilidad de que flote.

El silencio nos envuelve.

Estira su brazo alargado y lechoso para apuntar con el dedo a las flores que rodean el museo. La entrada está repleta de girasoles de cabezas enormes, ahora un poco cabizbajos porque el sol no está; no obstante, eso no quita que se vean esplendorosos. Un niño de la mano de su madre se acerca para oler uno, y ella inmediatamente lo carga negándole la oportunidad.

—¿Qué significan los girasoles, Danny?

Con las yemas de los dedos, acaricia los pétalos suavemente, no queriendo dañarlos.

—Vida, alegría. ¿No sientes eso al verlos?

—Sí. ¿Sabes? Más que amapola, te compararía con un girasol.

Daniela aprieta los labios para después dejar salir una sonrisa fina.

—Clytia, una ninfa, se enamoró perdidamente de Apolo, el dios sol. Este le partió el corazón y ella murió de pena, se transformó en un girasol, así que por eso siempre voltean a ver al sol. —Se encoge de hombros—. Sí, creo que sería uno; uno muy melodramático, por cierto.

Debido al clima no hay mucha gente haciendo fila. Entramos rápido.

Un guardia nos abre la puerta y la atmosfera cambia de inmediato. La luz se hace tenue, apenas lo suficiente para ver por dónde caminar. Atravesamos un largo mural color azul marino, que reflectaba una luz ultravioleta que lo hace más brillante. Por lo visto, está dividido en recámaras. Entramos a la primera, igual con las luces bajas y unos focos pequeños y redondos apuntan hacia los cuadros. Los detalles amarillos abundan por cada esquina, jarrones color arena portan girasoles artificiales.

—Qué triste que él no viviera para ver esto —murmullo, queriendo guardar la compostura en el silencioso lugar.

—De estar vivo, seguro esto no hubiera pasado —Se fija en un cuadro donde hay un hombre apoyado en su mano, la otra reposada en una mesa sobre la que hay una maceta.

—¿Qué dices?

—Ha sido una pena lo que sucedió, pero solo así regresaron a verlo; los artistas valen más cuando están muertos. Ojalá donde esté le permitan ver, aunque sea un poco de lo que ahora sucede con sus obras.

—¿Por qué?

—No sé, no tengo idea. Por ejemplo, cuando los escritores mueren hasta se hacen grupos de estudio, se vuelven eminencias, reales, dignos de ser nombrados en clases de literatura; pero vivos, vivos somos una burla. Pasa hasta en la música —entona con desdén.

—Qué injusto… —la miro dubitativa—, tú tienes suerte, estás viva, vives para ver cómo tus libros tienen éxito, ¿no?

Ella suspira.

—Supongo.

A lado de ese cuadro se encuentran *Los lirios* y *Almendro en flor*, después *Trigal con cuervos* y *El Café de noche*. Con el rabillo del ojo la observo, esperando que me explique algo de ellos, pero sigue con su seriedad plasmada de pies a cabeza. Me doy latigazos imaginarios por haberla llevado a la tienda.

—¿No quieres escribir nada? —Le doy un codazo ligero para llamar su atención. Daniela solo niega con la cabeza y eso me angustia, pues juré antes de entrar que este sitio le haría sacar la libreta en cada paso. Pasamos a la segunda recámara, todas las paredes en conjunto recrean la noche estrellada.

Una música de piano, suave y lenta, emerge de algún lado. Daniela se talla el rostro con fuerza y sus escleras se cristalizan.

Le toco el hombro.

—Perdón, este sitio me causa nostalgia —confiesa—. Siempre trato de huir de la melancolía, pero la desgraciada me encuentra a donde quiera que vaya.

—La tienda de vestidos fue algo duro, supongo, quizás reviviste sueños.

—Sí, pero más que tristeza, siento rabia conmigo misma, porque esas cosas deben quedar atrás y no puedo. ¡Han pasado años y siento que fue hace un segundo! No debí venir aquí —Veo las lágrimas acumularse en su línea de agua.

—Danny, no puedes privarte de ir a sitios, no te tortures así.

—Lo sé, lo sé, lo intento, intento olvidarlo, y cuando me siento a punto de lograrlo, mi mente me traiciona. A veces me miento, me digo a mí misma que ya no sentimos nada, pero eso no es más que engañarme. ¿Sabes? Cómo quisiera encontrarlo, te lo juro, quisiera tan solo que me diga que es feliz, que fue la mejor decisión de su vida, que se volvió a enamorar, o no, tal vez quiero que me diga que se ha equivocado y que fue lo más estúpido que pudo hacer. En cambio, ¿sabes lo que me ha estado haciendo? Torturarme —El dolor se impregna en su voz entrecortada—, él me ha contestado poemas por medio de pinturas. Me di cuenta hace tres años.

Abro los ojos tan grandes que siento que se me van a salir.

—Vaya… cuéntame, ¿cómo es eso?

—Yo me he negado a leer notas donde aparezca, pero es imposible no enterarme de algunas cosas. Oliver me enseñó una fotografía —Se humedece los labios—; después volvió a suceder. Maldito martirizador. Ese juego estúpido es el que me ha impedido abrirle mi corazón a alguien más, porque siento que me dice «aquí estoy», pero yo no iré a buscarlo. ¿Te das cuenta? No avanzo, no retrocedo, estoy estática. Y no es porque no pueda dar otro paso hacia adelante, puedo pero tengo miedo de volver a entregarme completamente y un día simplemente se vayan.

Trato de poner cara de amiga comprensiva, pero estoy intentando digerir lo que está confesando.

No sé qué decir.

Se limpia las lágrimas con los nudillos, intenta no arruinarse la máscara de pestañas.

—Danny, ¿por qué lo amaste tanto? ¿Qué hizo él para que sigas esperándolo después de casi una década?

—No lo entenderías.

—No importa, dime —insisto.

—Él era como yo, Victoria. Él era la casualidad más bonita que la vida puso frente a mí. Siempre me sentí tan desconectada de todo y todos, en un mundo donde parecía que hablaba otro idioma hasta que apareció él. Desde el primer día que escuché su nombre y lo miré a la cara, sentí lo que puede sentir una pieza de rompecabezas al encontrar a su par después de haber intentado con otras diez mil piezas.

Me arde el tórax de escucharla. Ver sus ojos mientras sus labios hablan de él me hace sentir culpa, como si tuviera algo robado y estuvieran a punto de descubrirme.

Mis cuerdas vocales quieren explotar y las palabras quieren salir como vómito. Daniela debe saberlo, él no la olvida; ella no es una musa, es el amor de su vida y a mí me tocó ser el reemplazo.

El problema es que decirle la verdad también sería perderla yo, seguro me abofetearía, me empujaría y me gritaría mil maldiciones y no me quiero ir así; no sé si la volveré a ver, pero no quiero que acabe así.

—Ojalá Alex hubiera visto en ti lo que tú viste en él —lamento.

—Daniel, su nombre es Daniel Gastón, quizás lo conoces —Al decir su nombre, una sonrisa se le escapa. Siento presión en el pecho y me encorvo como si me hubieran disparado en el corazón.

Lo ha dicho.

Su nombre ha salido de su garganta como hielo y fuego, claramente escucho como todo se cuartea dentro, como si hubiese tenido miles de cristales apilados y una flecha con una punta muy fina hubiera caído a toda velocidad en el centro.

Me llevo la mano al pecho. Tal vez ese gesto para ella no significa nada, pero para mí es tratar de contener la sangre de la herida. Solo Dios sabe cuánto me está doliendo y lo mucho que estoy aguantando no gritar.

—Sí, sí, he escuchado de él, qué coincidencia, Daniel, Daniela —contesto nerviosa, titubeando y queriendo hablar lo más normal y fluido posible, como hace unos minutos.

—De eso hablo, es la coincidencia más extraña. No suelo arrepentirme de nada, pero a veces, me arrepiento de él, ¿sabes? Mira cuánta vida he perdido esperando, ¿esperando qué? No sé.

La máscara de pestañas se le bate en cada lágrima.

No tengo palabras para consolarla, lo que se me ocurre es inoportuno.

—¿Crees en las máquinas del tiempo, Victoria? —cambia abruptamente su discurso, casi un episodio de desquicio.

—¿De qué hablas?

—Yo soy una, me siento atorada. Los días, los meses, los años pasan, pero yo sigo en ese instante en que Daniel pasa delante de mí como si no me hubiera visto. No puedo salir de ese bucle, despierto y otra vez estoy ahí, llega la noche y sigo ahí.

La escucho y un terremoto sacude mi interior.

Ya entiendo, de eso trata todo, todo lo que escribe por eso arde, porque siempre ha escrito con la sangre de la herida. Por eso vi tantas veces llorar a Daniel con los pinceles, porque él... pintaba con la sangre de la herida.

—Nada es para siempre —digo en un suspiro.

Qué mala frase me he aventado, pero soy pésima para consolar.

—Así es, era obvio que todo terminaría entre nosotros, siempre supe que se iría.

—¿Por qué?

Daniela inhala hondo, le da un vistazo a la noche estrellada que ha quedado atrás y después regresa a verme.

—¿Has conocido a alguien con quien conectes en todos los aspectos posibles? No hablo de una, dos o tres cosas, sino todo, como si alguien hubiera tomado a una persona y la hubiese dividido para hacer dos; algo así como las estrellas de mar, que las cortas y se hacen dos seres totalmente independientes e idénticos. ¿Te ha pasado?

—No, nunca.

—A eso me refiero, y es normal, no debe pasar. Encontrar a alguien idéntico a ti es una locura, es todo un salto a otra dimensión, pero pasó, lo encontré a él, y cada día a su lado era extraño. Creí que él había sentido esa clase de magia conmigo, ahora pienso que la única que lo notó fui yo. Lo visualicé para toda la vida y ese fue mi error: la vida me lo puso enfrente para descubrir la magia y ver que no es para siempre.

«No, Daniela, él no te olvida», pienso.

—Danny, búscalo, es muy posible que te esté esperando —digo con dificultad, lo más sincero que puede salir de mí. Lo amo, mis celos me dicen que pelee por él, que diga cosas estúpidas para desanimarla y meterle fuego sobre lo idiota que es y que no vale la pena, pero no puedo tener el corazón tan enfermo para hacerlo, ya no.

—Lo nuestro solo será ese juego tonto de escribir y pintar.

—Una lágrima espesa en forma de perla rueda por su mejilla.

Aunque trato de atar cabos, me falta una pieza, pero de que la ama, no me cabe duda, y lo entiendo. De ser él estaría como imbécil haciendo cuadros día a día de ella. Es hermosa, con los ojos abiertos, con los ojos cerrados por timidez ante las cámaras, cuando habla y cuando no. El viento en la bicicleta hizo añicos su peinado, pero, ¿quién lo notaría? Nadie, absolutamente nadie. Si tiene defectos no podría verlos porque sus ojos acaparan todo. Es noble, escribe, tiene un corazón bondadoso: cree que estoy en la quiebra en mi trabajo y me tendió la mano, aunque no me conoce. ¡Y qué bueno que no! De conocerme, me odiaría, quizás me hubiera escupido en la cara y con justa razón. Trae el vestido arrugado por la bicicleta, algo sucio y con pequeñas manchas diminutas del desayuno, pero, ¿quién lo ve? ¿Quién le quitaría los ojos de encima? Ni yo lo he podido hacer desde hace días, tanto que aquí estoy, como desquiciada en busca de ya no sé qué. Entiendo, entiendo al estúpido de Daniel, entiendo todo. Y no creo que haya dejado de amarla. De ser él, primero me daba un tiro antes de dejar que se fuera, debe haber una razón. ¡Ella fue mi peor pesadilla por años! Mi rival, la mujer con la que competía cada mañana; me veía al espejo y automáticamente pensaba en si ese día lucía mejor que ella, aunque solo fuera pintura, y no, mis esfuerzos por acaparar sus ojos y volverme su musa fueron en vano. ¿Quién no se enamoraría de ella? Tiene todo lo bueno del mundo y estoy segura de que incluso el corazón de él, pero yo debo valer…

Tal vez no he estado frente a los ojos correctos.

Capítulo 17

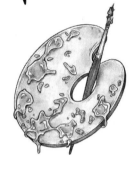

*El arte debe ser una expresión de amor
o no es nada.*

Marc Chagall

Suspiro en silencio, con la cabeza apoyada en la pared de la puerta que da al balcón. Regresé al hotel. No pude decirle la verdad y tampoco pude irme. Sonará extraño, pero, en estos últimos días, estoy sintiendo lo más parecido a tener una familia y me da un poco de temor pensar que tiene que terminar.

La camarera toca la puerta para dejarnos la cena, panecillos con miel y leche caliente. Escucho a Daniela quemarse la lengua y le dirijo una mirada divertida; al menos sus ojos lucen menos tristes que hace unas horas.

—¿Te sientes mejor? —pregunto al servirme.

—Ya sabes lo que dicen: si un pan con miel y leche soluciona las cosas, entonces no fue tan grave.

—¿Quién dice eso?

—Yo —contesta con la boca llena.

—Debí suponerlo —río.

Se ve mejor, eso reconforta la culpa que venía cargando por haberla llevado a esa tienda.

Me doy cuenta de que arriba del buró de ropa hay un arreglo floral bastante raro, con ese tipo de flores que se dan en los velorios.

—¿Y eso? —señalo el ramo.

—Nardos…, los mandó Oliver.

Me acerco para olerlas.

—Huele a funeral —pienso en voz alta.

—Tienes razón, me recuerda al velatorio de mi madre, la gente se puso de acuerdo para llenar la casa con nardos. Hasta se me enchina la piel. —Se arremanga la camiseta de dormir para mostrarme.

—Lo lamento mucho, no sabía lo de tu madre —me disculpo.

—Gracias.

—Bueno, deberías contarle a don Oliver acerca de ese terrible día para evitar lo de los nardos. —Cierro los ojos y disfruto de mi leche. Me siento como niña en Navidad.

—Él ya lo sabe. —Se levanta de su asiento y toma una toalla.

—Qué cabezadura entonces —digo en broma.

—Sí, es cosa seria ese hombre. —Levanta la mirada como si pensara en él con cariño.

Daniela entra a la ducha, mientras yo enciendo la radio que está en una cómoda, suena una agradable canción de jazz.

Tocan la puerta, debe ser la camarera. Rápido, recojo los platos para dárselos. Sin embargo, al abrir veo que no es ninguna camarera. Sino un hombre de altura imponente.

—¿Sí? —pregunto sorprendida.

—Buenas noches —saluda con una voz tremendamente grave y me mira confundido.

Se acomoda el cuello y sus ojos celestes buscan algo por la habitación.

—¿No es el cuarto 314? Creo que me he equivocado, una disculpa, señorita. —Se toca el pecho, apenado.

Madre de todos los santos, qué acento tan sensual.

—No, no, espere —lo detengo—. Busca a Danny, ¿verdad? Usted es... —¿cómo era el nombre?— Óscar.

—Oliver.

—Ese mero. —Lo miro de arriba abajo, bien parecido el joven. Quizás unos treinta años, trigueño, abundante barba, pero bien perfilada—. Se está bañando. ¡Ah! Qué maleducada que soy, perdóneme, soy Emi... —me muerdo la lengua—, Victoria. —Le estrecho la mano.

—Mucho gusto.

Qué voz se carga este tipo, hasta me retumbaron los órganos. No sé si invitarlo a sentarse, supongo que sí. Abro la puerta y le indico que pase.

Él aprieta los labios; luce apenado, pero accede.

Deja una caja metálica color naranja en la cama, un regalo para ella, seguro.

—Entonces usted es su... representante —trato de romper el hielo.

—Es correcto.

—¡Vaya! Fascinante. ¿Y qué hace un representante?

Se sorprende ante mi pregunta y se frota la barbilla.

¡Dios! El tipo parece esculpido a mano. Este no debe ser solo un amigo.

—No sé por dónde comenzar, son tantísimas actividades —ríe tímidamente.

—Da regalitos, para empezar —digo con tono burlón. Él se sonroja de pronto y se rasca la punta de la nariz—. No se apene, es lindo. La debe querer mucho.

Él asiente y sonríe. Tiene dientes lindos.

—Mucho.

—¿Y cómo se conocieron?

Doña metiche es mi segundo nombre.

—Larga historia, pero en el hospital.

Ah caray. Apenas iba a preguntar más detalles, pero escucho el ruido de la puerta del baño. Daniela sale con su bata de dormir, una toalla enredada en el cabello y la piel enrojecida; parece una muñeca de esas que ponen en los pasteles de quinceaños.

El semblante serio de Oliver cambia tan pronto la ve, sus mejillas se abultan de felicidad, juro que hasta un brillo se acentúa en sus ojos.

—Oliver, hasta que apareces, te hacía perdido. —Daniela se lleva las manos a la cintura, fingiendo reprenderlo. Él se levanta a apretujarle la cara y darle un beso en cada mejilla con alegría.

Tan enamorado que se ve.

—Fui a Querétaro a buscar un punto de venta más para el nuevo libro, todo arreglado, guapa.

—¿Ya se han presentado? Victoria, él es mi amigo Oliver.

Las cejas del hombre se entristecen al escuchar la palabra «amigo».

Daniela se quita la toalla de la cabeza y el cabello húmedo le cae por la cara. Oliver no le quita los ojos de encima.

Pero si se le cae la baba…

Toma la caja de la cama para ponérsela en las manos.

—Galletas —Abre la bolsa—, de nuez... —Él asiente con emoción. Su rubor es difícil de disimular—. No te hubieras molestado. Gracias, siempre te acuerdas de mí.

—Pues bastante traviesa que te encanta pasearte en mi cabeza. —Le guiña un ojo.

Denme dos como esos, por favor.

—Bien, lamento interrumpir, pero venía a comentarte que nos vamos mañana, ya reservé los asientos del avión —Oliver saca los boletos de su bolsillo del traje para mostrárselos.

—¿Vendrás, Victoria?

Qué más quisiera, pero este cuento ya debe cerrarse.

Daniela entiende mi silencio y me toca el hombro como diciéndome que no me preocupe.

—Bueno, os dejo dormir —se despide Oliver, no sin antes abrazarla.

Al cerrar la puerta, pongo un gesto de mofa e inflo los cachetes.

—¿Qué es esa cara? —me pregunta Daniela con las cejas alzadas.

—Ajá, representante nada más —bufoneo.

—Sí —se hace la desentendida.

—Claro, el hombre se le va el piso por ti.

—No alucines cosas.

Daniela deja escapar un soplido y regresa a ver sus uñas como si tuvieran algo de interesante.

—¿Segura que no hay más entre ustedes? Te besó aquí, cerquita —Señalo la comisura labial.

Ella me mira descolocada, no esperaba la pregunta, es evidente. Se muerde los labios y mira a ambos lados, como si en las esquinas estuviera la respuesta.

—Oliver ha estado por meses haciendo este tipo de cosillas: flores, dulces, tarjetas. Me invita a cenar dos o tres veces al mes con un supuesto motivo de trabajo, pero sé que no es esa la razón. —Se acerca a los nardos y ríe con timidez—. Es algo distraído también, ¿me creerás que soy alérgica a la nuez?

De mi boca sale un quejido asustado.

Tomo la caja de galletas.

—¿Te ha dado veneno? —Sacudo la cabeza—. Bárbaro.

—No lo juzgues tan duro, la caja es monísima, ¿no?

Querida, el tipo pudo matarte.

Levanto una ceja juzgadora.

—¿Le darás una oportunidad algún día? —pregunto con miedo de escuchar un sí, pues todos sabemos que ella no sería feliz.

¿Qué me pasa?

—Tal vez... —Alarga la «z».

—¡No puedes! —la queja se me escapa de la garganta, pero me reprendo pronto—. Quiero decir, tú... tú amas a otro.

Se acomoda el cabello y se mete en la cama, mas no se acuesta, se recarga en la cabecera y me mira con seriedad.

—Ay, Vico, lo sé, pero, ¿cuánto más voy a guardarle luto a Daniel? No digo que mañana me casaré con Oliver, pero le he cerrado el corazón mucho y no lo merece. ¿O qué opinas? —Se pone atenta, esperando que de mí salga el mejor consejo.

No conozco a Oliver, es guapo, Daniel es como bonito a diferencia de él, pero me parece algo terrible lo que hizo con esas flores; vamos, una anécdota así no se te puede pasar. Y la nuez, ¡es una barbaridad!

Siento venir una confesión interna que quiero apagar.

—Pues sí, te mereces otra oportunidad; sin embargo, ojalá un día puedan reencontrarse.

—Tonterías, olvida ya eso; él solo vive en mis poemas, ahí hace buen papel.

Mentira.

Se acuesta en la cama ahora sí. Yo voy enseguida. Flexiono mi codo y apoyo mi cabeza en mi mano.

—Tú amas a Daniel —bajo la voz.

—Al Daniel que conocí, sin duda; ahora debe ser alguien más, así como yo. No soy la chiquilla del instituto.

La miro con incredulidad.

—De verdad. Olvida mi drama de hace rato, fue un ataque de sensibilidad, esta es mi maldición. Sentir tanto hasta desconocerme, llorar, reír por cosas del pasado, por el presente, por mis ideas del futuro, por los sueños que piden su turno para soplar las velas. ¿Cuál sueño te está tocando la puerta, Vic?

—Sonará común, pero —me toco la tripa—, quisiera ser mamá, en una casa pequeña, con todo lo oportuno, ser feliz, tener un consultorio propio y…

—¿Consultorio de qué?

Hocicona soy.

Se me borra la cara de ilusión.

—No sé, consultorio de algo, siempre quise ser… médico, dentista, cosas de esas.

Me suda la frente, otra vez casi meto la pata.

—Todavía puedes estudiarlo, quizás en otro país —Mueve las cejas—. Piénsalo.

—Mejor cuéntame cómo fue que llegaste a vivir en Madrid. —pregunto quedito, como si hubiera alguien que fuera a escucharnos en la habitación, manía mía de cuando oscurece.

—¡Buena pregunta! Yo era estudiante de Bellas Artes, aquí en México, ya lo sabes. Tenía un manuscrito casi totalmente terminado y pulido; quería buscar convocatorias y entrar a concursos, pero para un profesor fue malísimo, usó adjetivos siniestros para describirlo. Me ofreció unos centavos por él, pero sentí que ni eso valía, así que lo boté en la basura. Daniel lo recogió y se lo mandó al director de la facultad de filosofía y letras de Granada; solicitó una beca haciéndose pasar por mí para estudiar ahí y en pocas semanas me aceptaron. Recuerdo lo furiosa que estuve con él por haber hecho eso. Bueno ya lo leíste. Fue una tormenta de emociones, ¡vamos! Yo estaba sintiéndome poca cosa después de que aquel viejo calvo me aventara las hojas en la cara, al graduarme, conocí a Oliver y él me presentó con un amigo que es director de una editorial en Madrid y decidí mudarme. Imagina, creí que solo viajaría a ser un fracaso y me quedé ahí siete años. Qué gracioso; ¿no? —Se estira para apagar el interruptor de la luz que está al lado del buró.

—No entiendo por qué te dejó —Se encoje de hombros—. Me describes un buen tipo, no había razón.

—No hay razones para ser un desgraciado —gruñe—. Quizás encontró a alguien más y no sabía cómo dejarme.

—O no.

—¿No? ¿Lo vas a defender? —Toma una almohada y me pega en la cara. Yo le regreso un almohadazo más fuerte y se echa a reír.

—No sé, siento que hay una buena razón.

—Ya rebusqué razones, me lo pregunté por años, le he dado vueltas al asunto trillones de veces y mi única respuesta es esa, que no tiene corazón. Mira, él tuvo una vida muy dura, pero se le recompensó: fue famoso en el instituto, los profesores lo amaban, le buscaban contratos, tenía puertas abiertas por montones; las alumnas, las chicas, lo buscaban en cuanto sabían que era su hora de salida; cada vez tenía menos tiempo libre, comenzó a ganar dinero, a fantasear con salir del país, recorrer el mundo. ¿Y yo qué era? Un estorbo, un impedimento. Yo no era nadie. Él quería que yo tuviera un gran título, como si no le bastara que fuera Daniela a secas; claro, vida de artistas.

Daniela se quería convencer de que él había optado por una vida de excesos y fama, pero eso no sucedió; de hecho, Daniel trunca muchas cosas con tal de estar encerrado.

—Lo bueno de todo es que cumpliste tus sueños.

—Cumplí mi sueño, aunque te confieso que no era el más grande —me dice casi al oído.

—Entonces ¿no querías irte?

—No es que no quisiera, pero para mí había cosas más importantes que ser reconocida y publicar; aquí estaba mi vida. Mi madre, que, con mucho trabajo, después de años pudo irse conmigo; sin embargo, murió una semana después. ¿Te das cuenta? Me perdí sus buenos años. Apenas he podido perdonarme. —Sus ojos se llenan de lágrimas y los presiona contra la almohada—. No hablemos de eso, mejor... prométeme que volveremos a vernos.

Me quedo en silencio. Quisiera prometerlo.

—O... me escribes, ¿sí? —Hace la cobija a un lado con rapidez y corre hacia el perchero para sacar su libreta—. Mira, mi dirección: Calle de los Reyes, 5. 28015, Madrid, España. Por si quieres escribirme una carta, seré feliz de leerla. —Contengo las ganas de soltar lágrimas cuando me da el papel—. Pero que sea una carta de mínimo dos hojas, ¿sí? Me gusta cuando son largas.

—Lo haré. —Entrelazo sus ojos con los míos.

—Júralo.

—Lo juro.

Casi no suelo decir esa palabra.

Soy un costal de mentiras sobre mentiras.

Me quedo pensativa unos minutos, pues siento el pecho apretado, como su hubiera estado apilando bombas.

—Danny —susurro.

«Di la verdad, di la verdad».

Ella levanta las cejas, adormilada.

—Yo no te había conocido nunca, es decir, no sabía de ti, de que eras escritora; te escuché y leí por primera vez en el evento.

—Lo suponía —bosteza—. ¿Qué con ello?

—¿Lo suponías?

Me incorporo, pero ella sigue recostada.

—Sí, no sé por qué, pero lo siento. No te he visto como una lectora ni admiradora, y no pasa nada, para eso son los eventos realmente, aparte de que va gente que ya conoce mi trabajo, llega gente nueva; no me voy a ofender por eso… no… —Bosteza nuevamente, pero esta vez de manera profunda, hasta logro verle la úvula— te preocupes.

—Es que te mentí. —Me muerdo la lengua.

—Esa mentira no cuenta, no te angusties. Ya duerme, es tarde —arrastra las palabras de sueño.

No me lo hagas difícil.

—Un amigo habló de ti.

—¿Sí? Luego… luego me… —bosteza— lo presentas.

Me quedo en silencio unos minutos, dejo escapar aire y me cubro el rostro congestionado.

Ya es inútil decir la verdad. Es mejor así, que se vaya. Las personas van y vienen, ¿no?

Miro al techo, observo los detalles que lo decoran, patrones curvos verdes y escarlata.

Cierro los párpados, pero no consigo dormir.

Mis ojos se mueven de izquierda a derecha dentro de los párpados y me envuelve una jaqueca. Me muevo con cuidado para no tambalear la cama. Tomo un suéter del perchero, seguro que no le molestará. Bajo a recepción a buscar un analgésico, pero en el mostrador no hay nadie; el joven debía haberse ido a dormir, deben ser las tres de la mañana. Hago un relincho sofocado y me voy a merodear por los pasillos en busca de algún trabajador. Llego al área de descanso y, para mi sorpresa, Oliver está en el sillón con un libro.

Escucha mis pasos y deja de leer para hacerme un gesto de saludo.

—¿Qué hay? ¿Insomnio también? —pregunto y me siento en un sillón frente a él. Ciño los brazos en los bolsillos por el frío. Oliver cierra el libro y dibuja una fresca sonrisa—. ¿Lees *Corazón de acuarela*?

—Sí, no lo había terminado, he estado a las prisas, pero ya es momento de detenerme un poco.

—Qué bueno, debes conocer bien sus libros si trabajas con ella.

—Trato, así los posiciono en librerías. ¿Y tú?, ¿qué haces?

—Buscaba un analgésico.

—Ya veo. Debo tener uno en la habitación, ¿vienes? —Se ajusta su corbata como si fuera a ir a la calle.

—Por favor, qué molestia la mía

Lo sigo hasta su habitación, que está un piso antes del nuestro, y me invita a pasar. De su cómoda saca una caja de analgésicos y caballerosamente me sirve un vaso de agua tibia. Siempre he sido quisquillosa con la ropa bien planchada, y el hombre trae un saco perfecto y liso para pasar de medianoche. Le agradezco por la pastilla y la trago de inmediato.

—Entonces, la conociste en un hospital —comento.

—Sí, mi hermano es médico de Danny.

—Veo cómo la miras de bonito, estás enamorado, ¿eh?

No conozco la vergüenza.

—Se me nota mucho, al parecer; tampoco lo niego.

—¿Y por qué no le pides que sea tu novia?

Mi pregunta lo toma por sorpresa. Sus ojos se encienden como dos glaciares.

—Cobardía, qué va. Miedo.

Todos sufrimos del mismo mal.

—¿A que te rechace?

—No, eso sé que puede ser posible. Mi miedo es que se aleje. Yo… —suspira—, solo soy feliz estando a lado, ya está.

Oliver me recuerda a mí. Un hombre en otro mundo distinto al de ella, pero queriendo ser parte.

—¿No sientes que son polos opuestos?

—Sí —contesta, con un tono que indica que le da poca importancia—. ¿Y qué tiene?

—No sé, digo… en sus libros parece estar enamorada de alguien más.

—Ese Daniel —escupe, con un pequeño celo.

¿Cómo así que lo sabe?

—¿Sabes de su exnovio?

—Por supuesto. ¡Hey! También es mi amiga. —Se quita los zapatos y los mete debajo de la cama, dejando solo sus calcetines negros.

Un pie bastante enorme.

—Caray, y a pesar de que lo sabes no desistes, vaya. Yo no podría vivir si sé que mi prometido está hasta las trancas de enamorado de su ex.

—Es diferente. Mira, te contaré un secretillo —Mueve su dedo índice para que me acerque, como si fuese a decirme algo sumamente confidencial—, si algo he aprendido, es que los artistas guardan musas, no tanto por amor, sino como… —truena los dedos como si eso le fuera a ayudar a recordar la palabra—, materia prima. No pueden evitarlo, recapitular el pasado, sobre pensar en las despedidas, salirse de sus cuerpos para escribir desde distintos puntos un encuentro. Un desamor, una traición es ganancia para ellos.

O ni él ni yo tenemos amor propio, o él es maduro.

—¿Estás seguro? Ella parece amarlo.

Resopla por la nariz

—Ella se pone en situaciones difíciles con tal de sentir algo y escribir. Puede que lo ame, puede que no, pero ojalá un día pueda amarme a mí.

Caray.

—¿No te dio miedo que Daniel la buscara ahora que ella regresó?

Oliver se frota la barbilla.

—Sí, lo confieso, ¿pero te imaginas el pedazo de libro que se vendría? No me mal entiendas, Victoria, ¿verdad? Es tu nombre —Asiento—. Amo a esta mujer al grado de que, si no está conmigo, puedo ser feliz viéndola feliz con quien sea, con quien quiera. Sí, pensé que ella iría a buscarlo o viceversa, incluso llegamos a bromear sobre qué pasaría si él se presentaba en el recital, pero no sucedió.

Ahora entiendo lo que me intentó decir Danny esa tarde en la torre, Oliver decide estar a su lado, sabiendo su pasado.

Me ruborizo de vergüenza. ¿Será cosa de europeos? Escucho a Oliver bostezar y recuerdo que ya es tarde y él tiene que levantarse temprano para viajar.

Me despido, pero antes me da la caja de pastillas por si se me ofrece más tarde.

Qué gentil.

Daniela está en la misma posición, de lado, con una pierna doblada encima de una almohada y la otra estirada. Casi ni parece que respira, ni bulto ni estruendo hace. Enciendo solo la luz del buró, es muy tenue, nada que pueda molestarla. Tomo el libro y busco el último capítulo.

CORAZÓN DE ACUARELA

Noviembre de 1957

—Entre, por favor —me dijo el hombre de bata percudida. Tenía algunas manchas en las mangas de lo que parecía sangre seca. Abrió la puerta y el hedor más putrefacto que jamás hubiera olido salió del cuarto. Encendió la luz una a una. Di dos pasos al frente y el cambio de temperatura fue abrupto; no sé si era el clima o simplemente la sugestión y el miedo por el sitio en el que me encontraba. El hombre caminó por un pasillo largo para encender otro interruptor. Su semblante era natural, totalmente acostumbrado a ir y venir sin notar el olor ni pensar en todos los cuerpos sin nombre que yacían bajo las mantas blancas esperando ser identificados.

Me rodeé con los brazos; quería darme apoyo, fingir que no estaba sola. El forense quitó la primera sábana y sentí que una cascada fría me bañaba por la espalda. El cuerpo era joven, pálido, las venas azules remarcadas que, como una telaraña recorrían su frente, su cuello y sus brazos. Sus párpados estaban cerrados y su rostro, aunque no tenía expresión, transmitía un aura de pesadumbre.

No era Alex.

Respiré lentamente, mi tensión se mitigó, pero de igual forma no podía evitar preguntarme: «¿Quién es?, ¿cuánto tiempo lleva?». Era tan joven, quizás veinte o veintitrés años, un ave que estaba emprendiendo su vuelo y algún malhechor con el alma entenebrecida tuvo la osadía de arrancarle las alas.

Negué con la cabeza y el médico volvió a cubrirlo. Levanté la mirada y conté rápidamente los cuerpos que faltaba inspeccionar, más de treinta.

Revisé uno a uno, y cuando faltaba el último, juré que esta vez lo sería. Justo cuando el médico tocó esa sábana, espeté:

—Espere. —Lo tomé de la mano para detenerlo. Él, muy amable, asintió y con la otra mano me frotó el hombro, un acto de aliento el cual necesitaba en estos momentos, por muy mínimo que fuera. Agradecí su empatía.

Tomé la sábana de arriba y lentamente la quité mientras trataba de desarrugar el gesto. Vi un cabello revuelto color oscuro y una frente nívea. En ese justo momento mi corazón tenía la cuenta regresiva comenzando por el diez.

Un trueno sonó dentro de mi cabeza. Mis dedos temblaron. Rápidamente quité la sábana.

No era.

—No, no es —resoplé—. Lo siento —le dije al cuerpo. Miré a las demás camillas—. Lo siento.

Qué egoísta alegrarme de ver treinta cuerpos a los que les habían arrancado los sueños solo porque no había hallado aquí a quien buscaba. No me quedaba más que pedir una disculpa así estuvieran durmiendo.

—Al menos hay esperanza —dijo aquel hombre.

Tal vez la había, pues ya habían pasado dos meses y nadie que me diera razón. Sus compañeros no tenían idea de él. No había familia a la cuál preguntarle y su casa estaba cerrada; iba a diario a estar una o dos horas en el pórtico esperando a que saliera o que entrara, pero nada. Sin rastro. Los policías no me escucharon, no atendieron mi queja porque yo no era ni familia ni cónyuge. Busqué en todos los hospitales y hasta en las clínicas más pequeñas, en el reclusorio y también en anexos. Nada. Era como si la tierra lo hubiera engullido.

Reclamé a todos los cielos, a Dios mismo, pidiendo una explicación, por qué me habían dado amor a manos llenas y después me lo habían arrebatado de la noche a la mañana. Sentía que me estaban arrancando el alma con los dientes.

Mi madre estaba afuera en la sala de espera, este sitio le tenía la piel erizada y los pelos de punta. Tenía las manos juntas y la cabeza baja, rezando seguramente.

—Madre, no está aquí.

—¡Ay, hija! Gracias a Dios. —Me abrazó.

—Igual no me alegra tampoco; si no está aquí, ¿dónde?

—¿De verdad no tiene familia?

—No, su único amigo tampoco sabe de él.

Mi madre me limpió las lágrimas con su reboso púrpura y me rodeó la espalda con el brazo. Salimos del centro forense.

—Ya corriste la ciudad, no piensas recorrer el país, ¿o sí? —Le puse una mirada seria e inquisitiva. Lo haría, recorrería el mundo—. No pongas esa cara, muchacha.

—Madre, ¿él se habrá ido porque quiso?

—No voy a responder eso. Mira, hijita, la vida sigue, por favor, no te me vayas a deprimir más. Anda, ven, comamos algo.

—No, no quiero.

—Hija, mira ya tu carita, tienes los ojitos todos hundidos. —Sus tiernas manos tocaron mis cuencas. Me sentía débil, no podía negarlo. Pero me dolía también ver a mi madre acongojada por mí. Le besé la mano y su olor a pan recién horneado calmó mi tempestad interna. Al menos un momento.

Le pedí a mi madre que me acompañara a casa de Alex una última vez; juré sería la última, solo quería dar una oportunidad, sentarme a la escalera un momento. Ella accedió de buen ánimo. Lo agradecí, pues había cerrado el negocio —otra vez—, todo por acompañarme.

⁎

—Qué casa tan grande —dijo mi madre al verla. Nunca había venido, solo se la había descrito en varias ocasiones. Alex, aunque aún no era famoso, ya había tenido distintos encargos para personas importantes del gobierno y algunos otros empresarios de marcas reconocidas—, y qué bonitas jardineras.

Mi madre se sentó con dificultad en el pórtico; sus piernas estaban hinchadas y cansadas, lo escuché en sus quejidos, pero seguía poniéndome la mejor cara.

Toqué a la puerta despacio, y poco a poco aumenté la intensidad. Toqué a las ventanas; trataba de asomarme a través de ellas, pero no veía nada, las cortinas estaban cerradas.

Pasé una hora tocando, era obvio que de estar, me hubiera escuchado. miraba la puerta deseando, implorando, suplicando que se abriera y que esos ojos traviesos me apuntaran. Me reproché no haberlos visto lo suficiente, no haberlo abrazado lo suficiente, no haberlo besado lo suficiente.

—Hija…

—Sí, mamá, ya vámonos, debes estar cansada. —Le arreglé el reboso. Hacía frío,y ella solía ser más enfermiza que yo.

—No es eso… quiero decir. —Sus ojos vidriosos me enfocaron, sus párpados estaban cansados—. Te haré una pregunta: ¿quién riega las plantas del joven Gastón? —Y entonces lo noté. Me agaché y tiré de una hoja de pasto. La sentí, la olí. Metí la mano en la jardinera y apreté la tierra. No estaba seco. Estaba verde, estaba hidratado.

—No sé.

Mi madre se encogió de hombros.

—No quiero lastimar con lo que diré, pero ¿no crees que esto debería haberse secado?

Tenía razón. Pero mi cabeza negó sin siquiera pensarlo. Debía haber otra explicación, quizás un vecino, o... el rocío de la mañana sería suficiente.

Camino a casa, mi madre trató de decirme de mil formas que no me dejara caer, que tenía un viaje en puerta y un lugar esperándome en Madrid. Incluso había empeñado su máquina de coser y algunas alhajas —estuve en contra— para pagar mi vuelo, pues, aunque me habían ofrecido estancia, no cubrían los viajes ni los viáticos. Tenía que ver cómo reponerle ese dinero algún día, pues su anillo de matrimonio y de compromiso estaban en juego. Solo me faltaba ir por un documento al instituto, el cual había estado posponiendo por desidia, por cobardía y por esperar a que apareciera Alex.

***

Me desperté muy temprano, aún no salía el sol. Antes me costaba horrores abrir los ojos, pero ahora era diferente: ya no tenía sueños profundos; de hecho, no tenía sueño, solo me acostaba y me quedaba quieta esperando desconectarme, si bien al mínimo ruido o movimiento abría los ojos. Había dejado de tomar café y chocolate, pues era peor: aparte de no dormir, me mantenía ansiosa y con el pulso tambaleante. Cada mañana le hacía a Dios la misma petición, que donde quiera que estuviera lo cuidara; me proponía entender que las cosas pasaban por algo, aunque parecieran malas, aunque no hubiera nada bueno a la vista.

Me asomé a la recámara de mi madre, todavía no despertaba. Para ella era diferente, ahora le costaba despertar, cuando antes a las cinco de la mañana ya se escuchaban los ruidos de los trastes y los golpes de la amasada. Se hacía vieja, sus cabellos cada día se tintaban más de blanco y en su piel había más líneas; me preguntaba cuántas eran por mi culpa y cuántas eran por el dolor de perder a mi padre. A mí también me dolió, pero creo que nunca se comparará perder un padre con perder al amor de tu vida, tu pareja, con la que pasaste veinte años, desde cero, en un cuarto haciendo donas azucaradas, para después entre dos abrir una panadería. Y ahora estaba sola. Algunas veces la escucho hablarle al lado izquierdo de la cama como si ahí siguiera. Y creo que yo, tarde o temprano, haré lo mismo, aunque nunca compartimos la misma cama, ni la misma casa. Pero como me dijo una vez: eres mi hogar. Igual era para mí, él se sentía como casa.

El semáforo se puso en rojo y crucé la calle. Debería correr saltando hasta la dirección, sintiéndome enérgica y victoriosa, pero todavía no me lo creía. Me sostuve de la puerta y contemplé las paredes, el techo y las luces.

Escuché pasos salir de un aula; no unos pasos cualquiera, sino unos que yo identificaría en cualquier parte del mundo.

Busqué de quién provenían las pisadas y entonces lo vi.

Me dieron escalofríos, como si hubiera presenciado la resurrección de un muerto.

—Alex —murmuré. Venía caminando, vestido con un pantalón café claro y una camisa beige, el cabello despeinado y la barba sin rasurar. Más ojeroso, más delgado. Pero dejé de lado su aspecto y me centré en él. ¿Qué hacía? ¿Dónde había estado? ¿Por qué se había alejado de mí? Tenía decenas de preguntas y otros cientos de reclamos, pero los dejaría para más tarde; lo importante era que estaba bien, o al menos medianamente bien. Por un segundo, quizás menos, me vio, pero de inmediato su mirada se fijó en la salida. No regresó a verme nunca más. Mis labios quedaron medio abiertos, con su nombre en un eco envolviendo mi lengua.

Alex…

Pasó a mi lado y, como una ventisca acompañada de gotas heladas, me escarchó el alma. Su hombro estuvo a la par del mío un momento, por lo menos ese instante hubiera deseado guardar.

Se alejó. Volteé enseguida buscando algo que fuera más importante, pero no había nada, ni personas, ni carros, nada a lo que pudiera dirigirse que fuera más importante que verme. Siguió caminando, se hizo más y más pequeño hasta que se alejó. Tampoco corrí hacia él.

Me sentí un fantasma, una cosa desdeñable que no mereció ni un «adiós».

Era obvio, quizás. ¿Quién era yo? Nada, una escritora de cuarta de la que nadie recordaba su nombre, con manuscritos que servían para calentar la casa en invierno mientras se lanzan al fuego. ¿Y él? Iba para arriba, con un gran futuro, mujeres rodeándolo, fama, dinero, contratos. Bien lo había dicho: todas las mujeres de cada aula tenían una historia trágica con un pintor; no sé qué me hizo pensar que la mía era la excepción.

Y ahí dejé todo en ese pasillo, las promesas, los sueños, las ilusiones, las palabras y a la mujer estúpidamente enamorada.

Deben haber pasado como tres horas cuando tocan la puerta. Me tallo los ojos y difícilmente logro abrirlos, la luz todavía no se hace presente. Bostezo de cansancio.

Tocan de nuevo. Me quito la cobija y el libro cae al suelo. Me quedé dormida leyéndolo.

—¿Preciosa? —se escucha la voz de Oliver detrás de la puerta. Vuelve a tocar.

Danny no se mueve, parece una roca.

—Danny, despierta —le meneo el hombro—, creo que es Oliver.

Danny salta de la cama con susto.

—¡Ah! ¡Voy! ¡Voy! Sí. ¿Qué hora es? Abre los ojos enrojecidos y alarmados—.

—Tranquila, despiértate bien primero, no saltes así de la cama, te hará daño.

Oliver vuelve a tocar la puerta. Danny entreabre con medio brazo afuera de la manga.

—Dame quince minutos, Oliver, por favor.

—Está bien, pero solo quince —Le guiña el ojo.

—¿Irás a dejarme al aeropuerto? —me pregunta Daniela mientras se mete en un vestido color lavanda.

—Claro que sí.

Me pongo la ropa que originalmente llevaba cuando la conocí.

Está limpia.

Sepa en qué momento la lavaron.

Ella se maquilla las pestañas a gran velocidad y se trenza el cabello. Era una cola larga y oscura, amarrada en un listón violeta a juego con su ropa.

La ayudo a guardar sus cosas, que no son muchas, más que nada chucherías, dulces de la región, recuerdos de los puestos y libros.

—Estás callada, Vicky, ¿pasa algo? —Me toca el hombro.

—No es nada, un poco de melancolía por las despedidas; hubiese querido darte un recuerdo, pero no traigo nada.

—¡Qué dices! Fueron unos días increíbles, más recuerdo no puedo llevarme; y entiendo la melancolía, pero no es un adiós, ¿verdad?

—Espero que no —digo con voz átona.

Cierra la maleta con fuerza, como si estuviera peleando.

En el vestíbulo, Oliver está sentado con una agenda en la mano izquierda y una pluma en la derecha. Regresa a ver a Danny y corre para ayudarnos con las maletas. Las agarra con facilidad, sus brazos son como tres brazos míos.

—El taxi está fuera, ¿nos vamos?

—Sí, Victoria irá con nosotros al aeropuerto para despedirse.

—Perfecto. —Mete las maletas a la cajuela y nos abre para subir en la parte de atrás.

¿Cómo pude encariñarme en cuatro días?

***

—Me adelanto para registrar el equipaje, te veo en la sala de espera, mi Danny —Le besa la frente.

Caminamos de manera lenta a la entrada, como no queriendo llegar. Siendo sincera, no quería que se fuera, y, siendo más sincera, me querría ir con ella. No por la ayuda, es que tiene algo que te hace sentir cómoda, como una hermana, una que respeta tu vida, tus decisiones y no te juzga por lo que sientes así esté mal.

Nunca me había sentido tan escuchada, y no quiero comparar, porque no merece que la comparen, pero a diferencia del resto, con ella siento que lo que tengo que decir importa. Solo me queda verla como un asteroide, de esos que se observan unos días y se van para siempre.

El cielo clarea poco a poco, tiene una tonalidad lila que combina con el vestido de Daniela, se aprecian aún algunas estrellas.

Ambas nos miramos con un dejo de tristeza, me abraza con tanta fuerza que siento que se me sale el aire. Su perfume meloso ya no me parece repugnante; tampoco lo siento como el aroma de la traición, sino como esos aromas que puedes oler después de diez años y te sacarán una sonrisa por transportarte al menos un segundo a este momento.

Nerviosa, levanto las manos y le correspondo.

Su respiración se agita, siento su pecho levantarse y contraerse con rapidez.

—Te echaré de menos, Viquito. —Logra sonreír.

Echaré de menos llamarme Victoria.

—Yo también.

—Yo… yo no sé lo que es tener una amiga, y no me llames ridícula, dramática si quieres. Sé que fueron pocos días, pero no sabes cuánto voy a extrañarte. Tendré que regresar sí o sí muy pronto a México, tal vez para mi cumpleaños, en octubre —expresa con emoción y nostalgia—. Te quiero, Victoria, eres alguien que escucha, que entiende y amé escucharte también. Espero con todo el corazón que soluciones las cosas con tu prometido y que se casen y uses ese precioso vestido. ¡Cómo me gustaría acompañarte ese día! —Hago a un lado a Daniela, no soportando lo que me dice.

¿Cuál boda? No hay boda, por Dios, no, no me voy a casar con él. ¿A quién engañamos?

—No puedes. —Sus ojos se abren, una lágrima cristalina le recorre la mejilla hasta llegar al mentón. Arrugo la cara, la garganta se me aprieta—Daniela, no soy quien crees; si lo supieras, me odiarías.

«Confiesa y corre».

—Sé perfectamente quién eres. No, no podría odiarte nunca, Emilia.

Mierda.

—¿Cómo me has llamado?

El corazón se me mete con embudo por el esófago, siento los latidos en la garganta.

—Emilia es tu nombre.

Doy un ligero paso hacia atrás. Me hierve el rostro. ¿Cómo? Abro la boca, mas no sé qué decir. ¿Siempre lo supo?

—Perdón, Daniela, estoy… Dios mío, no sé qué decir, no es lo que crees, yo…

—Te entiendo.

Me llevo una mano a la frente, estoy fría. Escuchando un zumbido interno. ¿Qué entiende? ¿Me entiende?

—Voy a explicarte, verás…

—Buenos días, señorita, ¿usted es Daniela Martiné? —Un policía robusto la llama detrás con un tono autoritario.

Ella gira el rostro para verlo y luego me mira a mí, nos observa de pies a cabeza como si buscara a un criminal.

—Sí-sí, soy… yo —titubea, nerviosa.

—Tiene que venir con nosotros. Tiene órdenes de detención.

Capítulo 18

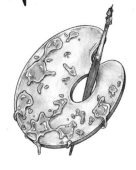

*Trato de aplicar colores como las palabras dan forma a los poemas,
como las notas dan forma a la música.*

Joan Miró

Un policía le sujeta las manos de Danny a la espalda; ella trata de hacer fuerza, pero llega otro y la sujeta por delante. Trato de ayudarla, pero con solo un brazo uno de los hombres me empuja a un lado.

—¿Por qué hacen esto? —grita con desesperación, forcejeando, intenta zafarse de las toscas manos del oficial.

—Tiene cargos por la desaparición de Emilia Miranda.

—¿Desaparecida? ¡¿Cuál desaparecida?!

Me lanzo sobre de uno de los oficiales. Con ambas manos hago mi mejor intento de quitarlo, de mi boca solo salen maldiciones. Una patrulla se estaciona rechinando las llantas y otro hombre uniformado baja y me sujeta

—¡Suéltenme! ¡Yo soy Emilia, no estoy desaparecida! —Me revuelvo con todas mis fuerzas y trato de dar patadas hacia atrás cual caballo.

Debió de ser Diana, seguro fue con sus padres a poner una denuncia. ¡Joder!

—¡¿De qué estás hablando, Victoria?! ¿Emilia? ¿Qué coño está pasando?

El oficial regordete y con el bigote sucio de lo que parece ser glaseado de dona, sujeta con su ancho brazo el cuello de Danny, retrayéndola para inmovilizarla. Se da por vencida y cede. La piel de su mandíbula se enrojece.

—Suéltenme, por favor —suplica, sus gritos cesan—. No sé de qué están hablando, debe de ser un error.

Ambos policías la llevan hasta la patrulla, abren la puerta y, como si fuera un costal, la lanzan en la parte trasera.

—Por favor, ¡escúchenme! ¡Esto es un error! Yo soy Emilia, no estoy desaparecida. ¡Déjenla en paz! ¿A dónde la llevan? —Forcejeo con el oficial que me sigue sosteniendo. La cara me hierve de vergüenza.

Diana.

—¿Usted es sordo? ¡Que yo soy Emilia! —profiero.

La patrulla arranca y solo veo el rostro de Daniela desde la ventana voltear a mirarme con confusión.

—Entonces, tienen que acompañarnos al Ministerio Público para declarar —Me suelta y le dedico una mirada de rabia. La gente comienza a acumularse en el sitio de los hechos entre gritos, blasfemias, risas y otros hablan de lo que vieron sin saber ni entender. Sigo al oficial hasta una patrulla más pequeña.

—¡Hey! ¡Hey! —escucho detrás. Oliver, Dios... qué empacho es este—. ¿Qué cojones está pasando? ¿Me podéis explicar? ¡Oficiales! —entona con grosor—. ¿Qué significa todo esto? ¿Daniela? ¿Por qué la han llevado de esa manera? ¡Hijoputa! ¿Están de coña? —profiere.

Su mandíbula se endurece y las venas del cuello se le sobresaltan tanto que me da miedo que estallen. No puedo ni verle los ojos de vergüenza.

—¿Usted es algo de la señorita Daniela Martiné? —pregunta el oficial mientras abre la puerta y me indica que me suba.

—Soy su representante ¡Exijo que se la suelte de inmediato! —Sus labios se mueven con cólera.

—Acompáñenos al Ministerio Público, si es tan amable, e igual le pido que se calme. Su cliente está detenida por la desaparición de Emilia Miranda, en la denuncia ella es una de las primeras sospechosas —asevera el oficial, omitiendo que le he repetido que yo soy Emilia.

Con la mano le indica que suba también.

—¡Que soy Emilia les estoy diciendo! —berreo desde dentro.

—Por ello debe acompañarnos para aclarar todo.

—¿Que estáis diciendo? ¿Emilia? ¿Victoria? Haré pagar a quien haya hecho esto, os lo juro. —Se sube al auto con indignación. El ambiente está hirviendo, no sé si es el clima o mi sangre corriendo a toda velocidad hinchándome el cuerpo. Hago un leve arqueo queriendo devolver. El ajetreo me ha mareado.

Qué miserable me siento. Me tapo la cara con ambas manos y contengo un grito. ¿En qué momento llegué tan lejos?

Oliver espeta maldiciones y da un puñetazo al asiento delantero.

—Subnormales. ¡Es solo una mujer! Se le dieron encima, malditos bastardos, cualquier rasguño que tenga, os haré pagar carísimo, gilipollas, cerdos, malnacidos. —El policía no responde a sus ofensas.

Dejo pasar unos minutos.

—Oliver —digo en voz baja y con pena.

—Señorita, lo mejor es que guarde silencio hasta que lleguemos al ministerio, ahí tendrán mucho de qué hablar —indica el policía.

—Demasiado de qué hablar —masculla Oliver.

—Joven, le recuerdo que es delito insultar a un policía, solo para que se trague la lengua un momento —acelera el coche y enciende la sirena para ir más aprisa.

—Estúpidos —masculla con rabia, furia, fuego.

Con el rabillo del ojo, lo observo, su piel está roja, una lágrima le corre y de inmediato la limpia con la manga del saco. Se truena los dedos uno a uno, el sonido me revuelve la tripa.

Oliver abre sin esperar a que estacionen el auto.

—¡Este hombre! —exclama el policía y mueve la cabeza en desaprobación.

Los reporteros están hechos bola afuera e interceptan a Oliver, pero los hace a un lado sin piedad. Me bajo y me acaparan.

—Señorita, ¿usted es algo para la escritora Martiné? —Una mujer con una grabadora se me acerca y lo pone en mi boca. Guardo silencio.

Otro se pone de mi lado izquierdo y pregunta:

—¿Sabe algo de la cadena de tráfico de personas que comanda Daniela Martiné?

—¿Qué? ¿Quién dice eso? —El oficial me toma por el hombro y me hace señal de guardar silencio.

Me escoltan hasta una cámara.

Al abrir la puerta, lo primero que veo es a Oliver dar un golpe a una mesa refunfuñando y exigiendo ver a Daniela.

—¡Maldición! ¿Hasta qué horas la tendrán ahí? —Se lleva la mano a la frente como si quisiera arrancarse la piel.

El hombre del escritorio abre unos documentos, pero no dice más. Todo parece la escena de un crimen inmenso, pero realmente, ¡no estaba pasando nada! No hay desaparición, aquí estoy y no entiendo por qué no quieren escuchar y lo hacen tan difícil.

—Oficial, por favor, terminemos esto, yo soy Emilia. ¡Deben parar! —Trato de guardar compostura. El hombre no regresa ni a verme—. ¿Aquí en qué momento hacen caso?

—Tomen asiento, ¿quieren? —nos piden de mala gana.

—¿Y cómo tomaré asiento? ¡Necesito verla! —le apunta Oliver. El oficial de la puerta lo toma del hombro y lo hace sentarse. Oliver suelta un gruñido.

—Usted acompáñeme, señorita —me dice el mismo que ha hecho sentarse a Oliver.

Abre una puerta, dentro hay una mesa, una lámpara y dos sillas negras. Ahí hay otro hombre mejor vestido y de mejor aspecto, con una carpeta amarilla y varias hojas llenas de letras. No espero a que hable y me lanzo casi poniendo una rodilla en el suelo.

—Por favor, por favor, pare esto, dejen salir a Daniela, no ha hecho nada —imploro.

—Tome asiento, señorita —me ordena de manera mustia.

Aquí todos parecen robots.

—Por favor, escúcheme. —Él sigue acomodando su papeleo sin hacer gesto alguno ante mis súplicas—. Ha sido un malentendido, todo esto es un error, tienen que creerme.

—Bien. —Me muestra un documento, una denuncia por desaparición, donde los principales sospechosos son Daniel Gastón y Daniela Martiné.

—Está diciéndome que, según esto, la escritora quiso tomar

307

venganza contra la prometida del pintor por un arranque de celos al enterarse que él iba a casarse, ¿es así?

Suelto la carpeta contra el escritorio dando un golpe.

—Eso ha sido la declaración del demandante.

—Eso es incorrecto. —Doy un manotazo al escritorio—. Todo este tiempo estuve con ella, no pasó nada, no me secuestró; estuve por voluntad propia, solo que olvidé notificar que estaría ausente de casa unos días, es todo. ¡Créame, por favor!

Me cruzo de brazos.

—Le creo, solo estamos esperando a Diana Ramírez y a Daniel Gastón, al cual ya se le envió citatorio y, a lo que tengo entendido, ha tomado un vuelo esta mañana; todo esto es para que la identifique y podamos dar por finalizado el asunto. Son protocolos, señorita Miranda. Lo mejor es que se relaje. Lo hacemos por su seguridad, sabemos que hay víctimas que son obligadas a mentir a base de amenazas, queremos asegurarnos de que este no sea el caso; si todo está en orden, en uno o dos días la señorita Martiné podrá irse.

—¿Días? —repito.

El mundo se me cae. Si no quería que me odiara, ahora lo hará. Y… ¿Daniel?

¡Mierda!

Me llevo las manos a la cabeza queriendo arrancarme el cabello.

—No pueden ser días, esto tiene que finalizar hoy.

Las manos me tiemblan de ansiedad.

—¿Eso de la pierna es una herida reciente? —El policía la señala con un lápiz.

—Sí, me lo debí hacer en la bicicleta. ¡Ay, no! Ni vaya a pensar que son heridas de agresión.

Ahora resulta que sí hacen su trabajo.

—Es una pregunta y tengo que hacerla. ¡Pa! Mujeres. Por eso no me he casado.

No se casa porque tiene una cara que ni su espejo debe soportar.

El oficial saca unos documentos que no me tomo la molestia de leer porque no tengo cabeza para razonar, solo obedezco la indicación de poner mis huellas en ellos.

—Déjeme ver a Daniela, por favor. Necesito hablar con ella, quiero ponerla al tanto de qué está sucediendo, debe estar confundida. ¿Podría ayudarme? —digo con voz trémula y clavo mis ojos lacrimosos en su mirada fría.

—Está en una celda al fondo; si deja de gritonear, en un momento la escolto. —Pone los ojos en blanco, seguro fatigado de mi insistencia. Pero si tan solo se pusiera en mis zapatos. ¡Es inaudito que esto suceda!

Agito el pie en signo de desesperación, el imbécil sigue fingiendo que relee su documentación. Aquí solo trabajan cuando el caso es mediático, si no, ni me hubieran buscado. Hago ruido con las uñas sobre el escritorio para meterle presión.

El hombre enchueca la boca y hace un chasquido.

—Bien. —Da un golpe a la mesa con ambas manos y se levanta.

Salimos al corredor, por las ventanas veo y escucho el tumulto, todos esperando tener la primicia para el periódico vespertino. Pero hay algo raro, todos están acaparando a una persona.

Veo aquella cabellera castaña en una cola de caballo.

—Espere, espere —le digo al guardia y empujo la puerta.

La gente se aglomera a mi alrededor y hacen miles de preguntas al unísono, pero los hago a un lado para que me permitan ver a quien creo que está ahí.

—¡Diana! —vocifero. Ella voltea enseguida y corre echarme los brazos encima.

—¡Emilia! Dios mío. ¡Aquí estás! ¿Estás lastimada? —Me mira las piernas, los brazos, los nudillos.

—¿Por qué estaría lastimada? ¿Qué es lo que hiciste?

Ha cometido uno de los peores errores de la vida.

—¡Estaba angustiada!

Una mujer angustiada que trae puesto un vestido como si fuera a ir a una fiesta.

Miro hacia delante, don Florentino está dentro de su coche junto con su mujer, y un reportero habla con él desde la ventana.

—¿Les dijiste a tus padres todo?

—Tenía que hacerlo, no llegabas a casa. —Arquea las cejas.

—Diles a tus padres que cierren la boca y acompáñame —Me contengo las ganas de arrancarle el cabello.

—¿Por qué me hablas así? Antes di que me he preocupado.

«Antes di». Bien, no sé cómo tomar eso.

—Pues gracias por tu bondad —digo, haciendo comillas con los dedos.

Si no viera a todos vestidos como para ir a una cena, creería su preocupación.

—Así es, la única que se preocupa por ti en el mundo. Mi padre dijo que una boca menos a la que alimentar y que ahora ya podía rentar a gusto tu habitación, y que, por fin, podría estar sola y ser eficiente en el consultorio. De haberte pasado algo, sería la única que hubiera levantado la voz. —Alza una ceja.

No puedo creer que haya estado viviendo bajo ese techo, Dios mío.

Una reportera bombardea preguntas sobre mí, sobre si es mi hermana, mi amiga, que cómo se procederá con Daniela y si es que ya está adentro Daniel. Estiro la mano y me cubro el rostro; mi gesto es grosero, pero no quiero más preguntas.

—¡Bien! Estarás contenta.

—A ver, mujer, deja de hablarme con ese tono. ¿Qué querías que hiciera? Hubieras hecho lo mismo por mí en caso de no encontrarme por días. ¿O no? No te presentaste al trabajo —usa los dedos para contarme cada una de mis faltas—, tuve que hacerme cargo de tus pacientes, como siempre, porque te recuerdo que desde el último año solo cometes errores y te la pasas en la luna. Ahora arruinas tu vida y la de otros y quieres buscar culpables. ¡No, señora! ¡Aquí te metiste sola a la boca del lobo! ¡Ah! Y déjame recordarte que tenías los nudillos heridos, ¿qué cosa querías que pensara? —me reta.

—¿El joven Daniel golpea a su prometida? ¿Es verdad? —La mujer acerca la grabadora a los labios de Diana y ella continúa su discurso con voz más clara.

—Pensé lo peor, que quizá te secuestraron, te tiraron en algún barranco o yo qué sé, se ven tantas cosas a diario. Vine al Ministerio Público, me pidieron detalles y me dijeron que posiblemente estábamos bajo un crimen de la pasión.

Eso pasa por leer tantas novelas policiales.

—Crimen pasional —corrige el oficial con los ojos en blanco, que sigue esperándome al pie de la puerta.

—Sí, eso, eso me dijeron. Era convincente, tú lastimada, buscando a la ex de tu prometido. —Su voz va en aumento—. ¡Tu prometido prófugo! ¡Ah! Y la mujer escribe cosas con metáforas extrañas donde habla de un criminal. ¡Mi cabeza voló! Y no voy a pedir perdón por eso, pero ahora sabes, señorita, que no puedes largarte por días, botar tu trabajo y no avisar. Este problema no me lo quieras meter en los hombros. Este problema es tuyo y nada más que tuyo. —Diana habló tan rápido que se quedó sin aire.

—Tienes razón, es mi problema.

—Pues sí, me alegra que lo confieses. Lo bueno es que estás bien y pronto le explicarán a la tal Daniela que fue un error.

—Un error… —arrastro la palabra.

Cientos de periodistas hoy mancharan el nombre de ambos,

ninguno dirá que es un error hasta que vendan la última copia de los ejemplares que imprimirán en unas horas.

Daniel llegará en cualquier momento y se encontrará con que ahora es un delincuente.

—Eres tan culpable como yo; en menor medida, pero culpable —digo antes de irme con el oficial a las celdas. Diana se queda con cara indignada y continúa hablando con los periodistas.

Me tallo la cara para limpiarme la humedad y me llevo los mechones de cabello despeinado detrás de las orejas. El señor abre una reja que hace un sonido chillante por el óxido.

Hay varias celdas vacías, sucias, oxidadas. Todas tienen un lavamanos ennegrecido del que dudo que salga agua y un retrete sin privacidad lleno de moho.

Huele a mortandad, a agua estancada y a pelo de animal mojado. En una celda hay un hombre de unos cuarenta años con cara de depravado que al verme saca la lengua de forma lasciva. Mi culpa aumenta a todas las potencias posibles. Me froto los brazos erizados por el temor y la vergüenza.

—Está al fondo —me señala—, cinco minutos solamente.

Cinco minutos no serán suficientes.

Doy cinco pasos, retrocedo dos.

Estoy tan nerviosa.

Camino dos celdas más y la veo: Daniela está con los ojos cerrados, las manos en posición de súplica, moviendo los labios sin emitir ningún sonido, seguramente pidiéndole a Dios que la saque pronto de este lío.

Su cabello está mojado, al igual que su ropa adherida a su cuerpo.

Qué he hecho.

Escucha mis pasos y abre los ojos. Se sujeta al barrote para mirarme y niega con la cabeza. La comisura agrietada de su labio ahora se ve púrpura y su cuello blanco tiene erosiones rojas.

—Danny… —titubeo, no puedo ni mirarla directamente. Desvío el rostro al suelo y veo que no trae zapatos. Cuando creo que no podría sentirme peor, me siento mucho peor.

—¿Qué me tienes que decir, Emilia? —remarca mi nombre—. ¿Qué te hice para terminar de esta manera? —Sus manos aprietan los barrotes—. ¿Te contrató alguien? ¿Algún periódico, algún programa de radio? ¿Con quién planeaste esto?

—No, Danny, sería incapaz, no, no, esto es una tontería. Esto no tiene por qué estar pasando.

—¿Qué quieres de mí? —Su voz ya no es la de la Daniela aniñada, se siente como una estocada dura y fría. Aunque me limpié las lágrimas antes de entrar, vuelven a salir.

—Sé que parece que fue intencional, pero no, Danny, te juro que no quise que nada que esto sucediera. —Clavo los ojos en los de ella con dificultad, pues sus iris verdes refulgen con rabia.

—¿Qué querías? ¿Hundirme por una rabieta de celos? ¡Por Dios! —Aprieta los dientes.

—¡Yo no quería dañarte! Traté de irme muchas veces, pero por una u otra razón me detenías, y… —Dejo escapar un suspiro exhausto.

—¡Ah! —Suelta aire—. ¿Es mi culpa dices? Yo sabía quién eras desde ese café, seguí tu juego, quería conocerte, saber por qué me buscaste, escucharte, estúpidamente te tomé cariño, mientras tú pretendías lastimarme, ¿para quedarte un hombre? ¿Eso ha sido?

—También te tomé cariño, Danny, sería incapaz de dañarte.

—Y eso hiciste, cuando yo solo intenté ayudarte.

—¡No! No, es que… —«Mierda, Emilia ordena las palabras»—. Por favor, escúchame.

—Escupe ya. ¿Qué puede explicar que yo haya terminado como una maldita rata?

—Sé que mentí, que me hice pasar por alguien más, solo ponte en mi lugar —Inhalo hondo.

—¡Ve al grano!

—Imagina que tu prometido está obsesionado pintando a una mujer que niega que existe, después una señora y un reportero comenzaron a asociar sus cuadros con tus poemas, decidí investigarte, saber si eso era real, fui a tu presentación en el teatro. Quería saber su historia, pues él se negaba a contármelo. Estuvo mal, no debí hacer las cosas así.

El rostro de Daniela es un mar embravecido después de mi confesión.

Se cubre las manos y llora.

—Eso me pasa por estúpida. —Sus párpados se fruncen con intensidad y deja escapar una exhalación dolorosa—. Estoy metida en un problema de una relación disfuncional ¡Qué mierda! Esto es cosa de tú y él ¿Qué coño hago aquí? —Golpea la celda—. Qué suerte tienes que estas cosas —Aprieta los barrotes— nos separen, porque seguro ya te hubiera hecho algo que sí ameritaría condena perpetua.

—Daniela, escúchame, lo lamento, jamás quise lastimarte.

Intenté decírtelo el primer día, pero pensé que reaccionarías mal y me sentí tan cómoda contigo que no quería terminar en un pleito. —Mi lengua se traba—. Vivo en casa de los padres de una amiga, no avisé que no regresaría, no me presenté al trabajo, pusieron esta denuncia y de principales sospechosos eran tú y Daniel porque contó toda esta historia y todo indicaba ser un crimen pasional; luego, yo tenía heridas en los nudillos porque rompí un cuadro y se malinterpretó todo. Y ahora no sé cómo remendarlo. El oficial me ha dicho que en uno o dos días todo estará bien.

—Qué mal estás —mueve la cabeza en desaprobación—, peleando un hombre. En verdad, es urgente que te plantees tu valor un día de estos, no puedes seguir así. Me has arruinado la vida.

—Lo lamento. Entiendo, entiendo que estuvo pésimo, jamás debí llegar fingiendo. No tenía idea de a quien estaba a punto de conocer. Y sí, sentí celos al principio, pero después cambió, te metiste en mi corazón.

—Cállate ya —habla entre dientes—. Te probaste enfrente de mí el vestido que usarás en la boda. ¿Ahí qué querías? Por ello me preguntabas si aún lo amaba, para lastimarme. Qué podrido corazón el tuyo. —Se aprieta la nariz y me da la espalda, pero añade—: ¿Sabes? De amarlo en verdad, hubieras respetado su pasado, que si él me dejó ahí es por algo. Tú no sabes amar. Ni tú mereces a ese otro jodido loco.

¿Cómo lo ha llamado?

—No, tú no eres pasado para él, eres y serás presente. ¿No me escuchas? Él se iba a casar conmigo solo por reemplazarte. He sido testigo de las respuestas que te da con su arte. ¿Recuerdas lo que me contaste? Lo he visto llorar mientras lo hace.

—Eso no significa nada, es una pintura y ya, así como mis libros solo son letras y ya; vivimos de esto. Joder, ¡basta! Vete, prefiero que me metan la cabeza en esa taza de váter que seguirte escuchando. —Tose una y otra vez, se escucha agitada y se da golpes al pecho.

—Daniela, perdóname —suplico, pero sigue sin voltear, solo se deja caer al suelo. Seguro está cansada.

Me quito los zapatos y se los paso tras la reja.

—Toma, no estés descalza, te hará daño.

—Me mojaron antes de entrar aquí con una manguera y agua helada, me golpearon mientras me esculcaban como si trajera entre los bolsillos armas, me manosearon como carne de mercado, se llevaron mi bolso. Me humillaron, Emilia —reprocha con frialdad.

Guardo silencio, creo que es más prudente, pues un perdón no basta. Y tiene razón, todo por pelear por un hombre.

Unas pisadas fuertes se acercan rápidamente.

Un oficial escolta a Oliver.

Se abalanza a los barrotes y sus ojos se deshacen al verla en ese estado.

—Danny, amor, ¿qué te hicieron? —Le sostiene las manos—. Estás fría. —Se quita el saco y se lo pasa a Daniela para cubrirla—. Estoy llamando a mis abogados para sacarte de aquí. —Le besa las manos—. Te prometo que nos vamos hoy mismo, cariño, no pienso dejarte la noche acá.

Ella asiente, sus labios tienen ese toque púrpura, pero muy tenue, como la vez del paseo de bicicleta. Él respira junto con ella, una especie de ritual para tranquilizarse que creo solo ellos conocen.

Le limpia las lágrimas con los pulgares.

—Señorita Miranda, ya pasaron los cinco minutos, vamos. —El oficial me toma por el hombro.

No tengo más que ceder.

Siempre me he quejado de lo malo que me hacen los demás, sus groserías, sus malos tratos, si me ignoran o no, si me agradecen o no. Es más fácil quejarse de lo que te hacen que abrir los ojos y ver el daño que haces a quien no lo merece.

Diana está sentada en un sillón; no hace expresión, solo agacha los hombros. Espero que apenada, de verdad, porque hace rato parecía que lo disfrutaba. Me siento lejos de ella.

—Me informan que el señor Gastón está por llegar —le comunica un hombre en traje color café que no había visto al oficial que está en la misma sala que nosotras.

Me recargo en la pared y apoyo la cabeza, que siento se va a caer. Me cubro la cara queriendo arrancarla.

Terminé siendo yo el monstruo, ¿verdad?

La garganta se me aprieta.

Por favor, ya que pase todo.

Después de la hora más eterna de mi vida, Daniela entra del pasillo que dirige a las celdas, su piel está seca y más pálida que hace unos minutos, su cabello tiene partículas de polvo de la pintura descarapelada del techo. Oliver viene maldiciendo a todo y todos.

—¡Os juro que pagarán esto! ¿Qué trato ha sido este? ¿Ah? Mira cómo la han dejado. Pedazos de mierda. —Señala a dos oficiales que están en la puerta de salida.

—Tome asiento, señor Cortés —ordena el oficial.

Oliver tiene la piel abultada de enojo, de las sienes le sobresalen venas serpenteantes.

Ayuda a Daniela a sentarse y la aprieta contra su cuerpo, como si su fuerza le diera protección.

Rodeamos la mesa, Diana frente a mí, Oliver a mi derecha y a la suya, Daniela. Llega nuevamente el hombre de traje marrón, parece ser el abogado, se sienta al lado de Daniela y, en voz baja, le hace unas preguntas. Asiente y su semblante parece bueno, como que son buenas noticias lo que le dice, pero eso no parece causarle felicidad. Es entendible, ha sido un día terrible. Ella se toca el pecho e introduce una bocanada de aire. Oliver le susurra algo y le da un beso en la frente. El ceño fruncido de su representante me intimida. Su aspecto atractivo hoy es fiero, como el de un león defendiendo lo suyo.

Se escucha que alguien viene. Miro la manija que comienza a moverse y mi saliva se atora.

Ya llegó.

Los latidos se me suben a la garganta.

Entra Daniel. Tengo solo unos días de no verlo, pero parece que han pasado años. Está un poco bronceado, tiene unos esbozos de bigote y barba de tres días.

Después de lo que ahora sé, siento que no lo conozco.

Lo viene acompañando Enrique, despeinado y ojeroso, con la piel vibrando de enfado. Me mira con cara de qué has hecho.

Los ojos castaños de Daniel devoran la habitación, busca mi mirada y levanta las cejas pobladas como preocupado.

Entra con pasos largos y veo cómo, de manera escurridiza, mira a Daniela con la cabeza recostada en los hombros de Oliver.

Rápidamente vuelve hacia mí.

Está fingiendo que no le importa.

Me levanto del asiento en sobresalto para explicarle, pero él pone un dedo en mi labio.

—¿Estás bien? —inquiere.

Daniela yergue el cuello y lo ve.

Se escucha un suspiro contenido. Tal vez no audible para la mayoría de aquí, pero sí para mí.

Turbulencias amorosas en el aire: Famosa escritora detenida por secuestro en el aeropuerto

15 de octubre de 1965

D. F. La reconocida poetisa y novelista Daniela Martiné fue capturada hoy en el aeropuerto acusada de secuestrar a Emilia Miranda, una respetada odontóloga local, comprometida con el pintor Daniel Gastón.

Testigos afirman que Daniel y Daniela hubiesen tenido un romance en su juventud. ¿Podrá este amorío del pasado haber desencadenado unos celos desenfrenados que la llevaron a cometer este acto de locura?

Lo que es seguro es que este escandaloso incidente ha puesto en la mira a Daniel Gastón una vez más, un pintor que ya ha estado envuelto en polémicas por sus actitudes violentas en subastas de arte. ¿Qué papel habrá desempeñado él en todo esto?

Por ahora, la escritora se encuentra en los separos, ¡pero eso sí, seguro que ya tiene material para su próximo *bestseller*!

¡El amor, el arte y la locura se mezclan en esta historia que tiene al Distrito Federal en vilo!

319

Capítulo 19

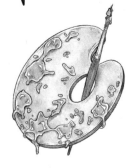

La única vez que me siento vivo
es cuando estoy pintando.

Vincent van Gogh

—Daniel, voy… voy a explicarte todo esto. —Le bajo la mano, pero él niega con la cabeza.

—Sé que lo explicarás. —Me besa la nariz como si nada malo hubiera pasado.

Para mi sorpresa, está sereno. Juré que estaría con la cara larga y cuestionándome qué he hecho. Me da un abrazo fuerte y susurra:

—Te extrañé.

—Tomen asiento, por favor —dicta el oficial más viejo.

Los ojos pistache de Daniela se hacen el doble de grandes en un instante. No quisiera ser yo en este momento, pero mucho menos quisiera ser ella. Oliver le presta atención a su semblante y casi puedo escuchar que también le cruje el corazón. Sabe que lo está viendo. Pero Daniel junta las manos sobre la mesa y dice:

—¿Y bien? ¿Qué sigue? —Se encoge de hombros, sin importancia, sin preocupación. Siento que este asunto me sobrepasa el cuello y la cabeza y él como si nada. Frunzo el entrecejo y con el pie le muevo el suyo.

Daniela está tensa, se nota que lucha por no mirarlo, sus pestañas inferiores están húmedas y adheridas a la piel. Había visto cuadros de ella con la mirada doliente y herida, pero nunca, nunca unos ojos como los que estoy presenciando ahora. El mentón de Daniel se presiona y su nuez se mueve con dureza.

Tiene un nudo, sé que lo tiene.

Daniel me toma de la mano y entrelaza nuestros dedos como siempre lo hacía al sentarnos en algún sitio, mas este no es el mejor para hacerlo. Quise quitar la mano, me sentía traicionándola, pero él se aferra y no me lo permite.

Me siento confundida.

Estoy teniendo una pesadilla.

—Señor Gastón, un gusto conocerlo, he escuchado mucho de usted. —Le sonríe el oficial Héctor, o eso leí en su gafete al cual hasta ahora no había prestado atención. Daniel se talla la barbilla—. Bien, señoritas, señores, quiero que sepan que esto pasa más a menudo de lo que se pueden imaginar. En fin, siempre esperamos que todo tenga una buena resolución, y me alegro mucho de que así sea. Tengo aquí el expediente, entonces lo redactado hasta ahora es lo siguiente: la señorita Emilia Miranda estuvo todo este tiempo en el hotel Gillow junto a Daniela Martiné, no hubo amenaza en ningún momento, todo fue en pleno consentimiento. Con eso podemos cerrarlo si están completamente de acuerdo, necesitaría solo algunas firmas y huellas digitales.

—Ajá, sí, cerrarlo, ¡cínicos! —increpa Oliver—. Pero esto no puede quedarse así, oficial, han manchado la carrera de Daniela. ¡Joder!

El abogado de traje café le hace señas de que se calme y habla con voz formal:

—Queremos hacer una demanda por lo que se le ha hecho pasar a mi cliente.

—Hundiré a quien tenga que hundir. —Oliver empuña la mano. Daniela lo reprende con la mirada y niega.

—Puede hacerlo señor —comenta Héctor.

—Basta, déjalo así, no importa, vámonos —musita Danny.

—¿Cómo que no importa? Perdóname, tía, no podemos dejar esto como si nada. Sé que tienes un gran corazón, pero, por favor, ¿estás de broma? Te trataron como alimaña porque según eras una delincuente. ¿Y él? A él le permitieron venir a declarar como todo un señorito. Esta decisión me corresponde a mí y yo sí quiero exigir una indemnización del daño, después de esto la editorial querrá retirar tus libros —añade, en este momento le habla como delegado. Ella cierra los ojos algo adormitada y vuelve a negar.

—Daniela, te debo una disculpa enorme por todo lo que hemos causado —dice Diana con voz apagada. Vaya, hasta que habla la caradura—. No tenía idea, yo solo estaba preocupada por Emilia. De verdad, perdón; no tengo más palabras, pero sé que me entiendes, tú hubieras hecho lo mismo por una de tus amigas.

—¿Sí? Claro, y el dinero que habéis recibido por esto allá afuera, ¿qué pasa, eh? —increpa Oliver furioso.

—Sí, lo hubiera hecho —lo interrumpe Daniela—. Claro que haría todo por una amiga. —Me clava los ojos duros.

—Haga lo que crea conveniente, señor... ¿Oliver? Creo que es su nombre —interviene Daniel. Una acidez se apodera de mi esófago que se siente como llamas saliendo del mismísimo infierno—, pagaremos la indemnización.

Volteo mi mirada hacia él.

¿Pagará por lo que he hecho?

Me toco la frente, la siento fría y sudorosa.

—No —protesta Daniela—, no quiero su dinero, quiero irme y ya. —Se pone de pie—. ¿Dónde firmo?

—¿Te has vuelto loca, mujer? Voy a levantar una demanda, es mi trabajo, es mi responsabilidad. Te hago caso en millones de cosas, pero en esto no —irrumpe Oliver con autoridad.

—Hazlo y te despido —responde.

¡Ssss! Durísima.

El silencio se hace en la sala ante aquella respuesta. Oliver parece que va a vomitar por las cuencas, sus fosas nasales se mueven con enojo, pero después de unos segundo asiente y se acomoda la manga de la camisa.

—De acuerdo —cede.

Daniela se arremanga el saco para tomar la pluma y veo las heridas que le causaron en la detención.

Sí merecemos una denuncia.

Con el pie toco el tobillo de Daniel; sin embargo, él sigue en su papel de no sé qué pasa, no me importa.

Se cierra la carpeta y se escucha una carcajada sorda proveniente de la boca del oficial Héctor.

—Bien, señores, sería todo; si gustan hablar unos minutos, la sala es suya. Me alegra que esto se haya aclarado. Ah, señor Gastón, ¿me firmaría esto? —Le tiende una hoja.

—¿Esto por qué? —pregunta Daniel.

—Soy un gran admirador de sus obras desde hace algunos años, he ido a dos de sus exposiciones.

Le firma rápidamente y al terminar se pone en pie.

—¿Nos vamos, Morenita? —me pregunta al oído.

Pestañeo con velocidad, confusa. Me tallo la oreja. Él me extiende la mano.

Miro a Daniela, lo miro a él, a Daniela, a él.

Los ojos.

Ojos avellanas, ojos verdes, la heterocromía de Espejo.

«Ella soy yo».

—Pe-Pero… —la apunto, lo apunto—, ¿no vas a decir nada?

Son las únicas palabras que pueden salir de mí.

«No le hagas esto, Daniel. No otra vez», quisiera decirle.

—¿Como qué? Ya se resolvió todo, vámonos, Emi —contesta sin chiste. Normal, una situación casual.

—Pero, pero. ¡Pero, pero! —Empuño los dedos—. ¡Daniel, por Dios!

—¿Pasa algo? —pregunta, haciéndose el desentendido. Claro que se está haciendo. Qué ganas de cachetearlo aquí.

—Daniel, no seas así, por favor, tú no eres este hombre cruel —susurro.

Hace caso omiso.

Daniela habla en voz baja con Oliver mientras se vuelve a llevar la mano al pecho.

Pasan a nuestro lado, ella mirándolo por el rabillo del ojo.

—¿Puedo ayudarles en algo? —pregunta Enrique.

—¿Hay alguna clínica cerca? Quiero que revisen a Daniela.

—Sí, a tres cuadras de acá.

—Enrique, llévalos en el auto, por favor; creo que es lo mínimo que podemos hacer por las molestias causadas, nosotros tomaremos un taxi a casa —le indica Daniel antes de susurrarle—: Paga lo que necesiten.

—No quiero nada de ustedes —acota Daniela buscando su mirada, sin embargo él la desvía hacía mí.

Me presiono la frente a la par que los veo alejarse.

—Daniel, te ofrezco una enorme disculpa, perdón por interrumpir tu viaje, estoy sumamente apenada —Diana se muerde los labios.

—No te preocupes. Gracias por hacerlo, una disculpa a tus padres.

—¿Arruinamos tu carrera?

—No, yo ya renuncié.

—Daniel, ¿por qué estás haciendo esto? —Lo tomo por los brazos—. ¿Cuál renuncia?

—Te advertí lo que haría.

—¿Y ella?

—No te entiendo.

Ladea la cabeza fingiendo confusión. Se muerde el labio inferior y mira a la avenida.

No lo conozco, yo a este hombre no lo conozco.

—¿Por qué le haces esto? ¿Por qué se hacen esto?

Silba a un taxi a lo lejos y le hace señas de que va a dar la vuelta.

El sol se está metiendo. Los pájaros regresan a los árboles, y yo me encuentro cargando el mundo en la espalda. Daría, en serio, daría todo por regresar el tiempo y hacer las cosas mejor. Cuánto me arrepiento.

—La mujer que has pintado todos estos malditos años, por la que te he visto reír y llorar en silencio en esa habitación olor a cámara de tortura. ¿No harás nada?

Entrecierra los ojos y un destello de sol le apunta al rostro dejándome ver el mismo chico cálido que conocí un verano.

Mueve su cabeza diciendo no.

—Entonces aceptas que es ella, mientras por años me hiciste sentir que estaba loca.

El taxi se detiene y abre.

—Vámonos a casa, se está nublando, allá podemos hablar. Una gota me cae en la mejilla.

—¿A casa?

—A casa, ¿o a dónde tienes que ir?

Capítulo 20

El artista es un ingeniero del alma humana.

Iósif Stalin

Me negué tantas veces a escucharme por creer en él, me puse en mi contra, lo elegí por sobre mí. Miles de veces le pregunté «¿Quién es?». Y solo escuchaba: «Nada, mi *alter ego*, ella soy yo. Nada de qué preocuparte».

Pero quedaba en mi pecho aquella espina de duda que reprendía cada noche, les daba vueltas a sus palabras y al final me sentía una ingrata por todo lo bueno que hacía por mí y yo reprochándole.

Qué traicionero y engañoso es el corazón; debería odiarlo, o al menos no quererlo, pero lo miro y mis latidos vibran. Quisiera tener el poder de diseccionar el pecho, extirparlo y con una cánula succionar los recuerdos, así se vengan los buenos, me arriesgo a que se borren.

Comparo al amor con una trampa de osos, estamos campantes por la pradera cuando de repente los dientes metálicos se nos clavan al pie. Vienen las mentiras, los secretos, las traiciones, y luchamos por salir, aunque resulta peor, pues ahora tienes que decidir, te quedas en la trampa por siempre o te cortas el pie; coja, pero libre, o atrapada y con ambas piernas. ¿Qué se escoge?

¿Cómo se deja de amar? Ojalá un día la ciencia avance y podamos ir a la droguería a pedir unas píldoras para ocasionarle amnesia al corazón o a la razón, como quien pide para dormir o para el dolor.

***

Daniel contempla el jardín de enfrente. Mira el césped, lo toca y menciona que el jardinero no hizo el trabajo que le encomendó. Se acerca a sus rosas, les sonríe como si hubiese demorado meses en no verlas.

Me recargo en el árbol que está antes de entrar al pórtico; nunca pregunté su nombre, de las ramas crecen flores amarillas.

—¿Qué significan esas flores?

—¿Y esa pregunta? Nunca te interesaron los árboles.

Una amiga me dijo que te gusta leer sobre ellas.

Daniel levanta las cejas con asombro.

Camina hacia mí. Toca el tronco, se agacha y recoge unas las flores oxidadas que se han caído.

—Se llaman acacias, significan eternidad. No son mis favoritas, sin embargo, ver el color amarillo apenas te dispones a salir de casa, anima ¿no te parece?

—Como los girasoles.

—Así es.

La pone en mi mano.

La acerco y por inercia la huelo.

—No —ríe—, ahora no huele. Cuando recién florece sí, como a miel.

—¿Y esas otras? —Señalo las violetas que se encuentran antes de tocar la acera de la calle.

—Llevan el mismo nombre que su color, y que mi madre, violetas, tal vez por ello les tengo aprecio.

—Tu madre… ¿Por qué yo no sé casi de ella ni de ti? Es decir, de cuando eras niño, de todas esas cosas que sabes de las flores. ¿Dónde lo aprendiste? ¿Quién fuiste antes de mí?

—Creí que no te importaría. ¿Recuerdas cuando te hablé de mis experimentos con rosas híbridas y que quería bautizar una con tu nombre? Cuando te enseñé mis fracasos con ellas y ni siquiera las viste? Descuida, no me ofendí tampoco, sé que no a todos nos gusta lo mismo.

—Está bien, acepto mi culpa, pero, ¿qué hay de tus padres? De ellos si te pregunté, de tu familia, de dónde vienes, eso también lo omitiste.

Daniel se lleva la mano izquierda al cabello y con la derecha se limpia algo del mentón. Guarda silencio, ese maldito silencio otra vez.

—Cuando me presentaste con tu madre, omitimos durante meses que yo era pintor, ¿recuerdas? Por temor a lo que fuera a decir ella, incluso tuve que decirle que estaba en una oficina.

—¡Estuviste de acuerdo!

Sí, lo hice, pero por no darle un dolor de cabeza; de por sí el cáncer no fue cosa fácil para ella, mucho menos lo sería pensar que su hija repetiría su historia.

—Le hablabas de mí, como si fuera un hombre perfecto y sin mancha, proveniente de una familia tradicional y de valores —su voz se endurece—, y ni siquiera me habías dado la oportunidad de hablarte en realidad de mis padres, así que preferí omitirlo; no quería defraudar lo que creías de mí.

—No me culpes, Daniel, lo hice para que mi madre no se acongojara.

—Sí, entendí tu miedo al qué dirán y lo acepté. Tampoco es un tema que me da orgullo contar.

Los truenos atraviesan los cielos, y la parvada de aves revolotea sin dirección espantada por el sonido.

—Ven, está por llover —Camino tras él. Siento la saliva amarga y espesa. Enfado, decepción, tristeza.

Cuelga las llaves en el perchero, así como también su maletín.

Se desabrocha el cinturón y abre la alacena para sacar una tetera y calentar agua.

Yo me quedo en la sala, frente al cuadro; ahora tiene nombre.

Hoy la miro sin rencor.

—Mírala, Daniel. Dijiste que nunca me mentirías, y lo hiciste desde el principio. «Ella soy yo», ¿recuerdas?

—No mentí en ello.

—¿Por qué no tienes el valor y los pantalones de hablar? —Lo empujo por el pecho—. Siempre me hiciste sentir que era una loca por celarme de tu trabajo, ¿qué hago ahora que sé que existe? ¿Piensas que sobrellevaré esto? ¡No, Daniel! —Vuelvo a empujarlo y retrocede. Me toma las manos por las muñecas—. Yo luchaba contra mí misma día tras día por no explotar y tirarte las cosas en la cara, por respetarte, apoyarte. Tal vez entendía poco de tu mundo, pero tampoco entiendes el mío y no me importó. Eso nos hacía únicos a cada uno. Tal vez nos faltó tiempo de hablar más de lo que sentíamos; sin embargo, hubiera sido posible si hubieras sido sincero conmigo, total nos quedaba una vida, ¿no es así? —La voz que emerge me lastima el pecho, como si salieran espinas desde mis pulmones.

No rompo el contacto visual.

Dilo, vamos, no más silencio.

—Yo ya no quería hablar de ella.

—No querías, sin embargo, siempre estuvo presente en cada uno de tus días —Me zafo de sus brazos y enciendo la luz del taller. Todos los ojos de las paredes me miran, pasmados, tan inquietos como los míos ahora. Él se recarga en la pared y se muerde el labio inferior mientras observa a la redonda como si fuese la primera vez que lo hace.

—Muchas veces estuve ahí en donde estás tú, preguntándote por ella. «Daniel, ¿quién es?», «Daniel, ¿qué es ella para ti?», «¿Por qué te importa tanto?», «¿Cuál es la historia de ese personaje?», «Daniel, ¿ella es real?». Lo hice. Tuviste decenas de oportunidades de ser sincero, tal vez te hubiese entendido, sin embargo, optaste por la mentira, y yo opté por creerte cuando mi corazón me decía que mientes.

Toma una libreta de bosquejos que quedó abierta cuando vine con Diana.

Se siente en el banquillo poniendo un pie en la madera de sostén.

Suspira.

—Creí que si dejaba de nombrarla terminaría olvidándola.

Primera bala.

—¿Cuántos cuadros y dibujos hay aquí? Al menos trescientos, ¿así se olvida?

Abre los labios e intenta decir algo, pero se arrepiente.

—Es paradójico, lo sé.

—Admítelo, solo fui la mujer con la que decidiste conformarte.

—No, no, Emi, por Dios, no digas eso.

Fui la persona con la que decidió quedarse, esperando que otra se le saliera del pecho.

—Vi cómo la miraste, ese pequeño segundo que le dedicaste al entrar a la cámara, no sabré muchas cosas, pero sé entender tu mirada, esa no miente.

Vuelve a negar.

Se lleva las manos a la cara y la libreta cae al suelo.

—No quise lastimarte.

Lo sé.

—Pero lo hiciste. Parece que te has empeñado en lastimar a las personas que solo intentan quererte.

¿Con qué autoridad entra al corazón para saquearlo? Porque así me siento, saqueada, una ciudad arruinada por un tornado y que ahora tengo que ver cómo reconstruirla por culpa de alguien que no supo cuidarla.

Salgo del taller con los latidos en la garganta.

Me limpio las lágrimas.

—Emilia. Yo nunca mentí con el amor que te tengo, en verdad te quiero.

—¿Para qué me quieres?

Me toma de la muñeca y me pega a él.

—Perdóname.

—Te amo, pero el amor ya no es suficiente.

Pone mi mano en su pecho, siento los golpeteos de su ritmo cardiaco.

—Renuncié a mi trabajo por ti —insta—, se acabó. Me besa las manos.

—Se acabó externamente, pero aquí —le toco el tórax—, aquí no. Aquí vive ella, y yo… yo tengo que irme.

Desvío mis ojos hacia la mujer la mujer revestida en una tela color durazno. Lo miro a él, sus rasgos, sus comisuras, los pequeños lunares en su mejilla, les tomo fotografías con la mirada. Retrocede y me da la espalda.

Toma aquel cuadro de la pared con ambas manos y con pasos rápidos se dirige al jardín trasero.

Escucho el crujir del marco de madera.

Voy hacia allá.

—¿Qué haces?

Entra por otro y hace lo mismo.

Se rompe.

Vuelve por otros cuatro, los apila. La madera se desbarata al golpearse entre ellos.

Lo detengo tomándole de la camisa.

—Basta ¡Detente!

Toma del estudio una garrafa de líquido y lo rocía en ellos.

Vacía el galón por completo.

—¡No! ¡No! ¡No! —forcejeo—. ¡Detente! —Saca una caja de cerillos y la enciende para después arrojarla—. ¡Qué haces!

Los lienzos comienzan a arder, el fuego avanza rápidamente, la madera le hace favor. Las llamas se reflejan en los ojos de Daniel, quien queda impávido después de su arrebato. Le tiembla el mentón, al igual que la piel de encima de los labios. Se escuchan las chispas proviniendo de la madera.

Llegó el día en que por fin podía ver arder los bastidores, se deshacen ante mí. Pero en mis manos no hay una cerveza ni ninguna copa con vino, en mis pies no hay ganas de danzar y en mis labios no hay una sonrisa ni un rastro de aquel deseo enfermo y pirómano de cada mañana. No hay satisfacción. Me duele, me taladra. Daniel entra a la casa deprisa; en un instante trae consigo otros seis cuadros en los brazos, entre ellos, el que se negó a vender y armó el primer escándalo.

—Tú no quieres hacer esto. ¡Daniel, despierta! —grito. Forcejeo con él, quiero quitarle al menos ese cuadro.

Fallo.

Ya están en la lumbre y esta se hace más intensa. Cubro mis labios con las manos.

Cuando veo su intención de continuar, lo empujo con todas mis fuerzas y cae en el césped húmedo.

—¡Ya fue suficiente! ¿Qué ganas? —Daniel se apoya, me hinco y quedo delante de él—. Mírame. —Lo tomo del rostro, un llanto sale de su boca y sus ojos. Solloza como si alguien hubiera muerto y me abraza, siento caer sus lágrimas por mi cuello hasta la clavícula. Llora como solo lloran los niños pequeños. Daniel siempre ha sido un hombre sensible, pero a la vez con un toque de dureza, y, aunque no es la primera vez que lo escuchaba llorar, esta vez se siente letal.

Sus lágrimas arden.

—No te vayas, Emily, no me dejes, por favor, no me dejes hoy —llora como un niño abandonado.

Gotitas de lluvia golpean mi piel, se van haciendo más grandes. Comienzan a luchar con la hoguera, pero es tarde, las pinturas están arruinadas. Su respiración se hace torpe y congestionada. Lo hago un poco a un lado para verlo, las lágrimas no cesan; aunque la lluvia comienza a caernos, sigo diferenciando las gotas del cielo de las suyas.

Tiene la misma mirada que puso ella al verlo en esa cámara. Roto.

—No quiero compartir tu corazón, Daniel, ni competir en una carrera que ya perdí desde antes de comenzar —Le quito el cabello pegado de la frente—, No quemes los demás, te lo pido.

—Siempre quisiste que lo hiciera, tú lo deseabas, y si esto pone fin a todo, lo haré, trataré, de verdad que sí. —Busca cruzarse con mis pupilas, pidiéndome ese sí.

No me mires de esa forma.

—Ven, vamos adentro, que la lluvia arrecia.

Echo un vistazo de lo que ha quedado de las pinturas, restos negros y cafés sin forma.

Mañana tendrá resaca de lo que acaba de hacer.

Capítulo 21

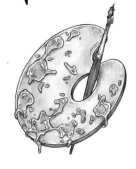

Una obra de arte que no comenzó en la emoción
no es arte.

Paul Cézanne

—Entonces esperaste por años a tu madre en el orfanato, lo lamento mucho —atenúo mi voz.

—Pasaba todas las tardes en la ventana esperando por ella, pues dijo que volvería y yo no tenía idea de que las madres mienten.

—¿Y tu padre?

—No se hizo responsable, fue un hombre que engañó a mi madre, abusó de ella y se largó como un delincuente. Por fortuna no lo conozco, aunque ella decía que físicamente éramos iguales.

—¿Y quiénes son los que están en Brownsville entonces?

—Mi madre y su esposo; pudo rehacer su vida con un buen hombre, un piloto aviador con el que tuvo dos hijos y dos hijas, pero no quiere saber más de mí. Supongo que le recuerdo a mi padre, no la culpo. —Sorbe su té y se embabuca viendo el humo salir del líquido caliente.

—No tenía idea, debió ser durísimo.

—Hay vidas peores, al menos la mía terminó bien. Corrijo, algo bien. —Estira la mano y toma la mía, que también está sobre la mesa.

—Deberías ir a verla a la clínica. —Hago como que sorbo mi té, pero solo humedezco mis labios y nariz con el vapor. —¿Para qué? —mueve su nariz enrojecida por el frío—, Seguro el hombre con el que está le hace una buena compañía, no tengo por qué entrometerme. —Toma una servilleta y se suena la nariz.

—Hasta donde sé nunca has sido un hombre celoso. —Suelto una risa casi disimulada—. Descuida, ellos no son nada, así que puedes ir a hablar con ella.

Lentamente deslizo los dedos fuera de sus manos y sujeto la oreja de la taza.

—Entonces estuviste con ella estos días.

—Sí, entiendo por qué la amas.

—Emily...

—Es verdad.

Me dedica unos ojos de cordero, refulgentes, acaramelados y melancólicos.

—No mentí en el amor que tengo, Emily. Ojalá pudieras meterte en mi cabeza, verte, escuchar mis pensamientos, sentir mis latidos, experimentar lo que he sentido con solo pensarte.

Me paso a un asiento a lado de él.

Se pone a jugar un cubo de azúcar hasta deshacerlo.

—¿Sabes qué amas? —Con los dedos volteo su barbilla hacia mí—, Tu zona segura, tu empleo, una prometida que dentro de poco será la esposa que te esperará en casa y te hará ver como un hombre que llegó a la cumbre de su vida con lo que todos llaman éxito. Nadie que diga que Daniel Gastón fue otro típico pintor amargado y solterón que se encerró para siempre a pintar la obra maestra que no terminó, que enloqueció, que vivió entre alcohol y cigarros arrepintiéndose de sus malas decisiones. Nadie que sospeche que dentro del corazón del pintor habita una mujer que nunca superó, que lo carcome día a día no estar junto a ella y en detalles la trae de vuelta, aunque eso lleve consigo herir a otra mujer, una que nada tuvo que ver, que solo se coló en la vida y el amor equivocado. ¿Me equivoco? —Su nuez se mueve con dificultad, un puñado de palabras seguro se le atoran, excusas, persuasiones, nombres. Abre la boca, pero no emite sonido—. ¿Has sido feliz conmigo? Me refiero a verdaderamente feliz, pleno, sin que sientas que te falta algo. ¿Lo has sido?

Las lágrimas se le acumulan, aprieta los labios y mira hacia arriba para retenerlas.

No responde.

Eso es respuesta.

—A eso me refiero, ni tú ni yo hemos sido completamente felices. Quería convencerme de que sí, que por fin pertenecía a un sitio, y que después de toda mi vida de andar como nómada, como extranjera en mi propia tierra, donde me cuidaba la vecina, la tía, la abuela, los padres de Diana, donde todos tenían expectativas altísimas de mí, por fin estaba segura contigo, y no. Tú no tenías que ser mi salvación, ni mi medicamento de rehabilitación. Ni yo el tuyo. Pasé años comparándome con ella —Volteo a la pared vacía—, discutiendo con mi rostro, con mi cabello, sobre pensando todo el día en cómo robarte la atención, porque yo quería que los mismos ojos que ponías en ella los tuvieras para mí. —La voz se me quiebra y las siguientes palabras se hacen más difíciles de sacar—. Pero nunca iba pasar, así cambiara mi cuerpo, mi cara, mi cabello, nunca sería suficiente, porque no soy ella. Soy Emilia, imperfecta, obstinada y cabezadura, que no sabe tomar un lápiz, pero sí una fresa dental, que no sabe de flores, ni de parecer una dama delante de los demás, pero es maravillosa. No quiero ser la mujer con la con la que alguien se conforme, porque tengo millones de virtudes que no pudiste ver, porque, aunque estaba tu cuerpo aquí, tu corazón, tu mente, siempre estuvo con ella.

»No nos lastimemos más.

—¿Me odias?

—Dios mío, nunca podría odiarte.

Se hace silencio, solo se escuchan las manecillas del reloj, tic… tac…

Son las cinco de la mañana.

Tiempo, detente un poquito.

—Daniela tampoco te odia.

Toma aire con dureza, y en la mesa, juega con sus dedos.

—Daniela —menciona su nombre con dulzura—. Yo no quería verla morir, Emi. Quería que se fuera de aquí.

Viene a mi mente el momento en que vi sus labios azulados en el parque, su jadeo, su respiración, su forma de dormir, el cómo lucía en la cámara.

«Mi hermano es su médico».

—¿Verla morir? Está enferma, ¿verdad?

—Ella es una escritora maravillosa, pero siendo realistas, en este país no iba a triunfar; las editoriales siempre les dan el paso a los hombres antes que a una mujer, los profesores del instituto no prestaban atención al trabajo de las compañeras aunque fueran excepcionales, incluso las persuadían para comprárselos y ellos publicarlos con su nombre. Eso no solo pasa en las letras, sino en la pintura, la música... lo sabes. Poco a poco van cambiando las cosas, no obstante, hace diez años parecía imposible.

»Millones de veces la quise impulsar a irse de aquí, pero tenía miedo. Y ya sé, ¿quién soy yo para hablar de miedos? Sin embargo, no soportaba verla cada vez más apagada, se llamaba basura a sí misma, no creía en su potencial; prefería estancarse, quedarse en el trabajo familiar, y pensé que el motivo real por el cuál no quería irse, era por —traga saliva— mí. «¿Qué pasará con nosotros?», fue una pregunta que me hizo reiteradas veces, y entonces supe cuál era el problema principal: yo lo era.

»Ella padece una enfermedad del corazón, una cosa de nacimiento; no entiendo mucho, solo sé que es algo que no tiene vuelta atrás. Llegué a estar con ella en el hospital en dos o tres ocasiones y escuchaba malos pronósticos de los doctores, le decían que no fuera tan inconsciente con su salud y que dejara de andar creyendo que sería inmortal, porque cómo le encantaba correr hasta quedarse sin aire. Sé que su madre murió hace unos años de ese mismo problema. Daniela se anotó en la lista de candidatos a trasplante de corazón en cuanto se abrió, pero la gente se muere esperando. Por eso quería que ella saliera de aquí lo más pronto posible. ¿Fui un criminal? Si le quedaban pocos años o no, yo no quería que se detuviera, quería que triunfara, escribiera, viajara. ¡Y lo hizo! —Se muerde los labios, talla sus ojos húmedos y, en una sonrisa, muestra los dientes, mirando hacia arriba como imaginándola—. Es una estrella ahora, una mujer encabezando periódicos, premios, con más de siete libros publicados, una novela que la hizo saltar el charco. —Hace un grito contenido de emoción—. Estoy tan orgulloso... No, no me arrepiento, fue lo mejor que pude hacer, aunque eso me costara perderla y no encontré otra manera de dejarla ir sino pintándola. —Lo miro confundida, él lo nota—. No la pintaba porque quisiera que regresara, Emily, la pintaba para soltarla.

La rompió para que se fuera.

—Entonces, siempre estuviste al pendiente de su carrera, ¿eh? Sabes lo de los libros, su madre, sus logros, por eso mirabas los periódicos internacionales.

—Sí, iba a los puestos a leer, quería asegurarme de que hice lo correcto, y cada vez que veía una nota magnifica me reconfortaba.

Hablar de lo que ocasionó sin duda le hace sentir éxtasis, se nota que humea una victoria, pero no estoy de acuerdo.

—Y el leerla, ¿no te hizo reconsiderar las cosas? ¿Saber que sufría por no tener una explicación?

—Eso la hacía brillar —ríe—. Siempre supo transformar el dolor en algo impresionante,

Me cubro la boca y estiro mi barbilla hacia abajo.

Siento que escucho a un asesino confesando su crimen.

—La pintura con el corazón enfermo, la pintura con aves en la garganta, la otra con el corazón y los pinceles, tú… tú siempre estuviste pintando sus poemas. De alguna forma siempre estuvieron hablando.

—Sí —afirma como un niño travieso—, Siempre fue así cuando éramos chicos. Esa es la mejor forma en la que funcionamos. Podré dejar de amarla y no dejaré de pintarla, y ella podrá dejar de amarme, pero no de escribirme; así es esto, las musas se quedan para que las personas se vayan. —Se encoge de hombros—. No me conformé contigo, si eso es lo que has creído. Emily, eres una mujer preciosa, inteligente, con un corazón noble que me hizo aprender y entender cosas de mí. Estaba seguro de que podría amarte infinitamente más de lo que amé nunca, lo conseguí, te amé, pero te amé mal —Me froto un hombro, ve que mi cabeza se agacha— Ella no es mejor que tú ni viceversa, perdón si yo he ocasionado que te compares. Amo a Daniela como Espejo, como ese personaje, me da vida, me entiendo. Cuando era pequeño, me sentía estúpido por ser malo para los números, para memorizar, en las clases del orfanato yo era el típico alumno tonto que solo dibuja en su libreta y que reprenden por lento aprendizaje. No era lento, no era tonto, la inteligencia viene en distintos empaques, lo entendí después, cuando vi que servía, que había personas que podían identificarse con mi arte, llorar, dedicarse, inspirarse. Nosotros no elegimos a las musas, ellas nos eligen.

Me quito el anillo y levanto su palma para ponérselo.

Él toma mi mano y la besa.

—Es tuyo. —Lo vuelve a poner en mi dedo—. No lo veas como promesa de matrimonio si no quieres, pero lo compré pensando en ti, te lo juro. Quédatelo; aparte, es a la medida de tu dedo y es muy pequeño.

Me da un abrazo el cual no rechazo, porque en serio lo necesito. Y creo que ambos sabemos lo que significa este abrazo, este último abrazo.

—Gracias.

—¿Por qué me agradeces?

Me suelto de él y retrocedo dos pasos.

—Por contármelo, por tu tiempo, y por tu ayuda.

—No he hecho nada por ti, más que dañarte.

—Estuviste ahí cuando murió mamá, cuando quedé en la calle, me ayudaste a terminar mis estudios, a comprar mi material de consultorio, creíste en mí; cometiste errores, pero eso no quita lo bueno que hiciste. Mi vida fue más sencilla gracias a ti.

—Hubiera querido ser el hombre que mereces, Emily, porque mereces más. —Daniel pone su mano en mi nuca, me acerca a él y besa mi mejilla, un beso discreto, sin ruido. Escudriño su boca, me inquieta la duda de si sabe a naranja. Me abstengo porque si no, reiniciaré el bucle.

—Subiré por unas cosas que dejé en tu habitación. —Sonrío de manera triste, es notorio.

—Emily —dice antes de entrar a su estudio. Volteo a mitad de camino del segundo piso—, quizás no era nuestro momento. —Suelta el aire.

Se aleja.

Sigo mi camino.

Con la poca fuerza de voluntad que reside en mis manos, doblo la ropa, y en cada prenda —que no son tantas—, recuerdo los días que pasé con él: las cenas; los pequeños viajes, aquellos donde nos escapábamos al amanecer y regresaba a medianoche, brincándome la cerca; las miradas que creí escondían deseo; las promesas que hice y me está obligando a romper, las ilusiones, las ganas que tuve de recorrerle cada centímetro del cuerpo con la boca, de ser suya.

Me quito la ropa para ponerme una limpia.

Me miro en el espejo desnuda.

No hay nada malo conmigo. Lamento todas las veces que me hice la guerra por esperar que unos ojos me admiraran. Ya no quiero volver a sentir que mi piel es un vestido que no me queda.

Nunca volveré a pelear con mi existencia, no volveré a pedir entre llantos un «escógeme a mí».

Tomo mi bolsa con miedo, porque mi vida cabe solo en una bolsa.

Siento venir el avión intruso lanza bombas dentro de mi cabeza.

¿Y si no puedo?

¿Y si termina mal?

¿Y si todos tienen razón y sola no se llega lejos?

Aprieto los dientes.

Pues que me vaya mal. Tampoco es que me haya ido muy bien últimamente. Dicen que la paz no tiene precio, que es mejor vivir debajo de un puente y con tranquilidad que en una mansión en guerra. ¿Así iba el dicho? Pues si no va así, ya lo inventé.

Me siento al pie de la cama a mirar la ventana, esperando que el sol haga acto de presencia. Mis piernas se mueven nerviosas y escucho el ruido de mi tripa asustada.

Cuánto lo voy a extrañar.

Pensé que seríamos un para siempre en lo que nos quedaba de vida, y ahora que lo veo, me doy cuenta de que desde que nos conocimos éramos una cuenta regresiva. Lo conocí y sin saberlo, ya nos estábamos perdiendo.

Yo tenía un corazón totalmente vacío listo para que alguien pudiese habitarlo; sin embargo, él ya lo tenía ocupado y gentilmente quisiste darme una recámara. Lo agradezco, sé que no fue con mala intención, pero en cosas del corazón y sus habitaciones no cabe la solidaridad.

No diré que nunca me sentí amada, lo sentí, mas no como yo lo merecía, porque, millones de veces al verme reflejada en sus pupilas, sentía que no era a mí a quien veía, y agradezco hoy saber la verdad, porque entonces rectifico que no eran cosas mías, y, de ahora en adelante, debo escuchar mi intuición.

Me quedo con lo aprendido: merezco a alguien que solo tenga ojos para mí, que me mire como el cuadro más bonito que pudiese tener en la sala principal, y no hablo de la casa, sino de su vida. Merezco a alguien que no trate de hacer de mí una réplica de un amor del pasado. Nadie es igual a otro, y hay mucho en mí, interno y externo, lo suficientemente bueno y valioso como para que quieran retocarlo.

Ahora lo sé. Todos estos años viví una eterna competencia, luchando porque sus ojos solo fueran míos, y qué tonto vivir todos los días en una carrera absurda donde alguien ya estaba en la meta y no había nadie que me avisara que era inútil correr. Y no es que debamos todos estar compitiendo, es que nunca nadie tendría que hacerlo.

Quiero pensar que en verdad no fue su intención lastimarme; quiero creer que está tan perdido como yo, pese a ello, agradezco su apoyo, porque cuando todos se habían ido, se quedó, se hizo cargo de mí, aunque no tenía por qué. Si un día puedo, se lo pagaré, lo prometo.

No me quiero ir sintiendo que me equivoqué o que me robaron el tiempo, lo que aprendí no se va a ir; lo bueno lo llevo aquí, también lo malo, para no volverlo a permitir.

Lo amo, y ojalá un día deje de hacerlo.

Ojalá continue su carrera, tal vez lo siga admirando a lo lejos, en el periódico o en la radio, y juro que me emocionaré. Y si un día la vida nos reencuentra, espero sea de otra manera, donde ninguno nos reconozcamos, pero sepamos que somos nosotros.

Le digo adiós por la misma razón que lo hizo una vez, por amor.

Este no es un trueque, me voy también para ser feliz.

***

Amanece.

Dejo una nota en su buró:

No es que no fuera nuestro momento, no era nuestra vida.

Capítulo 22

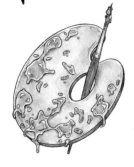

Los poemas deben escribirse rara vez y de mala gana,
bajo penas intolerables y solo con la esperanza
de que los buenos espíritus, no los malos,
nos elijan como instrumento.

Czesław Miłosz

Tres años después

Conseguir departamento no fue tan difícil como me había planteado, solo tomé un periódico y visité los más cercanos. En cuanto llegaba con los caseros, lo primero que preguntaba era por la ventana con vista al mar, si me decían que no, me retiraba y no les hacía perder el tiempo. Pero di con una señora que de inmediato me dijo que sí. Me llevó hasta el último piso del edificio, el número siete. «Muy alto para mí», pensé con los pulmones colapsando por sofocación y pánico, pensando en todos los posibles desastres naturales que podrían ocurrir y no me daría tiempo bajar; pero en cuanto entré y vi el ventanal en la habitación hacia el mar, justo la parte donde se aprecia la isla en forma de tortuga, me relajé y firmé el contrato a un año, después a dos.

Es un lugar pequeño, apto para una persona solitaria. Tiene un baño sin puerta, una sala que también hace de comedor y cocina, pero al estar en un sitio alto, la brisa golpea con fuerza y lo refresca; es curioso, como el aire de la ciudad huele a ese típico bloqueador solar de coco y plátano.

Acapulco siempre fue para mí un paraíso; de pequeña escuchaba la radio y cómo los conductores lisonjeaban la vida nocturna, iluminada y musical de la ciudad. En varias ocasiones, lanzaban concursos para regalar boletos de pasajes y hospedajes para pasar un fin de semana aquí. Siempre traté de convencer a mamá de que participara, pero se daba por vencida sin intentarlo y me apagaba los ánimos diciéndome que eran estafas.

Después de visitarlo por primera vez en una escapada, supe que quería vivir aquí y ver cada mañana el mar con ese color azul intenso y cómo con los reflejos del sol parece que hubiera cristales en la superficie; y ahora se ha cumplido, esto es igual a ser millonaria. Confieso que en los primeros días el calor estaba acabando conmigo; bañarme no era suficiente para atenuarlo, tenía que estarme mojando la cara cual verdura de mercado una vez cada media hora. Pero ahora estoy terminando por amarlo, es como vivir un eterno verano, puede haber tormentas, pero ni eso te hace taparte al anochecer. Me gustan las ondas que se forman en mi cabello y lo jugosa y dorada que se me ve la piel. Imposible olvidarme de tomar agua, hay cocos en cada esquina y una especie de fruta parecida a una esponja que le llaman manzana. ¡Ah! Y lo que decían los conductores era cierto: todo el día está vivo; es decir, puedes salir a la medianoche y parece que son las siete de la tarde. Hay música, los puestos de helados y tacos están abiertos las veinticuatro horas, en el mar hay gente nadando a las tres de la mañana y paseando a sus mascotas. Las personas son muy amables y cálidas, preguntas dónde se encuentra algo y detienen su actividad para explicarte con santo y seña cómo llegar y terminan por recomendarte más sitios. Pensé que aquí no se festejaría la navidad y qué sorpresa es que sí; es algo raro ver pinos con escarcha artificial y a Santa Claus con ropa acolchada y roja mientras andamos con prendas holgadas bronceándonos la cara.

No mentiré ni diré que la resiliencia corre por mis venas y que soy una mujer nueva y renovada a la que nada le duele; claro que me duele. He llorado la misma cantidad de litros que posee el mar muerto y no es una hipérbole; realmente creo que, si suben los niveles de sal y marea en el mundo, tendré que pedir una disculpa pública ya que yo he sido la razón.

Vivir sola parece fácil: el aseo es sencillo, la despensa se compra rápido, no das cuentas a nadie y nada se pierde. Mas cuando te sientas a la mesa en total silencio y solo escuchas tus latidos y la comida crujiendo en tu boca viene la tristeza, quiero hablar de cómo me fue en el día, de mis crisis existenciales, de lo que hay en la radio o en el periódico, pero tengo que guardarme las palabras, o imaginar que la pared me escucha. El primer mes intenté huir dos veces, tomar un autobús, un burro, lo que fuera y llegar con cara de arrepentimiento a casa de Daniel y decirle que aceptaba su invitación a quedarme. Por suerte, mi dominio propio sigue funcionando y solo me quedé en la puerta.

Alejarte de lo que amas y lo que conoces es una joda, hay como lazos imaginarios que salen del pecho y te jalan. Creo que ese era mi temor al dejarlo, no el hecho de decir adiós como tal, sino lo que vendría después. Deshacer la costumbre es un martirio, cuesta, porque te levantas y en automático quieres buscarlo, tus labios pronuncian su nombre en cualquier conversación y ves algo lindo y piensas que más tarde le contarás, pero tienes que recordarte que ya terminó.

Te despiertas cada mañana desubicada sin saber dónde estás y creyendo que fue un mal sueño, pero a los cinco minutos llega el golpe de realidad: todo terminó, todo es nuevo ahora. Y, de todos los dolores, creo que este sí vale la pena, el de la huida. No es frase mía, la leí en el periódico; me ha dado mucho por ir a los puestos de revistas y librerías a buscar qué leer en la semana. He visto a Daniela, hace columnas para un periódico internacional; se lee feliz, me alegro mucho por ella. He pensado en enviarle una carta, sigo teniendo su dirección, pero me pongo en sus zapatos y yo la destrozaría, no me tomaría la molestia de leerla, se me haría difícil perdonar a aquella mujer testaruda que me metió al bote sin razón. Suena gracioso ahora, pero no fui yo quien estuvo adentro. Igual lo lamento, en serio, he cerrado los ojos con tanta intensidad rogando que se regrese el tiempo para hacerlo distinto.

Le envié una postal a Diana hace dos meses, por si es que le interesaba saber qué había sido de mí. Me respondió pronto, me pidió una disculpa y me contó que ha comenzado a salir con el chico de la cafetería y que ya no ve más a José. ¡Ya era hora!

Otra situación hipercomplicada fue el trabajo, tengo seis meses como ayudante del odontólogo Wong; es de China, tiene sesenta y tres años, es muy meticuloso y estricto. Su consultorio tiene fama, por lo tanto, todos los días hay filas largas de pacientes. Termino cerrando a las diez de la noche, eso es tarde; y digo «termino» en singular pues las últimas tres semanas le ha dado por dejarme la mayor parte del trabajo mientras cómodamente se va en su Cadillac con las chicas de la droguería de enfrente. No lo juzgo, cada quien, sin embargo, me pagaba poco. Al principio me conformé porque me urgía un empleo, y él me dijo que solo haría la limpieza y agendaría citas. Qué mentira, ahora, aparte de esas tareas, atiendo a más de la mitad de los pacientes, incluyendo los pediátricos, que son un dolorcito, y tengo que estar al tanto de que el consultorio tenga los insumos suficientes cada día; es decir, hago todo. Pero hoy me dispuse a pedir un aumento o terminaría renunciando, pues hice las cuentas y haciendo masajes en la playa medio tiempo vendría ganando poco más de lo que me dan aquí y con menos esfuerzo. El doctor sabe que me necesita y accedió. Tengo un buen ahorro, así que, mi plan es que, en un año más pueda estar abriendo mi propio consultorio.

En señal de festejo traigo entre manos un bolillo con jamón de pavo, queso ahumado, tomate y espárragos con mantequilla, y un café caliente, que no porque haga calor lo he abandonado; se disfruta igual, y, por cierto, qué aromático es el café de esta ciudad.

Es de noche, entre las diez y las once, estoy sentada en posición de loto sobre la arena tibia. El cielo festeja conmigo, no hay nubes, solo un color azul marino intenso de donde brotan luceros parpadeantes; la luna está en su fase menguante, como una sonrisa traviesa, pero nostálgica. Las palmeras se mueven con el viento que lanzan las olas, cierro los ojos para sentirlo en mi rostro.

—¡Ey! —Abro los ojos de inmediato al sentir un meneo en mi mano y lo primero que veo es una bola de pelo grisácea y delincuente que está tratando de robar mi comida—. ¿Qué te sucede? —Me pongo en pie y el cachorro se sienta mirándome con ojos de cordero, mueve la cola con entusiasmo como si me conociera.

Bueno, me queda menos de la mitad, que coma él. Lo lanzo y la bola de pelo crespo se le avienta como fiera, como si el jamón fuese una presa y él tuviera que detener su huida.

Me sacudo la arena y camino hacia la estación de autobuses.

Escucho un ladrido agudo.

La pelusa brincotea en cuanto volteo a verlo.

—¿Me has seguido hasta acá? —inquiero en una voz chillona, como si me entendiera. Regreso la vista para ver si viene el autobús, y el animalito da dos pasos hacia mí. Mueve su nariz negra y brinca hacia mi pie.

El autobús ya se acerca.

—Pequeño, no puedo llevarte, apenas y quepo yo en el departamento—. Le acaricio su cabeza tiznada y le retiro el cabello de los ojos, que debe impedirle ver con claridad.

Sus ojos negros me ven con dulzura, con agradecimiento y amor. ¿Cómo pueden ver así a alguien que solo le ha dado un pedazo de pan?

Me recuerda a mí en cierta manera.

Aprenderemos el uno del otro ¿verdad?

—Vámonos. —Lo recojo del suelo.

Capítulo 23

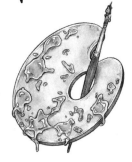

Ser poeta no es una ambición mía,
es mi manera de estar solo.

Fernando Pessoa

—Regreso más tarde, no me esperes despierto —le hablo como si me entendiera. Cierro la puerta, pero Bolillo se entromete—. ¡Ey! Bolillito, se me hace tarde.

Logro cerrar la puerta.

¡Madre mía! Ni pensar que juré que esa bolita quedaría como eso, un pequeño cheeto de queso, pero no, es la mitad de mi estatura y con el triple de mi fuerza. Sin embargo, es noble y limpio. Su compañía me vino perfecta, alguien me espera en casa, hace ruidos y travesuras los domingos mientras lavo ropa, y, por si fuera poco, hace felices a muchos niños. He estado siendo voluntaria en una casa hogar por las tardes de los viernes, suelo leerles cuentos y poesía a los chiquitos, y los trabajadores sociales me han permitido llevar a Bolillo dos veces por mes.

Hay un niño que me llama mucho la atención, pues cuando es la hora de los cuentos, se va hasta atrás y se cruza de manos, no hace contacto visual y cuando hay alguna parte graciosa retiene su risa, me enternece el corazón. Se llama Ángel, tiene tres años y medio, no habla, mas cuando se acerca a Bolillo sus ojos se achican para sonreír y aplaudir. Me tiene embobada y con el corazón achicharrado.

He preguntado por los requisitos de adopción y piden cosas imposibles: primero un sueldo exuberante que solo tendría un político y casa propia. Solo espero en Dios que un día unos buenos padres puedan acogerlo.

Compro un café unas cuadras más adelante; tengo los ojos dormitando aún, así que, si no me despierta la cafeína, la quemada de lengua lo hará. Y ya no tengo que buscar pan gratuito, ya puedo solventarme dos cuernitos con mantequilla y sal; a veces, solo a veces, los pido con fresas picadas, pero eso cuando me permito un poco de melancolía. No creo que esté mal extrañar a alguien de vez en cuando, digo… ya no lloro, solo lo extraño; duele, pero menos, mucho menos, como lo de una semilla de girasol en el pecho, imperceptible y latente. No es grave, y me entiendo, no puedo exigirme, estoy orgullosa de lo que he logrado.

Han pasado casi tres años desde que dejé el Distrito Federal; ni siquiera está lejos, podría ir y venir un fin de semana en autobús, empaparme del aire fresco, usar un suéter caliente y una bufanda. Claro que se echa de menos, a parte me encantaría visitar a Diana, ya tiene un bebé; sí, con el joven de la cafetería que ahora es el dueño, qué dicha la suya. Mientras tanto, mi reto es vivir un día a la vez, pues mi manía era o vivir en el pasado o en el futuro; sin embargo, pocas veces me plantaba en el presente, en el ahora, y qué desperdicio de vida. Eso no significa que no planee, lo hago: me gustaría tener un negocio propio y una casa más grande, con un jardín donde Bolillo pueda correr a sus anchas. Bueno, basta de quejas, no me frustraré; lo importante es que hoy no me falta nada y todo está bien. Estar sola ha tenido ventajas, he creado un jardín en mi interior, que riego, podo y escombro; en otras palabras, lo llamo madurez. No de la que nos hablaban los padres de Diana, que significa quitarle todo lo divertido a la vida, sino que procuro el cómo estoy, lo que quiero y siento.

No alabo la soledad, comprendí que es como ese medicamento que le sirve a unos y a otros les viene encima todos los efectos secundarios y debe suspenderse. Sigo anhelando con quién hablar en la cena, decirle que a veces me harta mi jefe y que encontré un nuevo lugar de postres de regreso a casa.

Saco las llaves para abrir el consultorio. De reojo, observo que hay un hombre afuera cruzado de brazos, dormitando. Al escuchar que meto la llave en la cerradura, alza la vista y sonríe.

—Enrique. ¡Qué sorpresa! —Lo abrazo, él me corresponde. Sigue igualito.

—Niña, qué lata ha sido encontrarte.

Me parece tan extraño verlo acá en bermudas y camisa suelta cuando siempre lo vi en trajes negros o marinos.

—¿Viene de vacaciones?

—Quisiera… No, la verdad es que solo vine a buscarte.

Abre el portafolio que trae cruzado por la clavícula y saca un sobre amarillo cerrado con un broche dorado.

Lo miro con desconfianza, levanto una ceja y añado:

—¿Esto qué es?

Baja la mirada, se nota nervioso.

—¿Puedo pasar?

—Claro, claro, discúlpeme, adelante.

Nos sentamos en los sofás de la sala de espera, enciendo un ventilador para aminorar el calor.

—¿Y bien? Dígame qué es eso y qué tiene que ver conmigo.

—Es de Daniel, tómalo con calma.

—Esto no es una carta, ¿verdad? Porque sí es así, no la quiero. —Alejo las manos del sobre.

—No, no es una carta, es un oficio. Por favor —insiste, arquea sus cejas con preocupación.

Abro el sobre y saco un documento en una hoja rígida color crema.

Él me mira atento.

Lo leo.

Siento como si me lanzaran una cubeta de agua helada desde arriba y que poco a poco me cae por la espalda y me hace retorcer.

Aprieto los ojos y vuelvo a leerlo, como si ese acto cambiara lo que dice.

Debe ser un sueño, un mal sueño.

—¿Qué es esto? ¿Sesión de bienes? —Mis labios quedan en forma ovalada tras esa última palabra. No puede estar muerto, no me digas eso, no puedes aparecerte y decirme que…

—No lo sé, Emily. —Me sostiene la mano con fuerza, pero no me reanimo—. Daniel desapareció desde hace dos años.

—Dos años tiene que me fui. ¿Qué hizo después? Se veía bien la última que lo vi.

Enrique levanta las cejas y mueve el cuello, se escucha que truena.

—No —entona fríamente.

—Seguro se encerró —echo los hombros hacia atrás—, es

normal en él. A veces tarda en salir medio año, ¿recuerdas cuando te pedí ayuda para sacarlo de ahí?

—Emi, esto es diferente —Me enfoca sin expresión—. No está en su casa, la abrí y no hay nadie.

Mis latidos se agitan.

—Si el pasto está verde es que ahí sigue, a él le encanta hacerse el desaparecido.

Él levanta una mano, interrumpiéndome.

—Cuando vi las plantas marchitarse —aquella palabra me atraviesa como espada, siento frío, mucho frío. Un hueco. El césped, las jardineras, las lavandas, no puedo imaginarme ese sitio café y oscuro, es el sitio más vivo que he visitado nunca—, forcé la puerta y no estaba, solo este sobre.

—¿Se habrá hecho daño? —Me rehúso a creerlo.

Qué locura habrás hecho, Danny.

—Ya lo busqué hasta debajo de los puentes. No he querido decir nada a los medios todavía.

—¿Y por qué darme esto a mí? No es correcto. Mejor busca a algún familiar.

—Lo dejó a tu nombre.

—No entiendo por qué.

—Él te quería, Emilia.

No es cierto.

—Mejor quédatelo tú. ¿Yo qué haré con sus cosas? —Frunzo el ceño—. Él volverá tarde o temprano y es mejor que sus bienes lo esperen.

Enrique niega con desilusión.

Una lágrima gorda se interpone en mi cuenca, nublándome la vista del ojo izquierdo; se tambalea, ansiosa por ya caer.

—No lo creo, siendo honesto. Pero te dejo el sobre. Sabrás qué hacer con él. —Hace su cabello crespo para atrás y se coloca el sombrero—. Mi visita terminó. —Me aprieta la mano.

—Tal vez está con Daniela.

Niega.

—Ella tampoco sabe de él, ya la contacté.

Agito la cabeza.

Daniel no puede haber muerto, debe de estar por ahí; siempre ha sido misterioso y extraño.

Enrique se retira.

Me veo de reojo en los cristales, mi piel está pálida.

Me quedo en la puerta, releyendo lo que hay entre mis manos: su casa, sus cuadros, su cuenta, terrenos.

Siempre con su afán de ayudarme.

Capítulo 24

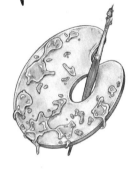

Mi tragedia fue que yo amaba a las palabras más,
que a la mujer que me inspiró a escribir.

De la película: *El ladrón de palabras*

Me tiemblan las manos, apenas y puedo meter el sobre en el buzón. Es el documento más importante que he escrito en la vida, un perdón sincero y de sinvergüenza adjunto a una petición. Así es, para Daniela. Dijo que le gustaban las cartas largas y esta es una biblia. Son dos cuartillas en las que he redactado lo arrepentida que estoy, otras dos cuartillas contándole lo que me ha dicho Enrique, y una más donde le platico mi proyecto: un museo. ¿Qué más podría hacer con todas las pinturas? Recordé aquel museo de Van Gogh al que fui con ella, y claro que las obras de Dan merecen ser exhibidas.

Lo detengo un momento ya dentro de la rendija y sostengo la esquina con las yemas de los dedos.

Cierro los ojos y, sin pensarlo más, lo dejo ir.

Una sonrisa se dibuja en mi rostro, siento que ha pasado la tormenta y salió el arcoíris. Ya sé, el sobre sigue aquí y faltan unos días para que salga del país, puede que se pierda, la roben o se lo coman las termitas, pero es como si me hubiera quitado por fin el mundo de encima y se lo hubiera pasado nuevamente a Atlas —sí, he estado leyendo—.

Mis pulmones se hinchan de aire y exhalo con profundidad. Ahora que lo pienso, qué mal corazón el mío, no debí esperar tanto.

El cielo está teñido de un azul claro, con manchas blancas y difuminadas de nubes, que le dan un aspecto casi blanco. ¡Extrañé este cielo! Y este aire frío, ya siento cuartearse las comisuras de mis labios.

Me caliento las manos con mi aliento y las oculto en los bolsillos.

La ciudad sigue tal cual la recordaba, tampoco es que hayan pasado décadas, aunque creí que ya no volvería más. Suenan las campanas de la iglesia, ya van a dar las doce del mediodía. Se me hace tarde, me cité con dos inversionistas en la casa de Daniel.

***

Doy un paso y el césped cruje, pero no como crujió la última vez que estuve aquí, sino porque se quiebra con mi suela. No hay tréboles, al contrario, hay plantas que no parecen tener nombre, intrusas, maleza inservible, pero las únicas capaces de crecer sin atenciones.

El techo del pórtico está adornado por telarañas abandonadas, los rosales ya no enredan los pilares y en las jardineras no hay más que tierra endurecida sin vida. La madera cruje bajo mis pies, casi como si llorara.

Toco la puerta por cortesía, aunque nadie va a abrir.

Vuelvo a hacerlo.

Nada.

Saco la llave y abro con temor.

La puerta rechina y una nube de polvo se levanta en cuando el viento entra. Me cubro la nariz, aunque no puedo evitar un estornudo.

Todo está idéntico, la pared vacía. En el patio siguen los restos quemados, que no son más que cúmulos de polvo negro.

—¿Daniel? —digo en voz media—. ¿Danny?

Nadie responde.

Mi corazón late fuerte, porque claro que recuerda; el corazón tiene memoria de que aquí reí, amé y lloré.

No hayas cometido una locura, Dan.

Antes de venir aquí, me inmiscuí en un puesto y vi una foto de Daniela muy distinta, mirando a la cámara, sonriendo, con las comisuras de los ojos arrugadas; esa forma de mirar característica de ella cuando está feliz.

Con pasos vacilantes voy hacia el taller y giro la manija; sigue oliendo a cáncer, casi no hay polvo de que todo quedó cerrado. Hay manchas de pintura en las paredes y un atril montado, seguro pintó antes de irse.

Ya no me duele verlos; me siento orgullosa de ello, de que, aunque hay nostalgia, no hay celos, no hay ardor.

Abro las cortinas para clarear las paredes. Hay muchos cuadros nuevos. Los miro, uno llama mi atención y me saca una carcajada.

Daniela con las manos esposadas, vendada de los ojos, pero

un libro rojo sujeto contra el pecho, su cabello enmarañado y un hematoma en el brazo.

Daniel, qué cínico eres, ¿eh? Te daría un zape si estuvieras aquí.

Levanto un cuadro del suelo, la madera está carcomida por polillas.

Este siempre llamó mi atención, pues está raro, pareciese que quedó a medio terminar. Daniela sujetando un corazón con un reloj incrustado, pero el reloj está extraño, como si lo hubiera hecho un niño que apenas y sostiene un lápiz.

Suspiro.

Toco el bastidor de forma suave.

En serio, espero que estés bien. No eras malo, tenías mucho miedo, ideas revueltas, decisiones malas, pero, ¿quién no toma malas decisiones? Dicen que todo tiene solución, pero si algo de verdad no la tiene, ¿qué hay de malo en darlo por cerrado?

Doy un paso hacia atrás y piso algo sin querer, volteo la vista y veo un libro. Luce viejo, tiene manchas de dedos entintados por todas las hojas. Está muy rayado, con notas, dibujos entre las letras.

Le soplo el polvo.

No dice nada en la portada. Una palomilla sale volando apenas lo abro.

La razón siempre ha carecido de lógica cuando se trata del corazón, ¿quién lo entiende y quién lo comprende? Dos divorcios, más de seis quiebres amorosos y después de cada uno me hago la misma pregunta: ¿Hasta cuándo voy a entender? Pero me aferro a olvidarla, a sacarla con punta y lanza, con pinza y disección. Cabo hondo, diseco todas las capas, llego al otro lado del mundo, abro la piel de mi espalda y es imposible, me ha dejado un enorme agujero en el pecho que duele, se queja y supura todas las noches. *En intentos por repararlo, lo he rellenado de caricias que no son de mi medida, de besos que no saben a lo que quiero, de voces que se parecen al ruido cuando necesito un murmullo. Y, como era de esperar, es un relleno que se deteriora y se lleva consigo la materia buena a la redonda, y mi grieta queda más grande, más resentida. ¿Quién dejó ese enorme vacío? Solo pudo ser ocasionado por un asteroide, ella. El desamor de mi vida, como me gusta llamarla. La amé como juro no podré amar dos veces, con más fuerza de la que nunca tendré jamás. Un amor de esos que te hacen conocerte, donde miras sus ojos y te ves, no a ti, sino a ti, ¿me entiendes?*

Suelo imaginar que algún desastre ocurrió en mi creación, una jugarreta, un fenómeno químico, algo me dividió y la hizo a ella. Solo así puedo explicarme por qué sentía que su cuerpo encajaba perfecto sobre el mío, mi mano entre la suya, su cabeza con el tamaño ideal para recostarse en mi hombro, su voz, el sonido blanco que me hacía dormir, pero también me quitaba el sueño. Nos hablábamos en besos, nos bebíamos las lágrimas, inventamos una lengua entre latidos, nos entendíamos sin palabras, sin sonidos y a kilómetros de distancia.

Tomé sus colores, sus formas, y ella tomó los míos. Me convertí en un mosaico de sus manías: comencé a usar jabón de vainilla porque a ella le gustaba, a quitarme los zapatos en casa porque así acostumbraba, y ella le tomó gusto a los deportes, a los vegetales y al rock & roll, *sí, por mí.*

Poco a poco, dejamos de ser dos para ser uno, donde no hay izquierdas, no hay blancos, no hay opuestos. Una palabra al unísono salía de nuestros labios, nuestras pupilas apuntaban a la misma dirección.

¿Coincidencia o magia? Me gusta llamarlo magia, porque coincidencia nunca ha sido, nací para encontrarla.

Si existe un mundo invisible entre nosotros, seguro que una arteria nos une, un puente de vida, porque solo con ella yo estaba vivo.

Pero todo acaba. Si dos imanes en su polo gemelo corren a toda velocidad para encontrarse, una fuerza enorme los va a repeler y a lanzar. Y eso nos pasó a nosotros.

La perdí, la dejé ir, la solté y desde entonces mis manos no consiguen cerrarse porque aún esperan sujetarla en cuanto caiga la noche. No fui tras ella, no luché, me acobardé. Busqué otra salida, correr al otro extremo, hacerme el fuerte y repetirme aquellas palabras vacías que dicen otros hombres cuando pierdes a una mujer: «hay más». Y claro que las hay, pero en todas la busco a ella. Mi lengua se hace nudo y se rehúsa a pronunciar otro nombre, no puedo tocar a nadie con los ojos abiertos, necesito cerrarlos para concentrarme en su piel y en sus labios. Intentar sustituirla me está matando.

Ojalá la vida nunca te conceda encontrarte a tu alma gemela, porque si no pueden estar juntos, pasarás todos tus años sintiéndote incompleto y podrás tener todo, pero nunca llenarás el espacio, serán ajenos en todos los sitios, porque solo sabían pertenecerse entre sí.

Yo era suyo, quiero volver a ser suyo, aunque ella nunca vuelva a ser mía.

Con el dorso de la mano me limpio la nariz y con la manga trato de secar la página que he marcado con una lágrima.

Está subrayado por todas partes.

Es increíble cómo pueden erizarte la piel veintisiete letras escritas en diferente orden.

¿Esto sentías, Dan?

—Buenas tardes, ¿señorita Miranda? Discúlpeme, estaba abierto —Ha llegado uno de los inversionistas.

Me repongo y guardo la compostura.

—Sí —me sacudo el vestido y me aclaro la garganta—, pase, por favor.

Lo imaginaba con unos años más, pero, para mi sorpresa, es joven, de unos veintisiete años; lleva un traje de gala marrón, con una curiosa mancha de lo que parece ser café o quizás soda en la camiseta.

Nota que lo miro y sonríe.

—Me manché en el almuerzo. —Se ha dado cuenta que me fijé. Intenta limpiarse con la mano—. ¿Nos conocíamos ya? —Se revuelve el pelo con rulos despeinados y negros.

—Supongo…

—En el café Ópera —comenta.

—Ah… sí… —hago memoria—, era usted el mesero que se tropezaba con todo. —Levanto una ceja y sonrío.

—Sí —responde apenado—, ya nunca volvió al café, espero no haya sido por mi catastrófica escena. —Sus ojos marrones pescan los míos, siento un cosquilleo extraño en el estómago y me desvío.

—No, ya no. —Me coloco un mechón de cabello detrás de la oreja, nerviosa—. Bueno, eeh… —balbuceo y me doy una palmada en la mandíbula queriendo destensarme—, a lo que íbamos, el proyecto. —Me aclaro la garganta y lo invito a pasar.

Enciendo todas las luces, su rostro parece maravillado al ver tantos dibujos.

—Es mágico estar en el aposento de un pintor.

—Mucho.

—¿Qué pasó realmente con él? Leí que no sabe de su paradero.

—Es así, no lo sabemos.

—¿Usted era su prometida?

—Sí, lo fui.

—Lo lamento.

—No, no pasa nada.

—Entiendo, entiendo. —Toca una de las paredes mancha-
das con rojo—. Entonces el plan es hacer un museo con todas
las obras.

—Así es.

—Un pintor desaparecido, un museo con sus obras, vaya, es
dramático. —Agita la cara—, perdón, no quise decirlo.

—No se disculpe, Daniel era dramático. También lo pensé.
Será una buena historia.

Él se pasea, estudiando las paredes, tomando las libretas.

Después de unos minutos callados, noto que quiere preguntar algo y le presto atención.

—Señorita, Emilia, ¿verdad? Emilia Miranda es su nombre.

—Sí. ¡Dios! Soy una descortés. Emilia Miranda para servirle.
Usted es el señor Boulangeot, ¿cierto?

—Emilio Boulangeot —completa.
Emilio.

Trágica desaparición del aclamado pintor Daniel Gastón

01 de junio de 1969

D. F. La comunidad del arte se encuentra sumida en dolor, pues ha perdido a una de sus figuras más excéntricas y controversiales: el pintor Daniel Gastón, conocido por su inusual personalidad y sus riñas apasionadas en las subastas.

Desde la noticia de su desaparición, los rumores de su paradero no han dejado de circular, algunos aseguran haberlo visto tomando una lancha hacia una isla del Mediterráneo y otros afirman que se adentró en el inframundo del arte callejero, cambiando su identidad y pintando en las calles de ciudades pequeñas del oriente. Pero meses después de la incertidumbre, la realidad se ha impuesto y se ha declarado oficialmente la muerte de Daniel Gastón. Aunque nunca se encontró ningún cuerpo, sus obras han quedado a manos de quien fue su prometida: Emilia Miranda, quien ha decidido rendirle homenaje con un museo enteramente dedicado a su arte, en donde podremos seguirnos deleitando con aquella mujer misteriosa de mirada bicolor. Durante años se especuló quién podría ser aquella musa, y, hasta el día de hoy, algunos creen que se trata de la autora de poesía y novela, Daniela Martiné.

La supuesta conexión entre Martiné y Gastón ha sido objeto de innumerables teorías, algunos sostienen que, a través de su arte, ambos mantenían conversaciones secretas. Sin embargo, tanto la prometida y la autora de renombre han permanecido en silencio alimentando aún más el misterio.

La apertura del museo deja a los amantes del arte con más preguntas que respuestas: ¿Qué secretos guardaba Daniel Gastón en su arte? ¿En algún momento se sabrá el nombre de la musa eterna del pintor?

Capítulo 25

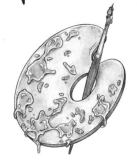

*A veces hay que estropear un poquito
el cuadro para poder terminarlo.*

Eugène Delacroix

Ocho meses después

El sonido del violín se escucha por todos los pasillos, acompañado armoniosamente por el piano; se aprecia la canción de *Amapola* por todos los corredores, así como el olor fragante de *Poesíe de minut* que pedí se rociara cada quince minutos por las esquinas. Una mansión enorme, con un techo tan alto como para que caminen gigantes sin golpearse la cabeza. No hubo necesidad de construir, nos vendieron el lugar; tampoco me entristecí de no hacerlo desde cero, pues no miento, la instalación es como la imaginé.

Enviamos muchas invitaciones. Emilio Boulangeot, que nunca fue mesero, sino el hijo del fundador de la cafetería, hizo un trabajo espléndido con los medios, así que el museo alcanzó una difusión desorbitante; aunque, como de costumbre, los periódicos, revistas y programas añadieron de su cosecha, pues comenté que fui su prometida y me terminaron dejando como la viuda del pintor que vive una eterna agonía celosa por la mujer de los cuadros, de la cual, ya no es secreta su identidad. Hay quienes insinúan que tuve que ver en su desaparición, y pues yo me aguanto. Total, por mi culpa los tacharon una vez de traficantes de personas, no estoy para ponerme mis moños. Lo importante es que funcionó.

Los invitados comienzan a llegar, todos vestidos de gala, trajes de cachemira y vestidos de satín, peinados ostentosos y voluptuosos, tacones altos y zapatos relucientes. No me quedé atrás, creo que nunca me vi tan elegante y formal como hoy: un vestido largo de seda color jade, ceñido a la cintura; un escote un poco atrevido, pero nada muy descubierto, lo suficiente y necesario; una gargantilla delicada, ninguna piedra preciosa, pero nadie que lo note. Mi cabello esponjado, libre, sin ataduras, echado hacia atrás. Él y yo no tenemos más enemistad. La gente me saluda, no los conozco; ellos a mí sí, obvio, soy la viuda sospechosa.

Me siento orgullosa de lo que he hecho con el sitio. Casi toda la decoración fue idea mía, las lámparas colgantes y cálidas, la distribución de los cuadros, los jarrones rebosantes de rosas payaso cada veinte pasos. Daniel amaría ver esto, se llevaría las manos al cabello y se lo arrancaría de emoción; espero que, donde esté, pueda verlo.

Me rehúso a creer que murió, porque de aceptarlo, lo lógico sería pensar que él atentó contra sí mismo, pero tampoco está con Daniela, ella sigue haciendo presentaciones acompañada solo por Oliver.

Hoy, solo vienen personas que recibieron invitación, pero mañana ya estará abierto a todo el público. Mi corazón se agita de alegría, me siento toda una amante del arte. Ahora lo aprecio mucho, todo, a todos, hasta los garabatos de un niño, porque ahí puede esconderse el día de mañana un Pablo Picasso, un Salvador Dalí, un Daniel Gastón.

Las personas se forman en grupos delante de los cuadros, mujeres se abanican y chismorrean entre sí, leo sus labios, critican. Critican a Espejo, voltean los ojos y carcajean.

Levanto los hombros, no le doy mucha importancia.

Algunos otros sacan libreta y pluma, anotan detalles, se cuestionan entre sí, señalan cosas del cuadro y seguro se están preguntando qué significan. Fruncen el ceño y mueven la cabeza en negación; otro hace ademanes y luego se frota la barbilla; se ríen, chusmean. Algunos de ellos ofrecieron cantidades exorbitantes de dinero por un cuadro en cuanto se enteraron del proyecto, pero me negué; quería a todos juntos, incluso las cenizas que están en la cámara del ala izquierda, ni los cuadros quemados quise olvidar.

Cuando me preguntaron por ellos, hubiera querido responder con sinceridad; sin embargo, por respeto he omitido lo que sucedió aquella noche, así que, me saqué otra cosa de la manga y dije que especulo que el pintor tuvo una crisis existencial, la musa lo rebasó y enloqueció, arrojó los cuadros al patio para quemarlos y después desapareció.

Inevitable reír. Ni siquiera es tan mentira.

Un joven se me acerca con una charola para ofrecerme champán y galletas saladas con queso de cabra y especias. Tomo una copa a la que doy un trago pequeño, solo para impregnarme el sabor en el paladar.

Dos mujeres que desconozco alzan su copa, como haciendo un brindis conmigo a la distancia. Por cortesía, me acerco.

—Usted fue la prometida de Gastón, ¿verdad? ¡Oh! Cómo lo lamento. —Se toca el pecho y baja la mirada, un signo de pésame. Digo que sí moviendo la cabeza y doy un sorbo a mi bebida.

—¿Cómo se sentía que su marido tuviera obsesión por una escritora? —inquiere la otra, mostrando una sonrisa sardónica.

—Divertido, al menos salía de la rutina —digo de manera amable. Sé bien que lo preguntan con mala intención.

—Fue un amorío de su juventud, ¿sabías? —le contesta una de ellas.

Creo que ya todos sabemos.

—¡Ay, pintores! —se expresa la otra—. Sí los conozco de veras, pero tú eres más guapa, querida.

—Soy guapa, y la del cuadro también —me despido, un poco incómoda.

Termino mi trago y le doy mi copa a uno de los meseros, tomo otra, una de esas que traen frutas, que, por cierto, he olvidado su nombre... ¿Mojito? Algo así, pero qué bueno es. Recorro la pared de los bocetos; esta es la única pintada en negro, con todo el propósito de que resalten las hojas. Focos redondeados que caen del techo apuntan a ellas. Recorrer de punta a punta el museo demora cerca de unos cuarenta minutos, pero si lo que quieres es ver cuadro por cuadro, te toma alrededor de cuatro horas.

Y ahí viene Emilio, corriendo como siempre, con el nudo mal hecho de su corbata escarlata a juego con su saco.

—Mira nada más, qué buen moño, ¿eh? —digo sarcástica. Él sonríe y levanta la cabeza. Le doy una manita—. A ver en qué momento aprendes. Casi pienso que es a propósito. —Ríe. Una risa grave, armoniosa. Mi vello se eriza, él lo nota. Carraspeo y dejo su corbata presentable. Me acomodo el cabello.

—Prometo practicar. —Me mira de pies a cabeza, no tan disimulado—. Te ves guapísima, Emilia.

—Y tú no estás mal.

Emilio tiene un algo, le puedo hablar con toda la confianza del mundo y hacer bromas pesadas totalmente despreocupada de si las entiende o no. Siendo sincera, me atormenta el nombre; a él le parece gracioso, más después de que le conté toda la historia entre Daniel y yo. Ese día, después de charlar en el taller, fuimos a su cafetería y desembuché toda la historia de principio a fin. Atribuyo mi vómito verbal al tiempo en que me lo había estado guardando, y la melancolía, el regreso, el proyecto, todo me tenía con la cuestión en la punta de la lengua.

—¿Solo eso? Merezco un mejor cumplido.

Que me gusta verte de espaldas.

Golpeteo su pecho en broma.

—Ey, ey… ya te vi, buscando pretextos para tocarme.

Río.

—Tonto. Mejor dime: ¿cómo ves todo?

—La gente está maravillada, pero preguntan si habrá algún guía que pueda dar más historia acerca de las obras.

Él ya lo había propuesto, pero no llegamos a un acuerdo.

—Habrá, habrá, lo prometo. —Emi me sonríe, yo desvío los ojos, me cuesta mantenerle la mirada. Una sensación tormentosa pero cosquilleante cae por mi abdomen. Me presiono con la mano para aminorarla. Debe dejar de sonreírme de esa manera o me causara alguna otra cosa—. Bien… iré a… —toso—, saludar, sí, deberías hacer lo mismo.

Él asiente.

—Emily —me nombra en cuanto me doy la vuelta. Cuando dice mi nombre de esa forma, siento los colores subirse a mis mejillas.

—¿Sí?

Mira a ambos lados, como buscando las palabras en las paredes.

—¿Qué harás después de aquí?

—Ir… a casa, a descansar.

—¿No iremos a cenar? Digo… para celebrar.

—Celebrar —repito—. Sí, creo que… es lo que los socios hacen.

—Sí, lo hacen.

—De acuerdo.

Debo dejar de poner cara de tonta. Me doy palmadas en las mejillas.

—¿Es una cita?

—Es celebración de socios —reitero nerviosa.

—Como digas. —Se concentra en mi boca—. Seguiré con mi trabajo, guapa.

Cita.

Dios mío.

Otra vez ese cosquilleo.

No tan rápido, Emilia, no tan rápido.

Charly viene entrando, tan refinado y distinguido. Me avienta un beso desde lejos y corre a abrazarme.

—Preciosa, lo lamento tanto. —Sus ojos sinceros me dan lo que creo es un pésame.

—Gracias.

—Lo que has hecho es magnífico, mujer, y… —me toma la mano y me da la vuelta—, luces preciosa, divina, espléndida y todos los adjetivos maravillosos existentes.

Hablamos un poco de lo que había hecho todo este tiempo y le cuento a muy grandes rasgos lo de Acapulco, mi empleo y cómo fue que Enrique fue a darme el documento.

—Tu vestido te sigue esperando.

—Oh, no, eso ya no es para mí.

Me acaricia la mejilla.

—Bueno, mi niña, si un día piensas en casarte, llámame, estoy dispuesto a diseñarte uno mejor.

***

Se escuchan las campanadas, deben ser las once de la noche. Me recargo en la entrada principal, la cual mandé a recubrir de espejos. Pensándolo bien, sí hace una falta un guía, es una pena que no sepan los secretos que guardan las decoraciones. Los invitados se van poco a poco, tienen una cara alegre y me doy por satisfecha.

Doy un último recorrido para ver cuánta gente queda dentro. Ya no es mucha, menos de una cuarta parte. Muevo el cuello para relajarlo.

Dos hombres hablan entre sí sobre la pintura titulada *La última carta,* de los pocos cuadros que tuvieron el honor de ser bautizados y, sobre todo, el honor de que lo recuerde, ya que, desgraciadamente, cuando Danny me lo decía yo me ponía neurótica. Con el dedo índice el hombre señala los sobres que se le desbordan de las manos a Espejo.

—¿Habrá un error en el título? —le dice a su otro compañero—. Yo veo decenas de cartas.

Nadie me ha preguntado, pero respondo:

—Es que ella siempre decía que sería la última —comento.

Los hombres se ríen y se les ilumina el rostro.

—Poético, señorita. —Se levanta el sombrero.

Lo sé. Todo aquí tiene que ver con poesía.

Ambos se despiden.

Una mujer está de espaldas, fija en el cuadro que, para mí, es el más sombrío de todos. Lo coloqué en una pared hendida, tiene dos focos laterales iluminándolo; lo creí necesario, pues los colores son muy oscuros: vinos, borgoñas, negros, grisáceos y unos toques de hueso. Es el cuadro al que menos regresan a ver, de hecho. Es extraño, incluso, tengo la sospecha de que Daniel lo hizo en un momento de intoxicación por los químicos que se concentran en el estudio a puerta cerrada, pues algunas líneas están titubeantes.

Regreso de mi recorrido y la mujer sigue ahí, en la misma posición. El museo ya está casi despejado en su totalidad. Los músicos han guardado sus instrumentos, así que estamos en silencio.

Quedan quince minutos para las doce, Emilio y don Carlos deben estar en la oficina haciendo cuentas.

Me acerco.

La mujer viste con un traje negro hasta la rodilla, unos tacones del mismo color, brillantes y con una cinta que le sujeta el tobillo. Su cabello lacio le llega a los hombros.

Me tallo los ojos tratando de no arruinarme la cara por el maquillaje.

Mi corazón se agita, sé quién es.

—Buenas noches —saludo. Ella no voltea—. ¿Está todo bien? Noto que mira mucho este cuadro y me causó curiosidad, pues… —estiro el cuello para verla de frente, pero mi vista se desvía a sus manos, que juegan con una boina.

—Viniste. —Le tomo la mano, invadiendo su espacio vital como alguna vez lo hizo conmigo.

Sus ojos vidriosos me enfocan. Una lágrima la vence y rueda dejando su camino húmedo hasta la línea del mentón y de su boca escapa una carcajada melosa. Miro el cuadro, el cual también tiene esa misma lágrima y del mismo lado.

—Sí. —Cierra los ojos y la otra lágrima cae—. «En el pecho tengo una hoja de papel que soñaba con ser un corazón, late y cruje como hojas de otoño. Un reloj controla mis latidos, ojalá fuera de sol y no de arena». —Baja la voz.

Estoy confundida. Ella se toca el pecho con la mano estirada y ligeramente se hace puño.

—Ese… cuadro, fue por ese poema —sonríe—. ¿Ves esas líneas de ahí? —Señala las líneas distorsionadas.

—Sí.

—Yo las hice —traga saliva con dificultad—, bueno no esas exactamente, pero yo intervine en el boceto, le di la idea y era para que él la mejorara, pero las trazó igual a como torpemente las tracé una tarde. —Se limpia el rostro con la mano.

—Supongo que sabes lo que significan todas las piezas de este sitio.

—Así es. Mira aquel, el de la mujer que sostiene un cactus y cómo salen espinas de su piel. En uno de mis libros dejo un poema donde digo que me gustaría ser un cactus, así la gente dudaría en abrazarme por la espalda para después herirme.

—Amaría que me permitas colocar los poemas debajo de los cuadros, sería una explicación exquisita; si no te molesta o te causa problemas. No he mencionado nada más de ti, no sin tu autorización.

—No me molesta, Emilia. —Se humedece los labios y mira alrededor con un destello en los ojos.

Una paz se apropia de mi cuerpo y mis hombros se relajan con más confianza.

—Creí que no vendrías. —Comenzamos a caminar por los pasillos. Tengo muchas preguntas, pero iré lento—. Es más, pensé que mi carta se había perdido.

—Lamento no haberte respondido, no estaba lista, sin embargo, ya no estoy enfadada.

—Gracias. —La rodeo con los brazos nuevamente. Ya no huele al perfume con el que la conocí.

—¿Qué tienes? ¿Por qué lloras? —Me pregunta al tiempo que me toca la mejilla húmeda.

—Creí que nunca volvería a verte, perdóname. Recuerdo lo que sucedió y sigo muriendo de vergüenza.

—Vale, ya no más disculpas.

—Todavía traigo la vergüenza anclada en la espalda, siempre supiste quién era, ¿cómo?

—Emilia —entona con un canto infantil—, recuerdo que leí una nota sobre que vendió el cuadro de su prometida, vi la foto, y esos ojos enormes y oscuros es difícil no reconocerlos.

—Qué tonta, no lo supuse.

—Fuiste buena actriz, se te reconoce.

Siento que mis mejillas se entumecen. Qué pena, debo estar ruborizada.

—¿Afecté tu trabajo?

—Vendí más que nunca.

—Al menos.

Ella alza la vista hacia los candelabros, contempla el techo alto con asombro.

—Esto es maravilloso.

—¿Te parece? Al final, la estrella eres tú. ¿Qué sientes de verte en todos lados? ¿Qué siente la musa al ver lo que han hecho con ella?

—Te seré honesta, da miedo —susurra—. Imagina que un hombre te pinte por años, incluso sin ropa, como esa. —Señala—. Ahora todos saben que tengo un lunar en el culo. —Carcajea—. Ya en serio, ese hombre fue experto en volverme loca hasta el último momento. Seguro también te voló la cabeza a ti.

—Como nadie.

—Danny, pero, hay cosas distintas, en ella y en ti. Te vi la espalda una vez que entraste a la ducha, tú no tienes lunares.

—No, él sí. —«Ella soy yo»—. Ella es una mezcla de ambos.

—Por eso los ojos.

—Correcto.

Se acomoda su boina, luce idéntica al día que la encontré en el café. Sus labios rojos resaltan con todo fulgor, al igual que sus dientes color mármol. Se acerca a uno de los jarrones y toca una de las rosas antes de tomarla.

—La inauguración fue un éxito, conté a más de trescientas personas aquí.

—Gracias, aunque… recuerdo lo que me dijiste; es una pena que tenga que pasar un accidente para que todos volteen a ver al artista.

—Lástima que ellos ya no puedan vivir para apreciarlo —repone—. Pero él debe estar por ahí, viéndolo.

—¿Tú sabes de él?

Mueve la cabeza negando.

—No te acongojes —suspira, ahora con tranquilidad—. Sea lo que sea que haya sucedido, él lo decidió y no puedes cargar ese peso en tus hombros —repone con madurez, con esa voz de hermana protectora, pero veo en sus ojos un brillo triste. Parpadea rápido y se gira hacia su rosa—. Vamos sígueme mostrando.

La guío hacia los pasillos en forma de cruz, primero el ala izquierda y luego nos detenemos en la derecha, donde los cuadros quemados están tras una caja de cristal con una leyenda que dice: «Cuando el arte te consume la razón». Frase cortesía de Emilio; no es buena, pero nótese que artistas no somos.

—¡Jo! ¿Me quemó? —inquiere con sorpresa.

—Fue un momento crítico, traté de detenerlo, te lo juro.

—Ay, Daniel necesitaba ayuda, pero nunca la pidió. —Tuerce la boca en una mueca pensativa, hace una pausa y añade—: No hay guía de museo, ¿verdad?

—No de momento, lo pensamos, no sabíamos si crearnos una historia o contar la verdadera; la real me parece mejor, solo falta tu permiso, pues tu nombre y quizás tu carrera se involucrarían. Aunque las especulaciones ya están por todos lados. Pero no te sientas comprometida, puedes decir que no y no me molesto, sería gandalla de mi parte.

—Está bien —interviene—. Está perfecto. ¡Amaría que se sepa la historia! ¡Qué drama! —Dibuja una sonrisa enorme, brillante y satisfecha. Aunque tiene lágrimas en las mejillas, no luce decaída como el día que me contó sobre él en el café.

—Bien, entonces agendemos una reunión con mi socio, te va a caer muy bien. ¿Te parece? —Hago cálculos mentales de las fechas libres y una vocecita me saca de mis pensamientos.

—¡Mamá! —grita Ángel, quien viene en los brazos de Emilio, abriendo y cerrando las manitas pidiendo venir a los míos.

Daniela me mira con ojos enormes, parece que van a dispararse.

—¿Tienes un niño? —Me toca el hombro, incrédula.

Sí, rescaté a un Ángel.

Después de tener aquella cuenta bancaria en mis manos, no podía pensar solo en mí, era la oportunidad para que mis papeles pudieran ser validados para la adopción y, después de unos trámites que parecían que no tenían fin, pude traerlo conmigo.

—Sí.

Daniela me mira confundida, claro, las fechas no cuadran, pero se lo contaré más tarde.

—Emilio, perdón, no voy a poder ir a cenar contigo, tengo una visita. —La señalo con los ojos—. ¿Me cubres?

—A la orden —Hace un saludo militar—. Me debes dos cenas entonces, se acumulan.

—Te cocinaré un pollo mañana, ya.

—¿Quemado?

—Basta. —Agito la cabeza—. Qué descortés. Emilio, ella es la señorita Martiné —los presento.

—Un gusto, he oído mucho de usted.

—El gusto es mío.

—Vayan a mi café, le diré a los de cocina que las atiendan.

Se retira, guiñándome el ojo.

—Qué nombre tan curioso. ¿Es tu...?

—No, somos socios solamente.

—Socios. —Pone una mirada sarcástica—. Pues qué miradas se lanzan los socios.

Hago un siseo y ella ríe retándome.

Ángel me mira desde abajo con sus ojitos tiernos y marrones.

—Qué precioso es tu niño. —Daniela le acaricia el cabello lacio—. Tenemos mucho que hablar entonces.

Capítulo 26

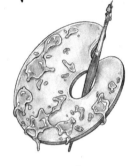

Odio las flores.
Las pinto porque son más baratas que los modelos
y no se mueven.

Georgia O'Keeffe

—Le gusta pintar, ¿eh? —Danny le retira el color suavemente, Ángel se ha quedado dormido en el sillón.

—Sí, por ahora el color azul es su favorito, todo lo pinta de azul, hasta las paredes.

—Cuéntame. —Apoya el mentón en las manos para escucharme con atención.

—Yo iba de voluntaria a una casa hogar y lo veía hasta atrás, silencioso, apartado de los demás. Recordé tu novela, donde hablas de Daniel en la casa hogar y cómo vivía esperando una familia y solo veía a los niños ir y venir; escogían a los parlanchines, los extrovertidos, y no lo regresaban a ver. Bueno, ¿qué te digo? Siempre quise ser madre, lo sabes.

—Entonces cumpliste tu sueño, tienes tu familia.

Mi familia.

—Así es.

Porque las familias pueden ser dos personas.

Sorbemos el café caliente, hablamos un poco de la ciudad, de los nuevos teatros y de cómo organicé todo para el museo.

El camarero nos trae las bebidas, Daniela ha pedido un café espumoso y yo un té.

—Por cierto, ¿qué significan las rosas payaso?

Extiende su sonrisa hasta el primer premolar y mira hacia arriba pensativa.

—Hay quienes la llaman «la rosa del amor a primera vista», pero la verdad significa la fusión de dos personas. Dicen que antes, los humanos estaban compuestos por cuatro manos, cuatro pies, dos caras, algo así como superhumanos, pero tuvieron que dividirlos pues eran peligrosos juntos. Dispersaron a ambas mitades por todo el cosmos, estas se lamentaban día y noche buscando a esa otra mitad. Dicen que cuando se logran encontrar, corren rápidamente a abrazarse y entonces se vuelven a unir y en ese sitio crece una rosa moteada.

—¿Dónde leíste eso? Fui a la biblioteca y busqué libros y libros del significado de las flores y jamás encontré nada.

—Me lo he sacado de la manga, ¡no me hagas caso! —me vacila—. No sé qué significan, no hay mitología en ella; pero qué pena, ¿no? Dejémosle la historia que te he dicho.

—Qué timada me siento.

—Lo lamento.

—Te estaba creyendo.

—¡Qué dices!

Se escapa una risa que cesa en cuanto veo su dedo anular, un anillo plateado portando una piedra blanca y resplandeciente.

Le tomo la mano para acercar su dedo y verla mejor.

—¿Oliver? —titubeo.

—Sí.

Me cuesta creer su respuesta pronta y animada.

—¿Eres feliz con esta decisión?

Siento como uno de esos cuentos donde quieres arrancar la última página porque no hay un «y fueron felices para siempre».

—Lo soy, ¿por qué no lo sería?

A ver, pongámonos serias.

—Pero él no es el amor de tu vida. —Deslizo la mirada hasta su mano—. Tú y yo sabemos a quién amas.

Daniela chasquea la lengua contra su paladar.

—Dulce Emilia —dice con un tono de mujer mayor, pero la realidad es que debe tener treinta, no lo es tanto—. Entendí que puede haber más de un amor de tu vida. Daniel lo fue, no le quitaré el título, pero he hablado en pasado, porque ese amor quedó ahí, a los dieciocho años. Yo no amo al Daniel que fue después. Y a veces, por seguir ilusionada con un fantasma, dejamos ir a personas valiosas, esas que están cuidándonos, ayudándonos, dándonos valor, queriéndonos aun sabiendo nuestros errores del pasado y los demonios que nos atormentan.

—¿Se puede volver a amar después de que parece que se te agotó la reserva de amor con alguien más?

Daniela me toma de la mano y la presiona.

—Mira. —Saca de su bolso su libro rojo—. He añadido el último capítulo para cerrar la historia. Es el primer ejemplar de la segunda edición, te lo regalo.

Al sentir el libro de pasta gruesa entre los dedos, por un instante vuelvo a ese momento en el teatro cuando tomé el libro de la mesa de ventas, pero ahora con sentimientos diferentes, sin turbación, sin asperezas.

—Entonces, ¿volviste a verlo?

—Sí y descubrí que Daniel como musa es mejor. —Amplía una sonrisa roja—. Y supongo que para él yo también.

«Las musas se quedan para que las personas se vayan».

—Pero contéstame, ¿sí se puede volver a amar?

—Emi. —Enlaza sus verdes e intensos ojos sobre los míos—. Claro que se puede, hay historias que, por muy preciosas que hayan sido, al final son eso, historias. Siempre lo amará esa Daniela del pasado que habita aquí. —Señala el libro—. Ahí su amor es eterno, y esta —se señala a ella— aprendió que el amor es más que un drama, que no hay almas gemelas ni enlaces perfectos. Oliver siempre estuvo ahí, en mis quiebres, en el hospital, en los momentos de incertidumbre. ¿Seguir esperando a aquel que al primer problema me sacó volando? No quiero eso, quiero a aquel que en medio del peor terremoto de la historia se quede en pie y me sostenga la mano.

—Vaya, Danny, cuando sea grande quiero ser como tú. —Levanto la taza para chocarla con la suya.

Giro la cabeza y veo a Emilio entrando con su típica cara de asustado, trae consigo una canasta.

—Cómo lo miras —musita mientras me pesca observándolo.

—Lo sé, pero me prometí cortar raíces siempre que sienta que se me salen por los pies.

—Ser un pétalo al viento es perfecto, y echar raíces para florecer, también.

Emilio viene a nuestra mesa.

—Perdón por interrumpir, vine a hacer el corte y, te mandan

esto, guapa —me da la canastilla, la cual en su interior tiene rosas. Quito un pétalo lila.

—¿Quién las manda?

—Un admirador, supongo.

—Oh, calla.

—No lo sé, pero venía con esto, perdón por husmear.

Una hoja sobre características de las rosas y sus cuidados. Se llaman Emily's.

CORAZÓN DE ACUARELA

Octubre de 1965

¿Quién les anuncia a las aves que se acerca el otoño?
¿Será que se dan cuenta que las horas de luz se acortan
y los bosques se oscurecen?
¿Por qué no somos así nosotros?
Aves que preparan el vuelo cuando los
árboles lloran hojas,
decididas a sobrevivir el invierno
ocultándose entre los árboles cálidos de las ciudades veraniegas,
¿Recordarás tú el sitio donde nos conocimos?
Porque yo volveré cuando sienta frío.

Después de tener la undécima conversación con Azrael y que me dejara salir ilesa de otra crisis, entendí que no quería pasar la vida esperando; porque eso he hecho, esperar a que algo pase, a que las heridas se cierren, a que el corazón se repare. Y el tiempo, ¿qué hace el tiempo? Sin nuestra autorización, nada. Podemos guardar lutos una vida entera, llorarle al pasado sesenta años, cerrar la puerta a oportunidades por temer a que se repita la historia cuando nadie conoce el futuro. Me fui al otro lado del mundo, y no lo viví; obtuve logros, se cumplieron muchos sueños, pero no los celebré. Quería regresar a mi país, pero tampoco lo hacía, todo por miedo. Sentí que si me alejaba de él, me lo arrancaría del corazón, y así, le di oportunidades al reloj, al calendario, y comprendí, que ellos no hacen nada. Pasó un año, dos años, tres años y avanzaba la vida, mas nunca yo, porque simplemente no quería. Cuánto temor tenía a olvidarlo, a caminar por sendas desconocidas, a conocer a más personas, a enamorarme, a que me rompieran. Me privé de vivir.

Y entonces fui al lugar donde lo conocí.

Me senté en la fuente y miré a mi alrededor; nuevas flores, árboles más grandes y frondosos, nuevos cantos de zanates en las jacarandas, generaciones jóvenes de estudiantes soñando con ser pintores reconocidos, escritores consagrados, músicos y demás.

Me vi en una chica que merodeaba con libreta y pluma en mano, una mirada infinita e inocente; ojalá ella sea valiente. Porque cuánta valentía existe en vivir de verdad.

La fuente estaba encendida, me salpicaban algunas gotas frías en el vestido marrón. Cuánto frío hacía, pero quería seguir ahí, empapándome, como solía hacerlo hace años.

Cerré los ojos, mi cabello volaba y se despeinaba chocando contra mi cara. Escuché el pasto crujir, y supe quién era, pues hay sonidos de pisadas que se tatúan en tu memoria.

—Presentía que estarías aquí —me llamaron en un tono suave y tibio, una voz grave y dulce.

—Igual yo —pronuncié, aún sin voltear el rostro.

Qué tontería estoy cometiendo, dirían algunos si supieran mi historia. Si estuviera viendo una película, gritaría desde el asiento a la actriz que huyera, pero todos tenemos derecho a hablar y a escuchar.

Me puse de pie, lo vi. Sus ojos avellanas me escudriñaban de pies a cabeza, me envolvían, me besaban, y estábamos a dos metros de distancia. Vestido tan idéntico a lo que habitaba en mis sueños, un suéter cuello de tortuga gris oscuro, un pantalón negro y unos zapatos relucientes, las manos a los bolsillos y la sonrisa de medio lado, pequeña, casi imperceptible, pero que supe entender. Una sonrisa que me pronunciaba *amor*. Quise con todas mis fuerzas hacerle lo mismo, pasarme de largo como si no me importara en absoluto su presencia. Pero él y yo tenemos almas diferentes. No puedo ignorar a quien alguna vez fue la persona más importante para mí.

Nos miramos unos segundos, sentí que el tiempo había retrocedido hasta que contemplé sus cambios; parecía más alto, sus hombros ensanchados al igual que su pecho y su piel transparente, las venas azules de su cuello que, como trepadoras, subían hasta su mandíbula, una mandíbula fuerte, y unos labios finos y rojos por el frío. Su cabello estaba revuelto, más largo, castaño intenso como los troncos de cedro. Ahí, al verlo, entendí que ni él ni yo éramos los mismos.

Pronuncié su nombre en voz baja, y, sus ojos sonrieron a la par de su boca. Mis latidos se pusieron torpes, al igual que mis manos, al igual que mis ojos.

Enfado, nostalgia, cariño, desprecio, melancolía, ternura. Todo eso cabía en mi pecho con tan solo olerlo. En mi cabeza pasó una secuencia de lo que pudo haber sido nuestra vida, porque lo juro, lo amé como ni siquiera he logrado amarme a mí misma.

—Di mi nombre otra vez —pidió con anhelo y súplica.

Aunque su voz era similar a la que habitaba mis recuerdos, había cambiado.

Pensé, que cuando volviera a verlo, me lanzaría contra su cuerpo, le devoraría los labios, me bebería su esencia y entre besos lo llevaría al primer hotel que estuviese cerca para despojarlo de inmediato de todo lo que tuviese puesto y pediría, suplicaría al cielo, que el mundo se acabara ahí con nosotros.

Solo pude abrazarlo.

Mi cabeza quedó a la altura de su corazón. No importa cuánto me lastimó, me alegré de verlo con bien. Un abrazo de él, fue mi sitio seguro, el lugar donde huía a llorar por todo lo que aún no ocurría.

Puso su mano sobre mi nuca, acarició mi cabello y me besó en la cabeza. En sus dedos sentí remordimiento, arrepentimiento, pero a la vez, el alivio de que logré lo que él siempre deseo.

Miré hacia arriba, observé la piel alrededor de sus ojos cansada, un tanto oscurecida. Los vasos sanguíneos de sus escleras se remarcaban con tanta intensidad que sentía que querían gritarme lo que han vivido en todo el tiempo que no me han visto.

—¿Por qué? —pregunté. No me refería a que por qué quería que dijera su nombre, era un porqué a todo lo que hizo; mas no fue necesario explicar mi pregunta, él entendió. Recargó su barbilla sobre mi cabeza y escuché su suspiro abrumador.

Volví a preguntar: «¿Por qué?».

Me aparté un momento, dispuesta a escucharlo, pero al verlo titubear vaticiné que no lo entendería; es más, lo que dijera para mí sería una tontería.

—Cuando vi que lanzaste a la basura tus sueños, quise recordártelos, ¿te acuerdas lo que me dijiste? Que lo olvidara, que te dedicarías a otra cosa, después logré que te aceptaran en Granada, dime, ¿ibas a irte? No. No lo ibas a hacer, no te ibas a ir de mí. —Sus manos se movían de arriba abajo, sus pupilas me pedían que lo escuchara con atención.

—Déjame entender —Me quito la bufanda pues el calor se me estaba subiendo—, de tantas maneras que podían existir para persuadirme, usaste la más cruel, ¿te graduaste de la Santa inquisición, acaso?

—Sabes bien que no había otra forma, comenzaste a hablar de que seguirías con el negocio familiar, después lo de tu enfermedad, sentí el reloj de arena hacer la cuenta regresiva, me parecía la peor estupidez que no aprovecharás la vida. Mírate ahora.

—Mirarme ahora —repetí con ironía—. ¿Qué ves tú?

—Una mujer increíble. Te vi brillar cientos de veces, tu luz atravesó el Pacífico; merecías este reconocimiento, no terminar en la panadería.

Debí cachetearlo en ese momento, pero no hubiera sido propio de mí. Respiré y respiré, pero entonces rabié.

—Mencionas la panadería como si fuera algo de qué avergonzarse.

—¡Vamos! —Entristeció los párpados—. No quise darte a entender eso, solo que no podías tragarte tu talento.

—No solo te hablé de la panadería, te hablé de la floristería, te hablé de nosotros, de la casa que íbamos a construir, ¿pensaste en mí o pensaste en ti?

—En ti, siempre en ti.

—¿Por eso fingiste no conocer a la mujer que se desnudó en corazón y cuerpo a ti? ¿A la que le llamaste «familia y hogar»?

Una maldita acción puede marcarte casi para siempre, pues, ¿cómo iba a creerle a alguien más después? Me ceñí una coraza impenetrable a caricias, a juramentos, a palabras bonitas, porque sentí que todos podrían irse al día siguiente sin remordimientos.

Él asintió, los labios se le fruncieron apenados. Dio un paso hacía mí y me sostuvo la mejilla con su fría mano. Su ojo derecho soltó una lágrima, su ojo más sensible, es el primero en doblegarse al llanto. Pero no había lágrima que pudiera compensar el dolor que causó. Tal vez fue hace años, pero soy leal a la chiquilla que hace ocho años le urgía que le cambiaran el corazón.

—Te juro que me dolió el alma hacerlo; créeme, por favor. Yo quería que aceptaras esa beca, mira todo lo que tienes: tus libros, premios, tus frases inundan los cafés y las avenidas, los grandes poetas y novelistas te reconocen. ¡Valió todo! ¿No lo ves? —Sus palabras chocaban entre sí, su lengua se hacía inhábil explicándome sus razones.

—¿Lo valió?

—Sí, claro que sí —Toma una de mis manos con las suyas, esperando que sonría ante su sacrificio—. ¿No te das cuenta?

Claro que no lo veía. Libros publicados, premios, viajes, dinero, fama, reconocimientos, saludos de celebridades, invitaciones a fiestas a las que nunca quise ir. Todo eso parece magnífico a los ojos de otros, pero no para los míos. Siempre nos jactamos de ser tan parecidos, él un ala de la mariposa y yo la otra, idénticas y sincronizadas, mas ya no es así.

Ni él ni yo seguíamos con dieciocho años; nuestra piel ya no era jugosa, ni nuestros ojos tenían esa chispa de ilusión por el futuro. Éramos dos personas con una vida construida en la que ya no estaban nuestros nombres al lado del otro. ¿Lo amaba todavía?

No, ya no.

Sus pupilas se dilataron como gato a medianoche.

—Hay más cosas importantes que el éxito o el dinero, para mí eras más importante tú. Hubiera cambiado todo por pasar mi vida a tu lado. Trabajar y heredar la panadería de mi madre no iba a ser vergüenza, si tú estabas a mi lado iba a ser la mejor de las vidas. No me importaba que no conocieran mi nombre ni mis libros; con que tú me leyeras y tú me nombrarás era suficiente. ¿Qué es la vida con riquezas si estás sola? ¿Qué es tu vida ahora con todo esto si no tienes a nadie que te espere en casa? ¿Tu fama te llena el corazón más de lo que yo lo hice? Porque a mí ni todo el dinero ni toda la fama pudieron hacerme feliz. —Mi corazón se había sincerado y habló lo que por tanto tiempo decía entre metáforas.

—Pero... escúchame.

—¿Qué «pero» hay? Pudimos ver la manera de lograr nuestros sueños juntos, no tenías por qué lanzarme cual criminal en un barco.

Me suplicó perdón, una y otra y otra vez, perdón, perdón. Supuso que lo más importante para él debía serlo para mí también, decidió por mí.

—¿Y nunca te arrepentiste un poco? ¿nunca pensaste en correr tras de mí?

—Por supuesto que sí, pero tenía miedo de que llegara a arruinar lo que estabas construyendo y retrocedieras. Quería que alcanzaras todas las cimas posibles antes de que tu corazón se…

—¿Detuviera? Dios, ¿no me ves? Estoy viva, ¿quién eres tú para ponerme fecha de caducidad?

—Perdón —dijo tras un suspiro—. Tienes razón.

—Estoy en espera de un trasplante, y sé que estaré bien, ¿tan difícil era para ti confiar? Imagínate lo que tuviésemos ahora, todo lo que nos prometimos y soñábamos tumbados en estos jardines: la casa en la que plantaríamos un jardín con estatuas, el gato negro que adoptaríamos, el niño que criaríamos, conoceríamos el mundo en avión, en barco, en tren, en lo que se inventara.

—Ya no es posible, ¿verdad?

Se hizo un silencio.

—Tal vez en otra vida —susurré.

Me solté de él, era momento de irme.

—¿Y si hay otra vida? ¿Lo seré en ella? —gritó en cuanto me vio avanzar.

Regresé a verlo y me encogí de hombros con una ligera sonrisa.

—No sé si existan, pero quizás… quizás…

—Si hay, en esa no te dejo ir, lo juro.

Aquel juramento lo dijo tan convencido que casi creo que habrá otra después de esta.

Mi vida siguió sin él,
y podría seguir otra vez.

Perdí al amor de mi vida,
por confundirlo con mi alma gemela.

Agradecimientos

Armando, gracias por apoyarme siempre, aunque eso conlleve verme llorando por hombres ficticios que yo misma me inventé, qué madurez la tuya. Perdóname, yo quería ser el hada del agua (física matemática), pero me tocó ser el hada artesana (la que crea historias). Mi corazón es tuyo, lo sabes.

Laura, Victor y Elizabeth, gracias por estar para mí, por hacerme volver en sí cuando me vuelvo mi propio *hater*.

A mi hijo, Atticus, cariño, he escrito esto mientras tú dormías. Si cuando creces me ves la cara tremendamente demacrada y con ojeras, recuerda que prefería escribir de noche, para ser tu mamá por el día, aunque eso conlleve volverme el proyecto Abigail.

A Jeannel, gracias por ese mensaje.

Daniel, gracias por ese dibujo… Mira lo que salió, por cierto: ¿Dónde estás?

Dios, una vez, mientras pasaba por un estante, en mi corazón deseé que se publicara mi novela, no lo pedí con los labios, porque me parecía egoísta cuando ya me has dado tanto, sin embargo, lo permitiste. Gracias.

¡Gracias Editorial Planeta por darle la oportunidad a Emilia de contar su historia!

Y, a ustedes, lectores, les agradezco el amor inmenso que le han dado a mis libros. ¡Miren a dónde llegamos! Ojalá me alcance la vida para abrazarlos.